BEGRABEN AM SEE

EIN LUCA -GEHEIMNIS

DIE LUCA-MYSTERY-REIHE

DAN PETROSINI

DAN PETROSINI
MYSTERY & SUSPENSE AUTHOR
www.danpetrosini.com

Print-ISBN: 978-1-960286-46-8

Naples, Florida USA

Sie können über mein Schreiben auf dem Laufenden bleiben und Zugang zu Büchern haben, die frei von Discounter sind, indem Sie sich meinem Newsletter anschließen. Normalerweise ist es einmal im Monat ausgestiegen und enthält auch Notizen zu Selbstwertgefühl, Motivationsstücken und Weinartikeln.

Es ist kostenlos. Siehe meine Website: www.danpetrosini.com

1

Luca

Eigentlich kam ich nie zu spät. Mary Ann hatte einen Termin beim Neurologen. Da ich erst seit einer Woche wieder im Dienst war, wäre ich normalerweise nicht mitgegangen.

Aber in den letzten zwei Monaten war nichts normal. Wir hatten uns zu sehr an Mary Anns MS gewöhnt. Der gelegentliche Schub, der nach ein paar Tagen wieder abklang.

Ich wollte Mary Ann nicht beunruhigen, aber mit einem Anfall, der zehn Tage andauerte, änderte sich die Lage. Gefolgt von einem zweiten Schub fünf Tage später. Etwas stimmte nicht; die Frage war nur, wie schlimm es werden würde.

Wenn es einen Gott gab – und in meinem Job hatte ich da so meine Zweifel –, so verschaffte er oder sie mir eine Gelegenheit. Mitten im zweiten, längeren Schub verließ Sheriff Chester die Abteilung. Er nahm den hochkarätigen Job in Tallahassee an, von dem er mir erzählt hatte. Chester hatte versucht, mich vor seinem Weggang zur Rückkehr zu überreden, aber ich war unentschlossen und wollte ihm, kindisch wie ich war, den Triumph nicht gönnen.

Nach fast einem Jahr auf eigene Faust kam ich ganz gut zurecht. Derrick hatte Chesters Köder geschluckt und drängte mich zur Rückkehr. Obwohl ich Derrick sehr mochte, waren es weder die Freundschaft noch der Drang, Mörder zu jagen, die mich zurückbrachten.

Vielleicht war es eine Mischung aus beidem, aber die Krankenversicherung, die die Abteilung anbot, war gut. Unsere Anschlussversicherung lief noch sechs Monate, und Mary Anns Arztrechnungen waren astronomisch hoch.

Außerdem brauchte ich eine Auszeit, und als Privatdetektiv wurde ich nur bezahlt, wenn ich auch wirklich arbeitete. Als Angestellter des Sheriffs von Collier County hatte ich Anspruch auf bezahlten Urlaub und, falls nötig, auf Sonderurlaub aus familiären Gründen. Außerdem konnte Derrick bei Bedarf kurzfristig für mich einspringen.

Als der neue Sheriff, Bill Remin, anrief, war das eine Gelegenheit, die ich nicht verstreichen lassen konnte. Er war Mordermittler gewesen, bevor er die Karriereleiter hochkletterte. Ich war ihm zweimal begegnet. Remin schien ein anständiger Kerl und ein guter Polizist zu sein, neigte aber zur Einmischung. Er wollte mich zurückhaben. Ich erzählte ihm den Scheiß, dass ich die Jungs und den Job vermissen würde, und da war ich nun.

Niemand kannte meine wahren Beweggründe. Weder Mary Ann noch Derrick noch Bilotti. Niemand. Sie alle kauften mir die Story vom Jagen von Mördern ab. Die meisten dachten, ich vermisste den Job. Einige meinten, es läge an Chesters Weggang. Mehr als dass es kompliziert war, kann ich nicht sagen.

Das Büro war leer. Ich zwängte mich aus meiner Jacke und fragte mich, wo mein Partner war. Als ich mich hinter meinen Schreibtisch schob, kam Derrick herein.

„Hey Frank, wir haben eine Leiche ..."

Das war ein Satz, der mir besser einen Adrenalinstoß verpasste als eine Kiste Red Bull.

„Äh, ich hätte sagen sollen, ein Skelett."

„Wo?"

„Pine Ridge Estates. Das Grundstück gehört einem William Miller."

„Wer hat es entdeckt?"

„Ein Landschaftsgärtner. Sie haben in der Gegend gearbeitet und einer seiner Leute hat es ausgegraben."

„Männlich oder weiblich?"

„Hat er nicht gesagt. Der Typ, der es entdeckt hat, ist abgehauen, als er es gefunden hat, und die Frau des Besitzers hat es gemeldet."

„Irgendeine Altersangabe?"

„Nö."

Ich griff zum Telefon. „Ich rufe Bilotti an."

„Schon erledigt. Er will uns dort unten treffen."

„Dann mal los."

2

BILL MILLER

Abschlagszeit war um 16:00 Uhr. Ich freute mich darauf, meinen neuen Honma-Driver zu benutzen. Wenn er auch nur annähernd so gut war wie ihr Putter, war er das Geld wert. Es war genug Zeit, ein paar Bälle zu schlagen und mich an den neuen Schläger zu gewöhnen.

Warum konnten wir in Amerika keine solchen Schläger herstellen?

Mein Handicap hing seit zwei Jahren bei zehn fest. Während ich mich fragte, wie sehr der teure japanische Schläger es verbessern würde, klingelte mein Handy. Es war meine Frau. Ich zögerte, bevor ich ranging. Ich hatte seit einer Woche nicht mehr gespielt. Ich wollte sie gerade abwimmeln, als mir der Gedanke kam, dass es vielleicht um Mark gehen könnte. Schon wieder.

„Hey, Cathy, was ist los?"

„Sie haben eine Leiche auf dem Grundstück gefunden. Auf unserem Grundstück-"

Ich erstarrte. „Eine Leiche? War es ein Mann oder eine Frau?"

„Ich weiß nicht. Warum?"

Ich hielt an einer roten Ampel an der Kreuzung Collier Boulevard und Davis Boulevard. „Ich frage nur. Wer hat sie gefunden?"

„Ein Typ, der für Jimenez arbeitet."

Sie musste ja unbedingt diese verdammte Mauer bauen. Ich schluckte. „Lag sie schon lange da?"

„Ich weiß nicht. Was denkst du, wer es ist?"

Ich konnte ihr nicht sagen, dass ich dachte, es sei Kate Swift. „Ich weiß es nicht. Wahrscheinlich liegt sie schon ewig da."

„Meinst du?"

„Sicher."

„Die Polizei ist hier. Die haben da unten alles abgesperrt."

„Die Polizei?"

„Ja, was hast du denn erwartet?"

Ein lautes Hupkonzert machte mich darauf aufmerksam, dass die Ampel auf Grün gesprungen war. „Ich weiß nicht, das hat mich jetzt kalt erwischt."

„Du musst nach Hause kommen."

„Okay, ich sage mein Spiel ab. Ich rufe die Jungs an und sage ihnen Bescheid. Wir sehen uns später."

Dies könnte ein weiterer Wendepunkt sein, wenn man nicht richtig damit umging. Es würde das Ende unserer Familie, des Geschäfts, unseres Ansehens bedeuten. Die Blamage und die Schande wären zu viel. Ich musste die Sache in den Griff bekommen.

Ich fuhr auf einen Walmart-Parkplatz und parkte in

einer Ecke am Ende des Gebäudes. Als ob ich eine Erinnerung bräuchte, tuckerte ein Lastwagen von June's Dairy vorbei. Es war neun Jahre her; der 1. Juni 2013. Es verblasste nie, aber in den letzten paar Jahren hatte ich viel besser geschlafen.

Jeder hielt Katie für einen typischen Florida-Teenager: blondes Haar, sportlich und ein Tausend-Watt-Lächeln. Aber sie war so viel mehr. Was sie von anderen unterschied, war das aufrichtige Mitgefühl und die grundgute Art, die sie ausstrahlte. Wenn Katie da war, war das Leben süßer.

Nachdem es passiert war, war die Gemeinschaft nie wieder dieselbe. Anspannung ersetzte die lockere, entspannte Lebensweise. Plötzlich hatte die Angst, die unter der Oberfläche jeder großen Stadt lauert, auch in Naples ihr Gesicht gezeigt.

Wir alle haben uns verändert. Aber niemand so sehr wie ich. Meine Gedanken schweiften zurück zu jenem Tag.

Mein Wecker klingelte um sechs Uhr fünfunddreißig. Ich sprang aus dem Bett, die Sonne ging an einem wolkenlosen Himmel auf. Ich streckte den Kopf durch die Schiebetüren. Die frische Luft war von einem Geißblattduft durchdrungen. Das Wetter spielte meinen Plänen für einen perfekten Sonntag in die Hände: Messe um 9:00 Uhr, gefolgt von einer Runde Golf. Danach gab es Cocktails mit den Jungs, bevor es nach Hause ging.

Cathy war in Miami bei ihrer Schwester zu Besuch, also hatte ich gestern Abend auf dem Heimweg bei Seed to Table ein Wagyu-Steak gekauft. Ich hatte schon beim Grillen mit dem Trinken angefangen und fühlte mich gut. Ein bisschen zu gut. Ich genoss mein Steak auf der Terrasse und schaute mir das Spiel an.

Sobald ich nach Hause gekommen war, versuchte ich, ein Auge auf Mark zu haben. Mein Bruder hatte schlechte Laune, seit ich ihm gestern gesagt hatte, dass mein Vierer-Flight schon feststand. Das stimmte nicht, und ich hatte das Gefühl, er wusste es. Aber Mark ließ sich leicht ablenken, und ich hasste es, eine vierstündige Runde Golf zu spielen.

Katie war vorbeigekommen, um einen Tennisschläger zurückzubringen, den meine Frau ihr zum Ausprobieren geliehen hatte. Sie erwähnte, dass sie es eilig hätte, aber Mark bestand darauf, mit ihr eine Runde in seinem Boot zu drehen. Zu meiner Überraschung willigte sie freudig ein. Ich wünschte, sie hätte ihm abgesagt.

Mark rannte zum Steg hinunter. Während er das Bimini-Verdeck hochklappte, ging ich mit Katie zum See. Sie entwickelte sich zu einer jungen Frau, hatte sich aber eine ansteckende Verspieltheit bewahrt. Ihre Art zu lachen erfüllte mich mit Freude.

Ich half ihr ins Boot zu steigen, ihre Hand war weich und warm. Nachdem ich Mark ermahnt hatte, es langsam anzugehen, machte ich das Boot los. Ich stand ein paar Minuten am Steg und sah ihnen zu, wie sie über den See sausten.

Die Hupe eines Sattelzugs ertönte zweimal. Ich blickte auf. Es war ein Walmart-Laster. Der Fahrer deutete auf ein Schild. Ich parkte und blockierte den Weg zu den Laderampen.

3

Luca

Derrick bog von Pine Ridge in die East Road ab. Die Häuser und Grundstücke wurden größer, je weiter wir in die Pine Ridge Estates hineinfuhren.

Er sagte: „Meine Güte, sieh dir dieses Haus an. Allein die Tore sind mehr wert als mein ganzes Zuhause."

Zwei schwarze, schmiedeeiserne Tore hingen an Steinsäulen, die so groß waren wie ein kleines Gebäude.

Ich sagte: „Hast du etwa keine Tore mit deinen Initialen drauf?"

„Es muss schön sein, so viel Kohle zu haben."

„Ja, aber das heißt nicht, dass sie keine Probleme haben."

„Es ist schwieriger, seinen Kindern Werte zu vermitteln, wenn man Geld hat."

„Witzig, dass du das sagst; ich habe gerade im Fernsehen etwas über so einen Typen gesehen. Irgendein milliardenschwerer Hedgefonds-Kerl aus New York. Er ist bei der Weinauktion in Naples involviert. Jedenfalls meinte er, es sei einfacher, Kinder in einem bürgerlichen Haushalt großzuziehen, als wenn man reich ist."

„Wirklich?"

„Ich würde es gern mal versuchen. Bei allem, was mit Mary Ann los ist, würde ich gern so viel wie möglich für sie tun, bevor die MS schlimmer wird."

„Sie schafft das schon."

„Ich weiß nicht, Derrick. Ich mache mir langsam Sorgen."

„Können wir irgendwas tun, um zu helfen?"

„Nichts, aber danke. Ich sage dir Bescheid. Das ist das Miller-Haus auf der linken Seite."

Am Ende einer langen Auffahrt parkte ein Streifenwagen.

„Schickes Anwesen. Ich frage mich, was dieser Miller-Typ so macht."

Eine weitere Blockade in meinem Chemo-Hirn verlangsamte mein Denken, aber dann fiel mir ein, welcher Miller das war. „Die Familie ist im Baustoffhandel tätig. Sie haben Filialen am Industrial Way und am Santa Barbara Boulevard."

„Ach ja. Sie haben sogar ein Geschäft in Estero."

„Die gibt es schon eine ganze Weile."

„Kann nicht leicht sein, gegen Home Depot zu konkurrieren."

Wir gingen die gepflasterte Auffahrt hoch, wo ein weißer Maserati mit offenem Verdeck geparkt war. Als der Gerichtsmediziner vorfuhr, sagte ich: „Bilotti ist hier."

„Der Doc hat ein gutes Timing."

Ein uniformierter Beamter stand am oberen Ende der

Auffahrt Wache. Er hatte Polizeiband vom Griff eines der sechs Garagentore zu einer dreißig Meter entfernten Palme gespannt. Derrick sagte: „Dieser Miller-Typ sammelt wohl Autos."

Wir zeigten unsere Dienstmarken und trugen uns in die Liste ein. „Der Mann, der es gefunden hat, ist mit seinem Boss und Mrs. Miller drinnen. Wollen Sie mit ihm reden?"

„Noch nicht. Ich will mir den Tatort ansehen."

Er zeigte zum hinteren Teil des Grundstücks. „Dort steht eine Gruppe von Mangobäumen, bevor das Grundstück zum See hin abfällt. McQuire und ich haben es abgesperrt. Er ist da hinten."

Wir zogen Handschuhe und Überschuhe an und schlüpften unter dem Band durch. Derrick sagte: „Wartest du nicht auf Bilotti?"

„Ich würde es mir gerne allein ansehen."

Während wir gingen, überblickte ich die Gegend. Die Aussicht von der Rückseite des Hauses war beeindruckend. Obwohl es einen schönen Poolbereich und einen Tennisplatz auf der linken Seite gab, war es der glitzernde See, der den Blick auf sich zog.

Er war so groß, dass man nicht die gesamte Wasserfläche sehen konnte. Ich blickte über den See und sagte: „Sieht so aus, als gäbe es keine Häuser mit Blick auf dieses Grundstück."

„Die haben hier jede Menge Privatsphäre."

„Was es zu einem guten Ort macht, um eine Leiche zu vergraben."

„Das muss ein Tötungsdelikt sein."

„Kein Zweifel."

Vielleicht lag es an der strahlenden Sonne oder daran, dass es ein Skelett war, aber McQuire grinste, als hätte er im Lotto gewonnen.

„Hey, Frank, was haben die gegen euch in der Hand, dass ihr beide wieder im Dienst seid?"

Ich wollte ihm sagen, dass ich es selbst noch nicht kapiert hatte, sagte aber: „Wie geht's, Mac?"

Er hielt das Absperrband hoch und wir gingen zur Grabstelle, während der Beamte sagte: „Gut. Und was ist mit dem neuen Sheriff? Magst du ihn?"

Ich antwortete nicht. Als wir weitergingen, flüsterte Derrick: „Was für ein Clown. Weißt du noch, wie er sich auf der Weihnachtsfeier die Kante gegeben hat? Hat sich total zum Affen gemacht."

„Ja, das machen wir doch alle ab und zu."

„Nee, er ist ein Muppet."

„Was?"

„Most Useless Police Officer Ever Trained."

„Das war nicht witzig."

Ein Traktor, der wie eine Spielzeugversion aussah, versperrte den Weg. Als ich um ihn herumging, sah ich den Schädel. Es gab keine Spur von Haut oder Haar. Die Leiche war schon lange hier vergraben. Wir schlichen näher heran.

„Sieht aus wie ein Erwachsener. Kann nicht sagen, ob es ein Mann oder eine Frau ist."

„Ein Glück, dass dieser Kerl ihn nicht zerquetscht hat."

„Er war nicht allzu tief vergraben. Du kannst sehen, wo die Schaufel aufgeschlagen ist. Ungefähr fünfundzwanzig Zentimeter entfernt. Er sieht unversehrt aus."

„Es ist seltsam, dass sie zum See hin ausgerichtet und nicht waagerecht vergraben wurde."

Ich nickte. „Stimmt, aber das könnte auch nichts bedeuten."

„Glaubst du, der See könnte so hoch gestiegen sein?"

Ich sah mich um. „Ich sehe keine Wasserstandsmarkierungen, aber sobald wir wissen, wie lange sie schon hier liegt, werden wir die Hochwasseraufzeichnungen der Hurrikane überprüfen."

„Klar."

„Aber warum nicht in der Mitte des Sees beschweren und versenken?"

„Vielleicht hatten sie kein Boot."

„Die Erde scheint nicht die Art zu sein, die man in einem See findet, aber die Spurensicherung kann das testen."

„Vielleicht–"

Ich hob eine Hand. „Ich brauche einen Moment."

„Entschuldige."

Ein Teil meines Modus Operandi war es, mir vorzustellen, wie der Tatort entstanden war. Die erste Frage, auf die ich eine Antwort wollte, war, ob die Leiche hierher gebracht worden war. Der See bot eine einfache Möglichkeit, ungesehen von einem entfernten Ufer hierher zu gelangen. Die Leiche hätte auch hierher gefahren werden können. Das würde bedeuten, dass jemand aus der Familie involviert gewesen sein könnte.

Es war auch möglich, dass jemand wusste, dass sie nicht da waren, und sich auf das Grundstück geschlichen hatte. Das würde es zu einem vorsätzlichen Mord machen. Es war unmöglich festzustellen, wie viel

Prozent der Tötungsdelikte geplant waren. Mörder wussten, dass die Strafen länger waren, und stellten ihre Tat als einen aus dem Ruder gelaufenen Streit dar.

Ich hoffte, Bilotti könnte schnell klären, ob dieses Skelett der Beweis für eine Tötung im Affekt war. Ich hockte mich neben den Schädel. Wer war diese Person?

„Frank, Bilotti und seine Crew sind da."

4

MILLER

Ich rief meinen anderen Bruder an. „Greg, sie haben eine Leiche auf meinem Grundstück gefunden."

„Oh nein."

„Immer mit der Ruhe. Ich hab bei der Sache ein gutes Gefühl."

„Was meinst du damit?"

„Ich sag's dir, wenn wir uns sehen."

„Sag mir, wovon zum Teufel du redest."

„Was machst du gerade?"

„Ich arbeite, was denkst du denn?"

„Triff mich auf dem Parkplatz vom Chick-fil-A an der Airport und Pine Ridge", sagte Bill.

„Jetzt?"

„Ja, jetzt. Das wirst du wissen wollen."

Die beiden Drive-in-Spuren waren voll. Ich parkte auf einem Platz neben Gregs Corvette. Er stieg aus und kletterte in meinen Tahoe.

„Was sind wir jetzt, Spione?"

„Ich will nichts riskieren, aber ich glaube, wir sind aus dem Schneider."

„Ich habe keine Ahnung, wovon zum Teufel du redest."

„Die Leiche auf meinem Grundstück. Wenn es du-weißt-schon-wer ist, dann war es Mark nicht."

„Wie kannst du dir da so sicher sein?"

„Er hat Katie in den See geworfen."

„Da bin ich mir nicht so sicher."

„Er hat sie mit dem Anker beschwert. Hast du vergessen, dass der Anker auf seinem Boot fehlte? Sie haben das Skelett bei den Mangobäumen gefunden."

„Aber–"

„Deshalb bin ich ja so erleichtert–"

„Mark hatte Schlamm an den Schuhen."

„Na und?"

„Als ich am nächsten Tag rüberkam, hatte er ein paar Mangos in seinem Zimmer. Er zuckte nur mit den Schultern, als ich fragte, woher er die hatte."

„Und?"

„Ich hab Cathy gefragt, ob sie sie gekauft oder gepflückt hat, und sie sagte, weder noch."

„Mark könnte sie gepflückt haben und hat nur nichts gesagt. Du weißt doch, wie er ist."

„Ja, und Katie könnte von einem Alien entführt worden sein."

„Glaubst du wirklich, Mark war's?", sagte Bill.

„Ich? Du bist doch derjenige, der die Vertuschung inszeniert hat."

„Vertuschung? Das ist doch Unsinn. Ich habe

versucht, ihn zu beschützen, die Familie, das Geschäft zu beschützen."

„Du hast mich dazu gebracht, die Polizei anzulügen. Ich habe dir gesagt, wir hätten ihnen sagen sollen, was wir wussten. Wir schleppen dieses gottverdammte Geheimnis seit fast zehn verdammten Jahren mit uns herum, und jetzt wird es uns in den Arsch beißen."

„Moment mal. Keine Panik. Im Moment wissen wir nicht, ob es Katie ist."

„Oh, komm schon, Mann. Du verleugnest doch die Tatsachen. Wer zum Teufel sollte es sonst sein?"

Ich zuckte mit den Schultern. „Wir werden es früh genug herausfinden."

„Und dann? Was ist diesmal dein großartiger Plan?"

„Mach dir keine Sorgen, ich kümmere mich darum. Tu ich immer."

„Was zum Teufel soll das heißen?"

„Was das bedeuten soll? Ich sag's dir: Zu wem kommen denn alle, wenn es ein Problem gibt? Wer kümmert sich um Mark? Ich habe nicht gesehen, dass du dich darum gekümmert hast."

„Du bist ein Kontrollfreak."

„Gib mir keine Widerworte. Ohne mich wäre das Geschäft zusammengebrochen, als Dad gestorben ist."

„Ach, jetzt bist du also der Retter, was?"

„Ganz genau. Ich bin eingesprungen und habe den Laden zusammengehalten, als du nicht mehr wusstest, wo oben und unten ist."

„Ach ja? Und wer hat das Geschäft aufgebaut? Es sieht überhaupt nicht mehr so aus, wie Dad es angefangen hat.

Er hatte einen kleinen Familienbetrieb, und ich habe uns in die erste Liga gebracht", erklärte Greg.

„Als Dad sich den Kopf weggeschossen hat, ist das Geschäft fast zusammengebrochen. Ich wollte es nicht, aber ich musste vom Leiter des Holzplatzes aufsteigen und versuchen, den ganzen Laden am Laufen zu halten."

„Sei nicht so dramatisch. Ich habe mehr als meinen Teil beigetragen."

„Ohne mich hättest du gar nichts geschafft. Ich habe dir so oft den Arsch gerettet, dass ich aufgehört habe zu zählen."

„Ja, und du hast mich in diesen gottverdammten Schlamassel erst reingeritten. Ich könnte dafür in den Knast wandern."

„Typisch egoistisch. Du machst dir nur Sorgen um dich selbst."

„Ach, weißt du was? Vergiss es." Er öffnete die Tür des Trucks, stieg aus und kletterte in die Corvette.

Ich sah ihm nach, wie er davonfuhr. Er war ein Hitzkopf. Ich hätte ihn nicht mit hineingezogen, aber ich hatte keine andere Wahl. Jeder dachte nur an sich selbst. Es lag an mir, das große Ganze im Blick zu behalten.

Obwohl Greg zweiunddreißig war, war er unreif und egoistisch. Diese Dreistigkeit zu glauben, er hätte das Geschäft aufgebaut. Ich rechnete es ihm hoch an, dass er das Geschäft ausgebaut und nach Bonita expandiert hatte, aber er ignorierte die Tatsache, dass es ohne mich kein Geschäft *gäbe*.

Es war nicht einfach. Es hatte sich herumgesprochen, dass Dads Testament Mark die Kontrolle über die Firma gegeben hatte, um sicherzustellen, dass für ihn gesorgt war.

Wir hatten Konkurrenten, die nur darauf warteten, uns zu vernichten, und einige Mitarbeiter drohten zu kündigen. Es war ein einziges Chaos. Ich wusste verdammt noch mal nicht, was ich tat, aber ich hielt den Laden zusammen.

Jetzt war dies eine weitere Situation, die gerettet werden musste. Aber es stand so viel auf dem Spiel wie noch nie.

5

DER GERICHTSMEDIZINER UND DREI SEINER MITARBEITER kamen näher. „Hey, Doc."

„Hallo, Frank. Von der Leiche mal abgesehen, schön, dich zu sehen."

„Gleichfalls. Ich hoffe, du kannst uns bei dem hier einen Vorsprung verschaffen."

Bilotti öffnete eine Tasche und holte eine Handvoll kleiner, roter Fähnchen heraus. „Wir werden sehen." Der Arzt ging um die Grabstätte herum und steckte die Überreste mit den Markierungen ab. Er sagte: „Ich will, dass das ganze Gebiet ausgegraben wird." Er stocherte in der Erde nahe dem Schädel. „Das hier ist nicht tief. Gehen wir bis zu einer Tiefe von vier Fuß, um auf Nummer sicher zu gehen."

Derrick sagte: „Wer vergräbt eine Leiche unter so wenig Erde?"

Ich sagte: „Jemand, der keine Zeit hatte oder nervös war. Könnte eine Tat im Affekt gewesen sein."

„Ich bin überrascht, dass die Leiche nicht schon früher gefunden wurde."

Ich trat einen Schritt auf Bilotti zu und dachte, dass es bedeuten könnte, dass jemand auf dem Grundstück ein Auge darauf hatte. Der Arzt benutzte einen Pinsel, um den Schädel von Erde zu befreien. „Irgendetwas Auffälliges?"

„Der Schädel scheint intakt zu sein."

Das schloss eine Kugel in den Kopf aus. „Irgendwelche Anzeichen für einen Schlag auf den Kopf?"

„Nichts Offensichtliches, aber ich werde die Überreste im Büro genauer untersuchen."

Seine Vorstellung von einem Büro war ganz anders als meine. „Danke. Wie sieht der Zeitplan aus? Ich hätte wirklich gern –"

„Nach sechs oder sieben Jahren Zusammenarbeit, oder sollte ich sagen, nachdem du mich immer wieder antreibst, brennst du richtig auf Hinweise."

„Ach komm, Doc. So schlimm bin ich doch nicht."

Bilotti kicherte. „Das bist du ganz bestimmt. Aber wenn mir jemals etwas zustoßen sollte, dann will ich, dass du die Ermittlungen leitest."

„Das ist ein seltsames Kompliment, aber ich nehme es an."

Bilotti stand auf und gab Anweisungen, das Skelett auszugraben. Er wandte sich zu mir. „Wie geht es Mary Ann?"

„Ungefähr gleich. Wie du sagtest, sie braucht jedes Mal länger, um sich von einem Schub zu erholen."

„Wie viel Zeit vergeht zwischen den Schüben?"

„Früher waren es Monate, jetzt sind es eher zehn Tage."

„Führe ein Tagebuch; der Neurologe könnte es nützlich finden."

„Mach ich. Hey, tut mir leid, dass ich die Brunello-Verkostung verpasst habe. Wie war sie?"

„Die 2016er werden etwas Besonderes sein. Das ist der zweite Jahrgang in Folge, aber du musst mit dem Trinken noch warten."

„Was kosten die so?"

„Die bekannten Erzeuger sind nicht billig, aber das ist das Interessante an Jahrgängen wie 2015 und 2016; fast jedes Weingut hat einen großartigen Tropfen hervorgebracht."

„Die muss ich mir ansehen."

„Wenn du nächste Woche mal Zeit hast, können wir bei mir zu Hause eine Verkostung machen."

„Klingt super. Ich muss mal sehen, wie es Mary Ann geht."

„Natürlich."

„Hör zu, wir müssen mit dem Typen reden, der das hier ausgegraben hat."

Mrs. Miller und Hector Lopez, der Landschaftsgärtner, trafen uns auf der hinteren Terrasse. Es war eine mehrstöckige Veranda, auf der locker eine Party für hundert glückliche Seelen stattfinden konnte. Der See sah von hier aus einladend aus.

Derrick stellte uns vor und Mrs. Miller sagte: „Ich kann es nicht fassen. Das ist surreal."

„Wir haben ein paar Fragen an Sie beide."

„Sicher. Wissen Sie, wer es ist? Hector sagte, es ist ein Skelett. Welch schreckliche Vorstellung, dass es die ganze Zeit hier lag."

„Wie lange wohnen Sie schon hier?"

„Seit ungefähr zehn Jahren. Bills Vater hat hier ewig gewohnt. Und als er, äh, gestorben ist, sind wir eingezogen. Ich war nicht sonderlich scharf drauf, hierherzukommen, aber Bill hat darauf bestanden, also sind wir doch hergezogen. Es war gut so, und es ist eine hübsche Gegend."

„Und Ihr Schwiegervater, wie lange hat er hier gewohnt?"

„Oh. Er wohnte schon hier, als ich Bill kennenlernte." Sie lächelte. „Das ist fast eine Ewigkeit."

Sie hatte Porzellan-Veneers, wirkte aber bodenständig. Ich schätzte sie auf Mitte bis Ende dreißig. Ihr Körper war straff, und ich fragte mich, ob sie schon Kinder geboren hatte.

„Er hat hier mehr als zwanzig Jahre gelebt, bevor Sie eingezogen sind?"

„Sicherlich. Alle Jungs sind hier geboren."

„Jungs?"

„Bill und seine Brüder, Greg und Mark."

„Es sieht so aus, als ob die Leiche schon lange dort liegt, aber ich muss Sie fragen, ob Sie sich an irgendwelche Aktivitäten in dem Bereich erinnern können, oder an jemanden mit einem besonderen Interesse daran, oder an irgendetwas Ungewöhnliches, seit Sie hier wohnen."

„Tja, das ist ein langer Zeitraum. Spontan fällt mir nichts ein, aber ich werde darüber nachdenken."

„Das würden wir zu schätzen wissen. Alles, woran Sie sich vielleicht erinnern, egal wie unbedeutend oder verrückt es Ihnen auch vorkommen mag."

„Ich sage Ihnen Bescheid. Sagen Sie, wie lange wird das hier alles dauern? Wir haben nächsten Samstag eine kleine Feier, und ich hatte gehofft, dass bis dahin alles hier verschwunden ist."

„Wir werden unser Bestes tun, um die Störung gering zu halten, aber es wird davon abhängen, was die Autopsie und die ersten Ermittlungen ergeben."

Sie runzelte die Stirn. „Okay, ich verstehe. Aber Sie halten uns auf dem Laufenden?"

Hector Lopez hielt den Blick gesenkt und verlagerte sein Gewicht von einem Fuß auf den anderen, während sie sprach.

„So gut wir können."

„Mr. Lopez, Sie haben die sterblichen Überreste gefunden?"

„Ja. Ich habe den Bereich vorbereitet."

„Was haben Sie gemacht?"

„Mrs. Miller, sie wollte eine Mauer mit einer Stufe–"

„Mir hat nie gefallen, wie der Boden da einfach abfällt. Es passte nicht zum Rest des Grundstücks. Meine Idee war, zwei niedrige Stützmauern mit ein oder zwei Stufen zu bauen." Sie machte eine ausholende Handbewegung in Richtung der Hausrückseite. „Es würde das widerspiegeln, was wir mit der Terrasse gemacht haben."

Derrick sagte: „Klingt, als würde das gut aussehen."

„Das würde es sicher, aber Bill, mein Mann, wollte nie, dass ich das mache."

„Warum hat er seine Meinung geändert?"

Sie lächelte. „Um ehrlich zu sein, ich glaube, ich habe ihn einfach weichgeklopft."

War es wirklich das, oder dachte Bill, es sei genug

Zeit vergangen, um in diesem Bereich gefahrlos zu arbeiten? Ich sagte: „Ja, das klingt wirklich nach einer guten Idee. Was hat ihm denn nicht gefallen?"

„Er wollte es einfach nicht machen. Sagte, es sieht gut aus, so wie es ist."

„Ist er ein Naturliebhaber oder so?"

„Bill? Haben Sie vergessen, dass er im Baustoffhandel tätig ist? Er verdient sein Geld, wenn Dinge gebaut werden."

„Wie läuft das Geschäft heutzutage?"

„Es ist viel los. Sie bauen überall. Ich weiß nicht, wie viele Leute die Gegend noch verkraften kann."

Ich hatte die gleichen Bedenken. „Ich nehme an, das Geschäft ist in den letzten fünfundzwanzig Jahren stetig gewachsen."

„Ziemlich, aber es wurde ein wenig holprig, als Bills Vater starb. Er hat alles geleitet, und wissen Sie, als er weg war und die Jungs übernahmen, hat es eine Weile gedauert, bis sie die Dinge in den Griff bekamen."

„Ich bin sicher, es war schwer. Sie waren, was, Mitte zwanzig?"

„Ja, Bill war fünfundzwanzig und er ist der Älteste."

„Haben Sie die Landschaftsgärtner für den Auftrag engagiert?"

„Wir arbeiten schon ewig für sie. Schon mein Schwiegervater hat für sie gearbeitet."

Lopez nickte zustimmend.

Ich sagte: „Danke für Ihre Zeit heute. Wir haben eventuell noch weitere Fragen."

Lopez runzelte die Stirn. Wir drehten uns um, um zu gehen, und ich deutete mit einem Kopfnicken auf den

Gärtner. Er zeigte auf seine Brust und formte lautlos mit den Lippen: *Ich?* Ich nickte.

Er trat einen Schritt näher und ich senkte meine Stimme. „Hören Sie, ich glaube nicht, dass Sie irgendetwas damit zu tun haben. Solange sich das nicht ändert, brauchen Sie sich also keine Sorgen zu machen. Niemand wird die Einwanderungsbehörde oder irgendeine andere Dienststelle anrufen."

„Ich nicht. Ich wusste nicht ..."

„Einen schönen Nachmittag noch."

Derrick sagte: „Der Typ hatte eine Heidenangst."

„Ein Skelett auszugraben, würde jedem einen Schrecken einjagen."

Derrick lächelte. „Ja, genau."

„Ich will mit Bill Miller reden, aber ich frage mich, ob wir warten sollten, bis wir sehen, was Bilotti uns sagen kann."

6

LUCA

Ich zog meine Jacke aus. „Das Erste, was wir tun müssen, ist, die Vermisstenliste durchzugehen. Solange Bilotti das nicht eingrenzt, haben wir es mit einem älteren Fall zu tun."

Derrick sagte: „Wir sollten uns die von Lee County auch ansehen."

„Keine Frage. Lass mich Bilotti anrufen, bevor wir anfangen."

„Aber es ist erst zwei Stunden her, dass er gesagt hat, es gäbe keine offensichtliche Todesursache."

Ich griff zum Telefon. „Ich weiß, aber mittlerweile wird er wissen, ob es ein Mann oder eine Frau ist, und vielleicht auch eine ungefähre Altersspanne."

Bilotti war im Autopsiesaal. Ich sagte der Sekretärin, es sei wichtig. Zwei Minuten vergingen, bevor er an den Apparat kam.

„Du hast Glück, dass ich dich mag. Was ist so dringend?"

„Tut mir leid, Doc, aber ich brauche irgendwas, womit ich bei den Überresten arbeiten kann."

Er seufzte. „Ich bin genauso ungeduldig wie du, aber wer auch immer das ist, die Person liegt schon seit Jahren in der Erde. Ein oder zwei Tage mehr oder weniger machen da auch nichts aus."

„Schon klar, aber ich will wissen, ob es ein Mann oder eine Frau ist. Und eine Vorstellung davon haben, wie alt sie sein könnte."

„Es ist eine Frau."

„Wie sicher bist du dir da?"

„Das Becken weist deutliche Merkmale auf, die für das Gebären von Kindern angepasst sind."

„Du bist der Beste, Doc. Was ist mit dem Alter?"

„Die mikroskopische Untersuchung des Schädels legt eine Altersspanne von sechzehn bis zwanzig Jahren nahe, aber basierend auf dem frühen Stadium der Weisheitszahnbildung würde ich sie zum Todeszeitpunkt auf etwa achtzehn schätzen. Was wir hier haben, ist wahrscheinlich eine achtzehnjährige Frau."

„Das geht mir zu nahe, Doc."

„Grübel nicht drüber nach, Frank. Wer sich sorgt, probt schon mal fürs Scheitern."

„Dann bin ich ja Klassenbester."

„Du musst daran arbeiten, deine Gedanken umzulenken, wenn du merkst, dass du dir über etwas den Kopf zerbrichst."

Leichter gesagt als getan. „Du hast recht. Ich lasse dich dann mal weitermachen. Wenn du was findest, ruf mich an."

„Werd ich machen."

„Danke nochmal, Doc."

Ich legte auf. „Also gut. Bilotti sagte, es ist ein achtzehnjähriges Mädchen."

„Meine Güte. Arme Eltern."

„Gibt einem zu denken, was? Auf dieser Seite der
Dinge zu stehen, ist schon schlimm genug. Ich kann mir
gar nicht vorstellen, was für eine Katastrophe das als
Vater wäre."

„Ich hab neulich was im Fernsehen gesehen. Sie
sagten, die Scheidungsrate bei Paaren, die ein Kind
verlieren, geht durch die Decke."

„Macht Sinn. Man ist wütend und braucht jemanden,
dem man die Schuld geben kann. Am Ende macht man
sich gegenseitig fertig."

„Eine verdammte Schande. Ich rufe in Lee County an
und suche dann raus, was wir an Vermisstenfällen
haben."

„Geh fünfzehn Jahre zurück."

Während Derrick telefonierte, gab ich 11747 Myrtle
Road bei Google Earth ein. Die Street-View-Ansicht des
Miller-Hauses interessierte mich nicht. Was ich wollte,
war, ein Gefühl für die Gegend zu bekommen. Ich schaltete auf die Luftbildansicht um.

Der See war so groß, dass ich herauszoomen musste.
Das Erste, was mir in den Kopf schoss, war, dass er die
Form eines Hammerhais hatte. Das Haus der Millers lag
am unteren Ende, wo die Schwanzflosse wäre.

Es war ein interessantes Gewässer, aber was mir
Sorgen machte, waren die vielen toten Winkel. Die
Millers hatten eine der weitesten Sichten auf den See,
die ich je gesehen hatte, aber von ihrem Grundstück

aus konnte man nur etwa die Hälfte des Sees überblicken.

Ein Boot hätte sich an die Küste schmiegen und mehr
als zwei Drittel des Weges zu den Millers zurücklegen
können, ohne gesehen zu werden. Ich zoomte an der
Küstenlinie entlang. Es gab mehr als zwanzig Häuser mit
direktem Zugang zum Wasser. Sieben Stege ragten in
den See hinein.

Es schien auch einen Pfad oder Gehweg um Teile des
Sees zu geben. Vielleicht hatten so einige der Häuser, die
hinter denen am Wasser lagen, Zugang. Mein Blick fiel
auf etwas, das wie eine Bootsrampe aussah. Als ich
heranzoomte, schüttelte ich den Kopf. Es war eine
öffentliche Bootsrampe.

Die Möglichkeiten vervielfachten sich, und ich
schloss den Tab. Wir hatten keine Anhaltspunkte. Ich
mag es, den Dingen einen Schritt vorauszukommen, aber
an diesem Punkt tat ich nichts weiter, als mein schlechtes
Gewissen wegen mangelnder Produktivität zu
besänftigen.

Ich griff zum Telefon. „Hey, wie fühlst du dich?"

Mary Ann sagte: „Ganz gut."

„Sicher?"

„Ja. Mach dir keine Sorgen. Der Schmerz in meinem
Gesicht ist kaum noch da. Die Medikamente wirken."

„Gut. Übernimm dich nur nicht."

„Du weißt doch, die Ärzte sagen alle, ich soll in Bewegung bleiben."

„Warum gehst du nicht in den Pool? Das hilft immer."

„Das hatte ich sowieso vor."

„Super, aber übertreib es nicht."

„Werd ich nicht. Was ist bei dir los?"

„Ich arbeite am Fall der Leichenteile aus Pine Ridge. Stellt sich raus, es war ein achtzehnjähriges Mädchen."

„Oh mein Gott. Wie schrecklich."

Ich atmete aus. „Ja, das ist es ganz gewiss."

Derrick wedelte mit einem Blatt Papier. „Hör zu, ich muss los. Wir sehen uns gegen sechs." Ich legte auf.

„Was hast du da?"

„Sechzehn Fälle in Collier, die es sein könnten."

„Lass mal sehen."

Er reichte mir das Blatt und sagte: „Die Spanne reicht von vierzehn- bis zweiundzwanzigjährigen Frauen. Erinnerst du dich an das O'Brien-Mädchen? Das war kurz bevor ich angeschossen wurde."

Alle Namen kamen mir vage bekannt vor. „Ja, aber wenn sie keinen Brandbeschleuniger verwendet haben, hätte sich der Körper in etwa einem Jahr nicht so stark zersetzt."

„Bilotti kann uns sagen, ob sie das getan haben."

Zwei andere Namen flüsterten mir zu: Janet Clower und Pamela Kelsy. Ich zeigte auf die Seite. „Diese beiden sind verschwunden, bevor du hierherkamst. Vor ungefähr acht Jahren. Ich erinnere mich an die Namen, kann aber die Gesichter oder die Umstände nicht mehr zuordnen."

Derrick ging zu seinem Schreibtisch und tippte stehend auf seiner Tastatur. „Hier ist das Clower-Mädchen."

Eine lächelnde Siebzehnjährige mit einem schwarzen Pixie-Schnitt füllte den Bildschirm. Mir sank das Herz. „Ja, das war die, bei der die Mutter ihren Ex-Freund des

Missbrauchs verdächtigte. Er war der letzte Abschaum, aber wir konnten nichts finden, was ihn mit ihrem Verschwinden in Verbindung brachte."

„Man hat nie wieder von ihr gehört?"

„Nein. Ich hatte immer das Gefühl, dass sie tot ist."

„Sie könnte es sein."

„Könnte sie durchaus."

„Wer hätte sie umgebracht?"

„Ich dachte immer, jemand hätte ihr Vertrauen gewonnen, sie irgendwo weit weg von hier hingebracht und sie getötet. Sieht so aus, als könnte ich mich geirrt haben."

„Wäre das erste Mal, was?"

„Sei kein Besserwisser. Ruf das Kelsy-Mädchen auf."

Das Haar seitlich gescheitelt, trug die Brünette eine Brille mit rotem Gestell. Mir kam das Gesicht ihrer Mutter in den Sinn. Ich schüttelte den Kopf. „Ihre Eltern waren so am Boden zerstört, dass sie kaum noch klarkamen. Ich erinnere mich, dass die Kleine am Tag vor ihrem Verschwinden die Zusage von Princeton bekommen hatte."

„Von ganz oben nach ganz unten."

„Nichts an diesem Fall ergab einen Sinn."

„Vielleicht ist sie es."

„Könnte sein. Sieh nach, ob wir von beiden die Zahnunterlagen haben. Am besten besorgst du gleich die Unterlagen von allen auf der Liste. Damit sparen wir Zeit."

„Die meisten davon sind zu alt, um im System zu sein. Ich gehe runter ins Archiv und schicke alles, was wir haben, an Bilotti."

„Wenn es keine Übereinstimmung gibt, musst du Lee County dazu bringen, sich darum zu kümmern."

„Verstanden."

Derrick ging und ich ließ mich in meinen Stuhl fallen. Wer auch immer es war, sie war seit einem Jahrzehnt tot. Wovor hatte ich Angst? Aus reinem Egoismus wollte ich nicht, dass es die Kelsy war. Sicher, ich wollte, dass das Mädchen am Leben war, aber tief im Inneren konnte ich den Eltern nicht gegenübertreten.

7

LUCA

Ich kam gerade vom Einkaufen bei Publix zurück und half Mary Ann beim Einräumen, als mein Handy klingelte. Es war Bilotti. Die Uhr zeigte 20:15 Uhr. „Da muss ich rangehen."

„Hey, Doc. Was gibt's?"

„Wir haben anscheinend eine Übereinstimmung bei den Zahndaten."

„Es ist das Kelsy-Kind, oder?"

„Nein. Wir müssen noch einen DNA-Test machen, aber wir glauben, dass das Opfer Kate Swift ist."

„Kate Swift." Mein geistiger Aktenschrank begann zu sortieren. Der Name sagte mir vage etwas. Sie war verschwunden, bevor ich nach Naples gezogen bin. Ich wappnete mich. „Wie alt?"

„Siebzehn."

Ich seufzte. „In was für einer bekloppten Welt wir leben."

„So ist das schon seit Adam und Eva. Deswegen trinke

ich Wein. Er schüttelt den Staub des Lebens von den Schuhen."

„Doc, wenn ich deinen Job machen würde, hinge ich am Wodka-Tropf."

„Es geht nur darum, die Dinge zu trennen. Das solltest du inzwischen wissen."

Oh, das wusste ich. Ich konnte es nur nicht. „Ich versuch's ja. Kannst du mir sonst noch was zu den Überresten sagen?"

„Noch nicht, Frank. Ich habe ein toxikologisches Gutachten für einen Oberschenkelknochen angefordert."

„Danke, wir sprechen uns später."

Ich war absolut dafür, so viele Informationen wie möglich zu bekommen, aber wenn sie etwas fanden, war der Nutzen bei einem Mordfall begrenzt. Was auch immer in den Knochen gefunden würde, ein Strafverteidiger würde es in der Luft zerreißen, weil man unmöglich feststellen konnte, wann die Giftstoffe abgelagert wurden.

Wir könnten die Knochen des Kindes voller Giftstoffe finden, aber nicht wissen, wann sie in den Körper gelangt waren oder ob sie sich über einen längeren Zeitraum angesammelt hatten. Das war einer dieser wahnsinnig machenden Vorbehalte im Gesetz. Man konnte nicht einfach Schlussfolgerungen ziehen; man musste es unwiderlegbar beweisen. Und das war verdammt schwer.

Ich stand im Arbeitszimmer und ließ mir den Namen Kate Swift durch den Kopf gehen. Jedes Mal, wenn der Name eines Opfers bekannt wurde, machte es den Schrecken real. Wir hatten jetzt eine echte Person, jemanden mit einer Familie, Freunden, einem Platz in der Gemeinschaft. Das war der deprimierende Teil, aber auch der Anfangspunkt.

Ich schlurfte zurück in die Küche. „Schlechte Nachrichten?"

Mary Ann durchschaute mich sofort. „Nö. Nur ein Fall. Alles in Ordnung mit dir?"

„Mir geht's gut. Mach ruhig. Tu, was du tun musst."

„Nein, ich hab nichts zu tun."

Sie legte den Kopf schief und schenkte mir das Lächeln, mit dem sie mich vor einem Jahrzehnt geködert hatte. „Was für ein Fall?"

„Die Überreste von dem Mädchen. Verdammt, fast in Jessies Alter."

„Fang nicht an, das zu projizieren, Frank. Warst du es nicht, der mir das gesagt hat?"

Sie hatte recht, aber das war, bevor wir eine Tochter hatten. „Ich weiß. Ich kann nur nicht anders, als mit den Eltern mitzufühlen."

„Es ist schrecklich, aber alles, was du tun kannst, ist, ihnen ein gewisses Maß an Gerechtigkeit zu verschaffen."

Schon wieder richtig, aber vielleicht wollte sie ja den Eltern sagen, dass wir die Überreste ihres kleinen Mädchens in einem Graben gefunden hatten. „Ich weiß." Ich atmete aus. „Ich freue mich nicht darauf, sie zu benachrichtigen."

Sie stützte die Hände auf den Tisch, um aufzustehen. Ich ging zu ihr und sagte: „Bleib sitzen. Wenn du mir Trost anbietest, nehme ich einen Gutschein, sagen wir, für heute Abend um halb elf?"

Als ich sie auf die Wange küsste, sagte sie: „Abgemacht. Und jetzt geh und schnapp dir den, der das getan hat."

Ich massierte ihre Schultern. „Oh, das tut gut."

„Gefällt dir das? Warte nur bis später, da kommt noch viel mehr."

„Na, mach schon, geh."

Ich schloss die Tür zum Arbeitszimmer und loggte mich an meinem Bürocomputer ein. Sobald ich die Akte von Kate Swift aufgerufen hatte, zuckte ich zusammen. Mir drehte sich der Magen um, als ich die Zusammenfassung las; der vorletzte Ort, an dem das Mädchen gesehen worden war, war das Miller-Anwesen.

Das war nicht überraschend, da ihre Leiche dort gefunden wurde, aber es bestärkte die Vermutung, dass sie auch dort getötet worden war. Ich wollte die ganze Akte durchlesen, aber sie war zehn Jahre alt und die Details waren damals nicht hochgeladen worden.

Als sie verschwand, war ihre Adresse 1099 Satin Leaf Road. Ich gab sie in die Suchleiste ein. Sie lag in einer Wohngegend, die als Calusa Bay bekannt war. Eine Nachbarschaft in großartiger Lage, die aber langsam in die Jahre kam.

Als ich herauszoomte, schüttelte ich den Kopf. Sie hatte in Gehweite des Anwesens in Pine Ridge Estate gewohnt, wo ihre Leiche gefunden wurde. Sie musste nur die Goodlette-Frank Road überqueren und wäre in fünf Minuten dort gewesen.

Ich griff zum Hörer. „Derrick. Wir haben einen Namen. Die Überreste gehören zu einer gewissen Kate Swift. Sie ist vor etwas mehr als neun Jahren verschwunden. Ungefähr ein Jahr, bevor ich hierher gezogen bin."

„Wie alt?"

„Siebzehn."

„Schrecklich. Ich komme mit, um die Familie zu benachrichtigen."

„Lass mich nachsehen, ob sie noch in Calusa Bay wohnen."

Ich gab James und Sally Swift in die Suchleiste ein.

„Sie sind nicht mehr dort. Ich finde keine Einträge mit beiden Elternteilen."

„Vielleicht haben sie sich getrennt."

Ich seufzte. „Das ist möglich."

„Es wird spät. Warum machen wir das nicht morgen früh?"

„Ich weiß nicht ..."

„Sie ist schon lange verschwunden, Frank. Und wir müssen sie erst mal aufspüren."

„Ich schätze, du hast recht. Ich versuche mal, ihren Aufenthaltsort ausfindig zu machen, und dann fahren wir morgen früh los."

„Klingt gut. Bis morgen."

Ich brauchte sechs Versuche, aber ich fand den richtigen James Swift. Er wohnte in der Estey Avenue. Sally Swift konnte ich nicht finden. Mary Ann steckte den Kopf zur Tür herein. „Schaffst du es noch zu unserem Date?"

„Äh, ja. Ich bin hier fertig." Ich klappte den Laptop zu und folgte Mary Ann. Sie ging langsam, und ich fragte mich, was die Zukunft für uns bereithielt.

Sie schloss die Schlafzimmertür hinter mir und holte mich in die Realität zurück, indem sie ihren Morgenmantel von den Schultern gleiten ließ. Der kleine Luca wurde munter. Ich zog mein T-Shirt aus, ließ die Unterhose fallen und glitt ins Bett. Die kühlen Laken waren ein angenehmer Kontrast zu der Hitze, die mich durchströmte.

Mary Ann mochte körperlich etwas haben, aber ihre Haut fühlte sich so seidig an wie immer, vielleicht sogar noch mehr. Ich legte mein Bein über ihres, und die Lunte war gezündet.

Es war eine so gute Befreiung wie schon lange nicht mehr, aber als Mary Ann in den Schlaf abdriftete, wanderten meine Gedanken zu Kate Swift. Morgen musste ich den Eltern mitteilen, dass wir sie gefunden hatten.

8

LUCA

Ich fuhr auf der Route 41 nach Norden, bog bei Mr. Tequila's rechts ab und verlangsamte das Tempo. Der Rasen vor dem Haus in der Ridge Street hätte schon vor einer Woche gemäht werden müssen. Es war ein kleines, hellblau gestrichenes Betonhaus. Ich fuhr nie gern in fremde Einfahrten, aber ich hatte Angst, beim Parken auf der schmalen Straße gestreift zu werden.

Der Geruch von Zigarettenrauch schlug mir entgegen, sobald wir aus dem Auto stiegen. „Igitt, Zigaretten."

„Wohl wahr."

Ich blieb einfach stehen.

„Alles klar bei dir?"

Es waren meine Nerven. „Mein Magen rebelliert."

„Bleib hier, ich mach das schon."

Das war das beste Angebot, das ich seit dem John Jay College bekommen hatte, als mich ein Mädchen in ihr Zimmer im Studentenwohnheim einlud. „Geht schon."

Die Tür schwang auf und ein leicht gebeugter Mann

sah mich an. Sein Adamsapfel bewegte sich, während sein Blick zwischen meinem Partner und mir hin und her sprang.

Derrick sagte: „James Swift?"

„Ja. Und Sie sind?"

Swift griff nach dem Türrahmen, als Derrick uns vorstellte. „Dürfen wir hereinkommen?"

„Okay."

James Swifts Gesicht hatte mehr Falten als eine Landkarte. Derrick fragte: „Ist Ihre Frau zu Hause?"

Die Art und Weise, wie er nickte, machte deutlich, dass er wusste, worum es ging. Ich wollte Derrick sagen, dass ich sein Angebot, die Sache zu übernehmen, annehmen würde.

Swift führte uns in eine Küche, die hochmodern war, als Resopal auf den Markt kam. Er fragte: „Geht es um Katie?"

„Ich fürchte ja, Sir."

Er streckte den Kopf in den Flur. „Sally! Die Polizei ist hier."

Eine dünne Frau in einem verblichenen Hauskittel erschien in der Tür. Sie blieb knapp außerhalb der Küche stehen, als Derrick uns vorstellte. Keiner der Eltern ähnelte den Fotos in der Akte. Es waren nicht die vergangenen neun Jahre, die sie ausgezehrt und ihnen einen grauen Schimmer verliehen hatten. Es war der Verlust ihres einzigen Kindes.

Ohne Make-up zupfte Mrs. Swift an einem Fingernagel und sagte: „Sie haben Kate gefunden?"

„Ja, Ma'am."

Ihre Schulter sackte ab. „Sind Sie sicher?"

„Es tut mir leid, aber aufgrund ihrer zahnärztlichen Unterlagen sind wir zuversichtlich, dass es Ihre Tochter ist. Wir müssen das mit einem DNA-Abgleich bestätigen."

Ihr Gesicht verzog sich, aber sie fasste sich schnell wieder. Ihr Mann schwankte, bevor er sich setzte. Es war traurig, dass sie sich nicht ansahen oder versuchten, einander zu trösten.

Sie straffte die Schultern. „Wo war sie?"

„Pine Ridge Estates."

„Sie ist es. Ich wusste es."

Ich sagte: „Was wussten Sie, Mrs. Swift?"

„Ich habe denen gesagt, dass es dieser Miller-Junge war."

„Welchen Miller meinen Sie?"

„Den jüngeren, Mark. Er und Kate standen sich früher nahe, aber nach dem Unfall, nun, da stimmte einfach etwas nicht mehr mit ihm."

„Es versteht sich von selbst, aber wir betrachten dies als ein Tötungsdelikt. Wir werden die Fallakten überprüfen und eine gründliche Untersuchung durchführen."

„Das hätten sie schon tun sollen, als sie verschwunden ist."

„Das war vor unserer beider Zeit. Ich weiß, das bringt Ihre Tochter nicht zurück, aber wir bleiben an der Sache dran, bis wir Ihnen und Ihrer Familie ein gewisses Maß an Gerechtigkeit verschaffen können."

James Swift sagte: „Ich will sehen, wie der Bastard, der das getan hat, dafür hängt."

„Ich verstehe, Sir."

„Ich hoffe, Sie brauchen nicht noch einmal neun Jahre."

„Angesichts der Zeit, die vergangen ist, wird es schwieriger, aber wir fangen mit dem Fall an, sobald wir hier weg sind."

Er nickte und seine Frau fragte: „Wann können wir sie sehen?"

Mein Magen drehte sich um. „Der Gerichtsmediziner führt noch Tests durch, um zu sehen, was wir aus ihren Überresten erfahren können."

Bei dem Wort Überreste verlor die arme Frau die Fassung. Sie fing an zu schluchzen, und ich half ihr auf einen Stuhl.

„Kommen Sie zurecht? Sollen wir jemanden anrufen, der bei Ihnen bleibt?"

„Nein, es geht uns gut."

„Es tut uns leid, dass wir das tun müssen, aber ... wir werden uns in ein oder zwei Tagen melden. Ich bin sicher, wir werden Fragen an Sie beide haben, und wir werden die DNA-Probe brauchen."

Ich hielt mich davon ab, zur Haustür zu rennen. Derrick schloss die Tür hinter uns. „Mann, das war seltsam."

„Der Verlust ihrer Tochter hat ihnen das Leben ausgesaugt. Das habe ich schon zu oft gesehen."

„Was ist mit dem Miller-Jungen?"

„Wollte gerade dasselbe sagen. Wir müssen die Akte ausgraben und lesen, was da drinsteht."

ICH SCHLUG die Akte der Vermisstenanzeige auf. Kate Swift wurde in den frühen Morgenstunden des 2. Juni 2013 von ihrer Mutter als vermisst gemeldet. Ein Beamter namens Talis reagierte darauf und erschien um acht Uhr morgens in ihrem Haus in Calusa Bay.

Sally Swift erzählte ihm, dass Kate das Haus verlassen hatte, als sie und ihr Mann mit Freunden zum Brunch gegangen waren. Sie hatte gegen Mittag mit ihrer Tochter gesprochen. Talis hatte handschriftlich eine Zeit von 11:42 Uhr notiert.

Es war das letzte Mal, dass sie ihre Stimme hörte.

„Derrick, siehst du, dass das Mädchen ihr Handy zu Hause gelassen hat?"

„Ja, das fand ich seltsam. Niemand geht irgendwo ohne sein Handy hin, aber das war damals 2013. Ich kann mich nicht erinnern, aber ich glaube nicht, dass wir damals schon so an unseren Handys geklebt haben."

Ich konnte mich auch nicht erinnern. Laut einer Google-Suche besaß vor fast einem Jahrzehnt etwa die Hälfte des Landes ein Smartphone. Aber die Leute waren nicht besessen davon. Ich konnte nicht umhin zu denken, dass die gute alte Zeit in diesem Fall wirklich besser war.

„Das sollten wir im Hinterkopf behalten, aber ich glaube nicht, dass es bedeutet, dass sie überstürzt aus dem Haus rannte und es dabei vergaß."

„Wir werden ihre Freunde fragen, wie sehr sie sie damals benutzt haben."

Ich überflog die Liste der Personen, mit denen Talis gesprochen hatte. „Den Millers gehört das Baustoffunternehmen."

„Oh ja, das ist ein guter Laden. Die hatten den besten Preis für ausziehbare Dachbodentreppen."

„Bill Miller sagte, Kate sei rübergekommen, um einen Tennisschläger zurückzugeben."

„Ist er die letzte Person, die sie lebend gesehen hat?"

„Sieht so aus."

„Und es führte zu nichts?"

„Genau. Es ist Zeit, mit ihm zu reden."

9

MILLER

Ich saß in meinem Büro und ging die Anzahl und Art der Baugenehmigungen durch, die der Landkreis ausgestellt hatte. Dad sagte immer, er hätte den Immobilienmarkt im Griff, weil er so viele Bauunternehmer kannte. Aber als ich den Laden übernommen hatte, sind wir wegen zu hoher Lagerbestände fast untergegangen.

Es musste einen besseren Weg geben, um abzuschätzen, wie viel Inventar wir brauchten, und nach ein paar Fehlversuchen stieß ich auf die Genehmigungen als eine Möglichkeit, die Lagerbestände zu schätzen. Es war ein Frühindikator, den ich erst zu deuten lernen musste, aber es funktionierte.

Während ich die Anzahl der neu ausgestellten Baugenehmigungen notierte, ertönte die Gegensprechanlage. „Mr. Miller? Hier ist ein Detective Luca auf Leitung zwei. Wollen Sie ihn annehmen?"

„Sicher."

Der Anruf wurde durchgestellt, und ich starrte auf

das blinkende Licht. Was wollte dieser Bulle von mir? Als es erneut klingelte, redete ich mir ein, cool zu bleiben.

„Bill Miller."

„Mr. Miller, hier spricht Detective Frank Luca vom Sheriff's Office in Collier County."

„Hallo, Detective. Was kann ich für Sie tun?"

„Ich habe ein paar Fragen an Sie."

„Worum geht es denn?"

„Kate Swift. Die sterblichen Überreste, die wir auf Ihrem Grundstück gefunden haben."

„Ach ja. Das hatte ich fast vergessen."

Das war ein unüberlegter Spruch, und die Pause des Detectives bestätigte das. Ich war gerade dabei, mich zu sammeln, als er sagte: „Haben Sie jetzt Zeit?"

Ich schluckte ein „Nein" hinunter und sagte: „Ich habe viel zu tun, aber ich nehme mir die Zeit."

„Gut."

„Können wir das hier machen?"

„Ich bin in einer Stunde bei Ihnen."

Ich legte auf und wählte eine andere Nummer.

„Hallo?"

„Benny, hier ist Bill. Tu mir einen Gefallen: Schnapp dir Mark und fahr mit ihm zu Interstone Quarries. Schaut euch die Platten an, die sie haben."

„Was für welche?"

„Granit, äh, neutrale Farben. Prüft die Qualität. Wir nehmen vielleicht einen weiteren Lieferanten auf."

„Alles klar. Wir fahren morgen hin."

„Nein, das muss jetzt sein."

„Jetzt sofort?"

„Ja. Ich will meine Optionen kennen. Ich treffe mich

in einer Stunde mit Smithfield, also macht euch auf den Weg."

„Geht klar."

Ich ließ das Gespräch mit dem Detective noch einmal durch meinen Kopf gehen. Wahrscheinlich war es für die Polizei Routine, den Besitzer eines Grundstücks zu befragen, auf dem eine Leiche gefunden wurde. Aber das hatten wir schon vor Jahren durchgekaut. Wie sehr war dieser Luca daran interessiert, in einem neun Jahre alten Fall zu wühlen?

Gerade als ich angefangen hatte zu glauben, es läge hinter mir, kam es mit voller Wucht zurück. Mein Blick fiel auf ein Foto meines Vaters. Meine Mutter hatte das Bild an dem Tag aufgenommen, als das Schild vor diesem Laden montiert wurde. Wir waren drei Tage von der Eröffnung entfernt, und alle Mann waren an Deck, um die letzten Dinge zu erledigen.

Der Tag schoss mir wieder in den Kopf. Ich war gerade dabei, in der Beleuchtungsabteilung Lampen aufzuhängen, als ich hörte, wie mein Vater seine Stimme erhob. Ich stellte einen Deckenventilator ab und eilte in den hinteren Teil des Ladens. Er sprach mit einem Inspektor. Ich hörte ihn sagen: „Wir können das klären. Geben Sie mir nur eine Minute."

Er kam den Gang entlang, und ich fragte: „Was ist los, Dad?"

„Das Arschloch will uns wegen der Sprinkleranlage durchfallen lassen."

„Warum?"

„Irgendein Scheiß wegen der Art der Sprinklerköpfe. Selbst wenn ich O'Brien morgen herbringen kann,

meinte dieser Idiot, der früheste Termin für eine Nach-
prüfung wäre erst in zehn Tagen."

„Oh nein. Was machen wir jetzt?"

„Ich regel das."

„Wie?"

„Mach einfach weiter, was du gerade getan hast."

„Aber–"

„Lass mich das machen."

Mein Dad stürmte die Treppe zu genau diesem Büro
hoch und tauchte eine Minute später wieder auf. Ich
schlich auf Zehenspitzen den Gang mit den Haushaltsge-
räten entlang und spähte hinter einem Kühlschrank
hervor. Ich sah, wie mein Dad dem Beamten einen
Umschlag gab.

Der Inspektor schaute in den Umschlag und sah sich
dann um. Er nahm den Inhalt heraus und fächerte das
Bündel Geldscheine auf. Er stopfte das Geld in seine
Cargohose und ging.

Ich wartete, bis der Inspektor gegangen war, bevor
ich auf meinen Vater zuging. „Was ist passiert?"

„Alles ist gut."

„Aber du hast gesagt, er lässt uns durchfallen. Was ist
passiert?"

„Ich habe ihn überzeugt."

„Was hast du zu ihm gesagt?"

„Manchmal muss man tun, was nötig ist, sonst
erdrückt einen die Welt."

„Wie meinst du das?"

Er drehte sich um und stieß mir mit dem Finger
gegen die Brust. „Niemand wird auf dich aufpassen
außer deiner Familie. Dem Rest ist es scheißegal. Es liegt

an dir, zu beschützen und zu kontrollieren, was dir wichtig ist."

Dad hatte recht. Die Leute reden davon, dass die Sterne günstig stehen, wenn jemand vom Glück gesegnet ist. Im Fall meines Dads war es kein Glück. Er hat sich den Erfolg erzwungen, indem er tat, was nötig war, sei es nun, zwanzig Stunden am Tag zu arbeiten, Geld für die Expansion zu leihen oder ein Bestechungsgeld zu zahlen, wenn es sein musste.

Er war für alles verantwortlich. Für das Gute und das Schlechte. Alles, wofür er gearbeitet hatte, erreichte er: Status, Wohlstand und eine eng verbundene Familie.

Es fiel mir immer noch schwer zu glauben, wie alles den Bach runtergegangen war. Dad hatte einen Fehler gemacht und ihn noch verschlimmert. Ich war gezwungen, die Scherben aufzusammeln und sie wieder zusammenzusetzen.

Es war nicht einfach oder schön, und wie bei einer zusammengeklebten Teetasse war ihre Zerbrechlichkeit allgegenwärtig.

10

Luca

Als ich auflegte, lief mir ein leichter Schauer über den Nacken. Irgendetwas stimmte nicht. Als ich Miller anrief, tat er so, als hätte er keine Ahnung, worum es bei dem Anruf ging. Der Kerl war im Baustoffhandel tätig. Wie viele Anrufe bekam er schon von der Polizei?

Und es störte mich, wie er über das Opfer sprach. Soweit ich gelesen hatte, kannten er und seine Familie Kate Swift gut. Wie konnte er ihre sterblichen Überreste als „es" bezeichnen? Die meisten Leute werden komisch, wenn sie mit der Polizei reden. Das verstand ich. Selbst wenn man nichts Falsches getan hatte, machte man sich trotzdem Sorgen.

Ich verstand das schon, aber wenn man kein Verbrechen begangen hatte oder versuchte, jemanden zu schützen, hatte man nichts zu befürchten. Ich schob es auf Filme und Fernsehserien mit bösen Cops, die Beweise unterschoben. Das war absoluter Blödsinn. In meiner ganzen Laufbahn habe ich nie einen Beamten gekannt, der jemandem etwas angehängt hat.

Verstehen Sie mich nicht falsch; wie in jedem Beruf gibt es schwarze Schafe, aber sie sind nur ein winziger Bruchteil der Tausenden von Männern und Frauen, die ihr Leben aufs Spiel setzen, um die Öffentlichkeit zu schützen. Ich versuchte, mich davon nicht beirren zu lassen, aber wenn die Öffentlichkeit kein Vertrauen in uns hatte, warum waren wir dann die Ersten, die gerufen wurden, wenn etwas schieflief?

Derrick kam herein. Sein Hemd war mit Wasserflecken übersät. Er sagte: „Es fängt gleich an, runterzukommen."

„Das ist in zehn Minuten vorbei. Ich fahre mal rüber zu Miller. Willst du mitkommen?"

„Gerne, aber ich hab dir ja gesagt, dass ich den Nachmittag frei brauche. Lynns Eltern kommen an, und nachdem wir sie vom Flughafen abgeholt haben, gehen wir in den Naples Zoo."

„Kein Problem. Ich erinnere mich, als ich Jessie das erste Mal dorthin mitgenommen habe. Sie ist total ausgeflippt. Wollte einen Pinguin mit nach Hause nehmen und hat stundenlang deswegen geweint."

Derrick lachte. „Das ist witzig. Ich glaube, sie ist noch zu jung, aber Lynn will unbedingt hin."

„Sie wird es lieben."

„Halt mich wegen Miller auf dem Laufenden."

DER NAPLES BOULEVARD war voller Autos. Jeder große Einzelhändler schien hier eine Filiale zu haben. Mary Ann und ich unternahmen monatliche Pilgerfahrten zu Costco, und Miller Building Supply war gleich auf dem nächsten Parkplatz.

Ich unterstütze gerne die kleinen Leute, aber aus irgendeinem Grund ging ich immer zu Home Depot. Vielleicht funktionierte ihr schlichtes Aussehen, denn ich ging selten zu Lowes und hatte noch nie bei Miller's eingekauft.

Ein stetiger Strom von Kunden mit Einkaufswagen verstopfte den Eingang. Der Laden hatte eine gespaltene Persönlichkeit: zur Hälfte ein Lager für Bauunternehmer und Heimwerker und der Rest ein Ort, an dem Leute mit zwei linken Händen, wie ich, nach Armaturen, Geräten, Haushaltswaren und Gartenartikeln suchen konnten.

Die Büros befanden sich im ersten Stock, der sich über ein Viertel des Ladens erstreckte. Ich spähte aus einem langen Fenster mit Blick auf die Verkaufsfläche. Ich zählte sechsundzwanzig Kunden, als mein Name gerufen wurde.

Ein Mädchen, das kaum älter als meine Tochter gewesen sein konnte, kam herübergehüpft. „Mr. Luca, Mr. Miller kann Sie jetzt empfangen."

Bill Miller hatte einen ernsten Gesichtsausdruck und einen mit Papieren übersäten Schreibtisch. Hinter seinem Schreibtisch stand eine Anrichte, die mit Familienfotos vollgestopft war. Wir schüttelten uns die Hände.

„Schön, Sie kennenzulernen, Detective."

„Ganz meinerseits. Danke, dass Sie sich Zeit für mich nehmen."

Er breitete die Hände über seinem Schreibtisch aus. „Ich bin extrem beschäftigt, aber ich möchte so viel helfen, wie ich kann."

„Ich weiß Ihre Kooperation zu schätzen. Hey, bevor wir anfangen, gehört Ihrer Familie auch Miller's Ale House?" Ich musste ihn etwas auflockern, und neugierig war ich sowieso.

Er lachte. „Ich wünschte, ich bekäme jedes Mal einen Dollar, wenn ich das gefragt werde. Nein, das ist eine andere Familie. Aber wir holen uns mindestens einmal pro Woche das Mittagessen von denen."

„Sie sind schon lange im Geschäft."

„Unser Vati hat damals im Jahr siebenundsechzig angefangen." Er zeigte auf ein Bild an der Wand. „Das ist er vor dem ursprünglichen Laden am Golden Gate."

„Wow. Tolle Aufnahme. Lebt er noch?"

„Nein. Wir haben ihn vor etwa einem Dutzend Jahren verloren."

„Entschuldigung."

„Danke."

„Hören Sie, Sie sind beschäftigt, also komme ich direkt zur Sache. Erzählen Sie mir, was Sie über Kate Swift wissen. Soweit ich weiß, war sie bei Ihnen zu Hause, kurz bevor sie verschwand."

„Nun, ich würde nicht sagen, kurz bevor, denn niemand weiß wirklich, was passiert ist."

Er versuchte, so viel Abstand wie möglich zwischen sich und das vermisste Mädchen zu bringen. „In Ordnung. Erzählen Sie mir von diesem Tag und Ihrer Beziehung zu Ms. Swift."

„Sie war eine Freundin der Familie. Meine Frau hat

ihr beim Tennisunterricht geholfen, und sie hing mit meinem Bruder rum."

„Mark?"

„Ja. Ich meine, sie waren Freunde. Das Mädchen wohnte gleich gegenüber und hing am See ab, wie alle Kinder."

„Und an jenem Sonntag?"

„Meine Frau war in Miami, um ihre Schwester zu besuchen, also spielte ich eine Runde Golf und aß früh zu Abend. Kate war rübergekommen, um einen Schläger abzugeben, den sie sich von Cathy geliehen hatte, und das war es dann auch schon."

„Ist sie nicht mit Ihrem Bruder auf eine Bootsfahrt gegangen?"

„Oh ja. Das hatte ich vergessen. Sie sind eine Weile auf dem See herumgedüst, und dann ist sie gegangen."

„Wo waren Sie, als sie ging?"

„Ich war auf der Veranda und habe das Spiel geschaut."

„Erinnern Sie sich, wer gespielt hat?"

„Ob Sie es glauben oder nicht, ja. Ich war früher ein großer Fan der Dolphins, aber ich schaue keinen Sport mehr."

„Und Sie haben sie gehen sehen?"

„Ja, sie hat sich verabschiedet und ist gegangen."

„Ist sie mit dem Auto hergekommen?"

„Nein, sie wohnte in Calusa Bay, und soweit ich weiß, ist sie zu Fuß rübergekommen, so wie immer."

Ich hatte herausgefunden, dass es die Art, wie man Fragen stellte, war, die nützliche Informationen hervorbrachte. „Was ist Ihnen an diesem Tag Ungewöhnliches aufgefallen? Erzählen Sie mir, was Sie gesehen haben, während sie in Ihrem Haus war und als sie ging."

„Glauben Sie mir, ich habe viel über diesen Tag nachgedacht. Es war ein ziemlich gewöhnlicher Tag, aber ich sah ein Auto etwas weiter die Straße runter parken, das ich für ungewöhnlich hielt."

„Wann ist es Ihnen aufgefallen?"

„Als ich die Mülltonnen rausgestellt habe. Montags ist Abholtag."

„Um wie viel Uhr war das?"

„Vielleicht so um drei. Ich glaube, es war Halbzeit."

Obwohl ich penibel war, was das Rausstellen unserer Tonnen anging, sagte ich: „Ziemlich früh, um den Müll rauszubringen, oder?"

„Ich hatte es am Donnerstag vergessen, und meine Frau beschwert sich, wenn sie anfangen, die Garage vollzustinken."

„Ich weiß, was Sie meinen. Erzählen Sie mir von diesem Auto. Wissen Sie, was für eine Marke es war?"

„Ich bin mir wirklich nicht sicher. Ich kenne mich nicht besonders gut mit Autos aus. Für mich sind sie nur Transportmittel."

Das Bild der Garagentore für sechs Autos an seinem Haus schoss mir durch den Kopf. Es konnte andere Gründe geben, aber Leute mit viel Garagenplatz interessierten sich normalerweise für Autos.

„Geht mir genauso. Haben Sie den Fahrer gesehen?"

„Nein. Es war zu weit weg, aber ich bin mir ziemlich sicher, dass es ein Mann war."

„Woher wissen Sie das?"

„Das kann ich nicht genau sagen; das dachte ich damals einfach."

Miller verbarg etwas. Ich wollte bei ihm nachhaken, brauchte aber mehr Hintergrundinformationen, sonst würde ich ihn nur misstrauisch machen, und er würde das, was er verbarg, noch tiefer vergraben.

„Wie geht es Ihrem Bruder Mark?"

„Ihm geht es gut."

„Sie sagten, dass er an dem Nachmittag mit Kate auf dem Boot war."

„Das war er, aber sie sind zurückgekommen und sie ist gegangen. Er weiß nicht mehr als ich."

„Ich würde gerne mit ihm sprechen."

„Das ist gerade keine gute Idee. Er hat gesundheitliche Probleme."

„Das tut mir leid zu hören."

11

MILLER

Ich begleitete den Detective auf den Flur. Wir gaben uns die Hand, dann ging er die Treppe hinunter. Mit jedem Schritt, den er in Richtung Ausgang tat, beruhigte sich mein Puls. Dann war er draußen verschwunden.

Das war besser gelaufen, als ich gehofft hatte. Es sah so aus, als wollten die Bullen nur ihren eigenen Arsch retten und den Fall als ungelöst zu den Akten legen. Ich klopfte an Gregs Tür und bat ihn, in mein Büro zu kommen.

„Was war mit dem Detective?"

„Ich hab die Sache unter Kontrolle. Die halten sich nur an die Vorschriften."

„Meinst du, die wollen auch mit mir reden? Oder mit Mark?"

„Mach dir keine Sorgen. Falls doch, bleib einfach bei unserer Geschichte, dann wird alles gut."

„Mir gefällt das nicht. Was ist, wenn sie herausfinden, dass ich gelogen habe?"

„Lass das meine Sorge sein, falls sie es tun, okay?"

„Es ist mein Arsch, der auf dem Spiel steht. Ich hab Seymour gefragt, und er meinte, das wäre Strafvereitelung."

Ich sprang aus meinem Stuhl. „Was, bist du verrückt? Mit Seymour darüber zu reden."

„Was glaubst du, wer ich bin, ein verdammter Idiot? Ich habe ihm ein hypothetisches Beispiel genannt."

„Trotzdem keine gute Idee. Sprich mit niemandem darüber: nicht mit deiner Frau, nicht mit Benny, mit niemandem außer mir."

„Schon gut. Hör auf, mich wie ein Kind zu behandeln. Ich muss los. Benny ist gestern nicht zur Arbeit gekommen und hat einen Termin mit Seagate verpasst. Die wollen nichts mit ihm zu tun haben, und ich muss das morgen für ihn regeln."

„Er hat schon wieder gefehlt? Was zum Teufel ist mit ihm los?"

„Irgendein Blödsinn wegen seiner Beine und der Durchblutung."

„Ich weiß nicht, wie Dad es all die Jahre mit ihm ausgehalten hat; er war schon immer ein Drückeberger."

„Wir sollten ihn gehen lassen. Ihm eine Abfindung geben und die Sache damit beenden."

„Ich weiß nicht. Er ist für Dad eingesprungen, und ich möchte nicht, dass das ans Licht kommt."

„Das ist mehr als zehn verdammte Jahre her."

„Ich werde darüber nachdenken."

Er zog sein Handy heraus, während er sagte: „Setz ihn vor die Tür. Ich werde in der Gärtnerei gebraucht.

Fiorelli tätigt einen Großeinkauf für diese neue Siedlung, die sie am Collier Boulevard bauen. Ich muss los."

Greg ging. Ich würde Benny niemals loswerden. Er kannte nicht nur das andere Familiengeheimnis, er hatte auch Dads Arsch davor bewahrt, ins Gefängnis zu wandern. Seitdem hatte er uns ausgenutzt, aber es wäre alles noch viel schlimmer gekommen, wenn Dad wegen Fahrens unter Einfluss verhaftet worden wäre.

Dad war stockbesoffen, hatte aber die Geistesgegenwart, Benny anzurufen, als er gegen den Baum gekracht war. Als Benny dort ankam, rief er den Notruf und gab sich als Fahrer aus. Er schlug sich sogar den Kopf an und fügte sich eine Schnittwunde zu, damit es echt aussah. Die List bewahrte Dad davor, zum Mörder zu werden. Stattdessen war er ein Opfer, ein trauernder Witwer und Vater eines behinderten Sohnes.

Dad sagte, Benny sei nur zwei Blocks entfernt gewesen, aber ich hatte mich immer gefragt, ob eine Verzögerung bei der Einlieferung von Mark ins Krankenhaus zu seiner Verletzung beigetragen hatte. Ich habe die Geschichte nie geglaubt, aber ich hielt zu Dad. Es war ein Fehler, ein tragischer, aber es war keine Absicht. Dad hatte wegen eines Bandscheibenvorfalls ein Muskelrelaxans genommen, und zwei Drinks waren zu viel gewesen.

Dieser verdammte Unfall hatte alles verändert. Mom war weg. Für immer. Es fühlte sich an wie eine seltsame Mischung daraus, gleichzeitig bestohlen und vergewaltigt worden zu sein. Mom war warmherzig und emotional gewesen, das Gegengewicht zu Dads

Vorschlaghammer-Methode, mit der er seine Ziele verfolgte.

Aber es war Dad, der zerbrach. Er sprach nie darüber. Ich wusste nicht, was ich tun oder wie lange ich ihm Zeit geben sollte, sich zu erholen. Ich litt auch, aber nachdem er sechs Wochen lang keinen Fuß in den Laden gesetzt hatte und die Bitten der Angestellten um Hilfe immer lauter wurden, ging ich zu ihm.

Die Jalousien waren heruntergelassen. Dad saß in seinem Fernsehsessel. Der Couchtisch war übersät mit Tellern voller halb aufgegessener Mahlzeiten. Ich nahm mir vor, Clara anzurufen. Er hatte der Putzfrau verboten zu kommen, aber der Ort sah schlimmer aus als ein Studentenwohnheim.

„Hey Dad. Wie geht's dir heute?"

Er zuckte mit den Schultern. „Wie immer, Bill."

Ich drückte ihm die Schulter, während ich die Jalousien hochzog. „Es ist ein wunderschöner Tag. Warum gehen wir nicht auf die Terrasse?"

„Ich will nicht."

„Du kannst nicht den Rest deines Lebens in diesem Sessel sitzen."

„Das ist egal."

„Du siehst müde aus, Dad. In einem Ruhesessel kann man unmöglich gut schlafen. Tu mir einen Gefallen und schlaf in deinem Bett, ja?"

Er schüttelte den Kopf. „Ich kann nicht mehr in diesem Bett schlafen. Zu viele Erinnerungen, Bill. Ich kann nicht einmal mehr in das Zimmer gehen."

„Das wird seine Zeit brauchen, Dad, aber langsam wird es besser. Du wirst sehen, aber du musst es versuchen. Den ganzen Tag im Dunkeln zu sitzen, hilft da nicht."

Er zuckte mit den Schultern.

„Komm doch für ein paar Stunden mit in den Laden. Das wird dir guttun."

„Das hilft nichts."

„Wir brauchen dich. Alle fragen nach dir: die Angestellten, die Kunden, die Lieferanten."

„Das wird nichts ändern."

„Ich glaube schon, und ich sage dir, es wird nicht besser, wenn wir das Geschäft verlieren."

„Ich kann nicht. Du hast nicht gesehen, was ich getan habe."

„Du musst das vergessen, Dad. Du musst weitermachen."

„Was ich gesehen habe, das kriege ich nicht mehr aus dem Kopf, und es war allein meine Schuld."

„Nein, war es nicht. Es war das Medikament."

„Nein, ich war es. Nur ich allein."

„Dich selbst fertigzumachen, hilft auch nicht. Komm schon, Dad. Du musst dich zusammenreißen."

„Ich kann nicht. Tut mir leid, Billy, aber ich kann einfach nicht."

„Und was ist mit uns? Was ist mit Greg und Mark?"

Er zuckte zusammen, als ich Marks Namen sagte.

„Hä? Was ist mit uns?"

Eine Träne rollte über seine Wange. „Ihr werdet das schon schaffen."

„Ja, toller Ratschlag, Dad. Und was ist mit dem Geschäft? Willst du es den Bach runtergehen lassen?"

„Es tut mir leid."

Er schniefte und schloss die Augen. Ich ging und war fassungslos, wie schnell sein Kampfgeist erloschen war. Auf dem Weg zum Laden dachte ich mir, dass er wohl noch einen Monat brauchen würde, um aus der Dunkelheit herauszukriechen. Noch nie hatte ich mich so getäuscht.

12

LUCA

Ich hatte gewartet, bis wir vor dem Haus der Swifts standen. Derrick sagte: „Ich hoffe, wir kriegen was von denen. Bist du bereit?"

„Versteh das nicht falsch; du bist ein großartiger Detective, aber ich glaube, du kannst noch besser sein."

„Ist das ein Kompliment?"

„Absolut. Ich habe mit sechs Partnern zusammengearbeitet. Ich hätte nie gedacht, noch mal jemanden zu finden, der so gut ist wie JJ. Aber du bist es, und das meine ich ernst."

„Danke. Also, was wolltest du sagen?"

„Mit der richtigen Fragestellung bekommst du bessere Antworten."

„Meinst du so wie Columbo?"

„Nein. Ich rede von der Formulierung. Nehmen wir mal an, du fragst einen Zeugen oder Passanten, ob er etwas Außergewöhnliches gesehen hat. Die meisten würden fragen: ‚Haben Sie etwas Ungewöhnliches gesehen?'"

„Ja, das stimmt. Aber ich verstehe nicht, worauf du hinauswillst."

„Anstatt ‚Haben Sie etwas Ungewöhnliches gesehen?', versuch es mal mit ‚Was haben Sie Ungewöhnliches gesehen?' Siehst du den Unterschied?"

Derrick nickte langsam. „Im Grunde gehst du davon aus, dass sie etwas gesehen haben, und sie fühlen sich dann genötigt, etwas zu sagen."

„Ja, aber auf einer tieferen, psychologischen Ebene löst das ein Bedürfnis aus zu antworten."

„Ja, aber sie könnten es sich auch nur ausdenken."

„Sicher, aber bei den Anschlussfragen würdest du dem schon auf den Grund gehen."

Nickend sagte er: „Gefällt mir. Das ist ein guter Tipp, Luca."

„Lebe, als wäre es dein letzter Tag, aber lerne, als würdest du ewig leben."

Bevor er mich fragen konnte, warum ich so lange gewartet hatte, ihm zu sagen, dass mir die Art seiner Fragestellung nicht gefiel, sagte ich: „Lass uns reingehen."

Ich setzte mich an den Tisch, James Swift gegenüber. Das war zwar der größtmögliche Abstand, aber ich würde trotzdem nach Zigarettenrauch stinken. Ich zog die Revers meines Sakkos enger zusammen. Es fühlte sich an, als hätten sie den Thermostat auf achtzehn Grad eingestellt.

„Danke, dass Sie sich in einer so stressigen Zeit für uns Zeit nehmen."

Mr. Swift sagte: „Wir wollen, dass derjenige, der das getan hat, dafür bezahlt."

Seine Frau sagte: „Konnten Sie nicht bis nach der Trauerfeier warten?"

„Es tut mir leid, Ma'am, aber das geschah nicht aus mangelndem Mitgefühl; ich möchte nur nicht noch mehr Zeit verstreichen lassen."

Sie schnaubte verächtlich, und ich beschloss, sie erst nach der Trauerfeier um einen DNA-Abstrich zu bitten. Derrick sagte: „Wir wollten das vor der Feier erledigen, denn wenn es für Sie in Ordnung ist – und Sie können auch Nein sagen –, würden wir gerne dabei sein."

„Warum?"

„Wer auch immer das getan hat, könnte teilnehmen und –"

Mr. Swift legte seine Hand auf den Unterarm seiner Frau. „Sie können kommen, aber Sie müssen sich unauffällig im Hintergrund halten."

„Wir wären nur zur Beobachtung da. Wir würden mit niemandem sprechen."

Er sah seine Frau an, und sie sagte: „Okay, machen Sie sich unsichtbar."

„Danke, Ma'am. Wo findet sie statt?"

Derrick notierte sich die Einzelheiten und sagte: „Danke. Nun, Detective Luca und ich haben die Fallakte gelesen, aber wir würden Sie gerne zu Kates Freunden und Beziehungen befragen."

„Das haben wir uns schon gedacht."

Ich fragte: „Wer waren ihre engsten Freunde?"

Mrs. Swift sagte: „Katie und Molly waren unzertrennlich. Sie haben sich auseinandergelebt, als sie anfing, mit Mark Miller rumzuhängen, aber nach dem Unfall näherten sie sich wieder an."

„Welcher Unfall?"

„Der, bei dem Mark verletzt wurde und seine Mutter starb."

„Wann war das?"

„Ungefähr ein Jahr bevor ... bevor Katie verschwand. Dem müssen Sie wirklich nachgehen. Er hatte damit etwas zu tun. Ich weiß es."

„Mark Miller wurde damals entlastet, aber wir nehmen uns jetzt alles und jeden noch einmal von Neuem vor."

„Also, ich würde mit ihm anfangen."

„Gibt es noch andere Freunde, mit denen wir reden sollten?"

„Sie war eng mit Barbara Quinn und Nancy Toro befreundet."

Ich erinnerte mich an das Quinn-Mädchen aus der Akte, aber nicht an Nancy Toro. Derrick notierte sich ihre Kontaktdaten und ich fragte: „Was ist mit Leuten, mit denen sie Schwierigkeiten hatte? Jemand, mit dem sie nicht gut auskam? Jemand, den sie als Feind betrachten würde?"

„Katie kam mit jedem gut aus."

Derrick sagte: „Vor wem hatte sie Angst?"

„Angst?"

„Ja."

„Die Einzige war Amanda. Sie war eifersüchtig auf Katie, und sie ist ein bisschen ruppig."

Derrick warf mir einen verstohlenen Blick zu. Er

hatte die Taktik angewandt und eine Antwort erhalten, die er sonst nicht bekommen hätte.

Nachdem er die Kontaktdaten des Mädchens aufgeschrieben hatte, fragte ich: „Wie war ihre Beziehung zu Bill und Cathy Miller?"

Mr. Swift sagte: „Ich schätze, es waren ganz anständige Leute, und ich weiß, es ist kindisch, aber es war, als würden sie versuchen, uns unsere Tochter zu stehlen."

Ich sah zu seiner Frau, die sagte: „Sie waren gut zu ihr. Katie spielte gern Tennis, und Cathy ... sie hatte ihr ganzes Leben lang gespielt und Katie ein paar Trainerstunden gegeben. Sie war nicht hochnäsig, wenn Sie wissen, was ich meine."

„Was ist mit Bill Miller?"

„Er war ein guter Kerl. Katie hatte mal erwähnt, dass wir das Haus in Calusa renovieren, und er sagte ihr, ich solle zu ihm kommen, er würde uns das Material zum Selbstkostenpreis geben. Ich wollte es nicht tun, aber als wir anfingen, Angebote einzuholen, musste ich es tun. Wir haben dabei ein paar tausend Dollar gespart."

Derrick sagte: „Klingt, als wäre er ein guter Bekannter."

„Ja, er hat einen Freund, der ein Honda-Autohaus in Fort Myers besitzt. Er wusste, dass wir ein Auto brauchten, und rief ihn an. Der Typ hat uns ein super Angebot gemacht."

„Ein netter Kontakt. Sie waren also befreundet?"

Mrs. Swift sagte: „Sie haben uns einmal zum Grillen eingeladen. Wir sind auch hingegangen. Ich meine, es war nett und so, aber wir sind nicht die gleiche Sorte

Mensch. Sie haben uns noch einmal gefragt, eigentlich sogar zweimal, aber wir sind nie wieder hingegangen."

Ich fragte: „War Kate bei Ihnen?"

„Ja, wir sind alle zusammen hingegangen."

Derrick sagte: „Was für Ärger hatte Kate in der Schule?"

„Ärger? Sie war eine gute Schülerin, und die Schule hat uns nicht ein einziges Mal angerufen."

Ich sagte: „Okay. Welchen Lehrern stand sie nahe?"

„Oh, sie mochte Mr. Marconi sehr. Katie hatte ihn zweimal in Englisch. Sie war eine Art Assistentin für ihn und auch für Mr. Schneider."

„Barron Collier High?"

„Ja."

Wir stellten noch ein paar weitere Fragen, kamen aber zu keinen neuen Spuren. Wir hatten ein paar Fäden, an denen wir ziehen konnten. Einer davon war dünn und beunruhigend. Ich hoffte, dass das Vibrieren an meinem Schädelansatz nicht signalisierte, dass er die Ursache für Kate Swifts Tod war.

13

LUCA

Die Hitze tat gut. Ich ging langsam zum Auto zurück. Auf halbem Weg die Einfahrt hinunter sagte Derrick: „Zwischen den beiden gibt es nicht einen Funken Zuneigung."

„Der Verlust eines Kindes kann das mit einem machen."

„Den Vater haben sie ziemlich schnell von der Liste gestrichen. Meinst du, wir sollten ihn uns noch mal ansehen?"

„Ich habe vor langer Zeit gelernt, niemals jemanden auszuschließen. Wir werden ihn noch einmal überprüfen, aber ich glaube nicht, dass er dafür verantwortlich ist."

Wir stiegen ins Auto. Derrick startete den Motor und sagte: „Wir haben nicht viel erfahren, aber sie scheint zu denken, dass Mark Miller etwas damit zu tun hatte."

„Möglich, aber irgendetwas an Bill Miller bereitet mir Unbehagen."

„Ich habe nicht gehört, dass sie etwas Besorgniserregendes gesagt hätten."

„Es war nichts Konkretes. Aber Miller hat sich alle Mühe gegeben, sich mit Kates Eltern anzufreunden."

„Er scheint ein netter Kerl zu sein."

„Könnte ein klassischer Fall von Grooming sein."

„Glaubst du, er könnte das Kind missbraucht haben?"

„Ich sage nicht, dass er es getan hat, aber sich der Familie anzunähern, ist das, was diese Raubtiere tun. Es verschafft ihnen die Gelegenheit, und die Familie schöpft keinen Verdacht."

„Mann, der Typ ist eine große Nummer, mit dem Geschäft und allem; es wäre zum Kotzen, wenn er es war."

„Kein Zweifel, aber wir müssen dem nachgehen. Reden wir mit ihren Freundinnen; da bekommen wir sicher ein paar Infos. Teilen wir es auf. Du befragst Barbara Quinn und ich statte Nancy Toro einen Besuch ab."

ICH BOG NACH TIMBERWOOD AB. Die Wohngegend lag an der Airport Pulling Road und schien nur aus Reihenhäusern zu bestehen. Die Gebäude mit Aluminiumverkleidung waren mehr als dreißig Jahre alt. Ich fuhr den Timberwood Circle entlang und hielt vor einem grauen, zweistöckigen Gebäude, das auf beiden Seiten von einem Schornstein eingerahmt wurde.

Als ich zur Tür ging, ließ mich ein Windstoß den Himmel prüfen. Keine bedrohlichen Wolken, aber ein

Hauch von Rauch lag in der Luft. Es hatte seit Wochen nicht geregnet. Ich klingelte, und eine Sekunde später schwang die Tür auf.

„Sind Sie der Detective?"

Ich zückte meine Dienstmarke. „Ja, Detective Luca. Nancy Toro?"

Sie nickte. „Wissen Sie, Sie sehen aus wie George Clooney."

Das hatte ich schon eine Weile nicht mehr gehört. „Ich schätze, ich sollte mich bedanken."

„Er sieht gut aus. Kommen Sie rein."

Das Haus war dunkel, hatte aber eine schöne Kathedraldecke im Hauptwohnbereich. Der Raum war spärlich möbliert.

„Macht es Ihnen etwas aus, wenn wir uns dorthin setzen?" Sie deutete auf zwei Hocker an der Küchentheke.

„Das passt für mich." Es wäre nicht meine erste Befragung auf einem Barhocker.

„Gut. Ich bin gerade erst hierher gezogen, und, na ja, es gibt noch viel zu besorgen."

„Viel Glück mit dem Haus. Wie ich bereits erwähnte, wollte ich über Kate Swift sprechen."

Sie runzelte die Stirn. „Sie ist schon so lange weg. Es ist irgendwie seltsam, dass sie morgen die Trauerfeier abhalten."

Ich nickte. „Gehen Sie hin?"

„Oh ja. Wir standen uns eine Zeit lang nahe."

„Ich konnte keine Aufzeichnungen darüber finden, dass Sie von unserer Abteilung befragt wurden, als Kate verschwand. Hat sich jemand bei Ihnen gemeldet?"

„Nein. Ich weiß, dass sie mit Barb gesprochen haben, aber das ist alles, woran ich mich erinnere."

„Wann haben Sie Kate das letzte Mal gesehen?"

„An dem Tag, an dem sie verschwand."

Ich räusperte mich. „Sie sind sich da sicher."

„Oh ja. Ganz ohne Zweifel."

„Wann und wo haben Sie sie gesehen?"

„Meine Mutter fuhr uns gerade vom Baker Park nach Hause. Wir sind dort sonntags immer spazieren gegangen, und quasi direkt vor der Einfahrt zu unserer Wohngegend hab ich sie gesehen."

„Sie haben auch in Calusa Bay gewohnt?"

„Nein, gleich nebenan, in Autumn Woods."

„Was hat Kate gemacht?"

„Sie hat mit Mr. Miller geredet."

„Bill Miller?"

„Ja, er und ein Freund von ihm. Sie saßen in seinem Wagen, hatten am Straßenrand angehalten, und Kate stand auf dem Bürgersteig."

„Auf der Goodlette-Frank?"

„Ja, quasi ein kleines Stück vor unserer Nachbarschaft."

„Und Sie sind sich sicher, dass es Bill Miller war?"

„Absolut. Er hatte ein rotes Mercedes-Cabrio. Das Verdeck war unten, und es waren er und sein Freund."

„Wissen Sie, wer der andere Mann war?"

Sie schüttelte den Kopf. „Nein, tut mir leid."

„Schon gut. Um wie viel Uhr war das?"

„Ich würde sagen, es war gegen zwölf."

„Also, nur um das klarzustellen, Sie und Ihre Mutter sind vom Baker Park nach Hause gefahren und haben

Kate Swift gesehen. Sie sprach mit Bill Miller und einem anderen Mann, die in Mr. Millers Wagen auf der Goodlette-Frank angehalten hatten."

„Ja. Das habe ich gesehen."

„Könnte Ihre Mutter das bestätigen?"

„Ich bin sicher, das würde sie. Wir haben darüber gesprochen, als sie verschwand."

„Gibt es einen Grund, warum Sie mit dieser Information nicht zur Polizei gegangen sind?"

„Warum? Sie war mit den Millers befreundet, und danach wurde sie noch bei ihnen zu Hause gesehen."

Das stimmte, aber es untermauerte die Vorstellung, dass Miller möglicherweise eine unangemessene Beziehung zu Kate hatte. Oder dass er versucht hatte, sie zu umwerben.

„Was können Sie mir über Mark Miller erzählen?"

Sie seufzte. „Es ist, als hätte auf Katie ein Fluch gelegen. Sie und Mark waren, so, ewig zusammen. Und dann, durch den Unfall und das alles, war er total durch den Wind und nicht mehr derselbe."

„Wie meinen Sie das?"

„Ich will ja nichts Schlechtes sagen, aber er war wie ein Kind. Er bekam Wutanfälle und wollte, so, mit Fröschen spielen. Es war seltsam, an einem Tag war man ein normaler Teenager, und dann ..."

„Hatte Mark ein Aggressionsproblem?"

„Nach dem Unfall schon."

„Halten Sie es für möglich, dass er Kate etwas angetan haben könnte?"

„Darüber habe ich nachgedacht, aber er mochte Kate

wirklich sehr. Ich kann mir nicht vorstellen, dass er sie verletzt hätte."

„Aber er muss doch verärgert gewesen sein, dass die Beziehung vorbei war."

„Ja, aber Katie tat es wirklich leid und sie hat ihm einen sanften Korb gegeben, wissen Sie. Sie war einer dieser Menschen, die einfach immer das Richtige tun."

„Was ist mit jemandem, der Kate nicht mochte? Hatte sie irgendwelche Feinde?"

„Nicht, dass ich wüsste."

„Was ist mit jemandem namens Amanda?"

Sie schnaubte. „Die war eine Tyrannin."

„Hat sie viele Kinder schikaniert?"

„Ich schätze schon, aber sie hat sich immer auf Katie eingeschossen. Ich glaube, sie war eifersüchtig auf sie."

„Ist Amanda Kate gegenüber jemals handgreiflich geworden?"

„Sie hat sie auf den Fluren angerempelt, aber ansonsten eigentlich nicht. Oh, da war aber dieses eine Mal, wir waren auf dem Parkplatz und Amanda ... sie war ja älter als wir und hatte ihren Führerschein schon, bevor wir unseren bekamen. Jedenfalls, an diesem einen Tag gingen Katie, Barb und ich gerade zu Fuß, und Amanda hat versucht, sie zu überfahren."

„Nur Kate?"

„Ja, weil Katie am Rand ging und Barb und ich näher an den anderen Autos waren."

„Jugendliche stellen mit Autos allen möglichen Blödsinn an."

„Ich weiß, aber als wir noch in der Schule waren, hat Amanda Cheryl mit ihrem Auto angefahren."

„Absichtlich?"

„Sie hat behauptet, nein, aber jeder wusste es besser."

„Wie nahe stand Kate Mr. Marconi und Mr. Schneider?"

Sie runzelte die Stirn. „Sie war schwer verknallt in Mr. Marconi. Die meisten Mädchen waren das, aber ich nicht: Ich fand ihn unheimlich."

„Inwiefern unheimlich?"

„Ich will nichts sagen, weil ich keine Beweise habe, aber ich hatte immer das Gefühl, dass er versuchte, Sie wissen schon, ich schätze, verführen ist das richtige Wort."

„War Mr. Schneider genauso?"

„So ähnlich. Er war nicht so süß wie Mr. M. Ich mochte ihn lieber, aber ich habe zu beiden Abstand gehalten."

14

MILLER

Ich fuhr in eine Parklücke, und Cathy sagte: „Oje, ich hoffe, es wird nicht zu emotional."

„Das wird schon. Es ist schon neun Jahre her."

„Ich weiß, aber einfach ist das nie."

„Vielleicht sollten wir ein Stipendium in ihrem Namen einrichten. Das wäre eine gute Möglichkeit, ihr Andenken zu ehren."

„Das ist eine gute Idee."

Ich lächelte sie an. Sie sagte: „Komm, lass uns los."

„Warte noch ein paar Minuten. Ich will nicht einer der Ersten dort drinnen sein."

„Das werden wir nicht sein, schau dir die ganzen Autos an."

„Na gut. Gehen wir."

Ich nahm die Hand meiner Frau und wir gingen auf den Eingang der Vanderbilt Presbyterian Church zu. Als ich die Tür aufzog, schob sich eine Wolke vor die Sonne. Ich hoffte, das war kein schlechtes Omen.

Ein riesiges Bild von Kate stand auf einer Staffelei am Anfang des Mittelgangs der Kapelle. Cathy blieb davor stehen. „Sie war so eine hübsche junge Frau."

„Ich weiß, welch eine Schande."

Ich konnte die Swifts sehen. Sie standen auf dem Altar und unterhielten sich mit dem Pfarrer. Als sie auseinandergingen, begannen die riesigen Orgelpfeifen hinter ihnen, ein deprimierendes Lied zu dröhnen.

Cathy sagte: „Da sind die Harrigans."

Während wir die Harrigans begrüßten, ließ ich den Blick über die Anwesenden schweifen. Als ich mich nach rechts drehte, sah ich ihn und erstarrte. Was zum Teufel machte dieser Detective hier?

15

Als ich an einer Ampel an der Immokalee Road und der Route 41 hielt, klingelte mein Handy. Es war Derrick.

„Hey, Frank, ich kann leider nicht kommen."

„Ist alles in Ordnung?"

„Irgendetwas stimmt mit unseren Bankkonten nicht. Lynn hat sich heute Morgen eingeloggt, um ein paar Rechnungen zu bezahlen, und auf dem Sparkonto war nur noch ein Dollar und auf dem Girokonto neun Dollar."

Das hörte sich gar nicht gut an. „Könnte eine Verwechslung sein, oder vielleicht wurdet ihr gehackt."

„Die Bank of America sagte, es war kein Hack."

„Ich hoffe, es hat nicht jemand deine Identität gestohlen."

Derrick stöhnte. „Oh Mann. Ich hoffe nicht. Die Bank war am Telefon nicht sehr hilfreich, also gehe ich persönlich hin."

„Zeig ihnen deine Marke. Das sollte dir etwas Respekt verschaffen."

„Das hoffe ich."

„Viel Glück und lass mich wissen, was los ist."

Als ich an der Kreuzung der Airport Pulling Road vorbeifuhr, bog ich auf den Parkplatz der Vanderbilt Presbyterian Church ein. Die Kirche meiner Kindheit war eine traditionelle gewesen: aus Backstein, mit jeder Menge Statuen. Dieser moderne Bau sah eher wie ein Veranstaltungssaal aus.

Zwei weitere Autos fuhren vor, als ich durch einen Seiteneingang in die Kirche schlüpfte. Mr. und Mrs. Swift waren gerade dabei, Fotos auf einer Staffelei zurechtzurücken. Sie sahen mich nicht. Ich bezog links neben einer dicken Säule Position, sodass ich außer Sichtweite war.

Ich behielt die Haupttüren im Auge. Ich suchte nicht nach etwas Bestimmtem, aber ich empfing mehr Signale als eine Hellseherin vom Sunset Strip. Die Art, wie sich Leute verhielten, ihre Körpersprache eingeschlossen, konnte einem guten Polizisten einen Hinweis geben.

Aber diese Situation erforderte ein gewisses Maß an Filterung. Menschen, mich eingeschlossen, wird bei Beerdigungen mulmig zumute, besonders wenn jemand so früh von uns gegangen ist. Es wäre interessant zu sehen, was ich herausfinden würde.

Ich hatte vor, das Buch durchzublättern, in das sich die meisten Trauergäste eintrugen. Es könnte helfen, jemanden zu identifizieren. Zu diesem Zeitpunkt zog ich Bill Miller und seinen Bruder Mark als mögliche Verdächtige in Betracht.

Amanda, deren Nachname Ryan war, war ebenfalls eine Person von Interesse. Sie hatte wegen grob fahrlässiger Gefährdung eine Strafe im Gefängnis von Lee County abgesessen, aber online gab es keine Details. Ich wollte die Fallakte abwarten, bevor ich sie befragte. Ein Büroangestellter aus Lee County versprach, sie von einem Streifenwagen vorbeibringen zu lassen.

Nancy Toro bemerkte ich, sobald sie mit einer älteren Frau hereinkam. Ihrem Gesicht nach zu urteilen, schätzte ich die Frau als ihre Mutter ein. Sie trugen sich in die Liste ein und gingen direkt zu den Swifts. Nancy umarmte Mrs. Swift, deren Schultern zu beben begannen.

Ich konnte mir nicht vorstellen, wie schmerzhaft es für die Eltern sein musste, die engste Freundin ihrer Tochter zu sehen. Ein Schauer lief mir über den Rücken, als mir der Gedanke kam, dass es Mary Ann und ich sein könnten. Ich verlagerte mein Gewicht und richtete meinen Blick wieder auf den Eingang.

Vier ältere Damen kamen herein. Sie könnten ehemalige oder jetzige Nachbarn der Swifts gewesen sein. Sie trugen sich ein und schüttelten beim Anblick von Kates Bild die Köpfe. Ein paar Männer in Arbeitskleidung kam hinter ihnen herein. Sie gingen am Gästebuch vorbei, setzten sich in die letzte Reihe und betrachteten ihre Hände.

Ein älteres Ehepaar schlenderte herein. Als sie den Gang entlanggingen, fragte ich mich, ob sie die Großeltern waren. Ein plötzlicher Strom von Leuten überraschte mich. Die meisten schienen Freunde von Kate zu sein, einige mit ihren Eltern, andere mit einem Ehepartner.

Meine Augen folgten ihnen den Gang hinunter. Niemand bekam einen Freifahrtschein, aber sie alle wirkten unbefangen. Aus dem Augenwinkel nahm ich eine Bewegung wahr. Es waren Bill und Cathy Miller.

Sie hielten Händchen und gingen im Gleichschritt. Miller war ein Macher, und die Tatsache, dass er seine Frau nicht anführte, kam mir komisch vor. War er besorgt, weil er schuldig war, oder war er bei solchen Anlässen einfach wie ich?

Die Millers ließen sich in einer Kirchenbank nieder, nachdem sie die Swifts begrüßt hatten. Es wurden keine Umarmungen ausgetauscht, und Bill Miller wirkte steif und förmlich. Ich musterte ihn, während er seiner Frau etwas zuflüsterte. Etwas fiel auf den Boden und das Geräusch hallte durch die Kapelle. Ich drehte mich zum Eingang um: Ein Mann, den ich auf etwa fünfzig schätzte, hob gerade das Kondolenzbuch auf.

Er trug einen Anzug und eine Krawatte, wie es vor zwanzig Jahren üblich war. Er ließ den Blick durch den Raum schweifen und nahm hinter Nancy Toro und ihrer Mutter Platz. Er tippte Nancy auf die Schulter, und sie strahlte über das ganze Gesicht. Sie plauderten, bis der Pfarrer ans Pult trat.

Ich schlenderte zum Eingang und warf einen Blick in das aufgeschlagene Buch. Der Mann, der hereinge-kommen war, war Richard Schneider, Kates ehemaliger Lehrer. Ich blätterte zur vorherigen Seite zurück. Mitten auf der Seite stand der Name Freddo Marconi. Er war der andere Lehrer, den Nancy unheimlich fand.

Der Pfarrer bat alle, sich zu erheben, und ich ließ meinen Blick über die Kirchenbänke schweifen, um Marconi zu finden. Ich hatte keine Ahnung, wie er aussah, und verließ mich auf meinen Instinkt. Ich machte zwei Möglichkeiten aus: einen Kerl mit zurückgegeltem Haar und einem hellblauen Sakko und einen größeren, gut aussehenden Mann mit angegrauten Schläfen, der ein weißes Leinenhemd trug.

Ich war kein Zocker, aber mein Geld hätte ich auf den großen Kerl gesetzt. Als ich ihn von der Seite betrachtete, wurde mir klar, dass es an seiner Kleidung lag. Meiner Meinung nach ist jeder, der zu einer Trauerfeier ein Leinenhemd und eine Leinenhose trägt, ein Angeber. Genau die Sorte Mann, die versuchen würde, ein junges Mädchen zu verführen.

Die Gebetsteile waren schon hart, aber ich konnte die Fassung nicht bewahren, als die Trauerreden begannen. Ich bekam immer feuchte Augen, wenn über jemanden gesprochen wurde, der nicht mehr unter uns war. Das hier war um Längen schlimmer. Ich wischte mir die Augen und versteckte mich hinter der Säule. Ich summte vor mich hin, um auszublenden, was gesagt wurde.

Ich wollte am liebsten abhauen, aber ich musste wissen, wer Marconi war und ob Miller gefühlvoll wurde. Ich ging ein paar Schritte vor, um einen besseren Blick auf Miller und seine Frau zu erhaschen. Miller hatte sein Kinn auf die Brust sinken lassen. Er weinte nicht, sondern lenkte sich von dem Geschehen ab. War es aus Schuldgefühlen oder aus Mitgefühl?

Mein unterer Rücken fing an, sich wegen des Stehens auf dem Marmorboden bemerkbar zu machen. Ich setzte mich in eine Kirchenbank, während der Pfarrer die Anwesenden zu einem weiteren Lied anstimmte. Ich fragte mich, was den Eltern durch den Kopf ging, als der Pfarrer die Zeremonie beendete.

Die erste Reihe leerte sich und umringte die Eltern. Das war meine Chance. Ich ging geradewegs auf Nancy Toro zu. Ich suchte ihren Blick und winkte sie zu mir herüber.

„Ganz schnell, Nancy. Ist der Kerl im Leinenanzug Marconi?"

„Nein. Ich weiß nicht, wer das ist."

„Ist Marconi hier?"

Sie ließ den Kopf kreisen. „Ja, er sitzt etwa fünf Reihen weiter hinten: dunkles Hemd und Glatze."

Ich warf einen verstohlenen Blick hinüber. „Danke. Kannst du mir einen Gefallen tun und herausfinden, wer der Mann im Leinenanzug ist?"

„Klar."

„Sag den Eltern nicht, dass ich Fragen gestellt habe. Ich habe ihnen gesagt, ich würde nur beobachten."

„Kein Problem."

Da war sie wieder, diese Floskel. Sie schien nie zu passen, wenn sie verwendet wurde. War es ein Problem für sie, etwas zu sagen?

Obwohl Marconi wie ein Buchhalter aussah und nicht wie ein Frauenheld, hatte ich schon vor langer Zeit gelernt, niemanden vorschnell abzuschreiben. Marconi war gealtert, vielleicht schlecht, aber wer war das nicht?

16

MILLER

Ich hätte am liebsten applaudiert, als der Hallmark-Film, den Cathy unbedingt sehen musste, zu Ende war. Ich sagte: „Und sie lebten glücklich bis an ihr seliges Ende."

„Ich fand ihn süß."

„Er war ganz okay."

Cathy stand auf. „Ich geh ins Bett. Kommst du mit?"

„Noch nicht."

„Bleib nicht zu lange auf. Du hast dich die letzten Nächte nur hin und her gewälzt."

„Entschuldige. Ich versuche zu entscheiden, ob wir den Pachtvertrag für Airport verlängern oder etwas Eigenes bauen sollen."

„Ich dachte, du wolltest verlängern."

„Ich habe da inzwischen meine Zweifel. Wir könnten mehr Platz gebrauchen."

„Quäl dich nicht so. Bis später."

Es waren nicht die Immobilien, die mich wach hielten. Ich machte mir Sorgen wegen der Ermittlungen. Dieser verdammte Detective Luca bohrte immer weiter nach. Er wollte mit Mark reden, und es sah so aus, als könnte ich es nicht länger verhindern.

Es war unmöglich vorauszusagen, was Mark sagen würde, vor allem unter Druck. Ich hatte Mark beschützen können, als die Polizei vorbeikam und Fragen zu Kates Verschwinden stellte. Aber nach dem Unfall und dem Selbstmord von Dad schwamm die Familie in einem Meer von Mitleid.

Als Gründer eines erfolgreichen Unternehmens war Dad in den Augen der Gemeinde eine überlebensgroße Figur. Aber er verließ sich nie allein auf seinen Ruf, wenn er seinen Einfluss geltend machen musste. Er unterstützte die wohltätigen Interessen der mächtigsten Leute der Stadt.

Das war eine kluge Taktik und eine, die ich noch intensiviert hatte. Sie funktionierte, aber es gab Grenzen. Und gerade jetzt stieß ich an eine.

Um mich abzulenken, zappte ich durch die Kanäle und blieb bei einer Werbung für Home Depot hängen. Sie bewarben ihre Produkte und Dienstleistungen für Küchen- und Badrenovierungen. Es war ein guter Werbespot. Ich überlegte, ob wir unsere Werbeausgaben erhöhen sollten, und stand auf, um eine Flasche Wasser zu holen.

Als ich zurück ins Zimmer kam, lief *Die Verurteilten*. Ich griff nach der Fernbedienung, gerade als der Gefängnisdirektor sich eine Kugel in den Kopf jagte. Ich schaltete den Fernseher aus und brach in meinem Sessel zusammen.

Diese Erinnerung brauchte ich nicht, besonders nicht hier, nicht jetzt. Dad hatte sich keine anderthalb Meter von der Stelle, an der ich saß, den Kopf weggeblasen. Wir hatten das Zimmer komplett neu eingerichtet, sogar den Travertinboden durch Bambusholz ersetzt, aber alles kam schlagartig wieder hoch.

Es war ein heller, sonniger Tag. Mark und ich hatten gerade das Boot hereingeholt. Er vertäute das Boot am Steg, während ich den Schlauch abwickelte, um es abzuspritzen. Als ich mit einem Knoten kämpfte, hörte ich es.

Das war eine Waffe. Ich sah Mark an, der sagte: „Was war das?"

„Ein Feuerwerkskörper. Ich glaube, die Bowers feiern eine Party oder so. Spritz es ab. Ich bin gleich wieder da." Ich reichte ihm die Spritze.

„Ich komme mit dir."

„Nein. Bleib hier und mach das Boot sauber, bevor es verkrustet."

„Es verkrustet?"

„Ja, wenn wir es nicht sofort abwaschen, verkrustet es."

„Ich will sehen, wie das aussieht."

„Nicht bei unserem Boot."

„Aber ich habe das noch nie gesehen."

„Na gut. Lass einen Bereich frei, die Badeplattform, okay?"

„Dürfen wir? Wir können es verkrusten lassen?"

„Ja, aber nur an dieser einen Stelle."

„Cool."

Ich joggte zum Haus. Es war still. Ich schob eine Schiebetür auf. „Dad? Alles in Ordnung bei dir?"

Stille. Ich versuchte es noch einmal: „Dad! Ist alles okay bei dir?"

Als ich um die Kücheninsel in Richtung Wohnzimmer ging, erstarrte ich. Der Lauf eines Gewehrs. Ich machte noch einen Schritt und schnappte nach Luft. Dad war zusammengesackt. Überall war Blut. Ich schrie: „Dad! Was hast du getan?"

Ich rief den Notruf an und saß weinend am Küchentisch. Wir waren Waisen. Wie konnte er uns nur allein lassen? Es gab so viele unbeantwortete Fragen, dass ich mir nicht vorstellen konnte, was die Zukunft für mich und meine Brüder bereithalten würde.

Als Ältester war ich mir sicher, dass sich alle an mich wenden würden. Aber ohne jemanden wie meinen Dad, der mir eine Stütze war, wollte ich diese Person nicht sein. Mein Leben war seit dem Unfall auf den Kopf gestellt worden und jetzt war es noch schlimmer. Würde ich für Mark verantwortlich sein? Was war mit dem, was ich wollte? Was war mit meinem Leben?

Das Geräusch einer sich nähernden Sirene ließ mich aufstehen. Ich blickte zum See: Mark war auf Händen und Knien und begutachtete das Fiberglas. Er hatte keine Ahnung, was passiert war, und ich konnte nicht zulassen, dass er noch weiter traumatisiert wurde.

Ich wusch mir das Gesicht und wartete an der Haustür. Die Polizei und ein Rettungswagen fuhren in die Auffahrt. Ich rannte zur Rückseite des Hauses; Mark saß auf dem Boot und ließ die Beine im Wasser baumeln.

Ein Polizist war in den Eingangsbereich getreten. Ich zeigte zum Wohnzimmer. „Er ist da drin."

Ich folgte ihm und einem Sanitäter zum Ort des

Geschehens. Der Sanitäter fühlte am Hals meines Vaters nach einem Puls. Er sah das klaffende Loch oben auf seinem Schädel. Er runzelte die Stirn, die Falten vertieften sich, und schüttelte den Kopf. „Es tut mir leid, er ist tot."

Der Polizist rief die Mordkommission an. Ich sagte: „Das war kein Mord. Mein Dad hat Selbstmord begangen. Er war deprimiert wegen meiner Mom und dem Unfall-"

„Niemand sagt, dass es einer war. Wir müssen es nur ausschließen. Wem gehört das Gewehr?"

„Meinem Dad."

„Okay. Der Gerichtsmediziner und die Spurensicherung sind auf dem Weg hierher. Wir müssen Sie bitten, das Haus nicht zu betreten, bis wir es Ihnen erlauben."

„Okay."

„Sie müssen noch hierbleiben und mit Detective Mulroney sprechen, bevor Sie gehen."

Es war das erste Mal, dass ich an meinen anderen Bruder Greg dachte. Ich musste ihm von Dad erzählen und überlegen, was ich Mark sagen sollte. „Okay, mein kleiner Bruder ist unten am See. Ich muss mit ihm reden. Er weiß nichts davon."

Der Polizist sah mich mit schiefem Blick an.

„Er ist sozusagen behindert."

„Das tut mir leid, aber Mulroney wird wahrscheinlich mit ihm reden wollen."

Ich ging auf die Veranda. Mark polierte das Messing; für ihn war es nie glänzend genug. Es war unmöglich herauszufinden, wie er reagieren würde, aber die Gewissheit, dass Dad tot war, besonders, dass er sich das

Leben genommen hatte, würde Mark aus der Fassung bringen.

Er hatte seine Fähigkeit verloren, die Realität zu akzeptieren. Bei Mamas Beerdigung hatte er sich einen Stuhl genommen und sich neben den Sarg gesetzt und sich geweigert zu sprechen. Wir dachten, er stünde unter Schock. Ich meine, das waren wir alle, aber als der Pfarrer hereinkam, fing er an zu fluchen und warf die Hälfte des Blumenschmucks um.

Der Bestatter versuchte, ihn zu beruhigen, aber Mark griff ihn an. Greg und ich hatten Mühe, ihn festzuhalten, und wir stießen ihn in mein Auto. Ich brachte ihn zu mir und verpasste die Beisetzung. Er beruhigte sich schließlich, als ich mit ihm zu McDonald's ging.

Von Zeit zu Zeit fragte er nach Mama und wollte nicht akzeptieren, dass sie gestorben war, selbst nachdem ich ihm Bilder von dem Autowrack gezeigt hatte. Auf keinen Fall würde ich ihm jemals ein Bild davon zeigen, was heute passiert war. Man konnte nie wissen, was er tun würde.

Tief einatmend ging ich zum Steg. „Hey, Kumpel. Gute Arbeit."

„Ich krieg's nicht glänzend. Wir brauchen eine von diesen Maschinen. Ich hole eine aus dem Laden. Wir haben doch welche, oder?"

„Die Poliermaschinen, die wir führen, sind nicht die besten dafür. Wir schauen später mal online."

„Können wir es nicht versuchen?"

„Klar. Sag mal, ich brauche einen Gefallen. Kannst du mit dem Boot zu Bennys Haus fahren? Sag ihm, ich muss persönlich mit ihm reden."

„Jetzt?"

„Ja."

„Aber das Boot ist doch ganz sauber."

„Wir holen eine Poliermaschine."

Er lächelte. „Okay, okay. Mach das Boot los."

„Beeil dich nicht. Lass dir Zeit beim Rausfahren. Mrs. Macy angelt in ihrem Ruderboot. Wenn du eine große Welle machst, lädt sie uns nie zum Feuerwerk ein."

„Ich mag das Feuerwerk. Können wir uns dieses Jahr nicht auch welches holen?"

„Warum fragen wir nicht Benny? Er hat Beziehungen für die speziellen Sorten."

Er kicherte. „Ich mag die, die so richtig hoch in den Himmel steigen."

„Ich auch. Bis später, Champ. Denk dran, langsam rauszufahren."

Mark zu beschützen war mir zur zweiten Natur geworden, aber diese Sache mit Katie fühlte sich langsam so an, als würde mir der Sand durch die Finger rinnen.

17

LUCA

Nachdem ich beobachtet hatte, wie die Millers gingen, ohne auf die Swifts zuzugehen, sah ich zu, wie die Leute die Kirche verließen, nachdem sie sich von den Swifts verabschiedet hatten. Der Herr im Leinenanzug spielte an seinem Handy herum und wartete auf eine Gelegenheit, sein Beileid auszusprechen. Marconi und Schneider waren gerade auf dem Weg nach draußen, als der Mann im Leinenanzug Mr. Swift die Hand schüttelte. Er unterhielt sich freundschaftlich mit dem Paar und machte sich dann plötzlich los.

Ich sah, wie er zum Ausgang ging, und folgte ihm. Anstatt die Swifts aufzuregen, würde ich mir sein Nummernschild notieren, um ihn zu identifizieren. Mein Handy vibrierte. Es war Derrick. Ich tippte ihm eine Nachricht, als der Mann in Leinen die Kirche verließ.

Ich eilte etwas schneller, als mir lieb war, und trat hinaus ins Sonnenlicht. Der Mann in Leinen stieg gerade auf den Rücksitz eines wartenden Wagens. Ich prägte mir das Nummernschild ein, während er davonfuhr.

Ich schickte eine SMS wegen des Wagens ans Büro und rief Derrick an. „Entschuldige. Die Gedenkfeier löst sich gerade auf. Ein paar interessante Gestalten. Wie ist es bei dir in der Bank gelaufen?"

„Ein verdammtes Desaster. Jemand hat Lynns Identität gestohlen. Sie haben unsere Konten leergeräumt."

„Heilige Scheiße! Was haben sie gesagt?"

„Nicht viel. Sie übernehmen keine Verantwortung dafür."

„Habt ihr irgendeinen Identitätsschutz?"

„Nichts. Wir sind verdammt pleite."

„Die Bank of America muss doch irgendwas tun können."

„Sie sagen nein."

„Ich rede mal mit Mary Ann. Sie war bei der Cyber-Einheit, bevor sie krank wurde."

„Ich wollte deswegen mit einem Anwalt sprechen. Einem Freund eines Freundes ist dasselbe passiert, und er hat drei Jahre gebraucht, um das wieder in Ordnung zu bringen. Sie haben auf seinen Namen einen Haufen Kreditkarten und eine Hypothek aufgenommen."

Ich wollte ihn nicht deprimieren, aber das würde ein Chaos werden. „Tut mir leid, Mann, du weißt, ich tue alles, was ich kann, um euch zu helfen."

„Danke. Das weiß ich zu schätzen."

„Da wir ja Partner sind, wenn du einen Kredit brauchst, kann ich dir einen geben, sagen wir, zu zehn oder elf Prozent Zinsen."

„Was für ein Kumpel."

„Im Ernst, wenn du Knete brauchst, musst du nur fragen."

„Vielleicht muss ich darauf zurückkommen, denn sie haben uns gesagt, wir sollen unsere Kreditkarten sperren lassen."

„Das ist echt nervig."

„Ich weiß. Hör zu, ich bin fast bei Barbara Quinns Haus. Ich rufe an, wenn ich fertig bin."

„Okay. Ich fahre jetzt zu Bill Miller."

———

WENIGER ALS EINE Meile von Pine Ridge Estates entfernt gab es eine Chase Bank. Ich fuhr zum Geldautomaten und hob mein Limit von sechshundert Dollar ab. Derrick würde das Geld brauchen, besonders kurzfristig.

Wohin entwickelten wir uns in einer elektronischen Gesellschaft? Derricks Bankkonto war leergeräumt, er hatte keine Kreditkarten mehr, und wer wusste schon, was noch alles auftauchen würde?

Es gab keinen Zweifel, dass Verbrechen und Verbrecher in eine neue Ära eintraten. Für die Gauner war es viel sicherer, ein Konto zu hacken, als eine Bank auszurauben. Die traurige Tatsache war, dass Cyber-Diebe den örtlichen Strafverfolgungsbehörden weit voraus waren. Die Bundesbehörden hatten zwar Möglichkeiten, aber eine Einzelperson, deren Identität gestohlen wurde, stand auf ihrer Prioritätenliste ganz unten.

Ich parkte und ging die Einfahrt hoch, als sich ein Garagentor öffnete. Miller hatte seinen Anzug ausgezogen und stieg gerade in einen weißen Navigator.

„Entschuldigen Sie! Mr. Miller!"

Miller drehte sich um und runzelte die Stirn. Er fasste sich schnell wieder und setzte ein Lächeln auf. „Detective Luca. Was kann ich für Sie tun?"

„Ich habe ein paar kurze Fragen an Sie."

Er sah auf seine Uhr. Sie war dick und aus Gold. „Man erwartet mich bei der Arbeit."

Mir fielen ein paar Schaufeln auf, die an der Wand hingen. „Das wird schnell gehen."

„In Ordnung. Wollen Sie sich nach hinten setzen?"

„Sicher."

Ich folgte ihm über einen Steinweg und fragte mich, ob er eine der Schaufeln benutzt hatte, um Kate Swift zu begraben. Er hatte Landschaftsgärtner und Geld. Warum sollte er eine Schaufel brauchen?

Wir ließen uns in einer Sitzecke nieder.

„Sie haben von hier hinten eine tolle Aussicht."

„Daran kann man sich nicht sattsehen." Er faltete die Hände und spielte den vornehmen Südstaatler.

„Warum haben Sie mir nicht gesagt, dass Sie Kate Swift an dem Morgen des Tages gesehen haben, an dem sie verschwunden ist?"

„Was meinen Sie?"

„Leugnen Sie, dass Sie am Rande der Goodlette-Frank Road mit ihr gesprochen haben?"

„Es gibt keinen Grund, feindselig zu werden, Detective. Ich versuche zu verstehen, worauf Sie hinauswollen. Kate war an jenem Nachmittag bei mir zu Hause und verschwand, nachdem sie gegangen war. Ihr früher am Tag zu begegnen, scheint nicht relevant zu sein."

„Bei einer Mordermittlung ist alles relevant. Erzählen Sie mir davon, wie Sie sie früher am Tag gesehen haben."

„Das war nichts. Wir kamen vom Golfspielen zurück und sie war zu Fuß unterwegs. Ich hielt an, um sie zu fragen, ob sie eine Mitfahrgelegenheit nach Hause wollte."

„Ist sie in Ihr Auto gestiegen?"

„Nein. Sie sagte, sie wolle laufen. Es war in der Nähe der Einfahrt zu ihrer Wohnanlage."

„Wer war mit Ihnen im Auto?"

„Benny Alston. Er ist ein langjähriger Freund der Familie. Er stand meinem Vater nahe und arbeitet für uns."

„Wohin sind Sie gefahren, nachdem Sie mit Ms. Swift gesprochen hatten?"

„Ich habe Benny abgesetzt; er wohnt ganz in der Nähe, und bin dann nach Hause gefahren."

„Haben Sie Ms. Swift zu sich nach Hause eingeladen, als Sie mit ihr gesprochen haben?"

„Nein. Ich habe Ihnen doch gesagt, dass sie vorbeikam, um einen Tennisschläger zurückzubringen, den meine Frau ihr geliehen hatte."

„Warum waren Sie gegen den Bau der Stützmauer, die Ihre Frau wollte?"

„Die Mauer? Was hat das mit irgendetwas zu tun?"

„Ich stelle die Fragen."

Sein Gesicht rötete sich. „Wir haben sie nicht gebraucht." Er blickte zu den Schiebetüren. „Ich hatte keine Lust, zehntausend Dollar für eine weitere von Cathys Launen auszugeben."

Das konnte sein, aber es passte nicht zu dem, was seine Frau gesagt hatte. Sie meinte, sie hätte die Mauer schon seit Jahren bauen wollen. Ich hatte das Gefühl, wenn ich weiter bohren würde, würde er sich einen Anwalt suchen.

Ich stellte ein paar allgemeine Fragen, um den Druck von ihm zu nehmen. Sein Gesicht entspannte sich, und ich konnte gehen.

Als ich ging, hatte ich das deutliche Gefühl, dass Miller etwas verbarg. Ich würde mich vor unserem nächsten Gespräch ein wenig umhören. Ich wollte auch mit Benny Alston sprechen.

ICH KAM aus der Garage herein. Es roch nicht nach Essen, und ich fragte mich, ob ich etwas holen müsste. Durch die Schiebetüren sah ich Jessie und eine Freundin. Sie redeten wie ein Wasserfall, während sie auf Luftmatratzen im Pool trieben.

Mary Ann schlief auf der Couch. Ich hoffte, sie hatte keine Schmerzen, und schob eine Schiebetür auf. „Hey, Mädels. Wie ist das Wasser?"

„Hi, Dad."

„Hi, Mr. Luca."

„Geht es Mom gut?"

„Ja, sie hat gesagt, sie ist nur müde, das ist alles."

„Okay. Wir werden heute Abend wahrscheinlich Essen holen, also überlegt euch schon mal, woher."

Ich zog mich um, und als ich zurück ins Wohnzimmer kam, war Mary Ann wach. „Hey, geht es dir gut?"

„Ja, nur ein bisschen müde."

„Bist du sicher?"

„Ja, mach dir keine Sorgen. Wie war dein Tag?"

„Gut, aber Derrick und Lynn haben einen ganz schönen Schlamassel am Hals."

„Was ist passiert?"

„Lynn wurde die Identität gestohlen, und sie wurden komplett ausgenommen."

„Oh mein Gott. Sie sollten besser ihre Kreditauskünfte prüfen, ob irgendwelche Kredite auf ihren Namen aufgenommen wurden." Sie setzte sich auf. „Ich muss Lynn anrufen."

„Sie tun mir leid."

„Es wird Jahre dauern, das wieder in Ordnung zu bringen. Ihre Kreditwürdigkeit ist ruiniert. Sie werden keine Kreditkarte mehr bekommen können."

Sie mühte sich ab aufzustehen. „Bleib. Wo ist dein Handy?"

„Auf der Theke."

„In Ordnung. Überleg dir, was du willst, dann flitze ich los und hole Abendessen."

Ich reichte ihr das Handy und ging ins Arbeitszimmer. Derrick würde abgelenkt sein. Wenn wir diesen Mord aufklären wollten, durften wir nichts übersehen. Ich klappte die Akte des Cold Case auf und begann zu lesen.

18

Miller

Zweifellos bedeutete dieser Detective Ärger. Ich musste sicherstellen, dass Greg und ich uns absolut einig waren. Bei der kleinsten Ungereimtheit in unseren Geschichten, da war ich mir sicher, würde Luca das eiskalt ausnutzen.

Ich wollte Weinstein anrufen, damit er sich einmischt, machte mir aber Sorgen, wie Luca auf die Nachricht reagieren würde, dass er sich an einen Anwalt wenden muss. Das könnte ihn provozieren. Mein Plan war, die Sache so zu handhaben, wie ich es das letzte Jahrzehnt getan hatte.

Auf dem Heimweg fragte ich mich, ob Mark Gefahr witterte. Er wirkte angespannt und war heute nicht ins Büro gekommen. Ich rief ihn viermal an, und er schickte mir eine Nachricht, dass er zurückrufen würde, wenn er Zeit hätte.

Mein Handy klingelte, als ich von der Pine Ridge Road abbog. Es war meine Frau. Schon wieder. Nur wenige Minuten von zu Hause entfernt, drückte ich den Anruf weg.

Als ich in die Garage fuhr, ging die Tür zum Haus auf. Cathy stand mit in die Hüften gestemmten Händen da. Sobald ich aus dem Auto stieg, sagte sie: „Ich habe dich zweimal angerufen."

„Tut mir leid. Ich war auf dem Heimweg. Was ist los?"

„Ich sag dir, was los ist: Es ist dein Bruder."

„Mark?"

Sie runzelte die Stirn. „Wer denn sonst?"

„Was ist passiert?"

„Er hat einem Kaninchen das Fell abgezogen und es ins Haus gebracht ..."

„Ein Kaninchen?"

„Es war tot und das Blut ist auf den ganzen Boden getropft."

Ich atmete aus. „Lass mich mit ihm reden."

„Reden bringt nichts."

„Was soll ich denn tun?"

„Er sollte allein wohnen."

Ich schüttelte den Kopf. „Das kann er noch nicht."

„Noch nicht? Wann denn dann? Ich will wissen, wann."

„Beruhige dich, Cathy. Er hat seine eigene Wohnung."

„Ja? Na toll, wenn er das nächste Mal ein totes Tier mit reinbringt, kannst du es wegputzen."

„Lass mich mit ihm reden."

Als sie davonstürmte, sagte sie: „Viel Glück dabei."

Mark hörte auf mich, meistens jedenfalls. Die Leute mussten nur verstehen, dass man ihn erinnern musste.

Oft. Ich stieg die Treppe zu der Wohnung hinauf, die wir für Mark über der Garage ausgebaut hatten.

Ich klopfte an und stieß die Tür auf. „Mark? Bist du da drin?"

Der Fernseher lief, aber er antwortete nicht. „Mark?" Ich trat ein. Auf dem Couchtisch lag ein Stapel *Wolverine*-Comic-Hefte. Ich war mir nicht sicher, ob es eine gute Idee gewesen war, mit ihm den ersten Film anzusehen. Wenn Mark etwas gefiel, wurde er davon besessen.

Ich schaltete den Fernseher aus und hob die Spielkonsole und die Virtual-Reality-Brille auf, die ich ihm gekauft hatte. Mein Ziel war es, ihn zu beschäftigen, aber als ich den Stapel Videospiele durchsah, kamen mir Zweifel an meiner Entscheidung. Mark spielte gewalttätige Spiele wie *Modern Warfare* und *Grand Theft Auto*.

So sehr ich mich auch dagegen sträubte, es fühlte sich an, als wäre es an der Zeit, ihn zum Golfen mitzunehmen. Ein neuer Satz Schläger würde sein Interesse wecken. Ich wollte nicht, dass mein eigenes Spiel darunter leidet, also vielleicht ein paar Stunden mit dem Profi, und dann könnte Benny ihn einmal pro Woche mit auf den Platz nehmen.

Ich streckte den Kopf in sein Schlafzimmer und wich zurück. Auf einem Nachttisch lag ein Eichhörnchenschwanz. Ich ging hinein. An der Schwanzwurzel war getrocknetes Blut verkrustet. Mark hatte zwei Dutzend Eichhörnchen gefangen und verbrannt, bevor ich davon erfuhr. War er wieder dabei?

Die Schranktür stand offen. Er hatte seine Kleidung in einer regenbogenartigen Farbpalette aufgehängt. Sie waren auch nach Größe geordnet. Aber unter den kürzesten Kleidungsstücken lag ein Haufen Schmutzwäsche.

Ich fragte mich, wo er war, stapfte die Treppe hinunter und ging durch die Schiebetür nach draußen. Als ich zum See blickte, sah ich, wie er das Boot saubermachte.

„Hey, Mark. Wie geht's?"

Er drehte den Kopf. „Hey, Billy."

„Was machst du da?"

„Das Messing polieren."

„Sieht gut aus."

„Nein! Das ist Mist. Ich krieg es einfach nicht sauberer."

„Hast du die Poliermaschine benutzt?"

„Welche Poliermaschine?"

„Ich hab eine besorgt. Komm mit zum Haus, sie ist in der Garage."

Er zögerte.

„Das wird die Arbeit leichter machen."

„Aber, aber ..."

„Vertrau mir da einfach."

Er rappelte sich auf und sprang auf den Steg. Ich fragte: „Geht's dir gut?"

Er nickte.

„Du hast Cathy ziemlich verärgert, als du den Hasen ins Haus gebracht hast."

„Ich wusste nicht, dass sie sauer werden würde."

„Schon gut. Ich kümmere mich um sie, aber versprich mir, dass du keine Hasen mehr tötest."

„Ich mag ihr Fell, es ist so weich. Fühl mal."

Er griff in seine Tasche und holte eine Hasenpfote hervor.

„Die hast du gemacht?"

„Japp. Mit der Axt."

„Ich hoffe, er war schon tot."

Mark zuckte mit den Schultern.

„Kannst du mir einen Gefallen tun?"

„Ja, ja. Was denn?"

„Ich will mit dir los und dir neue Golfschläger kaufen."

„Juhu!" Er sprang auf und ab. „Wann können wir los?"

„Morgen."

„Warum können wir nicht jetzt los? Ich will unbedingt neue. Mit meinen alten spiele ich schlecht. Wenn wir sie haben, werde ich gut sein, richtig gut. Wetten, dass ich dich dann schlagen kann?"

„Ach ja? Ich habe geübt."

„Erinnerst du dich an das Mal, als ich diesen Putt aus, ich weiß nicht, dreißig Metern geschafft habe? Du konntest das nicht, aber ich schon."

„Japp, aber ich habe jetzt einen neuen Putter, und wer weiß, vielleicht treffe ich ja, Kumpel."

„Ich will auch einen neuen Putter. Können wir jetzt gehen?"

„Ich kann nicht."

„Warum? Warum nicht? Ich brauche neue Schläger."

„Ruhig, Brauner. Ich habe gesagt, ich nehme dich mit, und das werde ich auch. Du musst dich nur bis morgen gedulden."

„Aber ..."

„Tut mir leid. Cathy ist wegen der Hasen-Sache sauer,

und wenn ich dich mitnehme, wird sie sagen, ich belohne dich oder so was."

„Das ist doch Quatsch ..."

Ich gab den Code in das Tastenfeld des Garagentors ein. „Pscht, ich weiß, das ist verrückt, aber du weißt ja, wie Leute Dinge falsch verstehen."

„Können wir später gehen?"

Ich zeigte auf die Poliermaschine, die an der Wand hing. „Sieh dir diese Schönheit an. Ich sag dir, die wird das Messing so hell glänzen lassen, dass du eine Sonnenbrille brauchen wirst, um es anzusehen."

Er rannte hin und nahm sie vom Haken. „Cool."

Als er aus der Garage rannte, sagte ich: „Sei vorsichtig damit."

Mir gefiel nicht, wie er sich benahm. Ein falsches Wort, und es gäbe kein Zurück mehr, ich würde alles verlieren.

19

Luca

Ich hatte gerade einen Arm aus der Jacke, als mein Tischtelefon klingelte.

„Mordkommission, Detective Luca."

„Frank, wenn Sie Zeit haben, müssen wir reden."

„Ich kann sofort hochkommen."

Sheriff Remin hatte eine Art an sich, die mehr Respekt zu zollen schien als die von Chester. Genau wie bei der Befragung einer Person von Interesse kam es darauf an, wie man es formulierte. Das war etwas, worin meine Mutter eine Meisterin war. Sie hat mir nie befohlen, etwas zu tun; sie hat es in ein Gespräch eingewoben und Dinge gesagt wie, du könntest das mal versuchen oder darüber nachdenken.

Es war ein Stil, der sich als äußerst wirksam erwies, aber ich musste trotzdem immer wieder daran erinnert werden. Als ich meinen ersten direkten Untergebenen hatte, sagte ich ihm, er solle dies oder das tun, und erntete dafür Widerstand oder mangelnden Enthusiasmus.

Ich konnte nicht verstehen, warum, aber meine erste Frau erwähnte den Ansatz meiner Mutter, und ich fing an, Dinge zu sagen wie: „Kannst du mir dabei helfen?" Oder: „Wenn wir das irgendwie schaffen könnten." Es war wie Magie, und ich verfiel nur noch selten in einen herrischen Ton.

Ich grüßte zwei Verwaltungsangestellte, die auf den Aufzug warteten, und ging ins Treppenhaus. Das Gebäude hatte nur zwei Stockwerke. Ich war bei Weitem kein Fitness-Freak, aber den Aufzug für ein einziges Stockwerk zu nehmen, kam mir faul vor.

„Hey, Florence. Wie geht's dir?"

Remin hatte Chesters Sekretärin behalten. „Hallo, Frank. Alles gut, und bei dir? Wie geht's Mary Ann?"

Obwohl es ihr nicht so ging, sagte ich: „Ihr geht's gut."

„Richte ihr aus, dass ich nach ihr gefragt habe. Du kannst schon reingehen."

Ich klopfte, bevor ich eintrat. „Sheriff?"

Remin blickte über seine Lesebrille. „Kommen Sie rein, Frank. Setzen Sie sich."

Ich fand es beruhigend, dass Remins Schreibtisch mit Papierkram überladen war. Ich setzte mich, während der Sheriff ein Dokument zu Ende las. „Die Anwälte übernehmen das Ruder."

„Ich weiß, was Sie meinen."

„Was gibt es Neues im Fall Swift?"

„Es ist noch früh, Sir. Wir haben ein paar Spuren, die wir verfolgen, darunter auch Personen mit Zugang zur Grabstätte."

„Die Millers?"

„Wir haben nichts Konkretes, aber irgendetwas an Bill Miller stimmt nicht."

Remin lehnte sich in seinem Stuhl zurück. „Die Familie ist hoch angesehen, aber wenn Sie etwas haben, dann gehen Sie der Sache nach. Niemand steht über dem Gesetz."

Er sagte all die richtigen Dinge. „Danke, Sir. Wir werden nichts unternehmen, bevor wir uns nicht sicher sind."

„Sonst noch etwas Interessantes?"

„Wie gesagt, es ist noch früh, aber wir überprüfen ein paar der Lehrer des Mädchens."

„Beide Ermittlungsansätze werden Staub aufwirbeln."

„Wir werden es richtig machen. Wir haben auch jemanden, der sie gemobbt hat, und die ist vorbestraft."

„Klingt nach einem Fortschritt."

„Es wäre schön, den Eltern ein gewisses Maß an Gerechtigkeit zu verschaffen."

Er nickte. „Apropos Eltern, sie haben angerufen, um sich über Ihr Verhalten bei der Gedenkfeier zu beschweren."

Abgesehen vom Stil war Remin also nicht viel anders als Chester. „Sie haben uns die Erlaubnis gegeben, teilzunehmen, Sir."

„Aber wie ich höre, haben Sie versprochen, nur zu beobachten und nicht mit den anwesenden Gästen zu interagieren."

„Ich habe nur mit einer Frau gesprochen, jemandem, den ich am Tag zuvor besucht habe. Ich kann nicht glauben ..."

„Die Swifts erleben einen Albtraum. Sie machen aus Frust Ärger. Ich habe es nur erwähnt, damit Sie wissen, wie heikel dieser Fall ist."

„Es war nichts."

„Sie brauchen sich nicht zu rechtfertigen. Als ich bei der Mordkommission war, war der Umgang mit den Familien der kniffligste Teil."

„Das ist eine Herausforderung."

„Also gut, dann sehen Sie mal zu, dass Sie den Täter schnappen."

Remin schien mich zu unterstützen. Vielleicht wollte er sich nur absichern, als er es erwähnte, aber es störte mich. Einen Mordfall zu lösen bedeutete, Leuten auf die Füße zu treten. Remin wusste, dass man als Mr. Nice Guy garantiert den Stapel der ungelösten Fälle vergrößerte.

Ich stapfte die Treppe hinunter und fragte mich, ob es die richtige Entscheidung gewesen war, wieder zum Dienst zurückzukehren. Zurückzublicken war etwas, was ich mir abgewöhnen wollte. Es brachte nichts. Ich musste einen Mörder fangen, dachte ich, als ich im Erdgeschoss ankam.

An meinem Schreibtisch sitzend, gab ich Benny Alston in das System ein. Das Einzige, was Collier County über ihn hatte, war ein Autounfall aus dem Jahr 2012. Ich rief seinen Führerschein auf. Alston war vierundsechzig und hatte ein pockennarbiges Gesicht.

Ich wollte gerade die nationale Datenbank durchsuchen, als Derrick hereinkam. „Hey, Frank, ich glaube, wir haben bei der Lehrer-Sache was."

„Was hat Quinn gesagt?"

Derrick warf seine Jacke über einen Stuhl und sagte: „Sie hat sich in der Nähe von Marconi oder Schneider nie wohlgefühlt. Meinte, Kate hätte ihr erzählt, dass Marconi sie am Samstag, bevor sie verschwand, zu sich nach Hause eingeladen hatte."

„Alleine?"

„Das hat sie gesagt."

„Wissen wir, ob sie hingegangen ist?"

„Sie weiß es nicht."

„Vielleicht wurde Marconi zudringlich und Swift hat ihm einen Korb gegeben, und vielleicht dachte er, sie würde ihn verpfeifen."

„Oder sie hatten was miteinander, und am nächsten Tag hat sie es bereut. Sie könnte ihm was gesagt haben, und er ist ausgeflippt."

„Das erinnert mich an einen anderen ungelösten Fall. Wir haben zwei Lehrer überführt, die sich an Highschool-Mädchen herangemacht hatten. Da wird mir schlecht."

Derrick atmete aus. „Dies ist einer der Momente, in denen ich mir wünsche, wir hätten beide Jungs."

Ich nickte. „Wenn da was dran ist, bedeutet das, dass Kate Swift sich zu älteren Männern hingezogen fühlte, und das heißt, Miller ist zusammen mit Marconi im Spiel."

„Und Schneider. Quinn sagte, irgendein Mädchen hätte Schneider beschuldigt, sie sexuell belästigt zu haben."

„Dieser Widerling unterrichtet immer noch. Wie ist er da rausgekommen?"

„Ich weiß es nicht. Aber vor zehn Jahren galt man nicht wie heute automatisch als schuldig."

Ich sprang von meinem Stuhl auf. Wegen der Chemo, mit der ich vollgepumpt worden war, war mein Gedächtnis nicht mehr das, was es einmal war. „Der Fall, den ich erwähnt habe. Der Lehrer unterrichtete am Barron Collier."

„O mein Gott. Die sind bekannt dafür, eine Wagenburg zu bilden, um einen der Ihren zu schützen."

„Was für ein Schwachsinn. Institutionen denken, sie könnten ein Problem verstecken, es vergraben, damit niemand davon erfährt."

„Solange jemand bereit ist zu graben, kommt es ans Licht."

„Amen."

„Wir haben ein paar Spuren, die wir verfolgen können. Womit willst du anfangen?"

„Wir fangen mit Schneider an."

20

MILLER

Ich ging gerade die Verkaufszahlen von gestern durch, als Greg an meine Bürotür klopfte.

„Was gibt's? Silvia sagte, du brauchst etwas?"

„Komm rein, mach die Tür zu. Ich sehe mir gerade die Zahlen von gestern an. Die Holzzahlen gehen durch die Decke."

„Solange wir Nachschub bekommen, verkaufen wir ihn auch. Die Margen sind ziemlich fett."

„Die Leute sind einfach froh, wenn sie überhaupt etwas kriegen. Das wird nicht so bleiben."

„Oh, ich glaube schon. Die Sägewerke sagen mir, dass sie die Produktion nicht hochfahren. Warum auch? Jeder verdient sich dumm und dämlich."

„Das ist keine gute Sache. Irgendwann knallt es; die Preise sind zu schnell gestiegen."

„Vielleicht waren sie vorher zu niedrig, aber wen kümmert's? Das Zeug geht weg wie warme Semmeln." Er ließ seine Hand wie ein startendes Flugzeug durch die Luft sausen. Seine Fingernägel waren zu lang.

„Es wird einen Gegenwind geben, wenn die Nachfrage nachlässt und die Preise fallen. Die Leute werden das Gefühl haben, dass sie verarscht wurden."

„Sie haben keine Wahl. Aber sie können uns nicht die Schuld geben, es sind die Sägewerke."

„Die wissen nichts über Sägewerke. Sie sind zu Miller's gekommen, und wenn sie das Gefühl haben, zu viel bezahlt zu haben, werden sie nicht begeistert sein."

„Du bist so ein Schwarzseher. Wir sind nicht die Einzigen. Außerdem haben wir keine Wahl."

„Ich weiß nicht. Ich überlege, ob wir die Preise nicht ein bisschen senken sollten, so eine Art Treue-Aktion machen oder so was."

„Das ist dumm. Wir müssen das Geld machen, solange es geht."

„Weißt du, Dad hat mir erzählt, damals in den späten Siebzigern, als Carter Präsident war, hatten wir eine schlimme Inflation. Es ging allen schlecht, und er sagte, er hat die Preise gehalten und dafür einen Haufen positive Presse bekommen. Er meinte, das hat ihm geholfen, das Geschäft aufzubauen."

Greg spottete: „Das waren andere Zeiten."

„Kein Zweifel, aber Loyalität kommt nie aus der Mode."

„Das klingt nach Dad, alte Schule."

„Das gilt heute noch genauso."

„Hast du mich hergeholt, um mir eine Standpauke zu halten?"

Er nahm es mir immer noch übel, dass ich de facto

der Chef des Unternehmens war. Greg glaubte, er könne den Laden besser leiten als ich. Er hatte zwar das bessere Händchen, wenn es darum ging, Geschäftskunden zu bezirzen, aber er war zu kurzfristig orientiert.

„Tut mir leid, wenn das so rüberkam. Das war nicht meine Absicht. Ist alles wieder gut?"

„Ja."

„Hör zu, ich mache mir langsam Sorgen wegen dieses Detectives. Er stellt eine Menge Fragen, und gestern ist er wieder zum Haus gekommen."

„Was soll ich denn dagegen tun?"

„Wir müssen hier an einem Strang ziehen."

Er schüttelte den Kopf. „Weißt du, wir hätten diesen ganzen Scheiß nicht am Hals, wenn du nicht wärst."

„Ich habe getan, was getan werden musste."

„Oh, hör schon auf mit dem Mist."

„Was hätte ich tun sollen?"

„Du hättest die Wahrheit sagen sollen."

„Die Wahrheit?"

„Was ist los? Ist das nicht noch so eine Tugend wie Loyalität?"

„Das ist –"

„Was hätte Dad getan? Er hätte reinen Tisch gemacht."

Ich schüttelte den Kopf. „Du hast keine Ahnung, wie die Welt funktioniert. Dad war kein Engel; er hat getan, was er tun musste. Wenn er nicht gewesen wäre, hätten wir nicht das, was wir haben."

„Ja, ja, ja. Ich muss los."

„Warte mal."

„Ich kann nicht, die Jungs von Bonita Bay sind schon unterwegs."

„Versprich mir, wenn dieser Detective Luca mit dir reden will, dass du mir vorher Bescheid sagst."

„Ich habe von dem ganzen Scheiß langsam echt die Schnauze voll." Er ging zur Tür und sagte: „Ich hätte niemals auf dich hören sollen."

Greg ging leicht an die Decke. Und das erhöhte das Risiko. Ich musste mir überlegen, wie ich mit ihm umgehen sollte. Er lebte auf großem Fuß. Geld war der einfachste Weg, ihn im Zaum zu halten. Der schmerzloseste Weg, ihn auf Kurs zu bringen, wäre, ihm irgendwie damit zu drohen, sein Einkommen zu kürzen. Aber dafür bräuchte ich Marks Unterstützung, und das würde die Sache verkomplizieren.

Ich versuchte, einen Weg zu finden, ihn mir zu kaufen. Eine Möglichkeit, ihm entweder einen Bonus zu zahlen oder eine Verkaufsprovision für Neugeschäfte zu schaffen. Die Idee mit dem Verkauf war gut. Damit schlug ich zwei Fliegen mit einer Klappe. Greg würde spuren und es wäre gut fürs Geschäft.

21

LUCA

Wir konnten nichts über Richard Schneider finden. Entweder hatte er eine weiße Weste oder er war ein Experte darin, seine Opfer zum Schweigen zu bringen. Es war an der Zeit, der hässlichen Möglichkeit nachzugehen, dass ein Lehrer das heiligste aller Gelübde gebrochen hatte.

Derrick bog von der Airport Pulling in den Cougar Drive ab. Die Zufahrtsstraße führte sowohl zur Barron Collier High School als auch zur Osceola Elementary. Ich verdrängte den Gedanken, dass ein Lehrer noch jüngere Kinder als einen Highschool-Schüler missbrauchen könnte.

Die Schule war gut in Schuss, aber die marineblaue Kachelwand hinter ihrem Namen datierte sie auf die späten Siebziger. Ich fragte mich, ob das regelmäßige Erscheinen der Schule auf der nationalen Liste der besten High Schools die Schulleitung dazu verleitet hatte, Geheimnisse zu wahren.

Es gab keine Kameras, die den Haupteingang über-
wachten. Ich wollte gerade die digitale Türklingel
drücken, als Derrick sagte: „Sieh dir das mal an. Die Tür
ist offen."

„Schlampig." Ich drückte die Klingel und meldete uns
an. Es summte und wir hörten, wie sich eine Tür
entriegelte.

Lächelnd öffnete ein professoral wirkender Mann mit
einem weißen Spitzbart die Tür. „Willkommen an der
Barron Collier High, meine Herren. Ich bin Marcus
Whitmore, der Schulleiter."

Wir schüttelten ihm die Hand und folgten ihm an
Vitrinen voller Trophäen und Bänder vorbei. Er führte
uns in einen Konferenzraum.

„Also, wie können wir Ihnen helfen?"

Ich sagte: „Dies ist eine heikle Angelegenheit, die
mindestens einen der Lehrer hier betrifft."

Er zog die Augenbrauen hoch und sagte: „Heikel?
Können Sie das näher erläutern?"

„Wir ermitteln im Mordfall einer ehemaligen Schülerin, Kate Swift."

„Das war schrecklich, aber vor meiner Zeit."

Wie erwartet, wollte er sich distanzieren. „Das wissen
wir."

„Sie verdächtigen ein Mitglied des Kollegiums, darin
verwickelt zu sein?"

Derrick sagte: „Das ist möglich. Wir hätten gerne alle
Unterlagen zu Mr. Richard Schneider und Freddo
Marconi."

Whitmore beugte sich vor. „Glauben Sie, sie haben
zusammengearbeitet?"

„Zu einer laufenden Ermittlung können wir uns nicht äußern. Uns ist eine Anschuldigung bekannt, die in der Vergangenheit gegen Mr. Schneider wegen eines unangemessenen Vorfalls mit einer Schülerin erhoben wurde. Wir müssen die Akte einsehen."

Whitmore wich alle Farbe aus dem Gesicht. „Ich-ich, äh, glaube nicht, dass ich Ihnen das aushändigen kann. Das würde gegen die Datenschutzbestimmungen verstoßen."

Ich sagte: „Wir können einen Durchsuchungsbefehl erwirken, aber das birgt die reale Möglichkeit, dass diese Untersuchung gegen Barron Collier öffentlich gemacht wird."

„Drohen Sie dieser Schule?"

„Keineswegs, Mr. Whitmore. Es ist eine Tatsache; mehr Leute würden davon erfahren, und bei so etwas wie einer High School, na ja, Sie wissen schon, die Leute reden gern. Alles, was wir wollen, ist, die Akte einzusehen. Wir können das direkt hier tun, unter Ihrer Aufsicht."

„Er hat uns nie irgendwelche Schwierigkeiten gemacht, seit ich hier bin. Ich weiß nicht, wovon Sie sprechen."

Ich sagte: „Mr. Whitmore, jemanden durch eine Lüge zu schützen, kann als Behinderung der Justiz angesehen werden. Bevor Sie noch mehr sagen, würde ich Ihnen vorschlagen, die Akte zu holen."

„Ich schütze niemanden. Alle–"

Ich tippte auf meine Uhr. „Wir haben nicht viel Zeit."

Er sprang von seinem Stuhl auf. „Ich bin sofort wieder da."

Derrick lächelte. „Warum machen die Leute so ein Theater? Glauben die, wir stochern nur im Nebel?"

„Das liegt in der Natur des Menschen. Wir könnten halbtags arbeiten, wenn sie uns gleich beim ersten Mal ehrliche Antworten geben würden."

Whitmore kam mit einer braunen Akte zurück, die mit „Vertraulich" gekennzeichnet war. Er öffnete sie und zog eine blaue Mappe heraus. „Ich glaube, das ist es, was Sie suchen. Es ist von 2011, Jahre bevor ich hier anfing."

Wir schlugen die Mappe auf, als Whitmore sagte: „Der Name der Schülerin wurde geschwärzt."

„Sie haben den Bericht gelesen?"

„Äh, nein. Jemand hat ihn erwähnt."

Die Anschuldigungen einer Schülerin, Schneider habe versucht, sie zu küssen und zu begrapschen, wurden von dem Lehrer bestritten. Aus den Unterlagen ging hervor, dass in den acht Jahren, die der Lehrer an der Schule tätig war, keine andere Schülerin irgendein unangemessenes Verhalten gemeldet hatte.

Die Barron Collier High School wollte die Angelegenheit an das Büro des Sheriffs weiterleiten, aber die Eltern des Kindes weigerten sich, Anzeige zu erstatten, und so verlief die Sache im Sande. Es gab mehrere Befragungen anderer Personen, aber keine bestätigenden Beweise.

Ich gab Whitmore die Akte zurück. „Ich hätte gern die Kontaktdaten des damaligen Schulleiters."

Er gab sie uns und wir gingen. Wir öffneten die Wagentüren, um die Hitze entweichen zu lassen, und Derrick sagte: „Was meinst du?"

Ich stieg ein und stellte die Klimaanlage auf die

höchste Stufe. „Mir gefällt das Muster nicht, das sich bei Schneider abzeichnet."

„Ich wünschte, wir könnten mit dem Mädchen reden."

„Das wäre nicht ganz einfach. Wir brauchen mehr, bevor wir diesen Schritt gehen, und ich würde nur ungern die Erinnerungen bei ihr wieder hochholen."

„Willst du mit Schneider reden?"

„Ruf ihn an. Der Schultag ist fast vorbei. Sag ihm, er soll uns bei Noodles treffen. Wir trinken einen Kaffee."

Der Name, Noodles Italian Café and Sushi Bar, schien der Versuch zu sein, eine möglichst breite Palette von Gästen anzusprechen. Ich fand es seltsam und wusste nichts über das Sushi, aber die Nudelgerichte, die ich gegessen hatte, waren gut.

Wir saßen im Auto, bis wir Schneider auf das Restaurant zugehen sahen. Er lugte in das Lokal, das um diese Zeit ruhig sein musste, und musterte den Parkplatz. Seine Schultern sackten in sich zusammen, als er uns sah.

Ich sagte: „Setzen wir uns da rüber." Es gab eine Bar, die sowohl drinnen als auch draußen war. Ich kletterte auf einen Barhocker und fragte mich, was an diesem Fall war, dass ich schon wieder mit den Beinen baumelte.

Schneider war nervös, als wir Kaffee bestellten. Ich hoffte, er würde einen entkoffeinierten bestellen, aber das tat er nicht. Er sagte: „Ich verstehe nicht, warum Sie mit mir über Kate Swift reden wollen."

Derrick sagte: „Sie standen ihr nahe."

„Nein, nicht wirklich."

Ich gab einen Tropfen Milch in meinen Kaffee und sagte: „Sie waren bei der Gedenkfeier."

„Ich wollte nur meinen Respekt erweisen."

Derrick sagte: „Erzählen Sie uns von den Anschuldigungen gegen Sie und eine Schülerin vor etwa zehn Jahren."

„Ach, kommen Sie, Mann. Das ist Jahre her, und es war Schwachsinn."

Meine Neigung war, ihm zu glauben. „Wir würden gerne Ihre Seite der Geschichte hören."

„Im Ernst, Sie wühlen in irgendeinem Blödsinn herum, der vor zehn Jahren passiert ist?"

„Tatsache ist, dass Kate Swift vor fast einem Jahrzehnt verschwunden ist. Das befördert die Sache aus der Blödsinn-Schublade heraus."

Schneider schüttelte den Kopf. „Sehen Sie, Ka... ich werde den Namen des Mädchens nicht einmal erwähnen, na ja, jetzt ist sie eine Frau. Sie war in mich verknallt und versuchte, mich zu küssen. Ich sagte nein und sie versuchte es erneut. Ich stieß sie weg und sagte ihr, sie solle gehen. Als sie es nicht tat, ging ich ins Büro. Sie geriet in Panik und drehte den Spieß gegen mich um, indem sie behauptete, ich sei der Aggressor gewesen."

„Wie ist es ausgegangen?"

„Die Schule bat sie, Anzeige zu erstatten, aber das tat sie nicht, und das war's."

„Warum würden Sie sich allein mit einer Schülerin treffen?"

„Wovon reden Sie? Wir treffen uns ständig mit Schülern."

„Sie wussten, dass sie in Sie verknallt war. Warum bringen Sie sich selbst in eine solche Lage?"

Er runzelte die Stirn. „Es war dumm, aber ich war es gewohnt, Mittelstufenschüler zu unterrichten."

Solange nichts Handfestes gegen Schneider auftauchte, hielt ich ihn für ehrlich. Im Grunde sah es so aus, als hätte er die Hormone einer Teenagerin nur falsch eingeschätzt. Es war an der Zeit, die Taktik zu ändern.

„Wir haben unwiderlegbare Beweise dafür, dass es an der Barron Collier High zu unangemessenem sexuellen Kontakt zwischen einer Schülerin und einem Lehrer gekommen ist."

Derrick verschluckte sich an seinem Kaffee. Er dachte, ich würde lügen, aber ich hatte keinen Zeitrahmen genannt und das Vergehen bei den Ermittlungen im Mordfall Boyle aufgedeckt.

Schneider war so blass, dass er aussah wie eine Figur aus einem Malbuch. „Ich war es nicht. Ich schwöre es."

„Wer, glauben Sie, war es dann?"

„Ich weiß es nicht. Wirklich nicht."

„Wir glauben, es könnte Freddo Marconi sein."

„Das kann ich nicht sagen."

Das war nicht das klare Dementi, das ich erwartet hatte. „Aber Sie sind doch gute Freunde. Sie müssten es wissen."

„Wir stehen uns nicht nahe."

„Ach kommen Sie, Sie sind mit ihm zur Gedenkfeier gekommen."

„Er hat mir erzählt, dass sie Kate gefunden haben. Ich wusste es nicht. Er wollte jemanden, der mitkommt, und ich habe zugesagt."

„Warum, glauben Sie, standen vor zehn Jahren die ganzen Mädchen auf ihn?"

„Er war ein gut aussehender Kerl. Also, bevor er zugenommen und seine Haare verloren hat."

„Er hat gerne mit ihnen geflirtet, stimmt's?"

Er zuckte mit den Schultern. „Ich schätze schon."

Derrick sagte: „Na los, sagen Sie uns, was Sie wissen."

22

MILLER

Ich ging gerade die Zahlen für den Bau eines neuen Ladens an der Immokalee Road durch, östlich des Collier Boulevard. Neue Wohngebiete wurden erschlossen, und andere waren bereits vom Bezirk genehmigt worden.

Einigen Schätzungen zufolge würde es in ein paar Jahren zehntausend neue Häuser geben. Das war eine Menge Kundschaft, die einen Laden wie unseren brauchen würde. Das Problem war, dass es ein bis zwei Jahre mit Verlusten bedeuten würde, der Erste in der Gegend zu sein. Ich zerbrach mir gerade den Kopf über die Entscheidung, als die Gegensprechanlage summte.

„Mr. Miller?"

„Ich habe Ihnen doch gesagt, dass ich nicht gestört werden will."

„Entschuldigen Sie, Sir. Aber Mrs. Miller hat zweimal angerufen, und, äh, sie sagte, ich solle Sie ans Telefon holen."

„Okay. Stellen Sie sie durch."

Ich nahm den Hörer ab und fragte mich, in was für einem Schlamassel Mark schon wieder steckte. „Tut mir leid, Schatz."

„Die Polizei war hier."

„Die sind zum Haus gekommen?"

„Ja. Detective Luca und sein Partner."

„Was wollten sie?"

„Sie wollten mit Mark sprechen."

„Du hast sie doch nicht etwa mit ihm reden lassen, oder?"

„Natürlich nicht. Du hast gesagt, ich sollte sie NIEMALS mit ihm reden lassen."

„Gut. Danke. Was hast du ihnen gesagt?"

„Dass er nicht zu Hause ist."

„War er da?"

„Er war in seiner Wohnung."

Sie hatte für mich gelogen. „Okay. Ich rufe Weinstein an."

„Steckt Mark in irgendwelchen Schwierigkeiten?"

„Nein. Mach dir keine Sorgen. Weinstein wird sich darum kümmern."

„Bist du sicher?"

„Absolut. Wenn sie wiederkommen, sag ihnen, sie müssen sich an unsere Anwälte wenden. Du wirst sehen, wie schnell sie uns dann in Ruhe lassen."

„Ich hoffe es."

„Ich muss los. Wir sehen uns später."

Nachdem ich aufgelegt hatte, wünschte ich, ich wäre so zuversichtlich, wie ich klang. Ich kam hinter meinem Schreibtisch hervor und ging auf und ab, während ich überlegte, ob ich Weinstein anrufen sollte. Er würde sich mit dem Büro des Sheriffs in Verbindung setzen, um sie über seine Vertretung zu informieren. Das würde erst mal den Druck von uns nehmen, aber ich wusste, dass Luca es als Zeichen deuten würde, dass wir etwas zu verbergen hatten.

Ich schlenderte zum Fenster mit Blick auf die Verkaufsfläche des Ladens. Benny unterhielt sich mit einer Mutter und einem Mädchen hinter einem mit Blumen beladenen Einkaufswagen. Er sollte eigentlich die Ausstellung für Küchen- und Badrenovierungen leiten und nicht flirten.

Ich drückte die Taste der Gegensprechanlage und sagte: „Alice, machen Sie eine Durchsage und sagen Sie Benny, dass ich ihn sehen will."

Ich behielt ihn im Auge, während die Durchsage gemacht wurde. Er lachte, und ich fragte mich, ob er seinen Namen überhaupt gehört hatte. Er verabschiedete sich und ging zur Treppe.

Benny klopfte an meine offene Tür. „Was gibt's, Bill?"

„Warum sind Sie nicht bei der Renovierungsausstellung?"

„Da drüben läuft alles bestens."

„Wir haben eine riesige Summe für Werbung ausgegeben. Wir müssen so viele Abschlüsse wie möglich machen."

„Das wird schon."

„Nichts wird schon. Die Abteilung macht Verluste, deshalb haben wir ja die Werbeaktion."

„Reg dich ab. Das wird schon klappen."

„Von Däumchendrehen wird die Arbeit nicht erledigt.

Jeder muss mit anpacken, sonst nimmt uns Home Depot die Butter vom Brot."

„Okay, okay. Ich geh ja schon rüber."

„Und, Benny, was soll das mit den ganzen freien Tagen?"

„Äh, meiner Schwester, ihr geht es nicht gut. Und die Fahrt nach Orlando ist auf der Route Four ein Albtraum."

„Das tut mir leid. Du hast nichts davon gesagt, dass sie krank ist."

„Das wird schon wieder."

„Ich hoffe, es geht ihr bald besser. Versuch, Bescheid zu geben, wenn du sie besuchen musst. Greg macht mir Stress und meinte, die Belegschaft mault wegen Günstlingswirtschaft."

„Ich will Ihnen nicht zu nahe treten, aber wenn Ihr Vater noch da wäre, würde er so etwas nie sagen."

„Mann, ich vermisse ihn."

„Er war einzigartig. In meinen Augen war sein zweiter Vorname Loyal."

„Wie wahr. Hey, geh jetzt da runter, bevor uns noch irgendwelche Verkäufe durch die Lappen gehen."

„Bin schon unterwegs."

Ich sah ihm nach, wie er hinausging. Er bewegte sich und sah aus wie ein jüngerer Mann. Er hatte die Energie, produktiv zu sein, aber er war ein Drückeberger, der immer nur das Nötigste tun wollte. Greg hatte recht mit ihm, aber ihn loszuwerden, würde nicht einfach werden.

Ich schob die Gedanken an Benny beiseite, holte mein Handy heraus und scrollte zu einer Nummer.

„Hier ist Jeff Weinstein."

„Hallo Jeff, hier ist Bill Miller."

„Wie geht es Ihnen, Mr. Miller?"

„Gut, aber ich brauche deine Hilfe bei einer Sache."

„Kate Swift?"

„Ja, ich weiß, die Leiche wurde auf meinem Grundstück gefunden, aber ich habe schon mehrmals mit einem Detective Luca gesprochen."

„Sie hätten mich anrufen sollen, bevor Sie mit denen sprechen."

„Ich weiß, aber ich habe nichts zu verbergen."

„Ich verstehe, aber ich würde von zukünftigen Gesprächen absehen."

„Deswegen rufe ich ja an."

„Wollen sie Sie nochmal verhören?"

„Noch nicht, aber sie waren heute beim Haus und wollten mit Mark reden."

„Haben Sie es ihnen erlaubt?"

„Nein, Cathy hat ihnen gesagt, er sei nicht zu Hause, aber er war da."

„Das ist in Ordnung. Ich rufe Detective Luca an."

„Kennst du ihn?"

„Ja, er ist hartnäckig."

Ugh. „Wir können Mark nicht mit ihm reden lassen. Er wird durcheinanderkommen, und wer weiß, was er dann sagt."

„Ich werde das Büro des Sheriffs informieren, dass ich die Familie vertrete. Sie müssen dann alles über meine Kanzlei laufen lassen."

„Sie können ihn doch nicht zum Reden zwingen, oder?"

„Nein. Niemand kann dazu gezwungen werden; Sie sind durch das Gesetz geschützt."

„Gut, gut."

„Wie schon, als Ms. Swift verschwand, werden wir eine schriftliche Erklärung anbieten. Solange uns keine harten Beweise vorgelegt werden, die die Familie in irgendeiner Weise belasten, werden wir schweigen."

„Aber das wird den Detective verärgern. Du hast gesagt, er ist hart."

„Das ist er. Belassen wir es bei dem, was ich gesagt habe. Wenn wir auf einen bestimmten Umstand eingehen müssen, werden wir das tun. Aber im Moment läuft alles über diese Kanzlei."

„Gut. Ich werde Greg und allen anderen Bescheid sagen."

23

LUCA

Derrick fuhr auf den Parkplatz an der Route 41 und parkte in der Nähe des Pelican Bay-Bürogebäudes. Wir waren fünfzehn Minuten zu früh zu unserer Befragung. Ich schickte Mary Ann eine SMS, um zu fragen, wie es ihr ging.

Derrick fragte: „Meinst du, das ist genetisch bedingt?"

„Wie meinst du das?"

„Wie wahrscheinlich ist es, dass Marconis Schwester bei dem Mord an dem Kind in Virginia eine Verdächtige war?"

„Die Chancen stehen schlecht, aber was mich stört, ist, dass Marconi nicht einmal ohne Anwalt mit uns reden wollte. Er hat sich einen Rechtsverdreher genommen, bevor wir ihn überhaupt nach seinem Namen gefragt haben."

„Kennst du diesen Anwalt?"

Ich schüttelte den Kopf. „Nie von ihm gehört."

Zwei Männer in Hemden rauchten vor dem

Eingang. Wir gingen um sie herum und sahen Marconi, wie er auf einen Aufzug wartete. „Komm schon." Ich eilte in die Lobby, weil ich mit Marconi im selben Aufzug nach oben fahren wollte. Er blickte auf und nickte kurz.

Wir drängten uns nach Marconi hinein. Er drückte auf den fünften Stock. „Wir fahren in dasselbe Stockwerk, Mr. Marconi."

Ihm klappte die Kinnlade herunter. „Sie sind ... Sie sind die Detectives?"

„Ja."

Er starrte auf den Boden. Die Türen glitten auf, und wir folgten ihm in die Anwaltskanzlei von Martin Colbert. Ich stellte mich so nah wie möglich neben Marconi, als er sich bei der Empfangsdame anmeldete. Es war kindisch, aber ich wollte, dass er sich unwohl fühlte. Nervöse Menschen machen Fehler.

Fünf Minuten vergingen, bevor wir in einen fensterlosen Konferenzraum geführt wurden. Obwohl zehn Stühle um den Mahagonitisch standen, musste ich meine Klaustrophobie unterdrücken.

Marconi saß neben Martin Colbert, der aufstand, als wir ihm die Hand schüttelten. Colbert sah mir dabei direkt in die Augen, etwas, das ich an einem Mann mochte. Als wir uns setzten, dachte ich darüber nach, wie sehr dies im Gegensatz zu der Art und Weise stand, wie Bill Miller bei unserem Treffen den Blick abgewandt hatte.

Colbert sagte: „Ich hoffe, wir können klären, was auch immer Ihr Interesse an meinem Mandanten geweckt hat. Sollen wir anfangen?"

Ich sagte: „Mr. Marconi, Sie hatten eine Beziehung zu Kate Swift. Erklären Sie bitte die Art dieser Beziehung."

Marconi sah seinen Anwalt an, der nickte. „Also, zunächst einmal war es keine Beziehung."

Colbert mischte sich ein: „Ich habe kein Problem mit dem Wort, da es lediglich eine Verbindung zwischen zwei Personen impliziert. Und da sie eine Schülerin in einem Ihrer Kurse war, lassen wir das gelten."

„Kate war in einem meiner Kurse, aber das ist schon lange her."

„Es war mehr als einer, nicht wahr?"

„Ja, ich glaube schon. Aber ich habe Hunderte von Schülern unterrichtet."

„Ich verstehe, aber wie viele von diesen Hunderten waren Ihre Lehrassistentin?"

„Ich hatte jedes Semester mehrere."

„Alles Frauen?"

Colbert legte seine Hand auf Marconis Unterarm. „Es wäre hilfreich, wenn wir uns bei diesem Gespräch auf das Wesentliche konzentrieren würden."

„Hatten Sie auch männliche Assistenten?"

„Keiner der Jungs war daran interessiert, Assistent zu sein; die wollten Sport machen."

„Vor zehn Jahren hatten Sie den Ruf, mit Schülerinnen zu flirten."

„Das stimmt nicht."

„Können Sie uns sagen, wie Sie zu dem Spitznamen Romeo kamen?"

Seine Wangen röteten sich. „Das war ein Witz. Sehen Sie mich an. Glauben Sie, ein junges Mädchen hätte Interesse an mir?"

„Vor zehn Jahren sahen Sie nicht so aus wie heute."

„Kinder sind Kinder. Was soll ich Ihnen sagen? Sie machen sich gerne einen Spaß."

Colbert sagte: „Haben Sie einen konkreten Vorwurf, zu dem Sie meinen Mandanten befragen möchten?"

Es war an der Zeit, die Leier über die traurige Vergangenheit der Barron Collier High runterzubeten. „Ja, den haben wir, Herr Anwalt. Es gibt unwiderlegbare Beweise für unangemessenen sexuellen Kontakt zwischen einer Schülerin und einem Lehrer an der Barron Collier High."

Marconi sah aus, als hätte er einen Golfball verschluckt. „Ich war das nicht."

Colbert sagte: „Haben Sie Beweise, dass dieser angebliche Kontakt meinen Mandanten involviert?"

„Im Moment sind es nur Indizien, aber wir haben mit den Ermittlungen gerade erst begonnen. Ich würde Ihrem Mandanten raten, offen über seine Beziehung zu Ms. Swift zu sprechen. Wir wissen, dass es mehr war als nur eine Lehrer-Schüler-Beziehung."

Colbert wandte sich an Marconi. „Sie müssen nichts sagen. Das hier ist vollkommen freiwillig; Sie haben das Recht zu schweigen."

Irgendetwas an Colbert kam mir seltsam vor. Obwohl er im richtigen Moment mit seiner Warnung eingesprungen war, sprach er nicht wie ein Strafverteidiger. „Mr. Colbert hat recht, aber wenn Sie schweigen, werden wir nur noch tiefer graben."

Derrick sagte endlich etwas. „Du warst bei ihrer Gedenkfeier. Wenn du nach zehn Jahren keine besondere

Beziehung zu ihr hattest, warum bist du dann hingegangen?"

Ich war mir bei dem Wort „besonders" unschlüssig, als Marconi sagte: „An unserer Beziehung war nichts Unangemessenes. Kate war eine kluge, lebenslustige Frau, und ich habe versucht, ihr so gut wie möglich zu helfen."

Jetzt musste ich „lebenslustig" und die Tatsache verarbeiten, dass er sie eine Frau und kein Mädchen nannte. Sogar Colbert rückte ein Stück von seinem Mandanten ab.

Derrick sagte: „Wobei haben Sie ihr denn außer der schulischen Hilfe noch geholfen?"

„Ich kann Ihnen sagen, dass sie in den letzten ein oder zwei Monaten, bevor sie ... bevor sie verschwand, irgendetwas bedrückt hat."

„Woher wussten Sie das?"

„Ich habe gespürt, dass Kate reden wollte, sich aber nicht öffnen konnte. Ich habe versucht, sie zum Reden zu bringen, aber sie sagte, es sei ihr peinlich. Ich sagte ihr, sie könne mir vertrauen und ich würde nicht über sie urteilen."

„Was dachten Sie, worum es ging?"

„Ich bin ziemlich sicher, dass es eine Beziehungssache war."

„Woher wissen Sie das?"

„Nur so ein Gefühl."

„Was gab Ihnen dieses Gefühl?"

„Sehen Sie, ich bin die ganze Zeit von Jugendlichen umgeben. Ich merke, wenn sie, äh, mit jemand anderem was am Laufen haben. Das sieht man einfach."

„Mit wem, glauben Sie, war sie zusammen?"

„Ich weiß es ehrlich gesagt nicht, aber ich bin mir ziemlich sicher, dass es niemand von der Barron war."

„Glauben Sie, es war jemand Älteres?"

„Könnte sein, weshalb es ihr anscheinend peinlich war."

Ich fand es interessant, dass er bei der Frage die Tür offenließ. Wenn er versucht hätte, uns von sich abzulenken, hätte er sie zugeschlagen. Das brachte mich wieder auf Bill Miller.

„Hat sie jemals Bill Miller erwähnt?"

„Bill Miller? Dort, wo ihre sterblichen Überreste gefunden wurden?"

„Ja."

„Nicht ihn, aber seinen Bruder, den, der bei dem Unfall verletzt wurde. Ich erinnere mich, als das passierte."

„Kannten Sie Mark Miller?"

„Nein. Ich bin mir ziemlich sicher, dass er auf die Seacrest ging."

„Was hat sie über ihn gesagt?"

„Dass sie früher zusammen waren und dass er verletzt wurde und nicht mehr derselbe war. Ich kannte ihn nicht, hatte aber Mitleid mit dem Jungen, und dann nimmt sich sein Vater das Leben. Es war wie bei Shakespeare."

Als ich in der Schule gezwungen wurde, ihn zu lesen, tat ich nur das Nötigste, um zu bestehen, aber die Verbindung zur Tragödie war offensichtlich.

„Was können Sie uns über Amanda Pearson erzählen?"

Marconi runzelte die Stirn. „Ich rede nicht gern über eine ehemalige Schülerin. Wir alle benehmen uns wie Idioten, wenn wir jung sind, und sie hat sich wahrscheinlich geändert."

„Wir möchten verstehen, was für ein Mensch sie damals war. Wie ihre Interaktion mit Kate aussah. Soweit wir wissen, war sie nicht gut."

„Amanda war der klassische Bully. Davon gibt es in jeder Klasse einen. Sie war ein großes Mädchen, und ich glaube, sie fühlte sich deplatziert. Sie war in dieser schwierigen Phase, kein hübsches, zierliches Ding, sondern kräftig gebaut, und ich nehme an, sie dachte, dass sie durch aggressives Auftreten verhindern könnte, von den anderen Kindern gehänselt zu werden."

Wir hatten ein paar Spuren, denen wir nachgehen konnten, aber ich war mir unsicher, ob die von Marconi eine davon war. Auf dem Weg nach draußen sah ich ein gerahmtes Cover des *Gulfshore Business* Magazins an der Wand hängen. Colbert lächelte unter der Überschrift „Wirtschaftsanwalt des Jahres".

Marconi hatte keinen Strafverteidiger engagiert. Das hieß nicht, dass er nichts mit Kate Swifts Tod zu tun hatte, aber es war seltsam. Warum einen Anwalt nehmen, wenn man nichts zu verbergen hat?

24

MILLER

Der Parkplatz von Clam Pass Beach leerte sich. Ich sah auf die Uhr; Greg hätte mich schon vor zwanzig Minuten treffen sollen. Ich war extra zu spät gekommen, da ich wusste, dass er mich warten lassen würde, aber er war immer noch nicht da.

Ein älteres Paar machte sich mit Strandstühlen auf den Weg zu seinem Auto. Gregs Range Rover fuhr vor. Wir stiegen aus unseren Wagen. Ich sagte: „Hey, lass uns ein Stück gehen."

„Na gut, aber ich habe nicht viel Zeit."

„Hast du dir eigentlich mal den neuen Holzsteg angesehen, den wir geliefert haben?"

Er schüttelte den Kopf. „Ich hab's bisher nicht hier runter geschafft."

„Ist schön geworden. Ich bin überrascht, dass du den Bezirk überzeugen konntest, ein exotisches Hartholz wie IPE zu nehmen."

Als wir an der Haltestelle der Strandbahn vorbeigingen, sagte er: „Ein Kinderspiel. War ja auch sinnvoll; es ist härter als kalifornisches Rotholz und hält zwanzig Jahre, ohne dass man es behandeln muss."

„Kosteneffizient."

„Sieht um Längen besser aus als diese ganzen Kunststoffprodukte und ist natürlich."

„Wie läuft's mit dem Angebot für die Seebrücke?"

„Sie werden in den nächsten neunzig Tagen keine Entscheidung treffen. Aber ich hol den Auftrag, mach dir keine Sorgen."

„Gut. Hör zu, ich habe Weinstein engagiert. Dieser Detective kam zum Haus und wollte mit Mark reden."

„Oh, Jesus. Das muss aufhören."

„Mach dir keine Sorgen. Uns wird nichts passieren, solange wir zusammenhalten."

„Ich wusste, dass uns das eines Tages um die Ohren fliegt. Ich hab's einfach gewusst."

Ich senkte meine Stimme, als eine Strandbahn vorbeifuhr. „Hier fliegt gar nichts um die Ohren. Weinstein wird Mark beschützen, und die Sache wird sich wieder legen, genau wie beim letzten Mal."

„Das muss ein Ende haben. Ich kann so nicht mehr leben."

„Also, was willst du tun? Willst du anfangen zu reden?"

„Wir müssen reinen Tisch machen."

„Ja, und was glaubst du, passiert dann?"

„Ich habe nichts getan."

„Du hast die Polizei belogen."

„Das ist nichts."

„Ja, und was glaubst du, passiert mit der Firma?"

„Was hat das damit zu tun?"

Als wir den Mangrovenwald betraten, sagte ich: „Hast du das Testament vergessen? Dad hat Mark die Kontrollmehrheit gegeben. Wenn er untergeht, geht die Firma mit ihm unter."

„Wir werden uns schon was einfallen lassen."

„Weißt du eigentlich, wie sehr der Name Miller in den Dreck gezogen wird? Die Presse wird uns dafür kreuzigen, dass wir ihn beschützt, dass wir gelogen haben, und wir beide würden wahrscheinlich wegen Behinderung der Justiz eine Haftstrafe bekommen."

„Das ist alles so eine Scheiße, und es ist deine Schuld."

„Ach, komm schon, Greg. Alles, was ich versucht habe, war, Mark zu schützen, die Familie zu schützen. Dad hätte dasselbe getan."

„Dad? Meinst du den Typen, der Mom umgebracht und sich dann das Hirn rausgepustet hat?"

Ich packte ihn an den Schultern und wirbelte ihn herum. „Halt deine Klappe. Es war ein Unfall, und das weißt du. Er hat sich so schrecklich gefühlt, dass er nicht mehr mit sich leben konnte. Also hör auf mit dem Scheiß."

Er riss sich los. „Nimm deine verdammten Hände von mir."

„Ruhig, Greg. Tut mir leid. Ich kann es einfach nicht ertragen, wenn jemand Dad schlechtmacht."

„Du bist zu weit gegangen, Mann. Gib es zu, bevor es zu spät ist."

„Es ist zu spät."

„Nein, ist es nicht. Es wird alles nur noch schlimmer. Lass uns Weinstein einen Deal für uns aushandeln lassen.

Wir sagen die Wahrheit, und sie werden uns entgegenkommen."

„Wir werden in den Zeitungen durch den Dreck gezogen. Niemand wird mehr bei uns einkaufen. Würdest du?"

Er zuckte mit den Schultern.

„Wir werden alles verlieren. Und was ist mit den Mitarbeitern? Meinst du, die hauen nicht ab, sobald die Geschichte rauskommt?"

„Wir werden einen Weg finden."

„Auf welchem Planeten lebst du eigentlich? Wir werden alles verlieren."

„Die Schuld frisst mich bei lebendigem Leibe auf."

„Du musst stark bleiben."

Greg verstummte, als wir uns dem Ende der knapp einen Kilometer langen Strandpromenade näherten. Ich sagte: „Du musst mir hierbei vertrauen. Das wird sich bald legen. Jetzt gerade haben sie die Leiche gefunden, und das hat alles wieder aufgewühlt."

„Meinst du?"

„Ich hatte beim ersten Mal recht. Oder nicht? Die Polizei hat Fragen gestellt, aber das ist im Sande verlaufen, richtig?"

„Ich schätze schon, aber es war furchterregend. Ich habe wochenlang nicht geschlafen."

„Mach dich deswegen nicht verrückt. Überlass das einfach mir und Weinstein, dann wird alles gut. Sprich mit niemandem, verweise sie einfach an Weinstein."

„Okay, okay."

Ich drückte seine Schulter. „Gut. Lass uns zurückgehen. Sag mal, Benny und ich spielen morgen eine Runde im Old Collier. Warum kommst du nicht mit? Ich kann Richie fragen, ob er uns zu einem Vierergespann macht."

„Benny? Der geht mir echt auf die Nerven. Ich weiß nicht, wie du es mit ihm aushältst."

„Wir gehen schon seit Jahren zusammen golfen. Er ist ein komischer Kauz, aber auf dem Platz blende ich das aus."

„Ich hab dir doch gesagt, wir müssen ihn loswerden."

„Du hast recht. Es wird nicht einfach, aber sobald die Sache ausgestanden ist, werde ich den Stecker ziehen."

„Gut. Weißt du, wir sollten Mario befördern. Lass ihn das Wenige übernehmen, was Benny macht, und er kann im operativen Geschäft helfen. Er ist echt auf Zack."

Mein Handy vibrierte. Ich warf einen verstohlenen Blick darauf. Es war Weinstein. Ich ließ die Mailbox rangehen. „Klingt gut. Ich mochte Mario schon immer. Er arbeitet hart und ist angenehm im Umgang."

Wir erreichten den Parkplatz und verabschiedeten uns. Ich sprang in mein Auto, drückte die Wahlwiederholung und hielt den Atem an. Warum rief Weinstein an?

25

Luca

Derrick und ich waren auf dem Weg zu Amanda Pearson. Ich hatte vergessen zu überprüfen, ob sie vorbestraft war, was ich darauf schob, dass sie auf der Liste der Verdächtigen ganz unten stand. Obwohl ich das Chemo-Hirn außer Acht ließ, war das Versäumnis verzeihlich, bis ich entdeckte, dass sie eine Vorstrafe hatte. Wegen Körperverletzung.

Ich sagte: „Bieg rechts auf die Immokalee ab. Sie liegt hinter der Seventy-Five; du biegst dann links nach Quail Creek ab."

„Ich weiß, wo das ist. Lynn hat eine Freundin, die dort wohnt."

„Weißt du, es liegt zwar hinter unserem Ziel, aber 1985 gab es in Quail Creek einen Doppelmord an einer reichen Familie namens Benson."

„Wirklich?"

„Ja, der Sohn hat seine Mutter und seinen Bruder

umgebracht. Hat ihr Auto in die Luft gejagt. Der kranke Irre hat zugesehen, wie sie in die Luft flogen."

„Herzloser Bastard."

„Das kannst du laut sagen. Die waren hunderte Millionen wert. Die Familie hat ihr Geld mit Zigaretten gemacht."

„Benson and Hedges?"

„Dachte ich auch erst, aber es war eine andere Firma, die noch größer war als die."

„All das Geld und was hat es ihnen gebracht?"

„Amen. Sag mal, hast du irgendwelche Fortschritte mit dem Finanzanwalt gemacht?"

„Er wird sich darum kümmern, die Kreditauskunfteien zu kontaktieren, damit es nicht noch schlimmer wird. Aber er meinte, die Banken werden sich bei den Krediten, die sie vergeben haben, querstellen."

„Wie können die das tun? Das ist Betrug."

„Er sagte, wir müssen es zweifelsfrei beweisen, bevor sie den Schaden übernehmen."

„Wie lange dauert es, bis deine Kreditwürdigkeit wiederhergestellt ist?"

„Zwei, vielleicht drei Jahre."

„Das ist doch Blödsinn."

„Wem sagst du das."

Mein Handy klingelte. „Das ist der Sheriff."

„Hallo, Sheriff."

„Hallo, Frank. Wo bist du?"

„Auf dem Weg, um eine Person von Interesse im Fall Swift zu befragen."

„Jemand aus der Miller-Familie?"

„Nein, wieso?"

„Wir wurden benachrichtigt, dass sie einen Anwalt eingeschaltet haben. Wenn wir mit ihnen reden wollen, müssen wir über Jeffrey Weinstein gehen. Ich kenne den Anwalt nicht, Sie etwa?"

„Ja, er hat jemanden in einem Fall von schwerer Körperverletzung vertreten. Er ist fair, aber ich verstehe es nicht. Warum haben sie einen Anwalt engagiert?"

„Könnte was dran sein."

„Umfasst das die ganze Familie?"

„Er hat ausdrücklich William, Mark und Gregory Miller genannt."

„Die Leiche wurde auf dem Grundstück der Millers gefunden, und die wollen nicht reden?"

„Tut mir leid, Frank, aber du musst den Weg über den Anwalt gehen."

„Wenn die was mit dem Tod des Jungen zu tun haben, nagle ich sie fest, Anwalt hin oder her."

„Da bin ich mir sicher. Pass aber auf, dass wir nicht die Benachrichtigungspflicht des Anwalts verletzen, sonst ist alles, was wir bekommen, vor Gericht unzulässig."

„Verstanden, Sir."

Ich legte auf und erzählte Derrick, was der Sheriff gesagt hatte. Er sagte: „Was zum Teufel ist hier los? Marconi und jetzt auch noch die Millers haben sich Anwälte genommen? Ist das eine große Verschwörung oder was?"

Er wusste, dass ich nicht an Verschwörungen glaubte, vor allem, weil ich wusste, dass zwei Menschen nur dann ein Geheimnis für sich behalten können, wenn einer von ihnen tot ist. „Für mich stinkt die Sache. Wer würde Geld für einen teuren Anwalt ausgeben, wenn man nichts falsch gemacht hat?"

„Da stimme ich dir zu, aber heutzutage haben die Anwälte jedem eingeredet, dass man ohne sie nicht mal mehr aufs Klo gehen kann."

Als wir nach Longshore Lakes einbogen, sagte ich: „Es muss um Mark Miller gehen. Sobald ich versucht habe, mit ihm zu reden, haben sie dichtgemacht."

Derrick nickte und zeigte dem Wachmann seine Marke. Das Tor öffnete sich und wir fuhren in die Wohnanlage. Er sagte: „Ja, das Gefühl habe ich auch. Weißt du, wahrscheinlich verschwenden wir bei Amanda Pearson nur unsere Zeit."

„Wenn wir sie ausschließen können, ist es keine Zeitverschwendung. Das wird helfen, den Fokus der Ermittlungen zu schärfen. Wenn sich herausstellt, dass es die Millers waren, kriegen wir sie."

Wir schlängelten uns durch die Einfamilienhaussiedlung. Die Häuser standen auf für Florida-Verhältnisse großen Grundstücken und ich schätzte ihren Wert auf achthunderttausend bis eine Million. Die Eigentumsurkunde des Hauses, zu dem wir unterwegs waren, lief auf die Namen von Amanda Pearson und ihrer Mutter. Ich vermutete, dass der Vater verstorben war und ihr seine Hälfte vererbt hatte.

Nachdem wir an einer Reihe von Tennisplätzen vorbeigefahren waren, bogen wir in den Shearwater Drive ein. Amanda Pearsons Haus lag am Ende der Sackgasse. Ein neongrüner Dodge Charger parkte in der

Einfahrt. Ich spähte durchs Fenster, als wir die Einfahrt hochgingen. Im Fußraum auf der Beifahrerseite lag ein Baseballschläger.

Als sie die Tür aufschwang, wich ich unwillkürlich zurück. Pearson, in Shorts und einem Muskelshirt, war eine Erscheinung wie eine Amazone. „Sind Sie die Detectives?"

Derrick zeigte seine Marke. „Ja, Ma'am."

„Na gut, kommen Sie rein. Ich saß draußen auf der Terrasse."

Das Haus war mit zu vielen Möbeln vollgestellt, aber ordentlich. Wir folgten ihr auf eine mit Fliegengitter geschützte Veranda. Was ich Käfige nannte, schien zwar aus der Mode zu kommen, aber fast jedes Haus, das älter als zehn Jahre war, hatte einen.

Wir saßen um denselben Tisch aus Kunststein, den auch Mary Ann und ich hatten. Ein schmaler See trennte die Rückseiten der Häuser. Ein paar Kinder plantschten drüben in einem Pool und schrien: „Marco Polo, Marco Polo."

Amanda sagte: „Verdammte Gören, halten nie die Klappe."

Ich sagte: „Hört sich an, als hätten sie Spaß."

Sie schüttelte den Kopf. „Also, es geht um Katie?"

„Ja. Sie sind nicht gut mit ihr ausgekommen."

„Versuchen Sie, mir das anzuhängen?"

„Sie haben sie beinahe mit Ihrem Auto überfahren."

„Stimmt nicht. Sie hat nicht aufgepasst und ich hätte sie fast erwischt. Es war ihre Schuld."

„Hat Cheryl Sowski auch nicht aufgepasst, als Sie sie angefahren haben?"

Ihre Augen verengten sich. „Hören Sie mal, Mann. Sie wühlen in altem Scheiß."

Derrick sagte: „Jeder Zeuge hat ausgesagt, dass Sie Sowski absichtlich angefahren haben."

„Wollen Sie mich verhaften? Nach mehr als zehn Jahren? Gibt's da nicht so was wie 'ne Verjährungsfrist oder so?"

Ich wollte ihr sagen, dass es keine Verjährungsfrist dafür gibt, ein Arschloch zu sein. „Schikanieren Sie immer noch Leute?"

„Ich schikaniere niemanden."

„Jeder, mit dem wir gesprochen haben, sagt, dass Sie es tun. Sie waren in der Highschool in eine Reihe von Schlägereien verwickelt und jedes Mal haben Sie sie angezettelt."

„Das ist Blödsinn. Sie werden mir das nicht in die Schuhe schieben."

„Sie wurden zweimal wegen Körperverletzung verhaftet."

„Es war nur einmal; das andere Mal wurde die Anklage fallen gelassen."

„Sie können von Glück reden, dass der Richter milde mit Ihnen war. Anstelle von Sozialstunden und einem Anti-Aggressions-Training hätten Sie ein paar Jahre hinter Gittern verbringen können."

„Er wusste, dass es Blödsinn war."

Richter Rittenhouse war berüchtigt dafür, jungen Erwachsenen eine Chance zu geben. Über den Erfolg seiner Nachsichtigkeit war man sich uneinig. „Sie haben den Kopf des Opfers so oft gegen die Theke geschlagen, dass Sie sie fast umgebracht hätten."

„Ihr geht's gut."

„Sie können von Glück reden, dass die anderen Gäste in der Bar Sie weggezogen haben, sonst säßen Sie jetzt vielleicht in einem Bundesgefängnis."

„Wollen Sie ewig auf dem alten Scheiß rumreiten?"

„Wo waren Sie am ersten Juni 2013?"

„Mann, ich habe den Cops damals gesagt, ich war zu Hause." Sie schüttelte den Kopf und fügte hinzu: „Bei meiner Mom."

Mir gefiel ihr Zögern nicht, bevor sie ihren Aufenthaltsort nannte. Ein Familienmitglied, besonders eine Mutter, war eine wackelige Angelegenheit, wenn es um Alibis ging. Mutterinstinkt und Gefühle trübten selbst bei den Besten von uns das Urteilsvermögen. „Das stand so in der Fallakte."

„Warum machen Sie mir dann die Hölle heiß?"

Hölle. Einen passenderen Ausdruck für diese schwierige Frau hätte ich nicht finden können. „Wir tun nur unsere Arbeit, Ma'am. Wir sind fertig. Danke für Ihre Zeit."

Derrick sah mich verdutzt an, als ich aufstand. Sobald wir im Auto saßen, sagte er: „Warum hast du die Befragung beendet? Du glaubst nicht, dass sie es ist?"

„Nicht unbedingt. Mir gefällt nicht, dass sie sich für ein Alibi auf ihre Mutter verlässt."

„Mir auch nicht. Viele Leute lügen für ihre Kinder. Wie sollen wir das überprüfen?"

„In der Fallakte gab es null Befragungen der Nachbarn der Millers."

„Ja, du hast recht, aber ich verstehe den Zusammenhang nicht."

Ich war erfreut, dass mich mein Gedächtnis nicht im Stich gelassen hatte. „Es wäre ziemlich schwierig, eine Frau von Pearsons Statur zu übersehen. Jemand könnte sie in der Straße gesehen haben. Wenn wir zurück sind, finde heraus, was für ein Auto sie und ihre Eltern 2013 hatten."

26

Miller

Weinstein meldete sich nach dem dritten Klingeln.

„Entschuldigen Sie, ich war verhindert, als Sie anriefen."

„Das ist schon in Ordnung. Ich wollte Sie darüber informieren, dass Detective Luca sich bei meiner Kanzlei gemeldet hat."

„Was will er?"

„Eine Befragung Ihres Bruders Mark."

„Sie haben ihm doch nein gesagt, oder?"

„Ich habe ihn an die Verletzung erinnert, die er erlitten hat, und gesagt, dass ich mich bei ihm melde, nachdem ich mit der Familie Rücksprache gehalten habe."

„Worüber Rücksprache halten? Ich will nicht, dass er mit der Polizei redet."

„Es könnte eine gute Idee sein, mit ihnen in einen Dialog zu treten."

Anwälte zogen immer diesen Mist ab; sie erzählten

einem das eine, bevor man sie engagierte, und schlugen dann einen ganz anderen Ton an. „Sie haben gesagt, wir müssten nicht mit ihnen reden, wenn wir das nicht wollten."

„Ja, das stimmt. Wenn wir jedoch eine schriftliche Beantwortung ihrer Fragen vorschlagen, zeigt das unsere Kooperationsbereitschaft."

„Aber letztes Mal mussten wir das nicht tun."

„Wir haben eine Erklärung abgegeben, und das hat sie zufriedengestellt."

„Warum können wir das nicht wieder tun?"

„Ich habe das angeboten, aber sie haben abgelehnt."

„Warum? Was hat sich geändert?"

„Der Fund der sterblichen Überreste auf Ihrem Grundstück hat die Sachlage erheblich verändert. Ich verstehe, warum sie sich für Ihren Bruder und für Sie interessieren."

„Für mich? Haben sie mich erwähnt? Speziell mich?"

„Ja, obwohl der Schwerpunkt auf Mark lag."

„Trotzdem gefällt mir das nicht. Er ist manchmal nicht ganz bei Trost, und man wird ihn missverstehen."

„Deshalb habe ich schriftliche Antworten vorgeschlagen. Wir können kontrollieren, was der Polizei mitgeteilt wird."

„Was sind die Nachteile?"

„Die Antworten können zu den Akten genommen werden, falls es zu einem Prozess kommt."

„Prozess? Er hat nichts getan."

„Lassen Sie uns nichts überstürzen. Ich würde nicht zulassen, dass er sich oder jemand anderen mit seinen Antworten belastet."

„Ich sehe den Sinn darin nicht."

„Ihre Besorgnis ist verständlich, aber dies ist eine kontrollierte Reaktion. Unter Umständen wie diesen, bei einer beeinträchtigten Person, zeigt es die Bereitschaft, sich zu beteiligen, und wird ihrem Interesse an Mark höchstwahrscheinlich ein schnelles Ende bereiten."

Höchstwahrscheinlich. Als ich das Geschäft führte, hatte ich ihn das schon einmal zur Beruhigung sagen hören, nur damit er später einen Rückzieher machte. Ich wurde jedes Mal daran erinnert, wenn ich an dieser Wohnsiedlung an der Airport Pulling Road vorbeifuhr. Die Coconut Core Builders schuldeten uns über eine Million und waren monatelang im Rückstand, als der Immobilienmarkt nachgab.

Weinstein sagte, sie würden wahrscheinlich zahlen, wenn wir klagen würden. Stattdessen meldeten sie Konkurs an, und wir erhielten nur 57.000. Was mich wirklich stinksauer machte, war, dass dieselbe Gruppe sich reorganisierte und die Wohnanlage zwei Jahre später fertigstellte.

„Wie sicher sind Sie sich da?"

„Diese Dinge sind schwer vorherzusagen." Er ruderte zurück, was das Zeug hielt. „Aber die Ermittlungen zu blockieren, ist etwas, das ich nicht empfehle."

Ich wollte nein sagen, aber tief im Inneren wusste ich, dass eine Weigerung Verdacht erregen würde. „In Ordnung, aber unter der Bedingung, dass ich überprüfen kann, was geschickt wird, bevor es an sie geht."

„Gut, Sie haben die richtige Entscheidung getroffen. Ich werde Detective Luca benachrichtigen."

Ich legte auf und dachte über seine Aussage nach.

Greg von der Entwicklung zu erzählen, war nichts, worauf ich mich freute. Er wäre erleichtert zu wissen, dass Mark technisch gesehen redete, aber ich würde ihm verschweigen, dass es schriftlich war. Ich musste es richtig verpacken, sonst würde er sein loses Mundwerk nicht halten können.

CATHY SAß mit ihrem iPad da, als ich ins Haus kam. „Hey, Cathy."

„Wie war dein Tag?"

„Ganz gut. Und deiner?"

„Ich war mit Emily Mittagessen."

„Wie geht es ihnen?"

„Sie fahren für einen Monat nach Italien. Wir haben immer gesagt, dass wir mal eine Villa in der Toskana mieten wollen. Können wir das dieses Jahr machen?"

Zuerst musste ich mal sehen, dass ich nicht im Gefängnis landete. „Wenn nicht dieses Jahr, dann im Frühling. Fang doch schon mal an, dich umzusehen, schau dir ein paar Angebote an."

„Ich rufe Anna an. Die waren schon so oft da."

„Klingt gut. Mark ist heute früher gegangen. Alles in Ordnung bei ihm?"

„Ich glaube schon. Er war vorhin unten am Steg."

„Hat er das Boot geputzt?"

„Jep. Mr. Zwanghaft."

„Willst du bei True Food zu Abend essen?"

„Klar, ich sterbe für das Blumenkohlgericht, das sie da haben."

„Lass mich kurz mit Mark reden, dann können wir los."

Als ich die Treppe hochging, wurde die Acid-Rock-Musik lauter. Ich klopfte zweimal an die Tür, bevor ich sie aufstieß. Mark saß mit Kopfhörern auf der Couch und spielte ein Videospiel.

Ich tippte ihm auf die Schulter und er zog seine Kopfhörer herunter um seinen Hals. „Du hast mich erschreckt."

„Entschuldigung. Wie geht's dir?"

„Ganz gut."

„Wir gehen bei True Foods Abendessen. Soll ich dir etwas mitbringen?"

„Bäh. Die haben doch nur Gemüse und so was."

„Die haben viele verschiedene Sachen. Sich gesund zu ernähren wird dich nicht umbringen."

„Auf keinen Fall."

„Du bist heute früher gegangen. Ist irgendwas los?"

„Nein, war nur gelangweilt."

„Morgen kannst du mit mir kommen. Ich will mir Standorte für einen möglichen neuen Laden ansehen."

„Wir brauchen nicht noch mehr Läden. Wir sollten Videospiele und so was verkaufen. Da steckt das echte Geld drin."

„Wir sind ein Bau- und Heimwerkermarkt. Videospiele passen da nicht rein."

„Doch, tun sie. Die Leute können reinkommen, sich ein paar Glühbirnen und Gartensachen holen und ein Spiel mitnehmen. Dann müssen sie nicht zu Best Buy gehen."

„Ich spreche mit Greg darüber. Hör zu, ähm, wir

werden der Polizei ein paar Fragen beantworten müssen."

„Der Polizei? Warum?"

„Keine Sorge. Erinnerst du dich, das haben wir letztes Mal auch gemacht, als Katie verschwunden ist?"

Er wandte den Blick ab, sagte aber nichts.

„Da sie ihre Leiche hier gefunden haben, haben sie ein paar Fragen."

Seine Augen füllten sich mit Tränen. Ich legte meine Hand auf seine Schulter, als seine Stimme brach: „Ich vermisse sie. Warum musste das passieren?"

„Es ist bald vorbei."

„Nein! Nein! Es wird nie enden. Katie ist weg. Für immer."

„Beruhige dich, Mark. Wir werden das durchstehen."

„Wie?"

„Denk mal, bevor sie ihre Leiche gefunden haben, war alles in Ordnung, oder?"

„Wie meinst du das?"

„Wir haben das neue Boot bekommen. Wie cool war das denn?"

„Ja, das ist das Beste."

„Tja, und weißt du was? Ich hab eine Überraschung."

Mark sprang auf. „Was? Was? Sag schon."

„Weißt du noch, das Boot, das wir auf der Bootsmesse gesehen haben? Das mit dem blauen Verdeck und den zwei Außenbordmotoren?"

„Die haben gesagt, das ist das schnellste See-Boot überhaupt. Auf der ganzen Welt."

„Japp. Und rate mal, wer eins bekommt?"

„Wer?"

„Du."

„Wahnsinn! Das kann ich gar nicht glauben."

„Glaub es ruhig."

„Wann, wann können wir es holen?"

„Erinnerst du dich an Mr. Weinstein, den Anwalt?"

„Bekommt er es?"

„Nein, aber wenn uns jemand nach Katie fragt, sagen wir, sie sollen Mr. Weinstein anrufen. Hast du das verstanden?"

„Ja, ja."

„Wenn du wegen Katie die Klappe hältst, gehört das Boot dir."

„Wann kriege ich es denn?"

„Sehr bald. Wie wäre es, wenn wir übermorgen gehen?"

„So lange kann ich nicht warten."

„Na gut, wir fahren morgen nach der Arbeit zum Naples Boat Mart."

Ich hasste es, Mark zu bestechen, aber es war das Einzige, worauf er ansprach.

27

MILLER

Von meinem Vater habe ich unter anderem gelernt, wie wichtig tägliche Besprechungen sind – nicht die großen für die ganze Firma, sondern für jede einzelne Abteilung. Das hatte er angeblich vom Ritz Carlton gelernt.

Als die großen Baumarktketten wie Home Depot und Lowes begannen, in sein Revier einzudringen, wusste Dad, dass ein Wettbewerb über den Preis ein Wettlauf nach unten war. Er hatte einen Freund, der im Ritz am Vanderbilt Beach arbeitete, und er fragte ihn, wie das Ritz mit so hohen Preisen durchkam. Sein Kumpel sagte ihm, es läge mehr am Service als an der Unterbringung.

Mein Vater übernahm einen der Grundsätze, die sie anwandten: tägliche Besprechungen mit den Mitarbeitern jeder Abteilung vor Ladenöffnung zur Pflicht zu machen. Im Grunde war es eine Erinnerung, aber es band unsere Leute ein, und wir waren zwei Jahrzehnte in Folge die Klassenbesten gewesen.

Ich sah auf das Schild, das mein Vater hatte anfertigen lassen. Es sagte alles aus: „Kundenservice ist nichts weiter als die Lieferung eines Produkts. Das kann jeder. Unser Ziel ist es, dass der Kunde sich gut dabei fühlt, es bei Miller's zu kaufen."

Die Gegensprechanlage summte. „Mr. Miller, Charlie Riley vom Boat Mart ist auf Leitung eins."

Wahrscheinlich wollte er sich nur melden; er hatte uns auf der Bootsmesse gesehen. Ich wollte den Anruf abwimmeln, aber ich habe die Kundenbetreuung immer gefördert. „Hallo, Charlie. Wie geht's dir?"

„Gut, Bill. Ist alles in Ordnung?"

„Ja, alles bestens. Wir überlegen, mal reinzuschauen, was ihr so da habt."

„Super, sag einfach Bescheid. Sag mal, ich habe gerade einen Anruf von einem Händler aus Broward County bekommen und dachte, du solltest davon wissen."

„Worum geht es denn?"

„Er meinte, die Polizei sucht nach der Crownline, die du vor etwa zehn Jahren in Zahlung gegeben hast."

Ich erstarrte. „Das ist seltsam. Warum hat er dich angerufen?"

„Das Bootsgeschäft ist eine kleine Welt, jeder kennt jeden. Er dachte sich, dass ich es wohl wissen wollen würde."

„Danke, aber was auch immer sie damit wollen, es hat nichts mit uns zu tun."

Ich schüttelte den Kopf. Sie hatten das Boot viel schneller gefunden, als ich erwartet hatte. Was hatte das zu bedeuten?

Eine Wiederholung der Szene, wie Mark vor neun

Jahren am Steg anlegte, spielte sich in meinem Kopf ab. Wo war Katie, fragte ich mich und überblickte den Hinterhof.

Die tropische Brise legte sich. Ich weiß nicht warum, aber in diesem Moment wusste ich, dass etwas nicht stimmte. Etwas stimmte ganz und gar nicht.

Ich trat von der Veranda auf den Rasen und sah mich um. Keine Menschenseele zu sehen. Mark nahm den Schlauch und spritzte Wasser auf den Bug des Bootes. Er war zu methodisch. Der Wasserstrahl zu schmal.

Er führte die Düse näher an die Oberfläche des Bootes, ohne mit der Wimper zu zucken, als das Wasser auf ihn zurückprallte. Ich würde ihm Kleidung zum Wechseln besorgen müssen. Er müsste sich in der Garage umziehen. Nachdem sie getrocknet waren, würde ich seine Sachen in die Wäsche tun, damit Cathy nicht wütend wurde.

Ich stand ganze fünf Minuten da, während er den Bug mit Wasser bombardierte. Es ergab keinen Sinn; das Einzige, worauf Mark peinlich genau achtete, waren die Messingbeschläge. Er polierte sie endlos und ignorierte dabei den Seeschmutz auf dem Fiberglas. Ich musste ihn daran erinnern, das ganze Boot abzuspülen, sonst hätte er es ignoriert.

Als er die Windschutzscheibe mit Wasser übergoss, machte ich ein paar Schritte in Richtung See. Eine Gruppe von Mangobäumen versperrte die Sicht, und ich hoffte, Katie wäre auf der Suche nach einer reifen Frucht. Sie war nicht da.

Ich ging zum Steg. Mark spritzte Wasser auf die Ledersessel. Sie waren für die nasse Welt des Bootfahrens gemacht, nicht dafür, untergetaucht zu werden. „Hey, Mark!" Er warf mir einen Blick zu, widmete sich aber wieder dem Ertränken der Kissen.

„Wie war der See?"

Er zuckte mit den Schultern.

„Wo ist Katie hin?"

Noch ein Achselzucken.

Er hatte dichtgemacht. Die Bestätigung, dass ihn etwas aus der Fassung gebracht hatte. Ich stellte mich neben ihn. „Hier, gib mir den Schlauch. Ich mache das Heck. Warum nimmst du nicht die Skier ab und polierst die Klampen auf?"

Er reichte mir den Schlauch, sah mir aber nicht in die Augen. „Hast du dich mit Katie gestritten?"

Die Kombination aus Nicken und Schulterzucken verriet nicht so viel wie die Art, wie er die Wasserskier auf den Steg schleuderte.

„Du kannst sie nicht einfach so herumwerfen. Sie bekommen Risse, und dann wird es schwer ..."

Er blickte finster und ging in Richtung Haus. „Wo willst du hin?"

Ich ließ den Schlauch fallen und folgte ihm. „Mark, komm schon. Alles wird gut."

Ich legte ihm die Hand auf die Schulter, aber er schüttelte sie ab. „Geh nicht so ins Haus. Tante Cathy dreht durch; du bist ja nass bis auf die Knochen."

Es war, als wäre er taub. Er ging tropfnass auf die Terrasse und ins Haus. Ich folgte ihm, schnappte mir ein Küchentuch und wischte hinter ihm auf.

Als er die Treppe hochstampfte, sagte ich: „Spring unter die Dusche, und ich leg ein paar Burger auf, okay?"

Die Tür zu seiner Wohnung fiel krachend ins Schloss. Ich ging zur Haustür und spähte aus dem Fenster. Keine Katie, niemand zu sehen. Ich ging zurück auf die Veranda, und meine Angst wuchs mit jedem Schritt, den ich in Richtung See machte.

Es war ein Sonntag und still. Ich erreichte den Steg und untersuchte das Boot von außen. Nichts Ungewöhnliches. Ich sprang an Bord. Es sah alles in Ordnung aus. Ich erblickte die Luke und hielt den Atem an, als ich sie öffnete. Nichts als Schwimmwesten.

Ich atmete erleichtert auf, mein Blick fiel auf die Sitzbank am Heck und ich schluckte. Ich hob den gepolsterten Deckel an. Das Fach darunter war leer. Wo war der Anker? Was war mit ihm passiert?

Mich überkam ein wachsendes Entsetzen. Meine Gedanken überschlugen sich, während ich versuchte, die Situation zu rationalisieren. Ich wollte bei Katie zu Hause anrufen, um zu sehen, ob sie dort war, aber tief im Inneren wusste ich, dass sie es nicht war. Und ein Anruf würde eine verdächtige Spur hinterlassen.

Es war die erste bewusste Handlung, die ich unternommen hatte, um mit der unglücklichen Entwicklung umzugehen. Es hatte ein Jahrzehnt lang funktioniert. Ich musste nur die Nerven behalten, bis dieser Sturm vorübergezogen war.

28

—————

LUCA

Ich telefonierte gerade mit Mary Ann, als Derrick ins Büro kam. Er gab mir mit beiden Händen Daumen hoch und blieb vor meinem Schreibtisch stehen.

„Bist du sicher, dass es dir gut geht?"

Mary Ann hatte lange geschlafen und bewegte sich beim Frühstück langsamer als sonst. Sie sagte, es ginge ihr gut, aber ich wusste, dass sie nicht wollte, dass ich mir Sorgen machte. „Na gut, dann. Wir sehen uns später."

Ich legte auf und Derrick fragte: „Geht es ihr gut?"

Ich zuckte mit den Schultern. „Das hat sie gesagt, aber ich weiß nicht."

„Warum gehst du nicht nach Hause?"

„Geht nicht. Was hast du über Pearson heraus-gefunden?"

„Rate mal, wen Millers Nachbar von nebenan gesehen hat?"

Mein Partner hatte echt eine Zukunft als Quizmaster für Kinder vor sich. „Amanda?"

„Jep."

„Er kennt sie?"

„Nein, aber er erinnerte sich daran, an diesem Nachmittag ein großes Mädchen gesehen zu haben. Sagte, sie
sei herumgeschlichen."

„Herumgeschlichen?"

„Seine Worte. Ich musste es nachschlagen. Es bedeutet, sich versteckt zu halten oder unheimlich zu wirken."

Ich wusste das nicht, nickte aber, als ob ich wüsste,
was es bedeutete. „Was hat er noch gesagt?"

„Nichts. Er sagte, er und seine Frau wollten wegfah-
ren, und er sah sie, als er aus der Einfahrt fuhr."

„Und niemand hat mit diesem Kerl gesprochen?"

„Nö. Willst du eine Gegenüberstellung organisieren,
um zu sehen, ob er sie wiedererkennt?"

„Das ist ungefähr zehn Jahre her. Wenn er sie nicht
kannte, kann ich mir nicht vorstellen, dass er sie identifizieren kann."

„Er kannte Pearson nicht."

„Wir brauchen ein neun Jahre altes Bild von ihr."

„Ich frage bei der Barron Collier High nach."

„Perfekt."

„Warum haust du nicht ab und siehst nach, ob bei
Mary Ann alles in Ordnung ist?"

„Ich muss vorher noch einen Zwischenstopp einle-
gen. Ich will mit Benny Alston sprechen."

AUF DEM PARKPLATZ von Millers Baufachmarkt war viel
los. Ich quetschte mich in eine Lücke neben dem Bereich

für die Einkaufswagen und ging hinein. Ein Mädchen vom Kundendienst mit den längsten Ohrringen, die ich je gesehen hatte, zeigte auf einen Mann, der sich mit einer Frau unterhielt. Er saß auf einem Aufsitzmäher und lachte.

„Entschuldigen Sie, Mr. Alston. Kann ich kurz mit Ihnen sprechen?"

Alston musterte mich und entschuldigte sich bei der Frau. „Was kann ich für Sie tun?"

Ich zückte meine Marke und er spannte sich an. „Wollen wir draußen reden?"

Wir gingen auf den Parkplatz. Als wir unsere Sonnenbrillen aufsetzten, sagte Alston: „Schöner Tag."

„Wir könnten ein bisschen Regen gebrauchen."

„Wenn man den Wetterberichten glaubt, wird es jeden Tag regnen."

Er hatte recht. Fast jeden Tag wurde Regen vorhergesagt. Die Vorhersage war öfter falsch als richtig. „Gott hat die Meteorologen erschaffen, damit die Wirtschaftswissenschaftler gut dastehen."

Er lächelte. „Der gefällt mir. Draußen vor der Pizzeria stehen ein paar Tische."

Wir setzten uns an einen Eisentisch, und er sagte: „Weswegen wollen Sie mit mir sprechen?"

Es war ungewöhnlich, dass er so lange gewartet hatte, um zu fragen, was ich wollte. „Kate Swift."

Alston runzelte die Stirn. „Ach ja, sie wurde auf dem Grundstück der Millers gefunden."

„Sagen Sie mir, wie gut Sie sie kannten."

„Ich kannte sie nicht wirklich. Wissen Sie, nur über die Millers. Die standen ihr nahe."

„Erzählen Sie mir von dem Tag, an dem sie verschwand, dem 1. Juni 2013."

„Ähm, wir – Billy und ich – haben morgens Golf gespielt. Wir spielen schon ewig jeden Sonntag. Dann hat er mich abgesetzt, und ich habe gehört, dass sie verschwunden war."

„Sie haben sie an dem Tag gar nicht gesehen?"

„Nein."

Es war schade, dass Alston eine Sonnenbrille trug. Er log, und sein Gesichtsausdruck hätte nützlich sein können. „Sind Sie sich da sicher?"

„Oh ja, wir haben sie doch auf dem Heimweg gesehen. Das Mädel war zu Fuß unterwegs, und Bill hat angehalten, um zu sehen, ob sie mitfahren wollte."

„Haben Sie sie mitgenommen?"

„Nein. Sie war schon fast zu Hause."

„Sie sagten, die Millers standen Kate Swift nahe. Inwiefern?"

„Sie war oft da. Kate war vor dem Unfall mit Mark Miller zusammen."

„Der, bei dem Millers Mutter gestorben ist?"

„Ja. Das war eine üble Sache."

„Sie sind gefahren. Was ist passiert?"

„So ein Irrer hat mir die Vorfahrt genommen, und ich bin ausgewichen, um einen Zusammenstoß zu vermeiden. Ich schwöre, der Kerl muss betrunken gewesen sein."

„Der andere Fahrer war ein Mann?"

„Ja, ich glaube schon."

„Was für ein Auto?"

„Oh, das weiß ich nicht mehr. Das ist zehn Jahre her."

„So etwas Tragisches bleibt einem im Gedächtnis."

„Ja, schon, aber es ging alles so schnell, und es war nachts."

„Woher wussten Sie, dass ein Mann am Steuer saß, wenn es nachts war?"

„Ich verstehe nicht. Warum die ganzen Fragen über den Unfall?"

„Er betrifft eine Person von Interesse."

„Ah, ich verstehe, Sie haben Mark im Visier. Richtig?"

„Was bringt Sie zu dieser Schlussfolgerung?"

„Sie wissen doch, dass mit dem Jungen was nicht stimmt. Der Aufprall bei dem Unfall hat sein Gehirn durcheinandergebracht."

„Ein Schädel-Hirn-Trauma zu erleiden, macht einen nicht zum Mörder."

„Ich weiß, aber er hat sich verändert."

„Inwiefern?"

„Ich rede nicht gern über ihn. Ich kenne die Familie schon lange. Sie waren immer gut zu mir."

„Wir können das hier klären, oder ich nehme Sie mit aufs Revier."

„Kommen Sie, ich fühle mich, als würde ich den Jungen verpfeifen."

„Ein junges Mädchen wurde ermordet; zu sagen, was Sie wissen, ist kein Verrat, es ist Ihre Bürgerpflicht."

„Ich weiß, aber ..."

„Rücken Sie schon raus damit."

Benny beugte sich vor. „Wie gesagt, Mark war früher mit Katie zusammen. Ich weiß nicht, wie er es je geschafft hat, ihr Interesse zu wecken, aber die beiden hatten was miteinander, verstehen Sie."

„War die Beziehung unbeständig?"

„Schwer zu sagen. Ich habe nie etwas gesehen, aber um ehrlich zu sein, war er schon vor dem Unfall seltsam. Ich meine, er hat Kaninchen gefangen und sie gefoltert."

„Haben Sie gesehen, wie er das getan hat?"

„Nein, Billy hat es mir erzählt. Aber einmal habe ich ein Eichhörnchen gesehen, das er an einen Baum genagelt hatte. Ich musste fast kotzen."

Tierquälerei war ein deutliches Anzeichen für gewalttätiges Verhalten gegenüber Menschen. „Und sind Sie sich sicher, dass Mark Miller es war?"

„Ja. Als ich es Billy erzählt habe, meinte er, Mark hätte das schon einen Haufen Mal gemacht."

„Ihrer Meinung nach, wurde Mark nach dem Unfall gewalttätiger?"

„Oh ja, kein Zweifel. Er hatte Wutanfälle, das war nicht mehr normal. Einmal hat er im Laden zwei Aufsteller umgeworfen, als er seinen Willen nicht bekam."

„Wegen was?"

„Wer weiß das schon? Dem Jungen brennen ab und zu einfach die Sicherungen durch."

„Glauben Sie, er würde Kate Swift etwas antun?"

29

MILLER

Mark stürmte in mein Büro. „Können wir jetzt los?"

Er war bei vielen Dingen vergesslich, aber ich wusste, dass er mein Versprechen, heute das Boot zu holen, nicht vergessen würde. „Hast du alle Ordner abgeheftet?"

„Ja, lass uns gehen. Komm schon."

Ich klappte meinen Laptop zu und lächelte. „Das wird gut aussehen, wenn es am Steg festgemacht ist."

„Ich konnte die ganze Nacht nicht schlafen."

Ich schloss meine Bürotür ab und sagte: „Erinnere mich daran, dass wir das alte Boot in Zahlung geben."

„Können wir nicht beide behalten?"

„Nein, dafür gibt es keinen Grund."

„Aber..."

„Hör auf damit, Mark. Ein Boot ist genug. Tante Cathy wird durchdrehen, wenn wir das alte behalten."

Er schmollte, als wir die Treppe hinuntergingen. „Kopf hoch, Mann. Ich wette, wenn ich hartnäckig bleibe und dem Verkäufer ordentlich einheize, liefern sie es morgen."

Als wir zur Tür hinausgingen, fragte er: „Wir können es nicht heute mit nach Hause nehmen?"

„Ich glaube nicht."

„Nicht fair, nicht fair."

Ich blieb wie angewurzelt stehen. Das war nicht sein Wutanfall. Das war Benny. Er sprach mit Detective Luca.

Mark zerrte an meinem Arm. „Komm schon, holen wir das Boot."

Sobald wir auf dem Parkplatz des Händlers geparkt hatten, schoss Mark aus dem Auto und rannte auf den Ausstellungsraum zu. Ich zog mein Handy hervor und rief Benny an. Ich landete direkt auf der Mailbox.

Redete er immer noch mit dem Detective? Galle stieg mir bei dem Gedanken in die Kehle hoch, dass er in Lucas Auto saß, auf dem Weg zum Revier, um auszupacken. Ich würde den Mistkerl umbringen, wenn er uns reinreitet.

Ich konnte Mark durch das Fenster sehen. Er stand an Bord des Bootes, das wir kaufen wollten. Sein Lächeln war so breit wie vor dem Unfall. Ich eilte hinein.

Als ich die Einfahrt zu unserem Haus hochfuhr, sagte ich: „Sag Tante Cathy nichts von dem Boot."

„Warum? Warum darf ich nicht?"

„Ich habe es ihr gegenüber nicht erwähnt, und sie könnte wütend werden."

„Warum sollte sie wütend sein?"

„Weil man, wenn man verheiratet ist, seiner Frau sagen sollte, wenn man vorhat, eine Menge Geld auszugeben."

„Aber es ist dein Geld."

„Das schon, aber tu mir einen Gefallen, ja?"

„Okay, okay." Er legte eine Hand auf seinen Mund.

„Danke. Ich werde es ihr sagen. Geh du dich für das Abendessen waschen."

Wir betraten das Haus. Cathy war im Wohnzimmer, und ich hielt den Atem an, als Mark sagte: „Hallo, Tante Cathy."

„Hallo, Mark."

„Hattest du heute einen schönen Tag?"

„Ja. Es war der beste. Der beste überhaupt."

Ich sagte: „Geh dich waschen, Mark."

Er hüpfte die Treppe zu seiner Wohnung hinauf. Cathy sagte: „Er hat gute Laune. Was habt ihr gemacht?"

„Wir haben ein neues Boot bestellt."

„Warum? Das, das wir haben, ist doch in Ordnung."

„Es ist alt. Wir haben es vor neun Jahren bekommen. Du wirst das neue lieben."

„Du weißt, dass ich Boote nicht mag."

„Dieses hier wird dir gefallen. Außerdem hat es ihm wirklich gut gefallen und mir auch."

„Du kannst nicht ständig bei jeder seiner Launen nachgeben."

„Es war meine Idee. Er hat nie danach gefragt oder etwas deswegen gesagt."

„Du hast ihn zur Bootsmesse mitgenommen."

„Na und? Wir gehen ständig zu Oldtimer-Messen, und ich habe ihm nie einen gekauft."

„Okay. Ich gebe auf."

Ich massierte ihre Schultern. „Das ist kein Streit, Schatz. Es ist nur ein Boot, das ist alles. Tut mir leid, ich hätte dir Bescheid geben sollen, bevor ich mit ihm darüber geredet habe."

„Schon gut." Sie lächelte. „Aber das wird dich was kosten."

„Hey, das ist nicht fair."

„Ich denke, die schwarzen Perlenohrringe, die wir bei Saks gesehen haben, sind ein fairer Tausch."

Ich versuchte, mich an den Preis zu erinnern. „Ohrringe?"

„Geh dich umziehen, bevor sie den Preis noch hochschrauben."

Ich schloss die Schlafzimmertür und wählte erneut Bennys Nummer. Die Mailbox ging dran. „Benny, ruf mich an. Es ist dringend."

KURZ BEVOR WIR in Weinsteins Büro gingen, sagte ich zu Mark: „Das Boot ist ziemlich cool, was?"

„Oh ja, wann bringen sie es?"

„Nachdem wir hier fertig sind."

„Wie lange wird das dauern?"

„Wenn du dich bei deinen Antworten kurz hältst, geht es schnell."

„Okay, okay."

„Sag nicht mehr, als dass du mit Kate auf dem See warst und sie nach Hause musste. Du hast das Boot angelegt und sie ist ausgestiegen. Klar?"

„Okay, okay."

„Sie ist weggegangen und du bist auf dem Boot geblieben."

„Bin ich das?"

„Klar. Du musstest es doch sauber machen, oder?"

„Ja, es wird immer ganz vom Seewasser vollgespritzt."

„Genau. Komm, lass uns reingehen."

Wir saßen um einen ovalen Tisch in dem mit teurer Kunst dekorierten Konferenzraum. Weinstein lächelte Mark an. „Sie sehen gut aus, junger Mann."

„Sie auch."

„Danke. Also, ich habe die vom Sheriffdezernat einge-reichten Fragen geprüft, und es gibt keinen Grund zur Sorge. Ich werde sie eine nach der anderen vorlesen, und Sie denken darüber nach, bevor Sie antworten. Wenn Sie etwas zurückziehen, ähm, etwas zurücknehmen wollen, was Sie gesagt haben, dann tun wir das. Ich arbeite für Sie, und alles, was Sie mir sagen, darf ich ohne Ihre ausdrückliche Zustimmung niemandem sagen."

Mark sah mich an.

„Alles gut. Er wird uns helfen, und dann gehen wir auf das neue Boot."

„Weißt du, wir haben ein neues Boot. Willst du mitkommen?"

„Ich bin heute sehr beschäftigt, aber vielleicht ein andermal. Fangen wir an."

Die ersten fünf Fragen waren einfach und bestätigten, wer er war, wo er wohnte und ob er Kate Swift kannte. Ich hielt den Atem an, als Weinstein fragte: „Welcher Natur war Ihre Beziehung zu Kate Swift?"

„Wir wollten heiraten."

Ich sagte: „Ihr wart Freunde, richtig?"

„Ja. Beste Freunde für immer."

„Wir bleiben bei Freunden. Wie lange kannten Sie sie?"

„Mein ganzes Leben lang."

Ich sagte: „Nicht ganz. Mark war ungefähr zehn, als sie sich kennenlernten."

„Okay. Sie wollen wissen, was am 1. Juni 2013 passiert ist."

Ich sagte: „Nichts ist passiert. Kate kam vorbei, und sie und Mark machten eine Bootsfahrt. Dann ist sie gegangen und nach Hause gefahren."

Ich sah Mark an, der sagte: „Das haben wir getan."

„Also gut. Haben Sie Ms. Swift nach der Bootsfahrt gesehen?"

„Wen?"

„Kate Swift. Haben Sie sie gesehen, nachdem Sie beide eine Bootsfahrt gemacht hatten?"

„Nein, nein. Habe ich nicht. Ich schwöre es."

„Okay. Ich werde die Antwort formulieren und sie Ihnen zur Genehmigung schicken."

Ich stand auf, bevor er fertig war. „Großartig. Gehen wir."

Wir gingen nach draußen, und während ich Mark lobte, klingelte mein Handy. Es war Benny.

30

MILLER

Ich ging ran und sagte: „Einen Moment." Ich hielt das Mikrofon des Telefons zu und sagte: „Mark, warte im Auto."

„Aber wir müssen los. Ich will aufs Boot."

„Wirst du auch! Und jetzt steig ins Auto, bevor ich dem Mann sage, dass er das Boot wieder mitnehmen soll."

„Du..."

„Steig ins Auto! Das ist ein wichtiger Anruf."

„Okay, okay. Beeil dich."

Er sah aus, als wäre er den Tränen nahe, also sagte ich: „Ich beeile mich, dann machen wir eine Fahrt mit dem Boot." Er stieg eilig ins Auto, die Tür schlug zu, und ich sagte: „Benny. Warum zum Teufel hast du mich nicht zurückgerufen?"

„Ich hatte mein Handy verloren. Ich meine, ich hab es wieder, aber..."

„Ich habe dich gesehen. Du hast mit Detective Luca geredet. Warum? Warum hast du es mir nicht gesagt?"

„Er ist im Laden aufgetaucht. Was hätte ich denn tun sollen?"

„Was wollte er?"

„Er wollte etwas über Kate wissen. Hat nach dem Tag gefragt, an dem sie verschwunden ist, und nach Mark."

„Mark? Was hast du ihm erzählt?"

„Nicht viel. Nur, du weißt schon, dass wir sie gesehen haben, aber ich habe es nicht sofort gesagt; er wusste schon, dass wir sie auf dem Heimweg gesehen haben."

„Bist du sicher?"

„Ja, worüber machst du dir Sorgen?"

„Ich will nicht, dass irgendjemand mit der Polizei redet. Es fühlt sich an, als würden sie versuchen, Mark etwas anzuhängen."

„Glaubst du? Den Eindruck hatte ich von dem Detective nicht."

Ich ging nicht auf seine Gefühle ein. „Ich will nicht, dass du mit ihnen redest."

„Was soll ich denn machen? Ich kann sie doch nicht zum Teufel jagen."

„Lass mich mit unserem Anwalt, Weinstein, reden. Ich werde sehen, ob er dich auch vertreten kann. Diese Polizisten wollen das irgendjemandem in die Schuhe schieben, und das wird kein Miller sein."

„Bist du sicher, dass Mark nichts damit zu tun hatte?"

„Wovon redest du? Mark hat nichts getan. Er und Katie waren ein Herz und eine Seele."

„Ich meine ja nur, weißt du, nach dem Unfall ist er einfach nicht mehr derselbe."

„Mark geht es gut. Sie haben es auf ihn abgesehen, weil er ein leichtes Ziel ist. Denen ist es egal, wem sie die Schuld geben, solange sie den Fall abschließen können."

„Ich schätze schon."

„Ich muss los. Wenn die Polizei dich kontaktiert, will ich davon wissen."

„Okay."

„Ich sage dir Bescheid, was Weinstein sagt. Aber in der Zwischenzeit redest du nicht mit ihnen."

„Was ist, wenn sie wieder auftauchen? Was soll ich sagen?"

„Dass du beschäftigt bist und einen Anwalt hast. Sie können dich nicht zum Reden zwingen; du hast Rechte."

Ich legte auf und wollte Weinstein anrufen, aber Mark hatte die Autotür geöffnet. „Ich komme schon. Lass uns unser neues Boot ansehen."

Während der Fahrt dachte ich über Benny nach. Greg hatte recht; Benny war nicht zu trauen. All die Jahre hatte Dad ihn beschützt. Wie zum Teufel konnte er mit der Polizei reden, ohne es mir zu sagen?

Ich war dumm gewesen, den Faulpelz weiterhin durchkommen zu lassen. Er war ein Klotz am Bein. Ich wollte anfangen, Abstand zwischen uns zu schaffen. Ich müsste jemanden finden, der unseren Vierer komplettiert, und mir eine gute Ausrede einfallen lassen. Er war ein anständiger Golfer, aber er war ein Partylöwe, und das war alles.

Wir hatten wahrscheinlich genug in seiner Personalakte, um seine Kündigung zu rechtfertigen, aber ich würde das lieber noch mal überprüfen. Ich konnte mir nicht vorstellen, dass Benny eine Beschwerde beim

Arbeitsamt einreichen würde, aber wenn er eines konnte, dann das System für sich zu nutzen.

Ein Hupen und Mark, der mir sagte, die Ampel sei grün, rissen mich aus dem Gedanken, dass Benny uns irgendwie ans Messer liefern könnte. Ich hatte ihm nie etwas erzählt, aber er stand Mark zu nahe. Als ich eins und eins zusammenzählte, wurde mir klar, dass Mark ihm etwas erzählt haben musste. Es war meine Schuld. Ich hatte Benny benutzt, um Mark zu beschäftigen, wenn ich Zeit für mich brauchte.

Mal ehrlich, wie viel kann man von einer einzigen Person schon erwarten? Ich leitete ein großes Unternehmen und verbrachte wegen Mark nicht genug Zeit mit meiner Frau. Jemand musste ein Auge auf ihn haben und das blieb an mir hängen. Genau wie die Rettung und die Leitung des Geschäfts. Alles hing an mir, dachte ich, als wir in unsere Einfahrt einbogen.

„Da ist er! Halt an. Ich muss raus."

„Schon gut. Lauf nur los, ich treffe dich am Steg."

Mark rannte zum See und ich fuhr in die Garage. Ich blieb im Auto sitzen und tätigte einen Anruf.

„Herr Weinstein, hier ist Bill Miller."

„Wie geht es Ihnen?"

„Ganz gut, aber ich wollte Sie wissen lassen, dass dieser Detective einen Freund der Familie und Angestellten namens Benny Alston aufgesucht hat."

„Ich nehme an, das steht im Zusammenhang mit dem Fall Swift?"

„Ja. Können wir da nichts unternehmen?"

„Die Polizei ist im Recht, ihn zu befragen, wenn er das Opfer kannte."

„Das hat er, aber ich möchte, dass Sie ihn vertreten und alles über Ihre Kanzlei läuft."

„Ich bin nicht sicher, ob das die richtige Botschaft an die Ermittler sendet. Es könnte auf eine Verschwörung hindeuten. Worüber machen Sie sich Sorgen?"

„Gar nichts. Mir gefällt es nur nicht, dass sie unsere Angestellten belästigen."

„Das ist üblich. Der Versuch, sich einzumischen, könnte nach hinten losgehen und die Ermittlungen gegen Ihre Familie intensivieren. Mein fachlicher Rat ist, sich nicht einzumischen. Wenn Herr Alston beschließt, einen Anwalt einzuschalten, kann ich ihm mehrere Empfehlungen aussprechen."

„Ich halte Sie auf dem Laufenden. Danke."

Auf dem Weg hinunter zum See entschied ich mich dagegen, einen Anwalt für Benny zu engagieren. Abgesehen von der Verpflichtung eines Anwalts, Benny zu schützen, würde es meinen Einfluss auf ihn schmälern. Ich musste ihn in meiner Nähe halten und sicherstellen, dass er in der Spur blieb.

31

LUCA

Während ich die Interviews durchlas, die nach dem Verschwinden von Kate Swift geführt worden waren, fiel es mir schwer, mich mit meiner Kritik zurückzuhalten. Ich hatte gelernt, dass es im Nachhinein leicht war zu erkennen, wo ein Kollege etwas vergessen oder ein Beweismittel übersehen hatte.

Das würde mir eines Tages unweigerlich auch passieren, und einen Kollegen zu zerreißen, der nur die Hälfte der Fakten kannte, brachte rein gar nichts. Tatsächlich war es kontraproduktiv und schwächte den Teamgeist, der das Markenzeichen der meisten Ermittlungen war.

Filme und Fernsehserien waren voll von Krimis mit korrupten und inkompetenten Polizisten und Strafverfolgungsbeamten. Die Realität sah ganz anders aus; mir waren nur zwei Cops begegnet, die ihrem Job nicht gewachsen waren: einer, der Beweise untergeschoben hatte, und ein anderer, der einen Drogendealer erpresst hatte. Und das bei Hunderten und Aberhunderten von Kollegen.

Beide Interviews mit Bill Miller waren an defensiver Haltung kaum zu überbieten. Er gab kaum zu, Kate Swift gekannt zu haben. Er erwähnte auch mit keinem Wort, dass er ihr auf dem Heimweg begegnet war und ihr eine Mitfahrgelegenheit angeboten hatte, die sie angeblich ablehnte.

Mir gefiel nicht, dass seine Antworten exakte Kopien voneinander waren, obwohl neun Tage zwischen den Befragungen lagen. Für mich war das ein Zeichen, dass sie einstudiert worden waren.

Seine Interaktion herunterzuspielen, schien den Detective damals zu besänftigen, aber er wusste nicht, dass die Leiche auf Millers Grundstück gefunden werden würde oder dass Miller Swift früher an diesem Tag gesehen hatte.

Dass er zusätzlich noch versucht hatte, den Bau einer Mauer zu verhindern, an deren Stelle die Leiche vergraben wurde, erhöhte sein Profil als Verdächtiger. Andererseits war Bill Miller ein prominenter, verheirateter Geschäftsmann, der viel zu verlieren hatte, wenn er sich mit einem Teenager einließ.

Oberflächlich betrachtet ergab es keinen Sinn. Aber ich hatte schon viele Männer vom Weg abkommen sehen, sei es in einer einvernehmlichen Beziehung oder aus reiner Lust. Ich kannte Kate Swift nicht, aber ich bin sicher, sie war so beeinflussbar wie die meisten Teenager, und Miller hatte eine Menge zu bieten, mit dem er Eindruck schinden konnte.

Mit dem Wissen, dass die Aufdeckung eines sexuellen

Fehltritts von Bill Miller, egal mit wem, ihn zum Haupt-
verdächtigen machen würde, blätterte ich zu Greg Miller
um. Ich überflog die Formalitäten am Anfang des Interviews mit Bill Millers Bruder.

Sein Bruder war an dem Tag, an dem Kate Swift
verschwand, nicht im Haus gewesen, und die erste Befragung war kurz und unergiebig. Als er jedoch das zweite
Mal mit dem Detective sprach, behauptete er, Kate um
vier Uhr auf der Goodlette-Frank Road gehen gesehen
zu haben.

Der Zeitpunkt dieser Sichtung musste der Grund
dafür sein, dass der Detective sich nicht auf Bill oder
Mark Miller konzentrierte. Ich überprüfte das Datum
der zweiten Befragung: 11. Juni. Ich blätterte zurück zu
Bill Millers zweitem Interview. Es wurde am 10. Juni
geführt. Hatten sie sich ausgedacht, dass Greg Kate
gesehen hatte?

Ich las die Abschrift noch einmal. Greg Miller war
über das Wochenende in Atlanta gewesen. Er hatte sein
Auto auf dem Kurzzeitparkplatz am Regional Southwest
Airport geparkt und sagte, er habe Kate bemerkt, als er
nach Hause fuhr.

Ich prüfte seine Adresse, Greg wohnte in der Nähe
des Royal Poinciana Golf Club. Warum hätte er nicht die
Ausfahrt Pine Ridge Road genommen, wenn er vom
Flughafen kam? Ich überflog den Text. Delta Airlines
wurde erwähnt. Das war neun Jahre her, und ob mit oder
ohne Durchsuchungsbefehl, wer wusste schon, welche
Daten von der Fluggesellschaft oder dem Parkplatzbe-
treiber aufbewahrt wurden.

Während ich über eine Methode zur Überprüfung

nachdachte, stürmte Derrick ins Zimmer und sagte: „Der Nachbar hat Pearson identifiziert."

„Hat er sich sicher an sie erinnert?"

„Er sagte, ohne jeden Zweifel. Sagte, sie hätte ihn an seine Nichte erinnert. Er hat sogar ein Foto des Mädchens hervorgekramt, und sie sieht Pearson tatsächlich ähnlich."

„Hmm, wir wissen also, dass Amanda Pearson an diesem Nachmittag dort war."

„Und sie hat sich dort herumgedrückt."

„Du magst das Wort, was?"

Derrick lächelte. „Ja. Meine Mutter hat immer gesagt, man soll ein neues Wort so oft wie möglich benutzen, damit man es nicht vergisst."

„Sie hat recht."

„Sag mal, wie geht es Mary Ann?"

„Etwas besser, danke."

„Hast du schon was wegen des neuen Medikaments gehört?"

„Wir gehen am Dienstag hin."

„Fantastisch."

„Ja, ich warte auf eine Rückmeldung vom Pharmaunternehmen, ob sie uns preislich entgegenkommen. Die Versicherung übernimmt die Kosten nicht."

„Bastarde."

„Schon gut. Ich hoffe nur, dass es wirkt. Wenn ja, kriegen wir das schon hin. Kommen wir zum Fall zurück."

„Was willst du mit Pearson machen? Sie reinholen?"

„Sie ist zäh und wurde schon mal verhaftet. Ich

glaube nicht, dass sie einknickt, solange wir nichts Handfestes haben."

„Wie wäre es, wenn wir uns ein paar ihrer Freunde vornehmen?"

„Guter Ansatz, aber fang bei denen an, die schon mal Ärger hatten oder bei denen eine Gerichtsverhandlung ansteht. Vielleicht hat sie vor ihnen damit geprahlt, und wenn wir Glück haben, ist derjenige, dem sie es erzählt hat, vielleicht bereit, einen Deal einzugehen."

„Ich gehe zu Sanchez, seine Leute sollen sie beschatten und herausfinden, wo sie sich so rumtreibt."

„Gut. Hör zu, die Sache mit den Millers wird heiß."

„Was ist los?"

„Ein paar Dinge. Ich wollte Remin gerade sagen, dass wir so weit sind, Mark Miller reinzuholen, aber etwas aus einer alten Befragung muss noch überprüft werden."

„Was brauchst du?"

„Greg Miller hat die Behauptung seines Bruders gestützt, dass Swift ihr Haus verlassen hat. Er hat behauptet, Swift gegen vier Uhr auf der Goodlette-Frank auf dem Heimweg gesehen zu haben. Das kommt mir einfach zu gelegen. In der ersten Befragung hat er das nie erwähnt."

„Er war doch verreist, ich glaube in Atlanta."

„Das hat er gesagt. Also müssen wir das bei Delta überprüfen. Wir brauchen im Moment keine Passagierlisten, aber überprüfe die Abflugs- und Ankunftszeiten der damaligen Flüge nach Fort Myers am ersten Juni."

„Ich kümmere mich darum."

„Danke. Ich gehe dann mal zu Remin."

Nachdem ich mit dem Sheriff gesprochen hatte, eilte

ich die Treppe hinunter. Nachdem er gehört hatte, was Benny Alston über Mark Miller gesagt hatte, war Remin damit einverstanden, Mark reinzuholen. Ich ließ meine Jacke an, rief Weinstein an und teilte ihm mit, dass sein Mandant zur Vernehmung kommen müsse.

Weinstein reagierte zu meiner Überraschung ganz sachlich. Wir vereinbarten die Befragung für morgen früh.

32

MILLER

Mein Handy vibrierte. Es war Weinstein. Ich stand vom Tisch auf. „Tut mir leid, Schatz, da muss ich rangehen. Wir haben Ärger mit der Collier Group; sie drohen, den Vertrag zu kündigen."

„Nur zu. Ich räume auf."

Ich trat auf die Terrasse. „Was ist los?"

„Ich habe ein Treffen mit Detective Luca arrangiert."

„Spinnst du?"

„Sie wollen Mark befragen."

„Auf keinen verdammten Fall."

„Immer mit der Ruhe, Bill. Es wird alles gut."

„Wer sagt das? Mark ist dem nicht gewachsen. Er wird irgendetwas sagen, und wir sitzen in der Tinte."

„Verrate mir keine Einzelheiten, aber willst du seine Beteiligung vertuschen?"

„Nein, nein. Ich mache mir Sorgen, dass er irgendeinen Blödsinn erzählt und die Polizei sich darauf stürzt."

„Wir können uns auf den fünften Verfassungszusatz

berufen und die Beantwortung von Fragen verweigern, durch die sich Mark selbst belasten könnte."

„Also muss er gar nichts beantworten?"

„Nein, der fünfte Verfassungszusatz schützt nicht vor der Befragung an sich, sondern bietet nur ein Rechtsmittel gegen die Selbstbelastung."

„Was, wenn er etwas über, äh, Greg oder mich sagt, das uns so aussehen lässt, als wären wir verwickelt?"

„Das müsste er beantworten."

„Das gefällt mir nicht. Er ist, äh, nicht wirklich stabil, wenn du verstehst, was ich meine."

„Dann schlage ich vor, dass wir die Möglichkeit prüfen, seine Zurechnungsfähigkeit von einem Richter beurteilen zu lassen."

„Was würde das mit sich bringen?"

„Mark müsste sich einer psychiatrischen Untersuchung unterziehen, um festzustellen, ob er über die ausreichende Fähigkeit verfügt, Ereignisse zu beobachten, sich daran zu erinnern und sie zu schildern sowie seine Pflicht, die Wahrheit zu sagen, zu verstehen."

„Ugh, ich würde ihn dem nur ungern aussetzen."

„Ich verstehe. Du solltest dir aber auch bewusst sein, dass das nicht ohne Folgen bleibt."

„Was kann passieren?"

„Es wird ihren Verdacht verstärken, und wenn da etwas ist, werden sie weitergraben, bis sie es finden. Es schützt ihn nicht vor Strafverfolgung."

„Was schlägst du vor?"

„Ich denke, wir sollten die Befragung durchziehen. Ich werde die Grundregeln für die Durchführung festlegen. Ich werde entscheiden, welche Fragen er beantwortet, und sie beenden, wenn ich das Gefühl habe, dass sie zu einer Belastung führen."

„Können wir das bei mir zu Hause machen?"

„Die Befragung?"

„Ja. Mark wäre dann weniger, äh, aufgeregt."

„Das wäre unkonventionell. Wenn wir es in unseren Kanzleiräumen machen, werden sie meiner Meinung nach mit dem Ortswechsel einverstanden sein."

Ich war hin- und hergerissen zwischen der Vertrautheit unseres Zuhauses und dem gefühlten Eindringen in seinen sicheren Hafen. „Okay. Organisiere das."

WEINSTEINS KANZLEI BEFAND sich im Erdgeschoss eines gläsernen Bürogebäudes an der Ecke der Route Forty-One und dem Neapolitan Way. Ich fuhr auf einen Parkplatz und wandte mich, bevor ich den Motor abstellte, an Mark. „Du erinnerst dich, was wir besprochen haben?"

„Ich weiß, ich weiß. Auf Mr. Weinstein hören."

„Und sag nichts darüber, was mit Kate passiert ist. Alles, was du weißt, ist, dass sie vorbeigekommen ist und ihr eine Runde mit dem Boot gedreht habt. Richtig?"

Mark nickte. „Äh-huh."

„Nach der Fahrt ist sie gegangen, und du bist am Boot geblieben, um es sauber zu machen."

„Wie ich es immer mache, oder?"

„Genau."

„Wenn sie fragen, was passiert ist, sagst du, du weißt es nicht. Okay?"

„Jep."

„Wenn das hier vorbei ist, gehen wir zu Dick's Sporting Goods und holen neue Wasserskier."

„Wirklich?"

„Auf jeden Fall. Stell nur sicher, dass du nicht mehr sagst, als dass du mit Kate eine Runde Boot gefahren bist, sie dann gegangen ist und du das Boot gewaschen hast."

„Man muss das Boot ja saubermachen; das Seewasser spritzt ja drauf."

„Das tut es. Na gut, bringen wir's hinter uns."

Weinstein empfing uns in seinem Büro. Nachdem er uns begrüßt hatte, sagte er: „Sie warten im Konferenzraum. Mark, Sie müssen Ihre Antworten kurz halten. Bei vielen Fragen genügt ein einfaches Ja oder Nein. Wenn ich das Gefühl habe, dass die Antwort, die Sie geben, problematisch ist, lege ich meine Hand auf Ihren Unterarm. Wenn ich das tue, hören Sie auf zu sprechen. Verstanden?"

„Ja, okay."

„Wenn Sie sich bei einer Frage unsicher sind, wie Sie antworten sollen, bitten Sie um eine Pause. Sie müssen uns erlauben, uns zu beraten."

„Was ist, wenn ich pissen muss?"

„Sagen Sie uns einfach Bescheid, dann unterbrechen wir die Sitzung."

Mir gefiel die Art, wie Weinstein das Kommando übernahm, aber ich sagte: „Denk dran, du bist mit Kate eine Runde Boot gefahren, und als sie ging, bist du am Steg geblieben und hast das Boot sauber gemacht."

Mark nickte und Weinstein sagte mit immer noch hochgezogenen Augenbrauen: „Sollen wir?"

Ich war überrascht, dass Detective Luca allein war. Er

stand auf, und wir schüttelten uns die Hände. Er lächelte Mark an. „Sie brauchen hier keine Angst zu haben. Ich habe nur ein paar Fragen an Sie, das ist alles."

Er spielte den guten Bullen, in der Hoffnung, das Vertrauen meines Bruders zu gewinnen, um uns an die Wand zu nageln. Ich berührte Marks Arm und führte ihn zu einem Stuhl zwischen Weinstein und mir.

Luca schob ein Aufnahmegerät in die Mitte des Tisches und sprach, nachdem er die Aufnahmetaste gedrückt hatte, die Formalitäten.

Die ersten paar Fragen waren harmlos. Ich spannte mich an, als Luca fragte: „Um wie viel Uhr ist Kate Swift zu Ihrem Haus gekommen?"

Mark sah mich an. Ich sagte: „Gegen zwei."

Luca funkelte mich an. „Wenn Sie ihm nicht erlauben, zu antworten, muss ich Sie bitten, den Raum zu verlassen."

„Was ist los, Billy?"

„Nichts, Mark. Alles in Ordnung."

Luca sagte: „Wer war im Haus, als Kate vorbeikam?"

„Äh, ich und Billy."

„Was haben Sie mit Kate gemacht?"

„Wir sind mit dem Boot gefahren. Ich habe sie mitgenommen; wir sind früher immer mit dem Boot raus. Sie mochte das ..."

Ich trat Mark gegen das Bein, und er sah mich an. Weinstein sagte: „Nächste Frage."

Luca räusperte sich. „Wie lange dauerte die Bootsfahrt?"

„Äh, ich weiß nicht. So wie, normal."

„Wohin auf dem See sind Sie gefahren?"

„Überallhin, wie wir es immer gemacht haben."

„Wie haben Sie entschieden, die Bootsfahrt zu beenden?"

„Äh, keine Ahnung, wir haben es einfach getan."

Ich konnte hören, wie das Handy des Detectives vibrierte, als er fragte: „Haben Sie sich mit Kate gestritten, während Sie auf dem Boot waren?"

„Äh, ich wollte, dass sie fährt, so wie früher, aber sie wollte nicht. Ich habe immer wieder gefragt, aber sie wollte einfach nicht."

„Waren Sie wütend auf sie?"

Mark zuckte mit den Schultern. „Keine Ahnung."

„Haben Sie versucht, sie zu zwingen?"

„Sie wollte das Steuer nicht übernehmen. Ich habe sie immer wieder gefragt."

„Haben Sie Kate geschlagen, als sie sich weigerte zu fahren?"

Als Mark sagte: „Auf dem Boot?", sprang ich auf und packte ihn am Unterarm. „Zeit für eine Pause."

Luca kniff die Augen zusammen, schwieg aber. Er warf einen verstohlenen Blick auf sein Handy, als Weinstein sagte: „Geben Sie uns bitte einen Augenblick. Kann ich Ihnen etwas anbieten?"

„Nein."

Wir zogen uns in Weinsteins Büro zurück und ließen Mark bei seiner Sekretärin. Weinstein schloss die Tür und sagte: „Du hast einen Fehler gemacht, die Befragung zu unterbrechen."

„Du hast gesagt, du würdest kontrollieren, was hier abläuft. Du hast gar nichts getan."

„Mark hätte sich nicht selbst belastet. Selbst wenn er

sie gezwungen oder sogar geschlagen hat, beweist das nicht, dass er sie umgebracht hat."

„Bist du verrückt? Wenn die herausfinden, dass er etwas getan hat, werden die nicht lockerlassen."

„Da bin ich anderer Meinung. Sie hat das Boot verlassen und dein Grundstück auch. Du hast sie gehen sehen. Dein Bruder Greg hat sie eine Stunde später in der Nähe ihres Hauses gesehen. Was auch immer auf dem Boot passiert ist, hat nicht zu ihrem Tod geführt."

Er wusste nicht, dass ich Kate nie hatte mein Haus verlassen sehen oder dass Greg gelogen hatte, um mir den Rücken zu stärken. „Ich weiß nicht."

„Du hast mich beauftragt, dich zu vertreten, und mein Rat ist, mich das regeln zu lassen."

„Bist du dir sicher?"

„Ja."

„Na gut."

Als wir den Konferenzraum betraten, telefonierte Luca gerade. Er legte auf und sagte: „Es ist etwas dazwischengekommen. Wir müssen das ein andermal fortsetzen."

Den Detective weggehen zu sehen, bestätigte mir, dass es der richtige Schritt gewesen war, das Interview zu unterbrechen. Wer wusste schon, was Mark noch alles gesagt hätte, wenn wir es so gehandhabt hätten, wie Weinstein es wollte?

33

Mit dem Telefon in der Hand eilte ich zum Auto und drückte auf Wählen. Derrick ging schon beim ersten Klingeln ran. „Hey, ich habe die Befragung beendet. Sie verbergen etwas, aber bring mich auf den neuesten Stand, was wir haben."

„Achtundvierzigjährige Frau, erschossen auf ihrer Veranda in Park Shore aufgefunden. Ihr Name ist Sylvia Taras."

„Wer hat die Leiche gefunden?"

„Der Ehemann, Paul Taras."

Die Tatsache, dass es mitten am Nachmittag war, war ein Warnsignal. „Wissen wir, was er beruflich macht?"

„Noch nicht. Warum?"

„Wenn er einen normalen Achtstundentag hat, sollte er besser einen guten Grund haben, um zwei Uhr nachmittags zu Hause zu sein."

„Jep, und es ist der Ehepartner."

„Wir fangen bei ihm an. Hast du Bilotti angerufen?"

„Ja, er ist auf dem Weg."

„Ich bin nur wenige Minuten von Park Shore entfernt. Wie lautet die Adresse?"

„Seventeen Turtle Hatch Road."

„Wir treffen uns dort."

Ich machte eine Kehrtwende auf der 41 und fuhr in Richtung Tatort, während ich über die Millers nach-dachte. Der Junge war ein bisschen sonderbar, schien aber klug und kompetent genug, um nicht von seinem Bruder Bill bevormundet zu werden.

Es bestand kein Zweifel daran, dass Bill Miller jemanden beschützte. Die Frage war, ob es sein Bruder war oder ob er für Kates Tod verantwortlich gewesen war. Bill Miller hatte Angst vor dem, was Mark sagen könnte, aber ich schätzte die Wahrscheinlichkeit, dass er sich Sorgen um eine Selbstbelastung machte, auf fünfzig zu fünfzig.

Ich fragte mich, ob die Spurensicherung vielleicht Beweise vom Boot sichern könnte. Es war den Elementen ausgesetzt gewesen, und Bilotti hatte gesagt, es sei einfacher, zum Saturn zu gelangen. Aber ich hatte eine Idee.

Ich bog in den Neapolitan Way ein und erhaschte einen Blick auf das Schild von Hogfish Harry's. Ich liebte das Zackenbarsch-Gericht, das sie mit Rosenkohl und Lauch zubereiteten. Ich machte mir eine gedankliche Notiz, Mary Ann zu sagen, dass ich dort an meinem Geburtstag hingehen wollte, und bog links in die Belair Lane ein.

Park Shore war ein Viertel, das gerade komplett umgestaltet wurde. Bescheidene Häuser wurden durch moderne Heime ersetzt, die viel zu groß für die Grundstücke waren. Ich fragte mich, ob der Tatort in der Turtle Hatch auf der Westseite lag, mit Blick auf die Venetian Bay. Diese Häuser waren schon immer teuer gewesen, aber heutzutage bekam man für ein paar Millionen nur das Grundstück.

Das Haus der Tarases lag nicht auf der Seite zur Bucht, war aber dennoch beeindruckend. Die Preise waren so schnell in die Höhe geschossen, dass es schwer war, das Haus im Küstenstil mit einem Preisschild zu versehen, aber es war mehr, als ich mir in drei Leben voller Schufterei leisten könnte.

Zwei Streifenwagen blockierten die graue Pflastersteinauffahrt. Ich parkte hinter Derricks SUV. Er sprach gerade mit einem uniformierten Beamten am Eingang.

Er kam mir entgegen. „Hey, Frank. Ich war der Zweite, der ankam, und habe nichts angefasst."

„Gut. Sieht es wie ein schiefgelaufener Raubüberfall aus?"

„Ich glaube nicht. Ich habe nachgesehen, und es gibt nichts Offensichtliches, das auf einen Einbruch oder eine Hausinvasion hindeutet."

„Der Ehemann?"

„Er sitzt in Leonettis Wagen. Willst du mit ihm reden?"

„Nicht, bevor ich den Tatort gesehen habe."

„Dann lass uns gehen."

Ich trug mich in die Liste ein und wir betraten das Haus, nachdem wir Handschuhe und Überschuhe angezogen hatten.

Derrick sagte: „Das ist mal eine Bruchbude."

Wir standen in der zweistöckigen Eingangshalle. „Schön. Fühlt sich an, als wäre es renoviert worden."

„Muss ein Vermögen gekostet haben."

Mein Blick schweifte durch den Hauptwohnbereich. Eine Lücheninsel aus Wasserfall-Marmor bildete den Mittelpunkt einer zum Wohnzimmer hin offenen Küche. Licht durchflutete den Raum durch eine Reihe von Schiebetüren, die die gesamte Rückseite des Hauses einnahmen. „Solche Leute trinken nicht denselben Kaffee wie wir."

„Was? Ach so, jetzt kapiere ich."

„Wo ist die Leiche?"

„Draußen, bei der Außenküche."

Die Häuser in Park Shore standen dicht beieinander, und die Bepflanzung bot mehr Privatsphäre, als ich erwartet hatte. Das war ein Vorteil für die Hausbesitzer, stellte für mich aber ein Problem dar.

Das Opfer lag vornübergebeugt auf einer Chaiselongue. Ihr beiges Oberteil war blutdurchtränkt und wies zwei kleinkalibrige Einschusslöcher im oberen Brustbereich auf. Ich kniete mich hin und berührte ihren Arm; die Leichenstarre hatte bereits eingesetzt.

Ich suchte den Boden nach Hülsen ab, fand aber keine. „Sieh dich um. Schau mal, ob du irgendwelche Hülsen findest." Die Rückenlehne der Chaiselongue war unversehrt. Es sah so aus, als steckten die Kugeln im Opfer.

Ich legte meinen Handrücken an das Wasserglas, das auf dem Beistelltisch stand. Es war warm. „Bilotti wird das bestätigen, aber es sieht so aus, als wäre sie seit etwa drei Stunden tot."

„Das würde den Tatzeitpunkt also auf etwa elf Uhr legen."

„Ruf Sanchez an. Bitte ihn, ein paar Beamte von Tür zu Tür zu schicken, um herauszufinden, was die Nachbarn um diese Zeit gehört oder gesehen haben könnten."

Ich umrundete die Leiche. Sie war gepflegt und sah jünger aus, als sie war. Ein Taschenbuch mit einem oberkörperfreien Mann auf dem Cover war ihr in den Schoß gefallen. Da war keine Brille.

„Notier dir, dass wir klären müssen, ob sie Kontaktlinsen trug."

„Hab's notiert. Gianelli ist da. Und der Doc ist direkt hinter ihm."

„Gut. Lass uns den Tatort dokumentieren, bevor der Doc sein Ding macht."

Derrick begleitete den Fotografen zur Leiche, und ich traf Bilotti in der Küche. „Hallo, Doc."

„Hallo, Frank. Was haben wir denn?"

„Sieht nach einem Tötungsdelikt aus. Zwei Schüsse in die Brust."

„Ist schon eine Weile her, dass wir so etwas hatten."

„Ich weiß. Aber schlechtes Timing. Wir sind kurz davor, diesen Cold Case abzuschließen."

„Die weiblichen Überreste vom Miller-Grundstück?"

„Ja. Wenn es das ist, wonach es im Moment aussieht, wird es eine Genugtuung sein, den Fall aufzuklären."

„Ein Sieg für die Guten."

„Wissen Sie, Doc, bei all den Fortschritten in der Forensik und Kameras an allen erdenklichen Orten sollte man meinen, wir würden mehr Morde aufklären als je zuvor, und doch sind die Raten der ungelösten Fälle in den letzten Jahrzehnten von zwanzig auf vierzig Prozent gestiegen."

„Das ist eine landesweite Statistik, und die Labore sind mit Proben überhäuft."

„Ich weiß, das ist nicht hilfreich."

„Man sollte Sie zum Verantwortlichen machen; Sie würden die Zahlen schon drücken."

„Danke, Doc, aber bei all den bandenbezogenen Morden und Serienkillern würde ich den Job nicht wollen, wenn es ihn gäbe."

Bilotti lächelte. „Sieht so aus, als wäre Gianelli fertig."

„Gut. Ich verlasse mich darauf, dass Sie es mir bei diesem Fall leicht machen."

Der Gerichtsmediziner betrat die Veranda und begutachtete den Tatort. Das war eines der Dinge, die ich an seiner Vorgehensweise mochte und nicht mochte. Er ging die Sache an wie ein Mordermittler, aber ich war ungeduldig und wollte mich auf die Jagd nach dem Täter machen, anstatt ihm beim Zeitvergeuden zuzusehen.

Bilotti bewegte sich langsam, wie jemand, der doppelt so alt war wie seine fünfundvierzig Jahre. Ich flüsterte Derrick ins Ohr, dass die Leichenstarre ansteckend sein müsse, und er begann zu kichern. Ich stieß ihm den Ellbogen in die Seite und trat vor ihn, als Bilotti die Temperatur der Leiche maß.

Ich sagte: „Ich glaube, sie kannte entweder den Schützen oder wurde völlig überrascht."

Bilotti nickte. „Keine Abwehrverletzungen, und es scheint nicht, als hätte sie versucht aufzustehen."

„Wir werden mit dem Ehemann sprechen; er hat sie gefunden."

34

Ausgeruht zog ich mich für die Arbeit an. Es war die erste Nacht seit Langem, in der ich wieder anständig geschlafen hatte. Wir hatten nichts von der Polizei gehört, aber die Nachrichten über die Schießerei in Park Shore waren nicht zu übersehen.

Ich schob eine Nespresso-Kapsel in die Maschine und lächelte. Es war verrückt, das zuzugeben, aber ich war dankbar; der Mord hatte für das Büro des Sheriffs jetzt oberste Priorität. Ich würde es leugnen, aber ich hoffte, dass ein Serienmörder sein Unwesen trieb.

Die Detectives, die Katies Verschwinden untersucht hatten, waren vertrauensseliger als Detective Luca. Sie respektierten den Namen Miller, den Dad so hart erarbeitet hatte. Luca klang wie ein New Yorker, und ich machte mir Sorgen, dass er nicht so leicht lockerlassen würde wie die anderen.

Ich trat auf die Veranda. Der Fernseher lief. Cathy

nippte an ihrem Kaffee und schaute die Nachrichten. „Guten Morgen. Du hast aber lange geschlafen."

Ich gab ihr einen Kuss auf die Wange. „Hab endlich mal wieder anständig geschlafen."

„Ich weiß, du hast geschnarcht wie ein Sägewerk."

„Sorry."

„Es ist ein wunderschöner Morgen."

„Ich weiß. Ich habe überlegt, das Cabrio zu nehmen."

„Ein perfekter Tag, um offen zu fahren. Das solltest du ausnutzen; morgen Nacht soll ein Tropensturm aufziehen."

„Den Regen können wir gut gebrauchen. Was hast du heute vor?"

„Ich gehe mit Evelyn Mittag essen. Wir wollen dieses neue Lokal auf der Fifth ausprobieren."

„Welches Restaurant?"

„Ich glaube, es heißt Maritime oder so ähnlich. Sie haben die Räumlichkeiten übernommen, in denen früher Annabelle's und danach das Café Lurcat war."

„Stimmt, ich wusste, dass sie kurz vor der Eröffnung standen. Ich glaube, Roger hat den Jungs etwas Geld zugeschossen. Wenn es gut ist, gehen wir nächste Woche hin."

„Okay. Aber lass uns alleine gehen. Ich habe es satt, dass dein Bruder ständig mitkommt."

Mir gefiel nicht, wie sie „dein Bruder" sagte, aber sie hatte recht. Wir brauchten Zeit für uns. Ich würde Benny bitten, bei Mark vorbeizuschauen und nach ihm zu sehen. „Klingt gut. Ich hole ein paar Tacos für ihn. Bis später. Grüß Evey von mir."

GREG SAGTE: „Mir gefällt nicht, dass der Eingang nicht zentriert ist." Er deutete auf die Zeichnungen für den neuen Laden, über denen wir standen. „Entweder genau in die Mitte oder ganz nach links. Die Leute sind darauf trainiert, nach rechts zu gehen."

„Guter Punkt. Das grenzt den Saisonbereich aus. Und da sind die guten Margen drin."

„Wir wollen, dass die Kunden da durchgehen. Dann sehen sie etwas, mit dessen Kauf sie normalerweise warten würden."

Mein Handy vibrierte. „Da muss ich rangehen. Es ist Weinstein."

„Hallo, hier ist Bill."

„Hallo, Mr. Miller. Wie geht es Ihnen?"

„Gut. Wir sind gerade mitten in etwas. Kann das warten?"

„Nicht wirklich."

Ich ließ mich in meinen Stuhl fallen. „Was ist los?"

„Ich habe einen Anruf von Detective Luca erhalten. Er stellt Nachforschungen bezüglich des Bootes an, das Sie zur Zeit des Verschwindens von Kate Swift besaßen."

„Was will er wissen?"

„An wen es verkauft oder verschenkt wurde."

„Das war vor neun Jahren."

„Es bringt nichts, unkooperativ zu sein."

„Verdammt, Weinstein, habe ich gesagt, dass ich nicht kooperieren werde?"

„Wenn Sie möchten, können Sie mich anrufen, wenn Sie, äh, die Zeit haben."

„Werde ich. Auf Wiederhören."

Greg sagte: „Das klang nicht gut. Was ist los?"

Ich atmete tief durch und ermahnte mich, ruhig zu bleiben. „Er hat einen Anruf von dem Detective bekommen, der nach Informationen über das Boot sucht, das wir damals hatten, als Katie verschwand."

„Scheiße! Er weiß etwas."

„Immer mit der Ruhe, Greg."

„Er weiß, dass es auf dem Boot passiert ist. Du hast gesagt, der Detective hat Mark gefragt, ob er sie auf dem Boot geschlagen hat."

„Er hat nur versucht, Informationen aus ihm herauszukitzeln."

„Er muss nach Blut oder DNA oder so etwas suchen."

„Neun Jahre sind vergangen. Was zum Teufel sollen die denn finden?"

„Du hast es in Zahlung gegeben, oder?"

„Ja, der Boat Mart hat es genommen. Wer weiß, wo es jetzt ist? Es könnte überall sein, in den Keys, Miami ..."

„Oder genau hier."

„Das spielt keine Rolle. Sollen sie es doch untersuchen, wenn sie wollen."

„Oh nein. Das ist schlecht. Sie können Spuren von DNA noch Jahre später finden. Und Blut, sie sprühen dieses Zeug drauf, und es leuchtet auf, egal wie alt es ist."

„Du schaust zu viel fern. So einfach, wie die es darstellen, ist es nicht. Und was, wenn sie ihre DNA auf dem Boot finden? Und Blut? Was auch immer darauf war, hat sich mit Fischblut, Ködern und wer weiß was vermischt?"

„Okay, okay, aber es ist kein gutes Zeichen. Dieser

Detective wird nicht aufhören, bis er es herausgefunden hat."

„Er wird gar nichts tun. Genau wie die alten Ermittler wird er aufgeben, du wirst schon sehen."

„Ich weiß nicht, wir sollten reinen Tisch machen, ihnen sagen, was wir wissen. Mark hat Probleme, sie werden nachsichtig mit ihm sein."

Ich ging ihm an den Kragen. „Willst du, dass er in irgendeiner höllischen Irrenanstalt landet? Die werden ihn so mit Medikamenten vollpumpen, dass er sich vollsabbern wird. Ist es das, was du willst?"

„Nein, aber es muss doch einen Weg geben, diesen Mist zu beenden. Lass uns mit Weinstein reden, sehen, was für einen Deal er aushandeln kann."

Obwohl ich es nicht getan hatte, sagte ich: „Habe ich schon. Wir beide könnten wegen Strafvereitelung und Meineids angeklagt werden."

„Wir können Straffreiheit zu einem Teil des Deals machen."

„Unser Ruf, der Name Miller, er wäre für immer ruiniert."

„Ja? Tja, ich werde nicht den Rest meines Lebens als Helfershelfer hinter Gittern verbringen."

Greg ging zur Tür.

„Warte mal. Entspann dich. Es hat sich nichts geändert. Also mach nichts Dummes. Ich werde bei Weinstein nochmal vorfühlen, wenn du willst, okay?"

Er nickte. „Wirst du das tun?"

„Ja."

„Ich denke, das ist der richtige Weg."

„Wir werden sehen, was er sagt. In der Zwischenzeit,

lass uns zu den Zeichnungen zurückkehren, in Ordnung?"

„Okay."

Als wir zum Tisch zurückgingen, sagte ich: „Helfershelfer? Du hast doch nicht mit einem Anwalt gesprochen, oder?"

„Nein, ich habe gestern Abend *Bosch* geschaut, und da haben sie das gesagt."

Ich war erleichtert, aber meine Gedanken rasten immer noch. Es würde schwierig werden, Greg im Zaum zu halten, falls die Sache heiß werden sollte, und ich dachte, das würde sie. Ich würde es mir überlegen, bevor ich Weinstein anrief.

Jetzt tendierte ich dazu, ihnen die Informationen über die Inzahlungnahme zu geben, die sie wollten. Das Geräusch von fernem Donner erinnerte mich an das aufziehende Gewitter. Ein weiterer heftiger Regenguss konnte nur dabei helfen, was auch immer an Beweisen da war, zu verwässern, falls überhaupt etwas da war.

35

LUCA

Paul Taras hatte die Bräune eines Mannes, der sein Leben genießt. Sein Haar war professionell gefärbt und er hatte kein Gramm Fett zu viel am Körper. Er lächelte nicht, aber als wir einander vorgestellt wurden, zeigten sich Zähne, die zu perfekt waren, um echt zu sein.

Auf den Fußballen federnd sah Taras mir in die Augen, als wir uns die Hände schüttelten. „Ich kann das nicht fassen. Es ist der helle Wahnsinn."

„Erzählen Sie mir, was passiert ist."

„Nichts ist passiert. Ich kam nach Hause und fand sie, ähm, sie war nicht ansprechbar. Ich habe versucht, einen Puls zu fühlen, und dann den Notruf gewählt."

„Um wie viel Uhr sind Sie nach Hause gekommen?"

„Gegen Mittag. Sie können die Uhrzeit des Anrufs überprüfen. Ich war höchstens ein paar Minuten hier."

„Sind Sie berufstätig?"

„Ja. Wie, glauben Sie, bezahle ich das hier alles?"

„Was machen Sie beruflich?"

„Was hat das damit zu tun, was passiert ist?"

„Routinefragen. Wir brauchen Hintergrundinformationen, um eine Untersuchung durchführen zu können."

„Es hat nichts mit der Arbeit zu tun. Ich bin der geschäftsführende Gesellschafter von Krypto Might. Wir verkaufen und verwalten digitale Brieftaschen."

„Für Kryptowährungen?"

„Ja. Ich sehe die Relevanz nicht."

„Was haben Sie mitten am Tag zu Hause gemacht?"

„Meine Arbeitszeiten sind flexibel und ich arbeite mindestens zwei Tage die Woche von zu Hause aus."

„Ist Ihnen aufgefallen, dass im Haus etwas fehlt?"

„Ich habe nicht wirklich nachgesehen. Ich war nicht einmal in meinem Schlafzimmer."

„Lassen Sie uns einen Rundgang durch das Haus machen."

Er ging voran, zögerte aber, als er die Eingangshalle betrat. Wir gingen von Raum zu Raum. Nichts schien zu fehlen. Wir bekamen einen Haufen Diamanten zu sehen, als er die Schmuckschublade seiner Frau öffnete.

„Es scheint alles da zu sein."

Derrick fragte: „Besitzen Sie eine Schusswaffe?"

„Ja."

„Was für eine Waffe ist es?"

„Eine Pistole."

„Kaliber?"

„Ich-ich weiß nicht. Ich glaube, es ist eine Achtunddreißiger."

Das war ein kleines Kaliber, wie das, mit dem seine Frau getötet wurde. „Wir werden sie mitnehmen müssen."

„Was? Sie glauben, ich war das?"

„Das ist Vorschrift, Mr. Taras."

Er ging in seinen Kleiderschrank und öffnete eine Schublade. Zu meiner Freude sah ich, dass er sie in einem Waffensafe aufbewahrte. Taras legte seinen Finger auf das Lesegerät und der Safe sprang auf. Es war ein Colt und eine Achtunddreißiger.

Derrick zog einen Asservatenbeutel aus Plastik hervor, und ich hob die Pistole hoch. Bevor ich sie in den Beutel fallen ließ, roch ich am Lauf. Sie war vor Kurzem abgefeuert worden. Taras starrte mich an. „Sie wurde benutzt. Wir waren im Alamo. Ich und ein paar Kumpel vor ein paar Tagen."

Und du kanntest das Kaliber der Waffe nicht? „Männerabend?"

„Sozusagen. Hören Sie, ich sage Ihnen, ich hatte nichts mit dem zu tun, was Sylvia passiert ist. Sie verschwenden Ihre Zeit. Der wahre Mörder ist da draußen, also konzentrieren Sie sich darauf, ihn zu finden."

Es hatte keinen Zweck, seine Geschichte überprüfen zu wollen. Wenn wir herausfanden, dass das die Tatwaffe war, war er geliefert, ganz gleich, ob seine Geschichte stimmte oder nicht.

„Wollen Sie ein paar Habseligkeiten zusammensuchen, Kleidung zum Wechseln? Das Haus wird für ein oder zwei Tage gesperrt sein, damit die Spurensicherung es durchgehen kann."

„Ach ja, richtig. Ich hole eben eine Reisetasche."

Derrick blieb bei Taras und ich ging nachsehen, was Bilotti so trieb.

Der Gerichtsmediziner durchkämmte ihr Haar. Ich fragte: „Irgendetwas?"

„Nichts, was ich hier sehen kann."

„Irgendwelche Anzeichen von sexueller Aktivität oder Missbrauch?"

„Nichts Offensichtliches. Ihre Tennisshorts scheinen nicht ausgezogen worden zu sein. Wir machen dann im Labor die Abstriche."

Labor? Nicht die Bezeichnung, die ich für einen Autopsiesaal verwenden würde. „Und macht Blutbilder." Sobald ich es ausgesprochen hatte, wusste ich, dass Bilotti das als Beleidigung auffassen würde.

Mit hochgezogenen Augenbrauen sah er mich über seine Brille hinweg an. „Sonst noch etwas, Doktor?"

„Ja, der Name und die Adresse des Schützen wären nett."

„Ich schlage vor, du verschwindest, bevor ein Fehler passiert und du in einem Leichensack landest."

Ich lächelte. „Ich weiß das zu schätzen, Doc. Ich wollte mich nicht einmischen, aber ..."

„Aber das tust du nun mal, oder, Frank?"

„Ich bin nur etwas ungeduldig, den Mörder zu fassen."

„Tschüss, Frank."

„Man sieht sich, Doc."

Ich ging zurück in die Küche. Taras rollte gerade einen Koffer aus dem Hauptschlafzimmer. Derrick winkte mich mit der Hand herbei. „Frank, Mr. Taras hat etwas erwähnt, das du wissen musst."

Wir trafen uns im Wohnzimmer. „Was ist los?"

„Ich habe Mr. Taras gefragt, ob er jemanden kennt,

der so etwas tun würde. Er sagte nein, aber dann, warum erzählen Sie es ihm nicht selbst?"

Taras sagte: „Nun, wir sind vor weniger als zwei Monaten hier eingezogen; genau genommen vor sechs Wochen und einem Tag."

„Es sieht aus, als würden Sie schon ewig hier wohnen."

„Wir sind ziemlich penibel, ich mehr als Sylvia, außerdem hatten wir ein Premium-Umzugsunternehmen, was wirklich geholfen hat."

Ich wollte fragen, wie viel das gekostet hatte, sagte aber: „Was haben Sie Detective Dickson erzählt?"

„Als er fragte, ob wir Feinde hätten, sagte ich nein, aber dann fing ich an nachzudenken, ging all unsere Kontakte durch, und da schoss es mir durch den Kopf, dass es vielleicht eine Art Verwechslung war."

Dieser Kerl gab sich alle Mühe, die Aufmerksamkeit von sich abzulenken. „Und?"

„Vor drei Nächten waren wir gerade ins Bett gegangen. Ich wollte gerade meine Lampe ausschalten, als es an der Tür klingelte."

„Um welche Zeit war das?"

„Kurz nach elf. Es war seltsam. Ich habe Syl sogar gefragt, ob ich mich verhört hätte. Aber sie hat es auch gehört. Ich ging zur Tür, und da standen zwei Männer."

Wenn er mir jetzt erzählte, dass er die Tür geöffnet hatte, würde seine Glaubwürdigkeit einen Dämpfer bekommen. „Was wollten sie?"

„Ehrlich gesagt hatte ich Angst, die Tür zu öffnen, also fragte ich durch die Tür, was sie wollten. Sie fragten immer wieder nach einer gewissen Olga. Ich sagte ihnen, dass hier niemand mit diesem Namen wohnt, aber sie beharrten darauf. Schließlich sagte ich, wir seien gerade erst eingezogen, und wenn sie nicht gingen, würde ich die Polizei rufen."

„Sie sind gegangen?"

„Haben Sie ihr Auto gesehen?"

„Tut mir leid. Sie parkten am Bordstein und es fühlte sich an, als wären sie einfach am falschen Haus, das ist alles."

„Hieß die frühere Besitzerin Olga?"

„Das weiß ich nicht; das Haus gehörte einer Treuhandgesellschaft."

„Wie sahen diese Männer aus?"

„Für mich sahen sie ein wenig osteuropäisch aus."

Na, das grenzt die Sache ja ein. „Hatten sie einen Akzent?"

„Nur einer von ihnen hat gesprochen. Er war größer und trug einen dunklen Trainingsanzug. Der andere Mann schaute die ganze Zeit durch das Seitenfenster der Tür. Ehrlich gesagt, war das ziemlich unheimlich."

„Irgendeine Gesichtsbehaarung, Tattoos?"

„Der große Kerl, der hatte einen Bart. Der andere war glatt rasiert."

„Sind sie oder jemand anderes zurückgekommen?"

„Nein. Nur das eine Mal."

„Geben Sie Detective Dickson die Kontaktdaten des Maklers und des Anwalts, die den Verkauf dieses Hauses abgewickelt haben."

36

LUCA

Ich wählte Derricks Nummer, sobald ich den Wagen anließ. Als ich die Klimaanlage aufdrehte, ging er ran: „Hey, Frank. Alles gut?"

„Bin gerade bei Alston fertig. Er meinte, Mark Miller kann gewalttätig sein, und er glaubt, er könnte etwas mit Swifts Tod zu tun gehabt haben."

„Kein Wunder, dass sie uns nicht mit ihm reden lassen."

„So sieht es aus, aber wir fangen mit dem schriftlichen Scheiß an und sehen dann weiter. Wo bist du?"

„Hab gerade die Fifth Third Bank verlassen. Habe dort ein neues Konto eröffnet, aber da sind nur hundert Dollar drauf."

„Ich geb dir morgen einen Scheck über tausend. Reicht das?"

„Oh Mann. Ihr tut echt zu viel für uns."

„Mach dir keine Sorgen. Wenn du wieder auf die

Beine gekommen bist, hole ich mir die Kohle von deinem lahmen Arsch zurück."

„Im Ernst, bist du sicher? Braucht ihr das Geld nicht?"

„Nein, bei uns ist alles okay. Hast du ein Kinderfoto von Pearson bekommen?"

„Ja, zwei Stück. Ich werde sie morgen dem Nachbarn zeigen."

„Gut. Ich bin auf dem Weg nach Hause."

Das Haus war still, was mich nervös machte. Meine Pinkel-Alarmglocke schlug an. Schon wieder. Ich war zwei Stunden über der Zeit, um mich zu erleichtern. Ich rannte in die Küche. Durch die Schiebetüren sah ich Mary Ann und Jessie auf Liegestühlen am Pool liegen. Ich winkte ihnen zu und ging ins Badezimmer.

Ich setzte mich auf die Schüssel. Es dauerte nur zehn Sekunden, bis es lief. Aber es war schmerzhaft. Ich konnte die Anweisungen meines Arztes nicht länger ignorieren, sonst würde ich im Krankenhaus landen und neue Leitungen bekommen. Schon wieder.

Mary Ann war draußen, was ich so deutete, dass es ihr anständig ging. Das war ein besseres Gefühl als das Pinkeln. Während ich mich wusch, klingelte mein Telefon. Es war Dr. Bilotti.

„Hallo, Doc, wie geht es Ihnen?"

„Gut, Frank. Haben Sie einen Moment Zeit?"

„Sicher. Was ist los?"

„Als Sie mir von den Schüben erzählten, die Mary

Ann durchlebt, habe ich mir die Freiheit genommen, ein paar Kontakte zu knüpfen."

„Das haben Sie?"

„Ja. Es gibt ein vielversprechendes Medikament; es ist zu diesem Zeitpunkt noch experimentell, aber es könnte etwas sein, das man in Betracht ziehen sollte."

„Das sind gute Nachrichten, Doc. Was ist es?"

„Es wirkt im Wesentlichen entzündungshemmend. Es ist ziemlich technisch, aber kurz gesagt, es ist ein Antikörper-Wirkstoff."

„Klingt interessant."

„Es wirkt vielleicht nicht, aber es ist eine Untersuchung wert. Man hat mir gesagt, dass etwa dreißig Prozent der Patienten positiv darauf ansprechen, mit reduzierten Symptomen und einer Verlangsamung des Fortschreitens der Krankheit."

Es gab eine Chance von eins zu drei, dass es Mary Ann helfen würde. Keine großartigen Aussichten. „Das müssen wir versuchen."

„Ich stimme zu, aber es ist teuer."

„Das ist mir egal."

„Ich verstehe, aber Sie sollten sich bewusst sein, dass die Kosten bei viertausend Dollar pro Spritze liegen."

„Viertausend? Das ist Wahnsinn. Wo zum Teufel nehmen die die Frechheit her, zu verlangen–"

„Langsam, Frank. Das Pharmaunternehmen entwickelt das seit sechs Jahren. Ich glaube, sie haben achthundert Millionen in das Projekt gesteckt, und die letzten beiden Versuche sind gescheitert."

„Warum kostet es so viel?"

„Das ist eine lange Geschichte, aber es braucht jahrelange Forschung, um die Wirkstoffe zu identifizieren, und dann groß angelegte klinische Studien, um die Wirksamkeit zu beweisen. Das kostet Zeit und Geld."

Ich seufzte. „Ich weiß, dass es ein Vermögen kostet. Wie bekommen wir es für Mary Ann?"

Bilotti gab mir die Informationen, die wir brauchen würden. Ich dankte ihm und joggte hinaus auf die Veranda.

„Dr. Bilotti hat mir gerade von einem neuen Medikament gegen MS erzählt."

„Kann Mom es bekommen?"

„Jep. Es ist noch experimentell, aber die Chancen stehen gut, dass es wirken wird."

Mary Ann sagte: „Experimentell? Was ist mit den Nebenwirkungen?"

Ich war so von Hoffnung geblendet, dass ich gar nicht danach gefragt hatte. „Das kommt auf die Person an. Die Ärzte werden dir alles erklären."

„Mom, das sind großartige Neuigkeiten. Ich freue mich so."

„Ich wette, das wird nicht von der Versicherung übernommen."

„Mach dir darüber jetzt keine Sorgen. Lass uns erst mal sehen, ob es überhaupt wirkt."

ICH LEGTE auf und warf das Dokument, das der Anwalt der Millers geschickt hatte, auf die Anrichte. Bevor ich zum Sheriff ging, legte ich den Tausend-Dollar-Scheck auf Derricks Schreibtisch.

Die Tür des Sheriffs stand offen. Ich klopfte und Remin winkte mich herein. „Kommen Sie herein, Frank. Wollen Sie einen Kaffee?"

„Nein, danke. Ich hatte schon drei Tassen."

„Ist alles in Ordnung?"

„Ja, Sir. Warum?"

„Ich habe gehört, dass Mary Ann, äh, Schwierigkeiten hat."

Klatsch verbreitete sich in Organisationen schneller als eine Geschlechtskrankheit. „Sie hatte ein paar Anfälle, aber es wird ihr wieder gut gehen. Sie ist zäh."

„Stärker als sie geht es kaum. Ich erinnere mich, wie sie an diesem Raubüberfallfall drangeblieben ist, bis sie jeden einzelnen dieser Dreckskerle geschnappt hatte."

Ich lachte. „Wie Sie sich vorstellen können, lässt sie mir nicht viel durchgehen."

Remin lächelte. „Grüßen Sie sie von mir. Wenn Sie etwas Zeit brauchen, würde der Abschluss des Swift-Falls den Tisch freimachen."

Und ich hatte zugelassen, dass sich der Gedanke in meine Einschätzung einschlich, Remin sei kein politisches Tier. „Ist die Swift-Ermittlung der Grund, warum Sie mich sehen wollten?"

„Ja, aber das hat nichts mit Mary Ann zu tun. Die Familie geht vor."

Ich wollte ihn daran erinnern, dass er gerade beides miteinander verknüpft hatte, aber ich hielt meine Zunge im Zaum. Ich machte mir Sorgen um Mary Anns Gesundheit, und wer wusste schon, was die Zukunft bringen würde? Stattdessen nickte ich.

„Ich wollte Sie wissen lassen, dass Project Help eine

Genehmigung für eine Kundgebung im Cambier Park zur Unterstützung der Familie Swift beantragt hat."

„Project Help? Die konzentrieren sich doch auf Opfer von sexuellen Übergriffen."

„Hauptsächlich, aber sie haben auch eine Selbsthilfegruppe für den Verlust von Angehörigen. Es könnte eine familiäre Verbindung geben, weshalb sie sich engagieren, aber mir gefällt das nicht. Es lenkt zu viel Aufmerksamkeit auf die Abteilung."

„Haben sie auch etwas organisiert, als das Kind verschwunden ist?"

„Das weiß ich nicht, aber das ist eine gute Frage. Die beste Antwort darauf ist, wenn wir das hier aufklären."

Wir? „Wir arbeiten an ein paar glaubwürdigen Spuren. Eine davon betrifft Mark Miller. Er stand dem Opfer nahe und war einer der Letzten, die sie gesehen haben. Jemand aus dem Umfeld der Familie zeigt mit dem Finger auf ihn."

„Wie nahe?"

„Die Beziehung geht bis zum alten Miller zurück. Ein paar Jahrzehnte. Ich glaube, da ist etwas dran und deshalb haben sie Weinstein engagiert. Wir haben ihre Antworten erhalten, aber die waren so steril wie eine pädiatrische Intensivstation."

„Bringen Sie ihn her. Rufen Sie Weinstein an und sagen Sie ihm, wir wollen ihn verhören."

LUCA

Ich hatte ununterbrochen mit Derrick getextet, während wir warteten. Mary Ann sagte: „Du hättest nicht mitkommen müssen. Du hast viel zu viel um die Ohren."

„Schon gut."

„Du musst dir keine Sorgen um mich machen; mir wird es gut gehen."

„Du? Um dich mache ich mir keine Sorgen. Ich bin nur hier, um zu sehen, wie eine Viertausend-Dollar-Spritze aussieht."

Sie stieß mich mit dem Ellbogen an. „Sehr witzig. Wann will sich die Pharmafirma bei dir melden?"

Ich zuckte mit den Achseln. „Sie haben gesagt, innerhalb einer Woche. Sie legen es einem Gremium vor, das über Härtefälle entscheidet."

„Ich hoffe, sie tun was; wir können das nicht alle zwei Wochen aus eigener Tasche bezahlen."

„Wenn es hilft, finde ich einen Weg. Wenn sie uns

entgegenkommen und die Versicherung einen Teil davon übernimmt, kommen wir schon klar."

„Jessica will Designkurse bei Parsons belegen."

„In New York?"

„Die sind online. Aber nicht billig. Sie will Studienleistungen sammeln."

„Wie viel wird das kosten?"

„Ungefähr zweitausend pro Leistungspunkt."

„Was? Für einen Onlinekurs? Das ist die reinste Abzocke. Man sollte sie wegen schweren Diebstahls verhaften."

„Mrs. Luca? Wir wären so weit."

Wir wurden in ein enges Behandlungszimmer geführt. Mary Ann griff nach meiner Hand. Ich streichelte sie. Sie war so stark, wie man nur sein konnte, aber sie tat mir im Herzen weh. Ich war gerade dabei, sie zu beruhigen, als es kurz klopfte und die Tür aufgerissen wurde. Eine große Frau in einem weißen Laborkittel streckte Mary Ann die Hand entgegen.

„Ich bin Felice, die Arzthelferin, die Ihnen die Spritze verabreichen wird."

Für viertausend Kröten kriegen wir keinen Arzt?, dachte ich. Ich sagte: „Wir machen uns Sorgen wegen der Nebenwirkungen."

„Wie bei allen Medikamenten besteht die Möglichkeit einer unerwünschten Reaktion. Die meisten Menschen vertragen es gut, aber bei einigen treten Kopfschmerzen, Trägheit und Übelkeit auf."

Mary Ann sagte: „Okay, mit so etwas habe ich gerechnet. Das ist alles?"

„In seltenen Fällen sind Gerinnungsprobleme und Läsionen aufgetreten."

„Wie selten?"

„Bei weniger als fünf Prozent der Patienten."

Mary Ann nickte, während ich die Eins-zu-zwanzig-Chance ausrechnete, dass meine Frau eine ernsthafte Erkrankung entwickeln würde.

„Bereit?"

Mary Ann sagte ja. Ich schluckte meine Einwände herunter.

Die Spritze war in zehn Sekunden vorbei. Nicht mal Warren Buffet machte vierhundert Dollar pro Sekunde. Oder doch?

Wir gingen mit einer leichteren Brieftasche, einem Pfund Papierkram und einer Tonne Hoffnung.

Nachdem ich Mary Ann zu Hause abgesetzt hatte, fuhr ich schnell ins Büro. Ich hängte meine Jacke auf und schob mich hinter meinen Schreibtisch. Derrick hatte einen Post-it auf meinen Schreibtisch geklebt; Sheriff Remin wollte mich sehen.

Er hatte angerufen, als wir im Behandlungszimmer waren, und ich hatte vergessen, ihn zurückzurufen. Ich schnappte mir meine Jacke und nahm die Treppe, um ihn aufzusuchen.

Remin schaute auf seine Uhr und deutete mit dem Kinn auf einen Stuhl.

„Entschuldigung. Ich, äh, war mit Mary Ann beim Arzt."

„Alles in Ordnung?"

„Ja. Ihr geht es gut. Wir hoffen, dass dieses neue Medikament hilft."

„Viel Glück damit."

„Danke. Was brauchten Sie?"

„Sie haben keinen Bericht über die Schießerei in Park Shore eingereicht. Ich muss eine Erklärung abgeben. Erzählen Sie mir davon."

„Entschuldigen Sie, ich hatte eine Menge Papierkram im Fall Swift zu erledigen."

„Das ist ein neun Jahre alter Fall. Park Shore hat Vorrang."

„Ich weiß, Sir. Aber nur damit Sie es wissen, wir sind dem Mörder von Swift dicht auf den Fersen."

„Gut. Park Shore?"

„Sylvia Taras, die Frau eines Mannes, dem eine Technologiefirma gehört, wurde zweimal mit einer kleinkalibrigen Schusswaffe in die Brust geschossen. Wir haben eine Achtunddreißiger-Pistole beschlagnahmt, die dem Ehemann gehörte. Dr. Bilotti führt gerade in diesem Moment die Autopsie durch."

„Ist Dickson dabei?"

„Äh, nein. Er recherchiert Hintergrundinformationen über den Ehemann."

„Verstehe."

„Es gab keine Anzeichen für ein gewaltsames Eindringen, und das Opfer schien keine Verteidigungshaltung eingenommen zu haben."

Er nickte.

„Der Ehemann hat sie gefunden. Er hat Hilfe gerufen."

„Ich muss Ihnen ja nicht sagen, dass ich die Sache schnell abgeschlossen haben will. Die Park Shore Association fordert zusätzliche Patrouillen. Ihr Anwalt hat vorgeschlagen, dass der Bezirk eine Möglichkeit finden soll, die Nachbarschaft abzuriegeln. Können Sie sich das vorstellen?"

„Das ist eine Überreaktion."

„Das ist es, und deshalb ist die Tatsache, dass dieses Büro keine angemessene, rechtzeitige Erklärung abgeben kann, um die Gemeinschaft zu beruhigen, so schwerwiegend."

„Ich verstehe. Sie kennen die Zahlen zur Beteiligung von Ehepartnern bei Tötungsdelikten. Wenn es das ist, wonach es aussieht, werden Sie in der Lage sein, ..."

„Sorgen Sie dafür, dass ich auf dem Laufenden gehalten werde. Das Timing dieses Mordes ist furchtbar. Diese Gruppe plant eine weitere Mahnwache für Swift. Ich hatte gehofft, wir könnten den Fall als gelöst abstempeln."

„Wir sind kurz davor. Detective Dickson und ich werden beide Fälle gleichzeitig bearbeiten."

„Er ist auch anderweitig beschäftigt. Dickson hat sich mit dem Identitätsdiebstahl herumgeschlagen."

Mary Anns Krankheit war eine anderweitige Beschäftigung? „Er kommt gut zurecht. Wir haben das unter Kontrolle, Sir."

„Man hat mir gesagt, dass er auch Urlaub geplant hat."

„Es ist nur ein kurzer Trip nach Tallahassee; es gibt eine Menge Papierkram, den der Staat wegen des Betrugs unter ihrem Namen benötigt."

„Sie werden Hilfe brauchen. Ich überlege, Ihnen Hubert zuzuteilen, um Ihnen im Fall Swift zu helfen."

„Das ist nicht nötig, Sir. Wir haben das im Griff."

„Dickson hat auch Urlaub eingetragen."

„Das ist für die darauffolgende Woche. Sie fahren

nach Baltimore, um Lynns Mutter zu besuchen; sie machen sich Sorgen, dass sie Anzeichen von Demenz zeigt."

„Das ist bedauerlich."

Ich war mir nicht sicher, ob er sich auf den Zeitpunkt oder den Zustand seiner Schwiegermutter bezog.

Remin stand auf. „Ich habe einen vollen Terminkalender."

Ich ging langsam die Treppe hinunter und ließ das Gespräch noch einmal Revue passieren. Zerbrach der Sheriff unter dem Druck des ersten Tötungsdelikts unter seiner Aufsicht? Die Leiche war kaum einen Tag alt. Was hatte er erwartet?

Der Fall Swift lag fast ein Jahrzehnt auf Eis, bevor die sterblichen Überreste die Sache wieder anheizten. Das ergab keinen Sinn. Remin wollte mich zurück bei der Polizei haben, und jetzt will er mir einen Fall wegnehmen? Er war selbst Mordermittler, bevor er ins Management wechselte.

In Collier gab es nicht viele Mordfälle, sodass wir uns immer nur auf einen Fall konzentrieren konnten. Aber das war ein Luxus, und manchmal hatten wir es nicht nur mit einem weiteren Mord zu tun, sondern bearbeiteten gleichzeitig auch Einbrüche und Drogendelikte.

Hatte Remin vergessen, dass wir wussten, wie man mehrere Fälle auf einmal bearbeitet?

38

Luca

„Wie fühlst du dich?"

Mary Ann sagte: „Mir geht's gut."

„Du spürst nichts Ungewöhnliches?"

„Nein, genauso wie vor der Spritze."

„Gut."

„Man sagt, es braucht ein paar Spritzen, bis man weiß, ob es wirkt."

Klar. Die wollten, dass du sechzehn- oder zwanzigtausend Dollar ausgibst, bevor du weißt, ob es anschlägt.

„Ich weiß, aber denk dran, sie hat gesagt, dass sich die Nebenwirkungen auch summieren können. Also, wenn sich irgendetwas nicht richtig anfühlt, müssen wir zum Arzt."

„Ich weiß. Tu mir einen Gefallen und mach dir nicht so viele Sorgen. Mir wird es schon gut gehen."

„Tut mir leid. Ich kann nicht anders. Wer soll mir denn Lasagne machen, wenn dir etwas zustößt?"

„Pass bloß auf, du Witzbold, sonst streike ich und du

bekommst nur noch Erdnussbutter-Marmeladen-Sandwiches."

Ich lachte. „Das Kind in mir vermisst die. Hey, ich bekomme noch einen Anruf. Wir sehen uns später."

„Mordkommission, Detective Luca."

„Tagchen. Hier ist Officer Reno vom Broward County Sheriff's Office."

„Hallo, was kann ich für Sie tun?"

„Wir sind Ihrer Anfrage zu einem Crownline-Boot von 2010 nachgegangen, Rumpfnummer OOB31981102010. Was sollen wir damit machen?"

„Es gibt eine Verbindung zu einem Mordfall, der vor etwa zehn Jahren passiert ist. Ich kann mir nicht vorstellen, dass die Forensik da noch irgendetwas rausholen kann, aber zwei Dinge, wenn Sie so freundlich wären."

„Schießen Sie los, Detective."

„Lassen Sie es auf menschliches Blut untersuchen, aber sagen Sie ihnen, sie sollen es nicht übertreiben."

„Okay, und die andere Sache?"

„Machen Sie ein paar Fotos vom Boot. Achten Sie darauf, dass der Name am Heck und die Rumpfnummer drauf sind."

„Als wir es katalogisiert haben, haben wir einen Haufen Fotos gemacht. Geben Sie mir Ihre E-Mail-Adresse, dann schicke ich sie rüber."

„Danke. Wenn Sie in unserem Zuständigkeitsbereich etwas brauchen, geben Sie einfach Bescheid. Es wäre mir ein Vergnügen, mich zu revanchieren, Officer Reno."

Ich legte auf und kicherte in mich hinein, als Derrick hereinkam. „Was ist so lustig?"

„Sie haben das alte Boot der Millers gefunden."

„Aber du hast gesagt, es gäbe keine Chance, nach neun Jahren auf dem Wasser noch brauchbare DNA zu finden."

„Ich weiß, aber mein Ziel war es, Bill Miller nervös zu machen. Wenn er herausfindet, dass wir es haben, wird er ein paar unruhige Nächte haben, falls er etwas zu verbergen hat."

„Wirst du so tun, als hätten wir brauchbare DNA davon?"

„Hab mich noch nicht entschieden."

Er rutschte hinter seinen Schreibtisch und sagte: „Du bist böse."

Ich lächelte. „Manchmal muss man Böses mit Bösem bekämpfen."

Derrick tippte auf seiner Tastatur. „Wie reagiert Mary Ann auf das neue Medikament?"

„Hab gerade mit ihr gesprochen; bisher keine Nebenwirkungen."

„Gut. Wir hoffen, dass es hilft."

„Ich auch. Ich sage es nur ungern, aber es wird das Geld wert sein, wenn es das Fortschreiten um ein oder zwei Jahrzehnte hinauszögert."

„Das wird es, Kumpel. Ich habe ein gutes Gefühl bei der Sache."

Ich spottete: „Schön, dass du das tust."

„Hey, ich habe eine E-Mail von Delta bekommen. Die hatten 2013 zwei Flüge von Atlanta nach RSW. Einer kam um ein Uhr sieben an und der andere kurz nach sechs Uhr abends."

„Ist das die geplante ETA oder die tatsächliche Ankunftszeit?"

„Das sind die tatsächlichen Ankunftszeiten."

Ich griff nach der Mordakte und blätterte zu der Befragung von Greg Miller. „Greg Miller sagte, er habe Kate Swift um vier Uhr nachmittags auf dem Heimweg vom Flughafen gesehen."

„Wenn sie nicht sein Gepäck verloren haben oder sein Auto eine Panne hatte, hätte er spätestens um zwei zu Hause sein müssen."

„Wenn überhaupt. Diese Familie fliegt wahrscheinlich vorne im Flugzeug, und ich wette, er hat kein Gepäck aufgegeben. Er sagte, es sei eine Reise über Nacht gewesen."

„Er lügt."

„Und er hat die Sichtung erst am nächsten Tag erwähnt. Er deckt seine Brüder. Es untermauert Bill Millers Aussage, er habe sie das Haus verlassen sehen."

„Sie versuchen, sich zu distanzieren."

„Es ist bestenfalls merkwürdig, dass niemand außer Bill und angeblich Greg Miller sie das Haus der Millers verlassen sah. Keine einzige Person hat das Mädchen nach Hause laufen sehen. Die Goodlette-Frank ist nicht die belebteste Straße der Stadt, besonders an einem Sonntag, aber man sollte meinen, dass sich jemand gemeldet hätte, um zu bestätigen, was die Miller-Brüder uns weismachen wollen."

„Wir müssen Greg Miller in die Mangel nehmen."

Ich nickte, als er nach dem klingelnden Telefon auf seinem Schreibtisch griff. Er nahm ab und sagte: „Es ist Dr. Bilotti."

Ich nahm den Anruf entgegen und ermahnte mich, besonders nett zu sein. „Hey, Doc. Wie geht es Ihnen?"

„Gut, Frank, ich habe die Autopsie von Park Shore abgeschlossen und Ihnen gerade den vorläufigen Bericht geschickt."

„Was haben Sie herausgefunden?"

„Sie starb an einer Schusswunde, die ihre Aorta streifte. Den anderen Schuss hätte sie überleben können."

„Haben Sie die Kugeln geborgen?"

„Ja, es waren beides Kaliber achtunddreißig."

„Passend zu der Pistole, die wir beim Ehemann beschlagnahmt haben."

„Die Kugeln sind auf dem Weg ins Labor, und ich habe ein komplettes Blutbild in Auftrag gegeben."

„Danke. Ich werde veranlassen, dass mit der Handfeuerwaffe in den Tank geschossen wird. Wir werden sehen, ob die Ballistik mit dem übereinstimmt, was Sie aus dem Opfer geholt haben."

„Vielleicht haben Sie Glück, und dieser Fall wird der schnelle Erfolg, den Sie sich gewünscht haben."

„Eher brauche, aber beschreien Sie es nicht, Doc."

„Sie schaffen das schon, Frank, das tun Sie immer. Wie geht es Mary Ann?"

„Gut, keine Reaktion, aber auch keine Ergebnisse."

„Sie wissen, dass es Zeit braucht, um die Wirksamkeit bei ihr festzustellen."

„Zeit und Geld."

„Konnte das Unternehmen eine gewisse Erleichterung gewähren?"

„Sie sagen, sie arbeiten daran, aber das Maximum, was sie tun, ist ein Rabatt von zwanzig Prozent."

„Hmmm, trotzdem teuer."

„Keine Frage. Ich würde es ihnen nicht sagen, aber ich zahle den vollen Preis, wenn es ihr hilft."

„Wissen Sie, ich dachte immer, Sie hätten mit Mary Ann das große Los gezogen, aber jetzt klingt es so, als hättet ihr beide Glück gehabt, euch zu finden."

„Wie Sie wissen, ist es Arbeit, aber ich war noch nie glücklicher."

„Das ist etwas, das wir feiern müssen. Ich habe eine Magnumflasche eines 2010er Conterno Barolo Riserva, die förmlich nach einem Vorwand schreit, geöffnet zu werden."

„Ich weiß nicht viel über Barolos, außer dass sie teuer sind und man warten muss, um sie zu trinken."

„Diesen hier wirst du lieben. Er wird jetzt langsam trinkreif. Sag mir einfach Bescheid, dann dekantiere ich ihn ein paar Stunden vorher."

„Weißt du, Doc, wenn ich nicht schon verheiratet wäre ... Mal im Ernst, ich weiß das Angebot zu schätzen und werde es annehmen, rein zu Studienzwecken, um meine Bildung zu erweitern."

Bilotti lachte. „Sag einfach Bescheid."

Nachdem ich aufgelegt hatte, bat ich Derrick, Taras' Pistole aus der Asservatenkammer zu holen und für einen ballistischen Test in den Keller zu bringen. Er ging sofort, und ich druckte eine Kopie des Autopsieberichts aus.

Ich überflog die Zusammenfassung. Die Kugeln waren die nützlichste Information, aber der Todeszeitpunkt, den Bilotti zwischen halb elf und halb zwölf eingrenzte, würde eine Rolle spielen, falls die Kugeln nicht zur Waffe im Haus passten.

Ich schloss die Augen und dachte an den Ehemann des Opfers. Er war intelligent und hatte Geld. Diese Kombination hatte schon oft Leute, insbesondere Männer, zu dem Gedanken verleitet, sie könnten die Strafverfolgungsbehörden überlisten. Das Klingeln meines Bürotelefons riss mich aus meinen Gedanken. Es war Sanchez. Einer seiner Streifenpolizisten hatte gerade mit einer Frau gesprochen, die mit mir reden wollte.

39

MILLER

Ich kam früh in Weinsteins Büro an. Greg glaubte, ich hätte einen Arzttermin und würde ihn dort treffen. Die Reue überkam mich schneller als ein sommerlicher Wolkenbruch am Nachmittag.

Ich war unschlüssig, ob ich einen anderen Anwalt engagieren sollte. Weinstein durchkreuzte meine Versuche, die Sache selbst in die Hand zu nehmen. Ich bezahlte ihn, aber er hörte nicht auf mich; er hatte seine eigenen Vorstellungen davon, wie man mit der Polizei umgehen sollte. Wenn ich mit dem Fuß an meinen Hintern käme, hätte ich mir selbst einen Tritt dafür verpasst, dass ich mich von ihm hatte überzeugen lassen.

Aber die Wahrheit war, Detective Luca wollte mit Greg sprechen, und der hatte zugesagt. Ich wollte es verhindern und bat ihn so sanft wie nur möglich, aber er ließ sich nicht umstimmen. Meine beste Chance hatte ich bei Weinstein, aber er war der Meinung, dass ein Gespräch mit einem Familienmitglied, das nichts zu verbergen hatte, die große Verschwörungstheorie entkräften würde.

Gegen diese Logik zu argumentieren, würde nur noch mehr Fragen aufwerfen. Ich war mir nicht mehr so sicher.

„Wie geht es Ihnen, Mr. Miller?"

„Gut. Etwas nervös."

„Es gibt keinen Grund zur Sorge."

Wenn er nur wüsste. „Wissen Sie, ich hielt das für keine gute Idee, aber Sie waren sehr überzeugend."

„Es ist der richtige Schritt."

„Ich fürchte, sie werden meine Familie jetzt noch genauer unter die Lupe nehmen. Wenn das hier rauskommt, wird unser Geschäft darunter leiden. Sie wissen ja, wie die Leute reden."

„Wir sind auf dem besten Weg, das endgültig hinter uns zu lassen."

„Ich verstehe immer noch nicht, was sie von Greg wollen. Er war an dem Sonntag nicht einmal da."

„Wie bereits besprochen, hat er ausgesagt, dass er die Verstorbene spät an dem Tag gesehen hat, an dem sie verschwunden ist. Da Detective Luca neu in dem Fall ist, ist er natürlich daran interessiert, die Einzelheiten der Sichtung zu hören."

„Er wird damit anfangen, aber dann eine Hexenjagd daraus machen. Sie müssen ihn im Zaum halten."

„Er wird nachforschen; das ist die Aufgabe eines Ermittlers. Aber dafür haben Sie ja mich. Ich werde Greg beschützen."

Greg? Er war nicht derjenige, der Schutz brauchte.

„Ich wäre Ihnen dankbar, wenn Sie nicht zulassen würden, dass er sich auf eine sinnlose Jagd begibt."

„Sie sind übermäßig besorgt. Gibt es etwas, das Sie mir mitteilen möchten?"

„Ich bin für Mark und das Geschäft verantwortlich. Ich traue der Polizei nicht. Es lastet ein gewaltiger Druck auf ihnen, diesen Fall und den Mord im Park Shore aufzuklären. Haben Sie gesehen, was der Sheriff gesagt hat? Er hat versprochen, der Familie Swift Gerechtigkeit zu verschaffen."

„Das ist eine übliche Äußerung."

„Na ja, ich will nur nicht, dass man Mark die Sache anhängt."

„Wenn er nichts mit ihrem Tod oder Verschwinden zu tun hatte, haben Sie nichts zu befürchten."

Weinsteins Sekretärin kündigte die Ankunft von Greg und Detective Luca an. Wir trafen sie im Foyer und zogen uns in den Konferenzraum zurück. Luca beäugte mich misstrauisch, als ich Greg zuflüsterte, er solle sich kurzfassen.

Detective Luca legte ein Aufnahmegerät auf den Tisch. „Diese Befragung wird zum Schutz aller aufgezeichnet."

Als Weinstein sagte: „Wir haben keine Einwände", hätte ich ihm am liebsten auf den Fuß getreten.

Luca nannte unsere Namen, die Uhrzeit und den Ort und begann, indem er Greg fragte: „Ich möchte mit Ihnen über die Ereignisse vom 1. Juni 2013 sprechen."

Greg sagte: „Nur um das klarzustellen, das ist der Tag, an dem Katie Swift verschwunden ist, richtig?"

„Ja. Es war ein Sonntag."

„Ja, ich erinnere mich, dass ich von einem Kurztrip aus Atlanta zurückgeflogen bin."

„Am dritten Juni haben Sie Detective Thomas kontaktiert, der die Ermittlungen leitete, und berichtet, dass Sie Kate Swift am Nachmittag des ersten Juni, dem Tag ihres Verschwindens, auf der Goodlette-Frank gesehen hätten."

Ich hielt den Atem an, als Greg antwortete: „Ja, das stimmt. Ich war auf dem Heimweg und sah sie gehen."

„Damals sagten Sie, die Sichtung sei gegen vier Uhr nachmittags gewesen."

„Das kommt hin."

„Kommt hin? Oder ist die Zeit, die Sie gemeldet haben, korrekt?"

„Es war ungefähr vier Uhr am Nachmittag."

„Und was haben Sie zu dieser Zeit auf der Goodlette-Frank gemacht?"

„Ich war auf dem Weg vom Flughafen nach Hause."

„Verstanden. Das würde bedeuten, Sie waren auf der südlichen Fahrspur der Goodlette-Frank. Ist das richtig?"

„Ja."

„In Ihrer Aussage sagten Sie, Ms. Swift war auf der Nordseite der Goodlette-Frank."

Dieses Detail hatte mich schon damals gestört, aber niemand hatte es infrage gestellt. Ich knibbelte an einem Fingernagel, während Luca fragte: „Wie schnell sind Sie gefahren, als Sie sie sahen?"

„Ich rase nicht, bin aber auch kein alter Mann, also sagen wir mal fünfundvierzig Meilen pro Stunde."

„Das ist die zulässige Höchstgeschwindigkeit. Bei

dieser Geschwindigkeit jemanden auf der anderen Straßenseite zu identifizieren, ist eine Herausforderung."

„Sie war es; da bin ich mir sicher."

„Sie sagten, sie war auf dem Gehweg in Richtung Norden?"

„Das ist richtig."

„Selbst wenn Sie auf der linken Spur waren, mit dem Mittelstreifen und zwei Fahrspuren, die Sie vom Gehweg trennen, dann sind das mehr als zwölf Meter Entfernung. Und Sie waren schnell unterwegs. Sind Sie sich absolut sicher, dass sie es war?"

„Ja, ich habe gute Augen."

„Detective Thomas hat Sie am zweiten Juni befragt, aber Sie haben nie erwähnt, Ms. Swift gesehen zu haben. Ich verstehe nicht, warum Sie es ihm nicht gesagt haben."

„Ich weiß nicht. Ich dachte einfach nicht, dass es eine große Sache wäre."

„Sie haben keine Kinder, oder?"

„Keine."

„Ein junges Mädchen wurde vermisst, ihre Eltern waren außer sich vor Sorge, sie zu finden, und Sie hielten das für keine große Sache?"

Weinstein schaltete sich ein. „Wir kooperieren, Detective. Es bringt nichts, Mr. Miller in die Mangel zu nehmen."

„Fair genug, Herr Anwalt. Ich versuche nur zu verstehen, warum Ihr Mandant wichtige Informationen ausgelassen hat, während nach einer Teenagerin gesucht wurde."

„Es tut mir leid, okay? Ich habe meinen Fehler bemerkt und ihn am nächsten Tag angerufen. Es tut mir wirklich leid, aber es hatte nichts damit zu tun, was mit Katie passiert ist."

Meine Stimmung hob sich bei Gregs Antwort. Es war genau das, was ich auch gesagt hätte.

„Ich glaube, Sie haben recht. Es hatte nichts mit dem Verschwinden von Kate Swift zu tun."

Was Luca sagte, verblüffte mich. Weinstein sagte: „Wir freuen uns, dass Sie das anerkennen. Sind wir hier fertig?"

„Nein. Ihr Mandant hat Ms. Swift nie gesehen."

„Wie bitte?"

„Mr. Miller hat einen Flug aus Atlanta genommen. Der Flug landete gegen Mittag. Wenn Ihr Mandant nicht nach Hause gelaufen ist, wäre er um eins zu Hause gewesen, nicht um vier."

Ich platzte heraus: „Sie können ihn nicht als Lügner bezeichnen."

„Er hat sich die Geschichte ausgedacht, um Ihre Geschichte zu untermauern. Jemand verbirgt etwas, und ich werde herausfinden, wer und warum."

Weinstein sagte: „Lassen Sie uns einen Schritt zurücktreten und uns beruhigen."

Luca griff hinüber und schaltete das Aufnahmegerät aus. „Vielen Dank, meine Herren."

40

LUCA

Rita Corso wohnte schräg gegenüber von den Tarases. Ich parkte vor einem Haus mit so vielen Gussbeton-Verzierungen, dass es aussah, als hätte Gaudí es entworfen. Ich umrundete einen gewaltigen Brunnen und ging zum Eingang. Während die Türklingel endlos schrillte, reckte ich den Hals, um die Oberkante der honigfarbenen Tür zu sehen.

Eine vogelgleiche Frau öffnete die Tür. „Detective Luca?"

„Ja, Ma'am."

Sie streckte mir die Hand entgegen. „Rita Corso, sehr erfreut. Kommen Sie rein."

Das Innere sah aus, als hätte Liberace es eingerichtet. Meine Augen wussten nicht, worauf sie sich zuerst konzentrieren sollten: einen Konzertflügel, den Kronleuchter, die Wand aus goldverzierten Spiegeln oder die Reihe von Schiebetüren mit Blick auf einen von Statuen gesäumten Pool.

„Schönes Haus, Ma'am."

„Danke. Nenn mich doch Rita. Wie ich schon sagte, ich bin auf dem Sprung; meine Tochter und ihre Familie sind in der Stadt, und wir essen im Ritz zu Mittag."

Na klar. „Das ist in Ordnung. Was wollten Sie mir sagen?"

„Also, ich rede ja nicht gerne über andere Leute; jeder lebt so, wie er will, weißt du. Ich urteile nicht."

„Ich verstehe. Fahren Sie fort."

„Sylvia ist erst vor ein paar Wochen eingezogen, und ich heiße neue Nachbarn immer persönlich mit einer Flasche Champagner willkommen."

„Das ist nett von Ihnen."

„Ich wusste, dass etwas nicht stimmte. Wenn man dreiundvierzig Jahre verheiratet ist, entwickelt man dafür einen Instinkt. Weißt du?"

Ich nickte, und sie fuhr fort: „Sie hat beim ersten Mal nicht viel gesagt, aber ich hatte so ein Gefühl und habe zwei Tage später nochmal bei ihr geklingelt. Ich merkte, dass sie Probleme mit ihm hatte."

„Wem?"

„Paul."

Die Art, wie sie es sagte, klang, als wäre sie gerade in einen Haufen Hundekot getreten.

„Was hat sie gesagt, was los war?"

Sie spitzte die Lippen. „Er hat sie betrogen."

„Wissen Sie, mit wem?"

„Sie sagte, ihr Name sei Cissy, aber ich kenne ihren Nachnamen nicht oder, ehrlich gesagt, ob das nur ein Spitzname ist."

„Eine Ahnung, wie lange die Affäre schon lief?"

„Sylvia deutete an, dass es mehrere Monate waren, vielleicht sogar ein Jahr. Wusstest du davon?"

„Nein. Danke, dass Sie mich darauf aufmerksam machen."

Sie lächelte. „Ich wusste es. Kennst du das, wenn du dieses Gefühl hast, dass du etwas einfach tun musst, auch wenn du es eigentlich nicht willst?"

Andauernd. „Ich weiß, was Sie meinen. Wir werden diese Information bei unseren Ermittlungen berücksichtigen. Sie kannten sie nicht lange, aber gibt es jemanden, von dem Sie glauben, er hätte das tun können?"

„Nein. Ich sage nicht, dass ‚er' es war, aber er ist eine Schlange."

Ich nickte. „Was können Sie mir über die Vorbesitzer erzählen?"

Sie verzog das Gesicht. „Die mochte ich kein bisschen. Blieben für sich, aber total protzig, so wie, na ja, Miami-Typen eben."

Ich wollte nach dem Unterschied zwischen kunstvoll und protzig fragen, aber ich verstand sie. „Das Haus war Eigentum eines Trusts. Wissen Sie zufällig die Namen der Leute, die dort gelebt haben?"

„Sie waren Latinos. Wir wussten nur Caesar und Lorena. Wie gesagt, sie waren sehr für sich. Als ich ihnen den Champagner brachte, ließen sie mich nicht einmal ins Haus. Das war unhöflich, und das habe ich nie vergessen. Sie haben nicht einmal eine Dankeskarte geschickt. Kannst du dir das vorstellen? Keinerlei Manieren."

Das war eine interessante, wenn auch nicht unerwartete Enthüllung. Sie könnte das Motiv dafür liefern, dass Taras seine Frau umgebracht hat. Wenn der ballistische Test bestätigte, dass die tödlichen Kugeln aus Taras' Pistole abgefeuert wurden, war der Fall gelöst.

Ich stieg wieder in meinen Wagen, wohl wissend, dass die Staatsanwaltschaft sich freuen würde, wenn man ihr Motiv, Gelegenheit und Tatwaffe auf dem Silbertablett servierte. Und für mich bedeutete es, dass ich mich wieder voll und ganz dem Fall Miller widmen konnte.

Die Sonne schien, aber der Himmel im Osten zog sich zu. Als ich auf die Route 41 abbog, begannen riesige Regentropfen auf die Windschutzscheibe zu prasseln. Zwei Minuten später, als ich am Bellini Restaurant vorbeifuhr, kam die Sonne wieder zum Vorschein und der Regen hörte auf. Mir kam der flüchtige Gedanke, ob dies eine Verbeugung vor meiner italienischen Herkunft war, aber ich wusste, dass es nur das tropische Wetter war, das wir in Südwestflorida hatten.

Ich wusste, dass ich mich besser nicht auf den ballistischen Abgleich verlassen sollte, aber es war eine gute Ausrede, um wieder zum Fall Swift zurückzukehren. Ich rief im Büro an: keine Nachrichten, weder vom Immobilienmakler noch vom Anwalt, den die Tarases für den Hauskauf beauftragt hatten. Es fühlte sich seltsam an, aber die Leute redeten nie gern mit einem Polizisten. Ich trat aufs Gas und raste zur Wache.

Ich ließ mich hinter meinen Schreibtisch gleiten und gab die Adresse der Tarases in die Grundstücksdatenbank von Collier County ein. Der Vorbesitzer war der

Inter-Coastal Trust. Allein der Name schrie für mich nach Ostküste.

Bei der Durchsuchung der öffentlichen Datenbank stieß ich auf den Treuhänder des Inter-Coastal Trust, Blaine Blanco. Ich sagte den Namen laut vor mich hin. Zweimal. Er klang wie ein Künstlername. Die Adresse war auf der South Miami Avenue angegeben.

Ich gab sie in die Adresssuche ein. Es war ein Bürogebäude in einer Gegend der Innenstadt von Miami, die als Brickell bekannt ist. Blaine Blanco hatte keine Vorstrafen, was nicht überraschend war, ebenso wenig wie die Tatsache, dass er Anwalt war. Er war schließlich ein Treuhänder.

Mein Handy vibrierte; es war Derrick. „Hey, wo bist du?"

„Ich komme gerade in Orlando an. Verdammt, ein Stau nach dem anderen."

„Du hättest die Dreihunderteins nehmen sollen."

„Waze hat mich auf die Route Vier geschickt. Wie auch immer, was gibt's Neues?"

„Ich warte auf die Ballistik. In der Zwischenzeit wühle ich mich durch den Trust, von dem die Tarases das Haus gekauft haben. Der Treuhänder ist ein Anwalt aus Miami namens Blanco."

„Du hast doch Kontakte in Miami-Dade, oder?"

„Ja, ein paar gute. Ich wollte gerade einen Anruf tätigen, als du dich gemeldet hast."

„Ich wünschte, ich wäre da, um zu helfen, Partner."

„Kümmer dich um diese Identitätssache. Die Arbeit wartet hier auf dich, wenn du zurückkommst."

„Ich langweile mich zu Tode."

„Fahr vorsichtig. Ich muss auflegen, das Telefon klingelt."

Es war das Labor. Sie hatten die Ballistikergebnisse. Ich schnappte mir meine Jacke und ging zur Tür.

41

Mir klappte die Kinnlade herunter, als Detective Luca hinausging. Er war selbstgefällig, aber er hatte auch allen Grund dazu. Weinstein folgte ihm, sein Smalltalk verebbte. Ich wandte mich Greg zu; er schüttelte den Kopf.

Bevor ich mich fassen konnte, begann er zu murmeln: „Ich wusste es. Ich wusste es."

Ich beugte mich zu ihm und flüsterte: „Es wird alles gut."

„Nein, wird es verdammt noch mal nicht."

„Reg dich ab, wir reden, wenn wir hier raus sind."

„Ich hätte nie auf dich hören sollen. Du hast alles nur noch schlimmer gemacht."

„Ich habe getan, was ich tun musste. Es war für Mark, für uns alle."

„Hör auf! Hör auf mit dem Scheiß!"

„Komm schon, Greg. Mach keine Szene."

„Ich werde reinen Tisch machen."

„Du kannst nicht anfangen, deine Aussage zu ändern, das sieht dann-"

„Ich kann das nicht mehr. Es ist ohnehin egal. Sie wissen, dass ich gelogen habe, als ich sagte, ich hätte sie gesehen."

Er hatte recht. Vielleicht würde es helfen, in dieser Sache reinen Tisch zu machen. „Lass uns mit Weinstein reden. Mal sehen, was er sagt." Ich senkte meine Stimme: „Aber nur wegen der Sache, dass du sie gesehen hast."

„Ich weiß nicht, wir sollten etwas über Mark sagen."

„Was? Was willst du sagen?"

„Dass er es war."

„Bist du verrückt? Willst du, dass er ins Gefängnis geht?"

„Sie werden herausfinden, dass er es war."

„Und dass du gelogen hast, um ihn zu schützen. Du wärst dann ein Komplize oder so was. Willst du mit ihm ins Gefängnis gehen?"

„Nein, aber-"

Weinstein kam wieder herein und schloss die Tür. „Nun, das lief nicht wie erwartet. Haben wir etwas zu besprechen?"

Ich sagte: „Greg könnte sich mit den Daten und allem vertan haben."

Greg sagte: „Ich glaube, ich habe die Daten durcheinandergebracht. Detective Luca hat wahrscheinlich recht. Ich glaube, es war das Wochenende davor. Deswegen habe ich beim ersten Gespräch mit ihnen nichts gesagt."

„Wenn Sie Ihre Aussage zurückziehen wollen, müssen wir uns über die Umstände des Missverständnisses im Klaren sein."

Ich sagte: „Greg hat mir erzählt, er habe geträumt, Katie in der Nacht ihres Verschwindens gesehen zu haben. Erinnerst du dich, Greg?"

„Äh, ja. Als ich hörte, dass sie vermisst wird, und mit dem Cop sprach, konnte ich nicht aufhören, an sie zu denken. Ich fühlte mich schlecht, wir kannten sie schon lange. Als ich einschlief, träumte ich, ich hätte sie gesehen, und in meinem Kopf ist alles durcheinandergeraten."

Weinsteins Blick wanderte zwischen meinem Bruder und mir hin und her. „Also, Sie haben sie gesehen, aber in Ihren Träumen?"

„Ja, es fühlte sich echt an. Ich habe die Dinge durcheinandergebracht. Das ist mir schon früher passiert ..."

„Wir müssen absolut sicher sein, wenn wir die Aussage ändern. Sind Sie sich dieser, äh, neuen Enthüllung sicher?"

„Ja. So ist es passiert. Ich kann doch nicht für das, was ich vor neun Jahren gesagt habe, in Schwierigkeiten geraten, oder?"

„Wenn sie beweisen können, dass Sie es gesagt haben, um jemanden zu schützen, würde dies als Strafvereitelung eingestuft werden-"

„Aber es war ein Fehler, ein ehrlicher. Ich habe die Dinge durcheinandergebracht."

Der skeptische Blick auf Weinsteins Gesicht war verständlich. Ich wollte da nur noch raus. Ich brauchte Zeit, um über die Konsequenzen nachzudenken. Weinstein sagte: „Wenn sie Beweise dafür finden, dass Sie ein Ablenkungsmanöver gestartet haben, werden die

Behörden Druck ausüben, um die Wahrheit herauszufinden."

Ich sagte: „Warum machen wir nicht eine Pause? Das ist für alle stressig und ein Schritt zurückzutreten, wäre gut."

„Mir wäre es lieber, wir kämen dem zuvor. Je eher wir die Sache richtigstellen, desto besser steht Greg und der Rest der Familie da."

Greg sagte: „Okay. Von mir aus können wir das jetzt machen. Je eher das Ganze vorbei ist, desto besser."

Ich musste sagen: „Okay. Aber ich muss mal auf die Toilette." Ich sah Greg an. „Muss sonst noch jemand?"

Greg stand auf und folgte mir auf die Herrentoilette. Ich bückte mich und schaute unter der einzigen Kabine hindurch, während Greg vor einem Urinal stand. Ich nahm das daneben. „Halten wir es einfach. Sag ihnen, die Verwechslung war wegen eines Traums."

Er schüttelte den Kopf. „Ich kann nicht glauben, dass du dir das ausgedacht hast. Ich wollte die Wahrheit sagen. Ich hab die Schnauze voll von diesem Scheiß."

„Es ist perfekt. Halt einfach noch ein bisschen durch. Wir sind hier im Nu wieder raus."

„Ich weiß nicht. Weinstein kauft uns das nicht ab."

„Es ist egal, was er glaubt; er wird dafür bezahlt, uns zu vertreten."

„Mir gefällt das nicht. Das wäre wieder eine Lüge. Sie werden es herausfinden und dann stecke ich erst richtig in der Klemme, und dabei habe ich verdammt nochmal nichts getan."

„Das finden die nie heraus."

„Das hier haben sie doch auch herausgefunden."

„Es war ein Traum. Wenn du bei der Geschichte bleibst, können sie dir nicht beweisen, dass du nicht von Kate geträumt hast."

Er sah mich an und machte seinen Reißverschluss zu. Ich wusste, ich hatte ihn. Er würde mitspielen.

Weinstein las Gregs Aussage noch einmal vor. „Entspricht das Ihrer Erinnerung?"

„Ja. Genauso ist es passiert."

„Ich lasse Kopien für Ihre Unterschrift ausdrucken." Er benutzte die Sprechanlage, und ein Donnerschlag lenkte das Gespräch auf das Wetter, bis eine Frau in einem blauen Hosenanzug hereinkam. Sie reichte ihrem Chef eine Handvoll Seiten.

Weinstein verglich die Blätter und las die oberste Kopie. Er schob die Exemplare über den Schreibtisch. „Lesen Sie es ruhig durch und unterschreiben Sie unten."

Greg unterschrieb drei Kopien und gab sie zurück. Der Anwalt bezeugte seine Unterschrift und sagte: „Ich lasse das per Kurier an Detective Luca schicken."

Ich wollte gerade aufstehen. „Wir wissen Ihre Hilfe bei der Klärung dieser Angelegenheit zu schätzen."

„Einen Augenblick, bitte." Weinstein sah mir in die Augen. „Es ist außerordentlich schwierig, Sie zu schützen, wenn ich nicht die Fakten kenne." Ich öffnete den Mund, aber er hob abwehrend eine Hand. „Bedenken Sie, dass alles, was Sie mir sagen, der anwaltlichen Schweigepflicht unterliegt. Wir können nicht ständig die Aussagen ändern, ohne dass es negative Konsequenzen hat."

„Das ist uns auch bewusst, wie diese, äh, Episode meine Familie dastehen lässt. Es ist peinlich."

„Ich verstehe Ihre Verantwortung, Ihre Familie abzuschirmen, aber unter diesen Umständen ist das vielleicht nicht der klügste Standpunkt, den man einnehmen kann."

„Was soll das heißen?"

„Die Ermittlungen stehen noch am Anfang. Das Sheriff's Department hat noch keine nennenswerten Ressourcen für den Fall aufgewendet. Das stellt eine Gelegenheit dar, einen Deal auszuloten."

„Ein Deal? Auf keinen Fall. Wir haben nichts-"

„Entschuldigen Sie, Mr. Miller. Es ist meine Pflicht, Sie über Ihre rechtlichen Möglichkeiten aufzuklären. In der Frühphase einer Ermittlung ist es einfacher, ein Geständnis zu günstigen Konditionen auszuhandeln. Aber dieses Zeitfenster schließt sich."

„Danke. Wir schätzen den Rat, aber er trifft auf uns nicht zu."

42

LUCA

Als ich vom Parkplatz fuhr, drückte ich auf die Taste für die Sprachwahl. „Vinny Longo anrufen." Ich benutzte sie selten und nach drei weiteren Versuchen wusste ich auch, warum. Ich fuhr rechts ran und wählte die Nummer.

Longo und ich kannten uns vom John Jay College. Nachdem er auf der Polizeiakademie war, verbrachte er einige Zeit in Hell's Kitchen in New York. Ich weiß nicht, ob es einfacher war, in Jersey ein Bulle zu sein, oder ob ihm einfach vor mir ein Licht aufging, aber Longo zog schon nach zwei Jahren nach Miami.

„Lieutenant Longo."

„Lieutenant? Du bist ja jetzt ein hohes Tier."

„Wer ist da?"

„Frank, Frank Luca."

„Hey, Frankie. Wie geht's dir?"

„Gut. Alles bestens, mein Guter."

„Wie geht's deinem Kind?"

„Jessie ist kein Kind mehr. Sie ist siebzehn und bereitet sich aufs College vor."

„Heilige Scheiße."

„Wem sagst du das. Wie geht's dir so, Kumpel?" Sobald es raus war, wurde mir klar, wie leicht wir unsere Sprechweise an Beziehungen anpassten.

„Vinny Junior ist jetzt vierzehn."

Ich konnte mich nicht an den Namen seiner Frau erinnern. „Wie geht's deiner Frau?"

„Natalie geht's gut. Sie ist im Immobiliengeschäft."

„Gutes Timing."

„Sie verdient viel mehr als ich."

„Dann solltet ihr besser was davon auf die hohe Kante legen."

„Das tun wir. Worum geht's?"

„Ich suche nach Informationen über einen Blaine Blanco."

„Den Anwalt?"

„Jep. Kennst du ihn?"

„Der hatte eine verdammte Plakatwand an der Einhundertfünfundneunzig. Die ersten zwei Jahre, nachdem ich hierhergekommen bin, habe ich jeden Morgen sein Gesicht gesehen."

„Was weißt du über ihn? Irgendwelche zwielichtigen, finanzkräftigen Verbindungen?"

„Er ist definitiv ein Gangster-Anwalt, aber lass mich ein paar Anrufe machen. Ich besorg dir alle wichtigen Infos darüber, mit wem er unter einer Decke steckt."

„Danke, Kumpel."

Ich rief Derrick an. „Wie läuft die Fahrt?"

„Frag nicht. Es ist Stop-and-Go. Ich muss nur aus Orlando rauskommen. Was gibt's?"

Ich überlegte, das Ratespiel zu spielen, das Derrick so sehr zu genießen schien. „Habe die Ballistikergebnisse zurückbekommen."

„Und?"

„Keine Übereinstimmung."

„Willst du mich verarschen?"

„Das wäre auch zu einfach gewesen."

„Ich habe es dem Sheriff noch nicht gesagt."

„Soll ich ihn anrufen?"

„In diesem Fall rufe ich ihn besser selbst an. Ich wollte dich nur informieren."

„Danke. Und jetzt?"

„Ich bin auf dem Weg zu Taras. Mal sehen, was er dazu sagt, dass er seine Frau betrügt. Ich habe auch meinen Kumpel Longo kontaktiert; er ist bei Miami-Dade. Er kümmert sich um den Anwalt, der hinter dem Trust steckt."

ALS ICH IN das neue Industriegebiet an der Old 41 einbog, überblickte ich den Parkplatz von Crypto Might. Dort standen nur eine Handvoll Autos, und das mitten am Tag. Ich fragte mich, wie er das millionenschwere Haus in Turtle Hatch bezahlte.

Ich stieß die Glastür auf und musste über die Superman-Anspielung in ihrem Logo schmunzeln. Dann fiel es mir ein; ich dachte, er hätte gesagt, sie machen was mit digitalen Geldbörsen. Hatte ich das richtig in Erinnerung, oder machte sich wieder mein Chemo-Hirn bemerkbar?

Die Tür war nicht abgeschlossen, und ich hatte draußen keine Überwachungskameras entdeckt. Ich stand an einem Tresen und winkte einer Frau zu, die neonfarbene Kopfhörer trug. Sie klebte förmlich an ihrem Bildschirm, und es dauerte eine gute Minute, bis sie mich bemerkte.

Sie zog ihre Kopfhörer herunter und sagte: „Kann ich Ihnen helfen?"

„Ich würde gerne Herrn Taras sprechen."

„Und Sie sind ...?"

„Detective Luca, vom Sheriff's Office in Collier."

Sie runzelte die Stirn. „Es war schrecklich, was da passiert ist."

Ich nickte. „Ist er da?"

„Ja, ich hole ihn."

Es waren noch fünf weitere Personen im Büro. Es war still. Alle trugen Headsets. Niemand hatte ein Tischtelefon. Taras kam in den Großraumbereich und winkte mir mit der Hand zu. Ich ging zu dem Büro, in dem er verschwunden war.

Als ich näher kam, hörte ich ihn reden. Mit dem Rücken zur Tür blickte Taras aus dem Fenster und sprach über sein Headset. Er benutzte so viele Akronyme, dass es schwer war zu verstehen, was er sagte. Er drehte sich um und nahm sein Headset ab.

„Entschuldigung. Wir rüsten die Verschlüsselung für die gesamte Suite auf, und es gibt reichlich Meinungsverschiedenheiten unter den Programmierern."

„Diese Sache mit den digitalen Geldbörsen klingt mir zu technisch."

„Ich würde Ihnen gerne eine kurze Einführung geben."

„Nein, danke." Ich klopfte auf meine Gesäßtasche. „Ich bleibe bei der herkömmlichen."

„Ich weiß nicht, wie lange Sie das noch können. Wir prognostizieren eine fünfzigprozentige Akzeptanz in den nächsten fünf Jahren und eine Marktdurchdringung von fast achtzig Prozent in zehn Jahren."

„Wirklich? Ich schätze, ein paar Infos würden nicht schaden. Aber geben Sie mir die Kurzfassung."

„,Digitale Geldbörse' klingt einschüchternd, aber einfach ausgedrückt ist es nur ein Zahlungsmittel, das Kredit- und Debitkarteninformationen speichert und es überflüssig macht, die Kartendaten einzugeben, sie durchzuziehen oder sie überhaupt bei sich zu tragen, um eine Transaktion abzuschließen."

„In meiner Geldbörse steckt viel mehr als nur Kreditkarten."

„Digitale Geldbörsen enthalten auch Informationen zur Überprüfung der Identität einer Person."

Es war eine beängstigende Vorstellung, ohne meine Geldbörse herumzulaufen, aber es wäre gut, die fünf Zentimeter loszuwerden, auf denen ich saß. „Das ist interessant. Ich hatte erwartet, hier mehr Leute bei der Arbeit zu sehen."

„Wir haben über hundert Mitarbeiter, die in den Staaten von zu Hause aus arbeiten, und weitere zweihundert auf der ganzen Welt. Ich bin hier, weil ich es so will. Ich schätze mich glücklich, hier leben und arbeiten zu können."

Da hatten wir etwas gemeinsam. „Ich würde Ihnen gerne ein paar Fragen zu Ihrer Frau und dem, was passiert ist, stellen."

„Alles, was ich tun kann. Aber bevor wir anfangen, haben Sie eine Ahnung, wann ich wieder in mein Haus kann?"

„Ich erkundige mich bei der Spurensicherung, aber ich denke, die sind inzwischen fertig."

„Gut. Ich bin nicht besonders versessen darauf, dort zu sein, wo Sylvia angegriffen wurde, aber so schön das Ritz auch ist, ich wäre gerne wieder zu Hause."

„Ich verstehe. Haben Sie die Vorbesitzer des Hauses in Turtle Hatch kennengelernt?"

„Nein. Nie jemanden von der Verkäuferseite getroffen. Unser Makler und unser Anwalt haben alles erledigt."

„Okay, ich werde nachfragen, wann Sie wieder rein können, sobald wir hier fertig sind."

Er nickte. „Haben Sie irgendwelche Spuren, wer es war?"

„Nichts Handfestes."

„Glauben Sie, es waren die Männer, die zum Haus kamen?"

„Wir gehen dem nach."

„Ist es gefährlich, ins Haus zurückzukehren?"

„Das glauben wir nicht."

„Was ist mit meiner Schusswaffe? Wann kann ich die zurückbekommen?"

„Wir werden auch Ihre Handfeuerwaffe freigeben. Sie hat den ballistischen Test bestanden."

Er hatte ein selbstgefälliges Grinsen im Gesicht. „Ich verstehe, dass es naheliegend ist, sich den Ehemann anzusehen, aber bei mir verschwenden Sie Ihre Zeit."

Das hörte ich öfter, als dass jemand sagte, er müsse mal aufs Klo. „Wie lange waren Sie verheiratet?"

„Fast zwölf Jahre."

„Keine Kinder?"

Er schüttelte den Kopf. „Das war meine Schuld. Ich fand, ich war zu sehr in meine Arbeit vertieft, um ein guter Vater zu sein."

„Wie war die Ehe? Ihre Beziehung zu Sylvia?"

„Sie war eigentlich sehr gut. Wir hatten unsere Höhen und Tiefen, aber es lief gut, besonders seit wir nach Park Shore gezogen sind. Sie wollte das Haus unbedingt."

„Irgendwelche außerehelichen Affären?"

„Sylvia? Niemals. Das hoffe ich zumindest."

„Und Sie?"

„Sehen Sie, ich bin nicht stolz darauf. Ich hatte da mal eine kleine Sache am Laufen, aber das ist vorbei."

„Mit wem?"

„Ach, kommen Sie. Es war schon vorbei, als Sylvia ermordet wurde. Ich will sie da nicht mit reinziehen; das ist ihr gegenüber nicht fair."

War es fair, dass Sie Ihre Frau betrogen haben? „Wie lange ist es her, dass die Affäre endete?"

„Äh, kurz bevor wir eingezogen sind."

„Und das war erst vor einem Monat."

„Ungefähr."

„Wie ist ihr Name?"

„Muss das sein?"

„Ja."

„Ihr Name ist Cecilia Newly, aber alle nennen sie Cissy."

43

MILLER

Ich parkte und stieß die Tür zum Personaleingang auf. „Tag, Herr Miller."

Es war einer der behinderten Jugendlichen, die wir im Rahmen des Förderprogramms, das wir vor drei Jahren ins Leben gerufen hatten, eingestellt hatten. „Tag, John." Ich blieb stehen, bevor ich den Laden betrat. „Hey, John. Ich höre nur Gutes über dich. Mach weiter so."

„Das verspreche ich. Das verspreche ich Ihnen wirklich."

„Das weiß ich. Sag mal, komm nächste Woche bei mir vorbei. Ich finde, es wird Zeit, dass du eine Gehaltserhöhung bekommst."

„Was?"

„Pst, verrat es niemandem. Klopf einfach an meine Tür."

„Wann?"

„Wie wär's mit Montag?"

„Ganz sicher?"

„Jep. Schönen Tag noch."

Als ich durch den Gang mit den Sanitärartikeln ging, erhaschte ich einen Blick auf Mark. Er arrangierte gerade die Ausstellung der Waschbecken neu. Ich beobachtete ihn ein paar Sekunden lang. Er nahm winzige Korrekturen an einem Standsäulenwaschbecken vor. Ich widerstand dem Drang, ihm zu sagen, dass es gut aussah, und nahm eine Abkürzung durch die Farbabteilung.

Der Gedanke, dass Mark Zeit in einer Anstalt, geschweige denn in einem Gefängnis, absitzen könnte, zog mich runter. Ich fragte mich, was Weinstein wohl wusste. Die Art, wie er die Dinge sagte, fast so, als würde er mich herausfordern, war besorgniserregend.

Ich hätte ihn gefragt, was er wusste, aber Greg war dabei, und ich konnte nicht riskieren, dass er sich verplapperte.

Ich ließ mich in meinen Bürostuhl fallen und wusste tief im Inneren, dass ich nicht hören wollte, was sie hatten. Sie wussten, dass Greg gelogen hatte, was bedeutete, dass niemand meine Aussage untermauern konnte, dass ich Katie aus dem Haus hatte gehen sehen. Das war ernst, denn ohne überzeugende Beweise, dass sie gegangen war, würden sie natürlich mit dem Finger auf Mark oder mich zeigen.

Es stand mein Wort gegen ihres, und ich war das, was man ein angesehenes Mitglied der Gesellschaft nannte. Aber es war klar, dass ich es erfunden haben könnte, um mich oder meinen Bruder zu schützen. Wenn die verdammte Leiche, oder was davon übrig war, nicht auf meinem Grundstück gefunden worden wäre, wären wir aus dem Schneider.

Ich war mir sicher, dass er die Leiche beschwert hatte, um sie im Schlamm am Grund des Sees zu versenken. Nachdem ich einen Film gesehen hatte, in dem die Gase in einem Körper ihn an die Oberfläche trieben, hatte ich nachgeforscht. Man brauchte so etwas wie fünfzig Pfund pro hundert Pfund Gewicht. Ich hatte nach dem Gewicht des Ankers gesucht. Es reichte nicht aus, aber die Kette war weg. Er musste sie um sie gewickelt haben. Ich erinnerte mich daran, das Gewicht von Ketten nachgeschlagen zu haben, und lehnte mich in meinem Stuhl zurück.

Bei dem Gedanken, dass sie meine Suchanfragen finden könnten, indem sie meinen Browserverlauf durchsahen, schlug ich die Hände vors Gesicht. Wie lange speicherten sie diese Informationen? Ich hatte gehört, dass aus dem Internet nie wirklich etwas gelöscht wird.

Sobald sie meinen Browserverlauf fänden, würden sie sich auf mich konzentrieren, anstatt auf Mark. Mein Handy klingelte. Es war Benny. Ich drückte ihn weg. Eine SMS plingte auf. Benny schrieb, er müsse mich sehen. Es sei wichtig. Warum war er nicht bei der Arbeit?

Ich schickte eine SMS und schrieb ihm, dass ich im Büro sei. Drei Minuten später klopfte er an meine Tür.

„Hey, Bill."

„Was ist los?"

„Ich habe noch einen Anruf von Detective Luca bekommen. Er will mit mir reden."

„Was hast du ihm gesagt?"

„Na ja, den ersten Anruf habe ich ignoriert, aber er

hat gerade noch mal angerufen, also habe ich ihm gesagt, dass ich arbeite."

„Verdammt. Warum lässt er uns nicht in Ruhe?"

„Er geht dir also auch auf die Nerven?"

Ich nickte. „Mark und Greg auch."

„Dachte ich mir schon. Du warst in den letzten Wochen nicht du selbst."

„Entschuldige. Das ist der Stress."

„Du musst dich bei mir nicht entschuldigen, Kumpel."

„Danke. Ich mache mir Sorgen, dass die Polizei versucht, Mark den Mord an Katie anzuhängen."

„Was haben sie gegen ihn in der Hand?"

„Ich weiß es nicht wirklich, aber er war der Letzte, der sie lebend gesehen hat."

„Ich verstehe, warum du gesagt hast, du hättest sie weggehen sehen."

„Was hätte ich denn sagen sollen?"

„Du hättest mich fragen können. Ich wäre zu deinem Haus gegangen und hätte gesagt, was immer nötig gewesen wäre."

Ich hatte darüber nachgedacht, aber er gehörte nicht zur Familie. „Danke, aber ich dachte, die Sache wäre geregelt."

Er ließ sich in einen Stuhl sinken. „Du bist wie dein Vater; du hast das Gefühl, dass du die Dinge regeln musst."

„Wer soll es denn sonst tun?"

„Das ist eine schwierige Situation."

„Wem sagst du das. Ich weiß es zu schätzen, dass du verstehst, womit ich es zu tun habe."

„Aber weißt du, du kannst nicht alles kontrollieren. Das zermürbt einen."

„Es war nicht einfach."

„Manchmal muss man den Dingen ihren Lauf lassen. Das hier fühlt sich wie einer dieser Momente an."

„Was meinst du damit?"

„Ich weiß, du versuchst, Mark und so zu beschützen, aber ich will damit nur sagen, du kannst nicht alles in Ordnung bringen."

„Mark?"

„Ach, komm schon, Billy. Wir kennen uns schon ewig. Und Mark und ich stehen uns nahe. Ich kann zwischen den Zeilen lesen."

Mir gefiel nicht, worauf er hinauswollte. „Wie auch immer, vergiss es einfach. Es wird alles gut werden."

„Weißt du, Mark hat mir einiges darüber erzählt, was passiert ist."

Ich schnappte nach Luft. „Wovon redest du?"

„Komm schon, Bill. Über das, was mit Katie passiert ist."

„Was hat er dir erzählt?"

Ich hielt den Atem an, als er sagte:

„Am Tag nach ihrem Verschwinden sagte er, sie hätten sich gestritten und er hätte Dinge getan, die er lieber nicht getan hätte."

Ich war hin- und hergerissen zwischen dem Wunsch zu wissen, was er gesagt hatte, und dem Wunsch, dieses Gespräch zu beenden. „Sie hatten einen kleinen Streit; ich glaube, es ging darum, dass sie es zu schnell angingen."

„Er sagte, es ging ums Heiraten."

„Heiraten? Sie waren damals nicht einmal achtzehn."

„Hat Mark noch etwas anderes gesagt?"

„Nicht direkt."

„Was soll das heißen?"

„Ich merkte, dass er etwas verheimlichte."

„Bist du jetzt Psychiater?"

„Nein, aber er hat um den heißen Brei herumgeredet. Er hat sich total verhaspelt, als ich auf Details gedrängt habe."

Ich stand auf. „Gedrängt? Wer glaubst du, wer du bist, dass du meinen Bruder unter Druck setzt? Ihm geht es nicht gut, und das weißt du."

„Tut mir leid, Mann. Ich habe nicht gedrängt, das ist das falsche Wort. Ich habe nur versucht, an Informationen zu kommen."

„Informationen, um was zu tun?"

„Ich weiß nicht. Hör zu, du verstehst das falsch. Ich würde nie etwas tun, um ihm zu schaden. Mark und ich stehen uns nahe, weißt du."

Ich wollte ihn auf der Stelle feuern. Ich holte zweimal Luft und sagte: „Ich würde es wirklich zu schätzen wissen, wenn du nicht mit diesem Detective sprichst."

„Was soll ich ihm denn sagen?"

„Willst du einen Anwalt? Ich bezahle ihn."

„Nein, das ist nicht nötig. Ich kann mit ihm reden und ihm nichts sagen. Ich werde nichts von dem erwähnen, worüber wir gerade gesprochen haben."

„Mir wäre es lieber, wenn du nicht mit ihm sprechen würdest."

„Ich gehe ihm erst mal aus dem Weg und schaue, was

passiert. Wenn er nicht lockerlässt, rede ich mit ihm, verrate ihm aber nichts."

„Bist du sicher, dass du nichts sagen wirst?"

„Hundertprozentig."

„Gut, danke. Hör zu, ich habe einen anstrengenden Tag vor mir."

Sobald Benny gegangen war, schloss ich die Tür und setzte mich. Ich riss mir die Krawatte vom Hals. Benny war ein vertrauenswürdiger Freund der Familie, der meinen Vater davor bewahrt hatte, wegen eines Tötungsdelikts am Steuer ins Gefängnis zu kommen. Er hatte das Gehcimnis mehr als zehn Jahre lang bewahrt, und er hätte kein Problem damit, mit der Polizei zu reden, wenn es darauf ankäme.

Trotzdem war ich nervös. Benny war nicht der Einzige, der etwas zu wissen schien; Weinstein machte denselben Eindruck. Es fühlte sich an, als würde sich die Schlinge von Detective Luca zuziehen. Ich drückte den Knopf der Gegensprechanlage und wies sie an, alle Anrufe abzublocken. Ich brauchte Zeit zum Nachdenken.

44

LUCA

Ich kam ins Büro zurück. Derrick fragte: „Was ist los? Hat der Sheriff dir Ärger gemacht?"

„Er drängt auf eine Lösung im Turtle-Hatch-Fall. Er war früher selbst ein Bulle von der Mordkommission: Der Fall ist keine Woche alt, das sollte er besser wissen."

„Ich wette, es war dieser Artikel in der *Daily News*. Hast du ihn gesehen?"

„Was stand denn drin?"

„Die Schlagzeile war dramatisch, so was wie ‚Mord stoppt Hausverkäufe in Park Shore und Moorings'."

„Stoppt?"

„Das war Quatsch. Sie haben einen Makler zitiert, der sagte, ein Kunde habe vor dem Mord einen Vertrag abgeschlossen und überlege jetzt, einen Rückzieher zu machen."

„Man muss es einfach lieben, wie die Nachrichten die Dinge aufbauschen. Weißt du, ich glaube, Remins Schwägerin ist Immobilienmaklerin."

„Ich verstehe nicht, warum ein Makler das so breit-treten sollte. Das schadet ihnen doch."

Ich lächelte. „Vielleicht will er seine Angebote in der Innenstadt pushen."

„Vielleicht. Was hat Remin gesagt?"

„Er will, dass wir den Fall Kate Swift beiseitelegen und uns auf Taras konzentrieren."

„Ergibt Sinn."

„Ich weiß, aber wir schaffen beides."

„Auf jeden Fall."

Das Telefon klingelte und Derrick nahm ab. „Dein Kumpel Longo ist dran."

„Hey, Vinny. Wie geht's?"

„Gut. Ich hab mich mal wegen deines Jungen Blanco umgehört. Er steckt bis zum Hals mit einigen der übelsten Typen der Stadt unter einer Decke."

„Von was für einem Abschaum reden wir hier?"

„Er vertritt einen großen Drogenlieferanten, ein Kerl namens Frisco Runyon. Sie nennen ihn Bratpfannen-Frisco, weil nichts an ihm hängen bleibt."

„Vorgeschichte mit Auftragsmorden?"

„Frisco steht an der Spitze einer Gang, die mit mehreren Morden in Verbindung gebracht wurde. Zwei seiner Jungs standen kurz vor der Verhaftung und sind einfach verschwunden. Wir glauben, sie sind nach Kolumbien geflohen."

„Klingt, als hätten sie einen Maulwurf, der sie mit Informationen füttert."

„Die Interne ist voll dran; die machen seit Monaten die Hölle heiß."

„Kannst du mir Fotos von Friscos bekannten Partnern schicken?"

„Alle?"

„Nicht die kleinen Fische. Die Kerle, die wir suchen, haben Geld."

„Verstanden."

„Und, äh, wenn du irgendwelche Schläger von einer rivalisierenden Gang kennst, schick die auch rüber."

„Wir haben einen endlosen Vorrat an Mistkerlen. Gib mir 'ne Stunde. Ich geh hoch und rede mit der Taskforce."

„Danke, Kumpel. Ich steh in deiner Schuld."

„Kein Problem. Wir haben überlegt, an einem der nächsten Wochenenden mal rüberzukommen. Ich sag dir Bescheid, dann kannst du mir in einem der schicken Restaurants, die ihr da habt, ein Abendessen spendieren."

„Abgemacht. Mickey D's oder Wendy's, du hast die Wahl."

„Du hast's immer noch drauf, Frank. Wir hören voneinander."

Ich legte auf und sagte: „Longo schickt uns Fotos von ein paar Gangmitgliedern, die Blanco vertritt, und von ein paar Schlägern der Konkurrenz rüber."

„Wenn einer der Nachbarn sagt, dass das die Leute sind, die dort gewohnt haben, haben wir vielleicht was."

„Ja, und wenn Taras die Männer identifizieren kann, die seiner Aussage nach zum Haus kamen –"

„Aber warum die Frau töten? Wenn sie es auf den Besitzer abgesehen hatten, passt das nicht."

„Sie könnten ihn erwartet haben, oder vielleicht wollten sie eine Botschaft hinterlassen."

„Verdammt skrupellos."

„Zweifellos. Währenddessen hat die Gespielin von

Taras gleich Feierabend. Schauen wir mal, was sie zu sagen hat."

„Ich fühle mich schlecht dabei, jetzt wegzufahren. Es fühlt sich an, als würde die Sache hier bald hochkochen."

„Die Familie geht vor. Fahr und tu, was du tun musst. Du bist nur eine Woche oder so weg. Ich habe das hier im Griff."

———

CECILIA NEWLY WOHNTE in einer exklusiven Wohnanlage namens Grey Oaks. Ich hatte die Adresse nicht gegoogelt, da ich erwartet hatte, dass sie in einer der billigeren Eigentumswohnungen leben würde. Das Tor schickte mich zu einer Enklave von Einfamilienhäusern, die einen See umgaben. Als ich vor einem maßgeschneiderten Haus vorfuhr, fragte ich mich, wie eine Kundenbetreuerin von Hertz dort wohnen konnte.

Ich schätzte den Wert dieses Hauses auf nicht unter anderthalb Millionen. Ich würde nachprüfen müssen, auf wessen Namen die Urkunde lief. Ich wettete, dass die Steuern von Paul Taras bezahlt wurden.

Die Mahagonitür musste gut drei Meter hoch und oben abgerundet sein. Ich drückte auf die Klingel und nahm so viel wie möglich in mich auf.

Eine süße Stimme rief: „Ich bin gleich da."

Als ich sagte: „Nehmen Sie sich Zeit", öffnete sich die Tür.

„Entschuldigung." Cecilia Newly war auf den Zentimeter genau die ein Meter achtundsiebzig, die in ihrem

Ausweis standen. Kurzes blondes Haar umrahmte einen Schmollmund.

Ich zog meine Marke heraus, aber sie sah sie nicht an. „Kein Problem."

„Nun, kommen Sie doch rein."

Sie hatte eine athletische Figur. Die V-Form ihres Oberkörpers verriet sie als Schwimmerin. „Schönes Haus. Wie lange sind Sie schon hier?" Die Einrichtung war nicht hochwertig, und die Bilder an der Wand waren die gleiche Art von Kram, den wir auch hatten.

„Ungefähr acht Monate." Sie führte mich in eine ganz in Weiß gehaltene Küche. Sie deutete auf die Kücheninsel. „Macht es Ihnen etwas aus, an der Theke zu sitzen? Ich will mit dem Abendessen anfangen. Ich habe in einer Stunde einen Yogakurs."

„Das ist in Ordnung." Ich nahm einen Hocker, der nach hinten zeigte. „Von hier aus sieht es so aus, als ob der See und der Pool miteinander verbunden sind."

„Ja, den Infinity-Rand haben sie gut hinbekommen."

„Wissen Sie, ein Freund eines Freundes sucht etwas wie das hier zur Miete. Kann man hier mieten?"

„Äh, ja, das tue ich."

„Wer ist der Vermieter? Paul Taras?"

„Tatsächlich, ja. Warum?"

„Nur aus Neugier, da Sie beide ja, wie ich höre, eine Beziehung hatten."

„Die haben wir immer noch."

„Das ist nicht das, was er gesagt hat."

„Da müssen Sie etwas falsch verstanden haben."

„Wie lange besteht Ihre Beziehung schon?"

„Mit Unterbrechungen seit etwa drei Jahren."

Ich hatte vergessen, mein Handy auf Vibration zu stellen, und es klingelte. „Entschuldigung." Ich holte es heraus, um es stumm zu schalten. Der Anruf kam von Benny Alston. Was wollte er? Ich wischte den Anruf weg, aber er beschäftigte mich.

„Kannten Sie die Verstorbene?"

Sie lächelte. Es war ein nettes Lächeln; ich konnte sehen, was Taras an ihr fand. „Nicht wirklich, aber sie kannte mich."

„Hat Paul Taras gesagt, dass er seine Frau verlassen würde?"

„Die Ehe war schon lange vorbei. Sie wollte ihm keine Scheidung zugestehen."

Das war etwas, dem man nachgehen musste. „Hat er jemals den Eindruck erweckt, er wolle sie aus dem Weg haben?"

„Sie meinen, sie umbringen?"

„Ja."

„Nein, das würde er nicht tun."

„Sind Sie sicher? Nehmen Sie ihn nicht in Schutz, denn wenn er es bei einer Frau getan hat, würde er es wieder tun."

Sie kicherte, bevor sie sagte: „Paul hat nicht die Eier, so etwas zu tun."

Das war eine der seltsamsten Antworten, die ich je gehört hatte. „Und bringt er es fertig, jemanden für die Drecksarbeit anzuheuern?"

„Vielleicht." Da war wieder dieses Lächeln.

„Wo waren Sie an dem Morgen, als Sylvia Taras ermordet wurde?"

„Ich habe gearbeitet."

„Bei Hertz?"

„Ja. Ich weiß, Sie denken, Paul bezahlt alles, aber ich bin sehr unabhängig."

Viel mehr brauchte ich von ihr im Moment nicht. Ich würde ihr Alibi überprüfen und ob Paul Taras eine Scheidung gewollt hatte. Ich konnte es kaum erwarten, Benny Alston zurückzurufen.

45

LUCA

Mit den Augen auf die Mini-Villen gerichtet, ging ich die Auffahrt hinunter und dachte darüber nach, was Cissy Newly gesagt hatte. Sie hatte seinen Worten widersprochen und behauptet, die Beziehung hätte noch bestanden. Sie deutete auch an, dass sie schon Jahre zuvor begonnen hatte.

Versuchte Taras, die Liebesaffäre als Motiv auszuschließen? Die Kommentare zur Scheidung würden, wenn sie der Wahrheit entsprachen, beweisen, dass er log. Was war sonst noch eine Lüge?

Ich öffnete die Autotür, ließ etwas von der Hitze entweichen und zog mein Handy hervor. Ich startete den Motor, stellte die Klimaanlage auf die höchste Stufe und drückte auf Wählen. Ich richtete die Lüftung auf mein Gesicht und wartete darauf, dass Alston ranging. Tat er aber nicht. Es ging die Mailbox ran. Ich hinterließ eine Nachricht.

Es wurde langsam spät. Mary Ann sollte morgen früh

ihre zweite Spritze bekommen. Sie meinte zwar, ich müsse nicht mitkommen, aber so sehr ich die Zeit auch in die Jagd auf diese Mörder stecken wollte, das Gefühl, dass etwas Schlimmes passieren würde, ließ mich nicht los.

Ich rief im Büro an, um mich nach den Fotos zu erkundigen, die Longo mir schicken wollte. Ich lächelte. Mein Kumpel hatte Wort gehalten. In meinem Kopf verfestigte sich ein Plan: Ich würde jetzt im Büro vorbeischauen, um die Fotos abzuholen. Nach Mary Anns Arztbesuch würde ich mit den Bildern losziehen, um zu sehen, ob die Nachbarin jemanden wiedererkannte.

Taras würde ich mir für den Schluss aufheben. Er hatte einige Fragen zu beantworten. Ich lächelte bei dem Gedanken, ihn aus der Reserve zu locken. Warum nicht ein bisschen Spaß haben und sehen, wie er reagierte?

ICH ÖFFNETE Mary Ann die Autotür. „Lass mich dir helfen."

„Ich kann allein ins Auto steigen, Frank. Ich habe eine Spritze bekommen, keine Operation."

„Ich weiß, ich versuche nur, hilfsbereit zu sein."

Als ich auf den Livingston abbog, sagte ich: „Spürst du irgendwas?"

„Es sind erst zwanzig Minuten vergangen."

„Der Arzt hat gesagt, die Wirkung ist kumulativ und dass eine schlimme Reaktion mit jeder Spritze früher und früher kommen könnte."

„Es ist erst die zweite."

„Also fühlst du dich gut?"

„Ja, Frank. Mir geht es gut."

Ich öffnete die Fahrertür, nachdem ich in unserer Einfahrt geparkt hatte. Mary Ann sagte: „Du musst nicht aussteigen. Geh an die Arbeit." Sie beugte sich zu mir und drückte mir einen Kuss auf die Wange. „Wir sprechen uns später."

„Bis dann." Ich wartete, bis sich das Garagentor hinter ihr geschlossen hatte, bevor ich aus der Einfahrt fuhr.

Ich fuhr um den Lkw der Landschaftsgärtner herum und hielt vor dem Haus, das ich Mini-Bellagio getauft hatte. Gestern Abend hatte ich die Fotos in zwei Stapel aufgeteilt: die Männer, die im Haus der Taras gelebt haben könnten, und mögliche Vollstrecker.

Ich breitete die Fotos aus, die ich der Nachbarin zeigen wollte, und entschied mich für das des Mannes, der sein Haar in der Mitte gescheitelt trug. Das war ein kleines Spiel, das ich gerne spielte, um zu sehen, wie scharf meine Intuition war. In Wirklichkeit war es kein Instinkt. Es war Raten, aber machte trotzdem Spaß.

Die Bilder in der Hand, stieg ich aus dem Auto und ging die Auffahrt hoch. Das Haus schien nicht mehr ganz so prunkvoll; es war immer noch zu überladen, aber es war gut gemacht.

Rita Corso öffnete die Tür. „Hallo, Mrs. Corso."

„Schön, Sie wiederzusehen, Detective."

„Ich weiß Ihre Zeit zu schätzen, Ma'am. Das sollte nicht lange dauern. Wie ich bereits erwähnte, möchte ich Ihnen ein paar Männer zeigen, die im Haus der Taras gelebt haben könnten, bevor die Tarases eingezogen sind."

Sie schloss die Tür hinter mir. „Glauben Sie, das sind diejenigen, die Sylvia das angetan haben?"

Es war interessant, dass Menschen, je näher sie einem Mordfall standen, desto zurückhaltender schienen, die Worte getötet oder ermordet zu wählen. Ich schätze, das brachte die Brutalität zu nah an sie heran. „Obwohl ich keine laufenden Ermittlungen besprechen kann, kann ich sagen, dass wir bei einem Verbrechen wie diesem jede mögliche Verbindung prüfen."

„Die Gemeinde schätzt die Sorgfalt, Detective Luca."

„Das ist unsere Pflicht, Ma'am." Ich nahm die Bilder aus dem Umschlag. „Es gibt vier Männer, die ich Sie bitten würde, sich anzusehen. Schauen Sie, ob einer von ihnen wie der Mann aussieht, der früher hier gewohnt hat." Ich reichte ihr das erste Bild. Sie schüttelte sofort den Kopf. „Nein. Seine Augen stehen zu eng zusammen."

Ich tauschte das Foto gegen ein anderes aus. Sie betrachtete es aufmerksam und hielt es näher an ihre Augen. „Dieser Mann kommt mir bekannt vor. Ich kann aber nicht mit Sicherheit sagen, dass er es war."

„Schon gut." Ich nahm es zurück und gab ihr das, das ich ausgewählt hatte.

„Nein. Sein Haar war glatt nach hinten gekämmt."

Ich hatte falsch geraten. „Hier ist das letzte." Als ich ihr das Bild reichte, sagte sie: „Das ist er. Das ist Caesar."

„Sind Sie sicher?"

„Ja, das ist er."

„Vielen Dank. Mehr brauchte ich nicht. Sie haben mir sehr geholfen."

„Ähm, er erfährt doch nicht, dass ich ihn identifiziert habe, oder?"

„Keine Sorge. Das bleibt unter uns."

Der wahre Name des Mannes war Roberto Caldera. Er war einer der engsten Vertrauten in Friscos Bande. Ich war mir allerdings nicht sicher, was das bedeutete. Caldera war ein böser Kerl. Die einzig sinnvolle Möglichkeit war, dass eine rivalisierende Bande einen Killer auf ihn angesetzt hatte. Sie wussten nicht, dass Caldera das Haus verkauft hatte, und töteten versehentlich Sylvia Taras.

Sollte sich das als wahr herausstellen, würde es dem Sprichwort, zur falschen Zeit am richtigen Ort zu sein, eine völlig neue Bedeutung verleihen. Es war eine weitere Mahnung, dass alles Mögliche passieren konnte.

Paul Taras aufzusuchen bekam eine neue Dringlichkeit. Wenn ich von Taras eine Identifizierung von einem oder mehreren der Schläger bekommen könnte, würde das den Fall in eine Richtung lenken, die ich nicht erwartet hatte.

Ich sprang in meinen Wagen. Ich widerstand dem Drang, mein Blaulicht einzuschalten, und bog links auf die Route 41 zu Taras' Geschäftssitz ab. Der Verkehr war schwach, aber in meinem Kopf ging es rund. Als ich mich der Wiggins Pass Road näherte, klingelte mein Handy.

Es war Benny Alston. Ich nahm ab. Während er sprach, fuhr ich auf den Parkplatz eines italienischen Restaurants namens Limoncello. Es war eines dieser Lokale, die wir schon immer mal ausprobieren wollten, aber dann irgendwie nie daran gedacht hatten, hinzugehen. Das würde sich jetzt ändern. Nach dem, was Benny mir gerade erzählt hatte, würde ich nie vergessen, wo ich war, als ich es hörte.

46

MILLER

„Mr. Miller? Mr. Weinstein ist auf Leitung eins."

„Sagen Sie ihm, dass ich in einer Besprechung bin."

„Das habe ich, aber er sagte, es sei wichtig."

Ich atmete aus. „Okay, geben Sie mir eine Minute." Ich sah auf die Uhr und sagte: „Tut mir leid, Leute, wir machen morgen weiter, sagen wir, um zehn?"

„Das klappt."

Während sie ihre Sachen zusammenpackten, starrte ich auf das blinkende Licht. Was wollte er? Die Tür schloss sich. Ich atmete tief durch und nahm den Hörer ab: „Hallo, Mr. Weinstein. Konnte das nicht warten?"

„Ich fürchte nicht."

Ich umklammerte die Armlehne meines Stuhls. „Was ist das Problem?"

„Detective Luca hat angerufen, und er will Mark vorladen."

„Das kann er nicht machen."

„Wir müssen kooperieren. Nach dem, was er preisgegeben hat, wird er, wenn wir uns weigern, eine Vorladung erwirken, die Mark zum Erscheinen zwingt."

Preisgegeben? „W-was hat er gesagt?"

„Er hat einen Zeugen, der behauptet, Mark habe zugegeben, den Tod von Kate Swift verursacht zu haben."

Einen Zeugen? „Wer? Wer hat das gesagt?"

„Das wissen wir zum jetzigen Zeitpunkt nicht."

Ich sprang aus meinem Stuhl. „Das ist Bullshit. Das sagt er doch nur so."

„Er sagte, es sei jemand aus dem Umfeld der Familie."

Der Gedanke an einen Verräter raubte mir den Atem. Wenn es Greg war, würde ich mich nie davon erholen. „Aus dem Umfeld oder ein Teil der Familie?"

„Er sagte aus dem Umfeld. Ich glaube nicht, dass es ein Familienmitglied ist."

„Was werden wir tun?"

„Wir werden Mark so gut wie möglich vorbereiten und ihnen die Gelegenheit geben, ihn zu befragen."

„Oh nein. Nein. Er ist ... Kann ich dabei sein?"

„Nein, aber machen Sie sich keine Sorgen. Ich werde bei ihm sein."

„Das ist eine Katastrophe."

„Nehmen Sie es nicht so schwer, Mr. Miller. Wenn ich das Gefühl habe, dass er sich selbst belastet, werde ich die Sache beenden, und wir können unsere Optionen abwägen."

„Welche Optionen?"

„Wir können seine Zurechnungsfähigkeit prüfen lassen. Sollte das Gericht entscheiden, dass er nicht in der Lage ist, die Fragen oder die Auswirkungen seiner Antworten zu verstehen, und möglicherweise auch den

Kapitel 46

Geisteszustand, in dem er sich zum Zeitpunkt des Vorfalls befand."

„Sie reden, als ob er, äh, es Kate angetan hätte."

„Ich unterstelle gar nichts. Tatsache ist, dass eine Anschuldigung erhoben wurde, und diese muss verteidigt werden."

„Das ist doch verrückt. Wir müssen herausfinden, wer die Ratte ist."

„Was wir tun müssen, ist, uns mit der Anschuldigung zu befassen. Wenn die Sache weitergeht, werden wir die Gelegenheit haben, herauszufinden, wer der Zeuge ist."

Ich sackte in meinem Stuhl zusammen. Das war eine Katastrophe. Nicht nur, dass Mark ins Gefängnis kommen würde, ich würde wahrscheinlich in der nächsten Zelle sitzen, weil ich versucht hatte, ihn zu schützen. Was sollte ich nur tun?

47

LUCA

Eigentlich war es nicht meine Art, mich darauf zu freuen, einen Fortschrittsbericht abzuliefern, aber Remin wollte auf dem Laufenden gehalten werden, und ich hatte mehr Informationen als sonst.

Ich konnte hören, wie er jemanden nach Strich und Faden zusammenfaltete. Ich hätte gewettet, dass es Sergeant Romero war. Ich hatte gehört, dass einer seiner Männer mit einem Bürger aneinandergeraten war, der ihn fast über den Haufen gefahren hätte. Zurückhaltung war eine gute Devise, aber manchmal wurden selbst die Besten über alle Maßen auf die Probe gestellt.

Er bellte mir zu, ich solle hereinkommen. Normalerweise wäre mir das unangenehm gewesen, aber ich brachte gute Nachrichten, um den Sheriff aufzumuntern.

„Wie geht es Ihnen, Sir?"

„Sie haben mich sicher gehört." Er schüttelte den Kopf. „Der einzige Segen ist, dass es anscheinend keine Aufnahme von der, äh, Interaktion gibt. Noch nicht."

Das schien unwahrscheinlich. Vielleicht war es von jemandem aufgezeichnet worden, der Verständnis für die schwierigen Umstände hatte, in denen sich die Beamten befanden. „Es ist nie leicht da draußen."

„Ich verstehe es nicht. Der Kerl hat versucht, einen Polizisten umzufahren. Was ist nur los mit den Leuten heutzutage?"

Diese Frage rangierte direkt hinter der nach dem Sinn des Lebens. „Ich wünschte, ich könnte Ihnen das beantworten, aber wir haben sowohl im Mordfall Park Shore als auch im alten Swift-Fall bedeutende Fortschritte gemacht."

„Gute Nachrichten kann ich gebrauchen."

Ich erklärte ihm den Anruf von Benny Alston. Der Sheriff sagte: „Mir hat nicht gefallen, wie mit Mark Miller umgegangen wurde. Wäre ich damals hier gewesen, hätte ich mehr Druck ausgeübt."

„Es scheint, als hätten das Ansehen der Familie und der Zustand des Jungen die Sache heikel gemacht."

„Sie waren schon immer loyal, Frank. Aber sie haben nicht genug getan. Das Einzige, was ich ihnen zugutehalte, ist, dass es sich damals um einen Vermisstenfall handelte."

Ich nickte. „Wir werden Mark Miller befragen, und wir werden respektvoll sein, aber ich habe vor, ihm auf den Zahn zu fühlen."

„Sie haben meine Unterstützung. Es wird interessant sein zu sehen, wohin das führt. Ich wünschte, ich hätte früher von diesem Fall erfahren. Wir können nicht zulassen, dass die Öffentlichkeit denkt, eine Familie wie die Millers sei vor Ermittlungen gefeit."

„Ich stimme zu, Sir. Wir richten uns nach den Beweisen."

„Sie haben den Fall Taras erwähnt: Was haben Sie da?"

Ich erzählte dem Sheriff, dass wir den Vorbesitzer identifiziert hatten und dass die Wahrscheinlichkeit bestand, dass es sich um eine Verwechslung handeln könnte.

„Das wäre so ziemlich das Traurigste, was passieren könnte."

„Ich weiß, aber ich bin mit dem Ehemann noch nicht fertig. Zwischen seinen Aussagen und denen seiner Geliebten klafft eine erhebliche Lücke. Sie behauptet, die Beziehung sei noch gelaufen und er habe eine Scheidung angestrebt."

„Wir müssen diesem Fall Priorität einräumen."

„Ich kann beides bewältigen, Sir. Wir nähern uns im Fall Swift dem Abschluss, und ich würde nur ungern den Schwung verlieren, den wir haben."

Er strich sich übers Kinn. „Dickson ist im Urlaub. Sie könnten etwas Hilfe gebrauchen."

„Es ist nur eine Woche, Sir. Ich habe alles unter Kontrolle."

„Wann holen Sie Mark Miller rein?"

„Morgen."

„In Ordnung, sehen Sie, wohin das führt, und kümmern Sie sich dann wieder um Park Shore."

WEINSTEIN und sein Mandant Mark Miller waren im Verhörraum. Auf dem Videobildschirm unterhielt sich der Anwalt mit seinem Mandanten. Mark schien nervös, aber nicht übermäßig. Normalerweise hätte ich mit der Temperatur im Raum herumgespielt und sie unangenehm werden lassen. Es war kindisch, aber ich hatte das Gefühl, dass es mir einen Vorteil verschaffte. Angesichts dessen, was ich über Mark wusste, fühlte es sich nicht richtig an, und ich ließ es bleiben.

Ich klopfte an die Tür und trat ein. Weinstein stand da und stellte mich Mark vor. Normalerweise kamen Anwälte und ich nicht gut miteinander klar, aber Weinstein verteidigte die Rechte seiner Mandanten vehement und war dabei trotzdem geradlinig.

Mark ließ ständig seinen Kiefer knacken, was von seinem guten Aussehen ablenkte. Seine Stimme war etwas kleinlauter, als ich erwartet hatte, aber eine Vernehmung brachte die meisten Leute aus dem Konzept.

Ich drückte den Aufnahmeknopf und sagte, nachdem ich die Formalitäten heruntergebetet hatte: „Vielen Dank, dass Sie heute gekommen sind, Herr Miller."

„Mein Name ist Mark."

„In Ordnung. Danke fürs Kommen, Mark. Ich habe ein paar Fragen. Wenn Sie eine Pause brauchen, sagen Sie einfach Bescheid."

Er sah zu seinem Anwalt, der sagte: „Sag es mir einfach, Mark. Ich bin für dich da, und alles wird gut. Bist du bereit anzufangen?"

Mark nickte und ich fragte: „Ausgezeichnet. Erinnern Sie sich an das letzte Mal, als Sie Kate Swift gesehen haben?"

Er nickte.

„Sie müssen Ihre Antworten schon aussprechen. Erinnern Sie sich an den Tag?"

Er malte mit dem Zeigefinger einen Kreis auf den Tisch und fuhr ihn immer wieder nach. „Äh-huh. Katie kam vorbei; sie hatte eine weiße Hose an. Ich mag weiße Hosen. Sie auch?"

„Ja. Was haben Sie gemacht, als sie da war?"

„Wir sind über den ganzen See gedüst."

„Mit Ihrem Boot?"

„Jep."

„Welche Tageszeit war das?"

„Ich weiß nicht. Es war richtig sonnig, so nachmittags."

„Wie lange war sie da?"

„Ich weiß nicht. Wir sind auf dem See herumgefahren, wie wir es immer tun. Es macht so viel Spaß, überall herumzudüsen."

„Sind Sie oder Kate ins Wasser gegangen?"

„Nein. Ich habe immer meine Badehose an, aber Katie nicht. Ich wollte, dass sie fährt, so wie früher."

„Wurden Sie wütend, als sie das Boot nicht steuern wollte?"

„Jeder, der Kapitän ist, hat Spaß. Ich wollte, dass sie Spaß hat, so wie früher."

„Waren Sie sauer auf sie?"

Mark zuckte mit den Schultern. „Ich weiß nicht."

„Hatte Kate keinen Spaß?"

„Ein bisschen, schätze ich."

„Sind Sie sicher, dass Sie nicht verärgert über sie waren?"

„Ich werde nie sauer auf sie. Wir sind beste Freunde, für immer."

„Jemand hat gesagt, Sie hätten zugegeben, dass Sie auf Kate sauer waren und sich mit ihr gestritten haben."

Er schüttelte den Kopf. „Nicht wahr. Das ist nicht wahr. Wir streiten nie."

Mark sprach, als wäre sie noch am Leben. Blendete er aus, was passiert war? „Es ist in Ordnung zu streiten. Jeder streitet sich von Zeit zu Zeit. Meine Frau und ich geraten auch ab und zu aneinander. Verstehen Sie, dass es schwer zu glauben ist, wenn Sie sagen, Sie hätten sich nie mit Kate gestritten?"

Er wandte sich an Weinstein. „Warum sagen die das?"

„Schon gut, Mark, werd nicht frustriert. Antworte einfach ehrlich."

„Aber das tue ich. Mami hat gesagt, ich soll die Wahrheit sagen, und das tue ich. Außer einmal, da habe ich den ganzen Kuchen gegessen, den Tante Cathy gebacken hat, und sie war richtig sauer, also habe ich gesagt, ich hätte nur so zwei Stücke."

Ich hatte Erfahrung im Umgang mit Menschen mit Hirnverletzungen. Bevor ich nach Naples kam, stand ein Marine, der bei einem Autounfall verletzt worden war, unter Mordverdacht. Es war unmöglich herauszufinden, ob er den Mann getötet hatte, der ihn schikaniert hatte.

Trotzdem wirkte die Art, wie Mark sprach und sich verhielt, irgendwie aufrichtig. Meine Gedanken wanderten zu seinem älteren Bruder Bill. Fast von Anfang an hatte ich ihn für einen Verdächtigen gehalten.

„Okay, wir glauben Ihnen. An jenem Tag, dem ersten

Juni, war ein Sonntag. Es war sonnig und Katie kam vorbei. Wer war sonst noch da?"

„Niemand. Nur sie und ich."

„Sonst war niemand zu Hause? Dort, wo Sie wohnen?"

„Billy war da."

„Ihr Bruder?"

„Äh-huh."

„Und das war alles? Sonst niemand?"

„Oh, Benny kam auch vorbei."

„Benny Alston?"

„Ja."

„Um wie viel Uhr war das?"

„Ich weiß nicht. I-ich kann mich nicht erinnern."

Es klopfte an der Tür. Der Sheriff steckte den Kopf herein. „Detective Luca, ich muss Sie kurz sprechen."

Das war ungewöhnlich. Wollte er sich einmischen? Ich hielt die Aufnahme an und entschuldigte mich. Ich trat auf den Flur und Remin legte mir die Hand auf die Schulter.

„Tut mir leid, Frank, aber Mary Ann hat angerufen. Sie wird ins NCH gebracht."

„Warum bringen sie sie ins Krankenhaus?"

„Ich weiß es nicht. Schneider wartet auf dem Parkplatz; er wird Sie hinfahren."

Ich stand da, schockiert.

„Machen Sie schon. Ich übernehme die Befragung."

48

Ich ging im Zimmer auf und ab. Weinstein hatte versprochen, mich anzurufen, sobald sie mit der Befragung fertig wären. Es war nach eins. Was zum Teufel war da los?

Vielleicht hatte er es vergessen. Ich nahm gerade den Hörer ab, um ihn anzurufen, als mein Handy summte. Es war Weinstein.

„Was hat so lange gedauert?"

„Nun, es hat länger gedauert als erwartet, aber das lag zum Teil daran, dass der Sheriff übernommen hat."

„Der Sheriff? Warum? Was ist los?"

„Das war unerwartet, aber interpretieren Sie da nicht zu viel hinein."

„Was ist passiert?"

„Detective Luca hatte einen persönlichen Notfall und Sheriff Remin hat ihn abgelöst."

„Hätten sie es nicht einfach verschieben können?"

„Der Sheriff ist an dem Fall interessiert."

„Interessiert? Was zum Teufel soll das heißen? Ich will wissen, was los war, jedes verdammte Detail, und wo ist mein Bruder? Geht es ihm gut?"

„Ich habe ihn zu Hause abgesetzt. Er war ein wenig traumatisiert."

„Traumatisiert?"

„Das war nicht die beste Wortwahl. Diese Befragungen können zermürbend sein, aber es geht ihm gut."

„Das will ich auch hoffen. Und jetzt sagen Sie mir, was passiert ist."

„Wie ich bereits erwähnte, hat Detective Luca einen Teil der Befragung durchgeführt, bevor er ging. Er hat Mark auf eine, sagen wir, sanftere Art und Weise befragt. Mark hat sich sehr gut geschlagen, und obwohl es noch früh war, dachte ich, die Befragung würde gut ausgehen."

„Wollen Sie mir jetzt endlich sagen, was zum Teufel passiert ist?"

Weinstein räusperte sich. „Luca stellte mehrere Fragen dazu, dass Mark und Kate auf dem Boot waren und ob er an diesem Tag wütend auf sie war. Ziemlich normale Fragen. Er fragte, wer da war, und Mark hat Sie identifiziert."

„Natürlich war ich da. Es ist mein verdammtes Haus."

„Ich gebe nur die Details wieder, die Sie verlangt haben. Luca bohrte nach, wer sonst noch da war, und Mark sagte, Benny Alston sei da gewesen."

„Er war nicht da. Er muss durcheinander gewesen sein; wir waren früher golfen."

„Das könnte es erklären, aber Sheriff Remin kam ins Zimmer und rief Detective Luca nach draußen. Wir machten eine kurze Pause, während der der Sheriff die bisherige Befragung durchsah."

„Warum sind Sie nicht einfach gegangen?"

„Sie wissen sehr wohl, dass wir dorthin gegangen sind, um ihre Fragen zu beantworten."

„Ja, ja, ja. Was ist mit dem Sheriff passiert?"

„Er war in seiner Befragung sehr forsch, und ich glaube, das hat Mark verunsichert, weil er von vorne anfing und Fragen, die der Detective bereits gestellt hatte, neu formulierte."

„Haben Sie keinen Einspruch erhoben?"

„Natürlich habe ich das, aber es ist eine übliche Taktik der Strafverfolgungsbehörden, um zu sehen, ob jemand seine Antwort ändert. In diesem Fall hat Mark das getan."

„Was hat er gesagt?"

„Er gab an, dass er verärgert war, weil Kate es eilig hatte."

„Enttäuscht war er wahrscheinlich. Das bedeutet gar nichts."

„Das allein natürlich nicht. Er gab zu, versucht zu haben, ihr Angst zu machen, als sie die Gelegenheit ausschlug, das Boot zu steuern."

„Was hat er getan?"

„Er hat versucht, das Boot zum Kentern zu bringen."

„Was? Warum sollte er das tun?"

„Ich nehme an, er war frustriert. Das ist problematisch, da es eine Rücksichtslosigkeit an den Tag legt, die zu der Geschichte passt, die sie aufzubauen versuchen."

„Oh Gott. Sagen Sie mir nicht, dass es noch etwas gibt."

„Da war noch eine Sache. Er sagte, Kate sei sauer gewesen, weil sie durch seine Fahrweise nass geworden war, und dass sie wütend auf Mark wurde."

„Das waren doch nur Kinder, die Spaß hatten, um Himmels willen. Ich kann mir nicht vorstellen, dass sie aus all dem eine große Sache machen."

„Ich glaube, Sie sollten sich darauf vorbereiten, genauer unter die Lupe genommen zu werden."

„Ich? Oder Mark?"

„Sie beide. Mark hat mehrmals nach Ihnen gefragt, und der Sheriff hat ihn bedrängt und wollte wissen, ob Sie ihm sagen, was er aussagen soll."

„Das ist lächerlich. Ich bin sein älterer Bruder und quasi sein Vormund. Natürlich verlässt er sich auf mich."

„Das ist mir klar. Allerdings hat Mark angedeutet, dass Sie ihn bestochen haben, damit er schweigt."

„Ihn bestochen? Das ist doch verrückt. Er war wahrscheinlich nur verwirrt, das ist alles."

„Er behauptete, Sie hätten ihm als Belohnung ein neues Boot gekauft."

Mir wurden die Knie weich. „Das ist lächerlich."

„Haben Sie ein neues Boot bekommen?"

„Ja, aber das hatte mit nichts zu tun."

„Wie lange ist das her?"

„Ich erinnere mich nicht genau."

„Nachdem die Überreste entdeckt wurden?"

„Ja."

„Hmmm."

„Was gibt es da zu ‚hmmen'? Glauben Sie mir nicht?"

„Ich werde dafür bezahlt, Sie zu vertreten. Was ich glaube, ist nicht wichtig."

„Was soll das heißen?"

„Ich versuche, die Fakten in diesem Fall zu verstehen. Dieses Wissen ermöglicht es mir, Sie bestmöglich zu beraten. Das hat nichts mit Glauben zu tun."

„Sie wissen alles, was es zu wissen gibt. Mark hatte nichts mit Katies Tod zu tun."

„Zur Kenntnis genommen."

Die Art und Weise, wie er „zur Kenntnis genommen" sagte, ärgerte mich. Ich zahlte ihm vierhundert Dollar pro Stunde, und er wiegelte mich ab. „Wie sieht unsere Strategie für das weitere Vorgehen aus?"

„Wir warten ab. Wir werden bald genug wissen, ob der Sheriff einen Haftbefehl ausstellen wird."

„Haftbefehl?"

„Ja."

„Sie haben nichts in der Hand, um ihn zu verhaften."

„Die Polizei braucht nur einen hinreichenden Tatverdacht. Sie werden keine Probleme haben, einen Richter dazu zu bringen, einen Haftbefehl zu unterschreiben."

„Das ist doch verrückt. Was sollen wir tun?"

„Wenn sie einen Haftbefehl ausstellen, werde ich eine Übergabe aushandeln. Wir müssen eine öffentliche Verhaftung vermeiden. Die Presse wäre nicht gut für Sie."

Ich legte angewidert auf. Wir hatten keinerlei Beziehung zu Sheriff Remin. Was hatte er überhaupt mitten in diesem Fall zu suchen? Das Glück meiner Familie war ohnehin schon miserabel, und jetzt stand Mark wegen des persönlichen Notfalls eines Detectives kurz davor, verhaftet zu werden. Wie zum Teufel sollte ich mit solchem Pech umgehen?

49

LUCA

Der Gedanke, dass Remin seine Nase in meinen Fall steckte, hätte mich eigentlich wurmen sollen. Aber solange es Mary Ann gut gehen würde, hätte der Sheriff von mir aus in meinem Gästezimmer schlafen können. Schneider fuhr unter das wie eine Skischanze geformte Vordach über dem Eingang und ich sprang aus dem Wagen.

Ich zögerte, Jessie anzurufen. Sie wäre sauer gewesen, dass ich gewartet hatte, aber ich musste mir erst einmal selbst ein Bild von der Lage machen. Es war die Woche der Abschlussprüfungen, und ich wollte nicht, dass sie alles stehen und liegen ließ, wenn es nicht ernst war.

Als ich in die Notaufnahme eilte, fühlte es sich ernst an. Eine Krankenschwester führte mich durch einen großen Raum, der durch Vorhänge in einzelne Bereiche unterteilt war. Das Geräusch von jemandem, der sich übergab, war unverkennbar; es war meine Frau.

In einem Sekundenbruchteil ging mir die lange Liste

der Nebenwirkungen durch den Kopf. Sich zu übergeben war eine unerwünschte Reaktion. Was mir Angst machte, war die Erinnerung daran, dass es ein Anzeichen für ein größeres Problem sein könnte.

Eine Krankenschwester hielt meiner Frau eine Schale vor das Gesicht und stützte ihr den Rücken, während sie ausspuckte, was noch übrig war. Sie hatte einen Tropf im Arm und war kreidebleich.

„Hey, Mary Ann, wie fühlst du dich?"

„Wie Dreck."

Sie sah schlimm aus, aber ich hatte gelernt, was man zu einer Frau sagt. „Du siehst gut aus. Was sagt der Arzt?"

Die Krankenschwester sagte: „Wir haben Blut und Urin abgenommen und führen gerade Tests durch."

„Haben Sie ihr gesagt, dass sie ein experimentelles Medikament für ihre MS nimmt?"

„Ja, wir haben ihren Neurologen angerufen."

„Erbrechen ist eine Nebenwirkung. Ich habe darüber gelesen."

„Das kann die Ursache sein, aber wir müssen Tests durchführen. Sie hat Schmerzen im Unterleib, was auf eine Blinddarmentzündung hindeuten könnte. Wir werden sie vorsichtshalber zum Ultraschall bringen. Ich bin gleich wieder da."

Ich hielt ihre Hand. „Geht es dir schon etwas besser?"

Ich bekam meine Antwort, als sie sich nach vorne beugte und in die Schale würgte. Sie fiel zurück auf ihr Kissen.

„Halt durch. Sie werden schon herausfinden, was los ist."

„Du hast es Jessica nicht gesagt, oder?"

„Nein. Ich wollte erst sehen, wie es dir geht."

„Sag nichts. Ich will nicht, dass sie sich Sorgen macht."

„Ich sage es ihr, wenn wir etwas wissen."

Die Krankenschwester und ein Pfleger kamen herein. Mich ignorierend schoben sie meine Frau zum Ultraschall weg.

Ich ging in einen Warteraum voller weinender Kinder, besorgter Eltern und Rollstühle. Ich sah auf die Uhr und versuchte, mich an Jessies Zeitplan zu erinnern. Sie gab zweimal pro Woche Grundschulkindern Nachhilfe, spielte Fußball und nahm zusätzlich zu ihren sozialen Aktivitäten Tanzunterricht. Sie musste es erfahren, und ich brauchte Gesellschaft.

Ich holte mein Handy heraus, als eine SMS einging. Sie war von Derrick. Er fragte nach Mary Ann. Wenn einem Kollegen oder seiner Familie etwas zustieß, sprach sich das schnell herum. Der Mangel an Privatsphäre nervte mich manchmal, aber die Kameradschaft war tröstlich. Erschöpft ließ ich mich auf einen Stuhl fallen.

Der Schmerz in meinem Rücken weckte mich. Ich beobachtete Mary Anns Brust. Sie schlief. Ich streckte mich und griff nach meinem Handy. Es war halb elf. Ich sagte auf der Schwesternstation Bescheid, dass ich nach Hause fahren würde, um ein Nickerchen zu machen und zu duschen. Um sechs wäre ich wieder da.

MEIN HANDY KLINGELTE. Es war Sheriff Remin. „Hallo, Sir."

„Wie geht es Mary Ann?"

„Es geht ihr gut. Sie ist schon wieder zu Hause."

„Gut. Was ist passiert?"

„Es stellte sich als eine Lebensmittelvergiftung heraus."

„Das kann übel sein."

„Ich hatte mir Sorgen gemacht, dass es das neue Medikament war, das sie nimmt. Es ist experimentell und hat eine ganze Reihe von Nebenwirkungen."

„Wie geht es ihr mit ihrer MS?"

„Es ist etwas schlimmer geworden. Sie hatte eine Reihe von Schüben, weshalb wir uns entschieden haben, das neue Medikament auszuprobieren."

„Hoffentlich wirkt es. Richten Sie ihr aus, ich hätte nach ihr gefragt."

„Werde ich tun, Sir. Wie ist der Rest des Interviews mit Mark Miller gelaufen?"

„Wenn Sie mich fragen, war er es. Ich werde vorlegen, was wir haben, und einen Haftbefehl erwirken."

„Sie wollen Mark Miller verhaften? Wegen des Mordes an Swift?"

„Ja."

„Was hat er gesagt?"

„Das besprechen wir, wenn Sie wieder hier sind. In der Zwischenzeit kümmern Sie sich um Ihre Familie."

„Aber –"

„Kein Aber."

Ich starrte auf das Telefon und versuchte herauszufinden, was zum Teufel passiert war. Was hatte Mark Miller gesagt, um den Sheriff zu überzeugen, ihn zu verhaften? Hatte ich mich geirrt, als ich glaubte, er wäre nicht darin verwickelt?

Ich ging das kurze Interview, das ich geführt hatte, noch einmal durch und fragte mich, ob ich etwas übersehen hatte. Mark war die letzte oder vorletzte Person gewesen, die Kate Swift lebend gesehen hatte. Das machte ihn zu einem Verdächtigen. Mark hatte eine Hirnverletzung, die unberechenbares Verhalten verursachen konnte. Vielleicht war er es.

Derrick musste es wissen. Als ich mein Handy zückte, rief Jessie: „Dad, ich muss zur Schule. Kannst du Mom helfen? Sie muss auf die Toilette."

Meine erste Pflicht galt Mary Ann, aber sie würde in einem Tag wieder auf dem Damm sein. Was auch immer der Sheriff plante, konnte ein Leben lang dauern.

50

LUCA

Derrick hatte alle Hände voll zu tun. Ich wollte ihn fragen, ob er früher zurückkommen könne, brachte es aber nicht über mich. Kaum hatte ich den Gedanken verworfen, rief er an. „Hey, Frank, wie geht's dir?"

„Ehrlich gesagt, hatte ich da einen kleinen Schreck." Aus irgendeinem Grund ertappte ich mich dabei, Redewendungen zu benutzen, die ich verachtete. Was genau bedeutete schon „ehrlich gesagt" oder „ich muss ehrlich sein"? Dass man die anderen Male, wenn man den Mund aufmachte, gelogen hatte?

„Was ist passiert?"

„Mary Ann wurde ins Krankenhaus eingeliefert. Ich dachte, es wäre das experimentelle Medikament, aber es stellte sich als Lebensmittelvergiftung heraus."

„Igitt, wovon denn?"

„Sieht nach nicht ganz durchgegartem Hühnchen aus."

„Ich hatte mal eine Lebensmittelvergiftung von

Muscheln, ich dachte, ich müsste sterben, so schlimm war das."

„Ich auch. Deshalb esse ich niemals Clams Casino."

„Fass ich auch nicht an."

„Wie läuft's bei dir?"

„Nicht so toll. Wir suchen gerade nach einer Unterbringung für ihre Tante. Sie kann nicht länger allein leben; es ist ein einziges Chaos."

„Das tut mir leid."

„Schon gut. Was ist mit Mark Miller passiert?"

„Mary Ann wurde mitten in der Befragung schlecht und der Sheriff hat übernommen, und jetzt will er ihn verhaften."

„Warum? Was hat er denn gesagt?"

„Nicht viel, als ich mit ihm gesprochen habe. Ich glaube, Remin will dem Jungen nur Angst machen, damit er auspackt."

„Oh Mann. Tut mir leid, ich hätte da sein sollen, um dir Rückendeckung zu geben."

„Schon gut. Wenn ich im Revier bin, gehe ich zum Sheriff und finde heraus, was zum Teufel da los ist."

Die Brille auf den Kopf zu schieben, wenn man sie nicht brauchte, taten viele Leute. Aber Remin hatte die Angewohnheit, sie sich auf die Stirn zu schieben. Ich fand, das sah seltsam aus und lenkte ab.

Der Sheriff hatte einen Fuß auf einer offenen Schublade abgestützt, während er telefonierte. Er winkte mir zu, mich zu setzen, während er mit jemandem über seine

Kampagne für den Posten sprach, den er von Chester geerbt hatte.

Ich versuchte, mich aus der politischen Seite der Dinge herauszuhalten und dachte, Stabilität sei für die Abteilung genauso gut wie Kompetenz. Aber wenn Remin sich einmischen wollte, war ich kurz davor, meine Meinung zu ändern.

Bevor er auflegte, sagte er zu wem auch immer, er solle daran denken, dass er ein Mann aus dem Volk sei, und das sollte der Schwerpunkt jeder Werbung sein. Es war ein gängiges Thema. Politiker verbreiteten es gerne, lebten aber nie danach.

„Entschuldigen Sie, Frank."

„Kein Problem."

„Wie geht es Mary Ann?"

„Bestens, danke."

„Was haben Sie auf dem Herzen?"

Er platzt in meinen Fall hinein, und er will wissen, was ich will? „Der Fall Swift. Sie sagten, Sie würden darüber nachdenken, Mark Miller zu verhaften."

„Ja, das ist richtig."

„Ich bin verwirrt, Sir. Welche Beweise haben wir?"

„Was er während der Befragung gesagt hat."

„Was kam dabei heraus?"

„Es gab mehrere Unstimmigkeiten, aber es geht mehr darum, was nicht zur Sprache kam. Er verbirgt etwas, und sein Bruder leistet ihm Beihilfe. Wir holen ihn rein, isolieren ihn; er wird einknicken."

„Sind Sie sicher?"

„Haben Sie vergessen, dass ich Mordermittler war, bevor ich diesen Job bekommen habe? Und ich sage es ganz offen, es war in einem Bezirk mit zehnmal so vielen Fällen wie hier in Collier, Gott sei Dank."

Wollte er mir gerade einen Seitenhieb verpassen? „Meine Aufklärungsquote..."

„Immer mit der Ruhe, Frank. Niemand stellt Ihre Fähigkeiten infrage. Konzentrieren Sie sich darauf, den Mord in Park Shore aufzuklären. Den hier übernehme ich."

„Sie nehmen mir den Fall weg?"

„Wegnehmen nicht, ich unterstütze Sie. Sie sind im Moment beschäftigter als der Schönheitschirurg von Cher."

Ich merkte mir den Vergleich für später. „Aber ich schaffe das. Warten Sie, geht es hier um Mary Ann?"

„Nein, Frank. Sobald Sie den Mörder von Park Shore schnappen, bekommen Sie diesen Fall zurück."

„Ich schaffe beides."

„Meine Entscheidung ist endgültig."

Was war hier los? „Ich würde gerne die Befragung mit Mark Miller einsehen."

„Sie sind im Moment nicht an dem Fall dran."

„Aber wir sind beim Taras-Mord kurz vor dem Durchbruch, und ich möchte bezüglich Swift auf dem Laufenden sein."

„Nur zu. Aber nicht auf Kosten des Bezirks. Wir brauchen Sie mit voller Konzentration auf Park Shore."

Ich war kurz davor, meine Dienstmarke abzureißen und sie ihm auf den Schreibtisch zu knallen, zwang mich aber zu sagen: „Ja, Sir."

Während ich die Treppe hinunterschlurfte wie ein Junge, der am Abend vor dem Endspiel seinen Stammplatz verloren hatte, versuchte ich zu verstehen, was passiert war. Das Einzige, was Sinn ergab, war sein Wahlkampf. Er würde den Swift-Fall nutzen, um zu zeigen, dass er sich aktiv für die Gerechtigkeit einsetzte. Eine Arbeitsbiene statt eine Königin. Das musste es sein.

Remin hatte recht: Ich war beschäftigt, vielleicht nicht wie ein Schönheitschirurg in Hollywood, aber Derrick war außer Gefecht, meine Frau hatte ihre Bedürfnisse, und wir mussten einen frischen Mord aufklären. Aber tief im Innern wusste ich, dass er die Publicity wollte, falls die Sache gut ausging. Wenn sie in die Hose ginge, wusste ich, dass sie auf meinem Schreibtisch landen würde, und Remin wäre so weit weg wie die Generäle, die die Erstürmung der Normandie befohlen hatten.

Ich musste das Video sehen oder zumindest das Transkript lesen. Beim Lesen konnte ich es überfliegen. Das würde schneller gehen. Ich würde Paul Taras besuchen und ihm die Bilder der Vollstrecker zeigen, um zu sehen, ob er einen von ihnen als die Männer identifizieren konnte, die zu seinem Haus gekommen waren. Danach würde ich bei Mary Ann vorbeischauen. Wenn es ihr gut ging, würde ich zurück ins Büro fahren, meine Tür schließen und mich in das Transkript stürzen.

51

LUCA

Ich konnte mich des Gedankens nicht erwehren, dass es ein Fehler war, zur Polizei zurückzukehren. Als Privatdetektiv konnte ich zwar keine Mörder jagen, aber ich hatte auch mit viel weniger Scheiß zu tun. Die Rechnungen wurden bezahlt und ich war mehr zu Hause. Während ich die Route 41 entlangraste, dachte ich, das Einzige, worum ich mich noch kümmern müsste, wäre die Krankenversicherung.

Als ich auf dem Neapolitan Way nach Westen fuhr, sah ich das Schild für das Ciabo. Es war ein Restaurant, in dem ich mit Bilotti gewesen war. Er kannte die Besitzer und sie hatten nichts dagegen, dass er seinen eigenen Wein mitbrachte. Der Doktor sorgte immer dafür, dass der Besitzer auch etwas zum Probieren bekam. Ich war mir nicht sicher, ob es nur seine gute Art und seine Liebe zum Wein war oder eine Versicherung gegen das Korkgeld.

Zum Seelenklempner zu gehen, hatte seine Vorteile. Dank Dr. Bruno handelte ich dieser Tage weniger irrational. Sie hatte gesagt, ich solle einen Schritt zurücktreten und die Dinge durchdenken, um zu vermeiden, etwas zu tun, das ich bereuen würde. Sie hatte mir Werkzeuge an die Hand gegeben, und ich schuldete es ihr, dass sie mir geholfen hatte, ausgeglichener zu werden.

Nachdem ich mit der Befragung fertig war, würde ich Bilotti anrufen. Er würde mich wieder runterholen. Ich bog links in die Crayton Road ab und wurde langsamer, als die Turtle Hatch Road in Sicht kam. Ich wollte gerade abbiegen, als ein Auto ausschwenkte und mich überholte. Ich musste zweimal hinsehen. Es sah aus wie Cecilia Newly.

Taras stieß die Tür auf. Er trug eine weiße Leinenhose. Das erinnerte mich an den Mann, der bei Swifts Trauerfeier gewesen war.

„Kommen Sie rein, Detective."

„Danke. Das dürfte nicht allzu lange dauern."

Ich folgte ihm in die Küche. Ein Laptop war aufgeklappt und ein riesiger Monitor nahm ein Drittel des Steintisches ein.

„Heute im Homeoffice."

„Viel zu tun?"

„Ich komme kaum hinterher. Die Nachfrage nach unseren Produkten geht durch die Decke. Wir können uns aber nicht ausruhen, wir müssen den Cyberdieben immer einen Schritt voraus sein."

Ich wollte ihm sagen, viel Glück dabei. „Digitale Geldbörsen, wer hätte gedacht, dass das so ein Erfolg wird? Das Tempo der Veränderung ist beängstigend."

„Davor muss man keine Angst haben. Informieren Sie sich, dann ist alles in Ordnung. Wie angeboten, lassen Sie es mich wissen, wenn ich Ihnen irgendwie helfen kann, Sie auf den neuesten Stand zu bringen."

Er war nicht allzu offensichtlich in seinem Versuch, eine Beziehung aufzubauen, aber ich würde auf der Hut sein. „Danke. Ich würde gerne sehen, ob Sie die Männer identifizieren können, die ein paar Nächte vor dem Mord an Ihrer Frau hier waren."

„Sicher. Je mehr ich darüber nachdenke, desto wahrscheinlicher erscheint mir die Theorie mit der Verwechslung."

Ich zog vier Bilder heraus. Drei waren Vollstrecker von Gangs aus Miami und eines war ein Beamter, der in der Asservatenkammer arbeitete. Ich reichte ihm das erste Bild. „Erkennen Sie ihn?"

Er sah sich das Bild an. „Kann nicht behaupten, dass ich ihn kenne."

Ich tauschte es gegen ein anderes aus. „Hmm, der kommt mir bekannt vor."

„War er hier?"

„Nicht sicher."

„Machen wir weiter." Er nahm das nächste.

Taras nickte. „Er ist es. Das ist der Kerl."

„Sind Sie sicher?"

„Hundertprozentig."

„In Ordnung, sehen Sie sich das letzte an. Das könnte der andere Kerl sein."

„Nee, der andere Kerl hatte eine größere Nase und mehr Haare."

„Okay. Das ist sehr hilfreich."

„Glauben Sie, dass sie es sind?"

„Wir werden sehen."

„Bitte halten Sie mich auf dem Laufenden. Ich muss zurück an die Arbeit."

„Ich habe noch ein paar Fragen, die geklärt werden müssen."

Er sah auf seine Uhr. Es war eine von diesen teuren, keine Smartwatch, die man von einem Tech-Freak erwarten würde. „Ich muss mich auf ein Zoom-Meeting vorbereiten."

„Es wird nicht länger als fünf Minuten dauern."

„Na gut."

„Sie sagten, die Beziehung zu Cecilia Newly sei beendet."

„Ja."

„Ihr zufolge nicht. Sie sagte, die Beziehung würde noch andauern."

„Was mich betrifft, ist es vorbei, aber sie klammert sich daran."

„Wann haben Sie sie das letzte Mal gesehen?"

Taras zögerte. „Tatsächlich war sie gerade erst hier."

„Also läuft die Sache doch noch."

„Es ist komplizierter als das."

„Erklären Sie es."

„Hören Sie, die Beziehung hatte sich totgelaufen, aber Cissy will nicht loslassen, wenn Sie wissen, was ich meine."

„Ich verstehe. Wie lange waren Sie beide zusammen?"

„Knapp ein Jahr." Er fügte einschränkend hinzu: „Bin mir ziemlich sicher."

„Ms. Newly sagte, es wären eher vier Jahre."

„Sie übertreibt." Er ruderte weiter zurück. „Ich meine, wir haben uns vor etwa vier Jahren kennengelernt, aber es war nichts Festes. Wir haben uns von Zeit zu Zeit gesehen, aber es war keine Affäre."

Ich war mir ziemlich sicher, dass seine tote Frau da anderer Meinung gewesen wäre. „Ihre Frau vier Jahre lang zu betrügen, oder wie lange auch immer Sie das mit Ms. Newly oder anderen getan haben, ist eine lange Zeit. Wäre es nicht einfacher gewesen, sich scheiden zu lassen?"

„Ich wollte keine Scheidung."

„Haben Sie einen Ehevertrag?"

„Hören Sie, diese Befragung dringt in den privaten Bereich vor. Ich sehe keinen Sinn darin, noch mehr solcher Fragen zu beantworten. Ich war kein perfekter Ehemann und ich bin nicht stolz auf einige der, äh, Dinge, die ich getan habe, aber ich hatte nichts mit Sylvias Tod zu tun."

Es war eine weitere Unschuldsbeteuerung einer verdächtigen Person. Ich hatte sie unzählige Male gehört: Einige waren zutreffend, aber zu viele waren es nicht. Ich war unentschlossen, wohin Taras' Aussage fallen würde.

Mit offener Autotür, um die Hitze entweichen zu lassen, stand ich da und betrachtete das Haus der Tarases. Es war eine Schönheit und teuer. Er war ein Selfmade-Millionär, und das bedeutete, dass er in einigen Lebensbereichen klug war.

Während ich die Crayton Road entlangfuhr,

versuchte ich herauszufinden, ob Taras versuchte, mich auf eine falsche Fährte zu locken. Der Mann, den er als den Typen beschuldigt hatte, der zu seinem Haus gekommen war, war ein Polizist. War er ein weiterer notorisch unzuverlässiger Augenzeuge, oder hatte ich mit seinem Ablenkungsmanöver Glück gehabt?

52

MILLER

Der Ballsaal war voller Menschen und es war laut. Es war an der Zeit. Ich wandte mich an Sally, die Bankettmanagerin des Ritz. „Ich denke, der Saal ist so weit. Lassen Sie uns anfangen."

„Es wäre mir eine Ehre, Mr. Miller."

Während sie mir ein paar Schritte vorausging, musterte ich die Menge und hoffte, sie hätten genug getrunken, um die Spendensumme vom letzten Jahr zu übertreffen. Ich stieg die Stufen zu einer Bühne hinauf, als sie den Raum zur Ruhe brachte. Mein Handy vibrierte. Ich warf einen heimlichen Blick darauf. Es war Weinstein.

Ich hörte meinen Namen und eine Runde Applaus brach aus. Ich zwang mich zu einem Lächeln und trat an das Rednerpult.

„Guten Abend. Es ist mir eine Ehre, dass so viele von Ihnen erschienen sind, um das Golisano Kindergesundheitszentrum zu unterstützen. Ihre anhaltende Großzügigkeit ist ein Zeugnis für die Güte der Menschen in unserem kleinen Paradies. Gönnen Sie sich selbst einen kräftigen Applaus."

Während sich die Menge selbst auf die Schultern klopfte, fragte ich mich, was Weinstein wollte. Waren es schlechte Nachrichten? Die Menge beruhigte sich und ich fuhr fort, indem ich ihnen erzählte, dass sie der Organisation das Vertrauen geschenkt hätten, den ersten Spatenstich für eine neue Einrichtung in East Naples zu tätigen.

Nach einem kurzen Video von kranken Kindern, um die Herzen zu rühren, schloss ich ab: „Nichts von dem, was wir tun, ist ohne Ihre Hilfe möglich. Ich appelliere in ihrem Namen an Sie, und wer könnte diesen Kindern schon etwas abschlagen? Zeigen wir ihnen unsere Unterstützung, indem wir die Summe, die wir letztes Jahr gesammelt haben, bei Weitem übertreffen."

Der Jubel gab mir ein gutes Gefühl. Das Krankenhaus würde heute sehr gut abschneiden. Lächelnd winkte ich den Anwesenden zu und versuchte abzuschätzen, wie hoch die Einnahmen sein würden. Meine Brusttasche vibrierte. Ich eilte von der Bühne.

Ich schüttelte ein paar Hände und unterhielt mich mit dem Co-Vorsitzenden neben den Tischen für die stille Auktion. Ich entschuldigte mich, um auf die Herrentoilette zu gehen, und machte mich auf den Weg nach draußen. Ich zog mein Telefon hervor, ging zu einer Nische bei einem leeren Konferenzraum und rief zurück.

„Entschuldigen Sie, ich leite die Golisano-Veranstaltung."

„Viel Glück damit. Das ist eine ausgezeichnete Sache."

„Das ist es in der Tat. Was ist los?"

„Ich fürchte, sie haben einen Haftbefehl gegen Mark ausgestellt."

Ich lehnte mich an die Wand. „Oh mein Gott. Können wir denn gar nichts tun?"

„Nein, aber wir werden eine energische Verteidigung aufbauen."

„Ich kann es nicht fassen."

„Glücklicherweise sind sie damit einverstanden, dass Mark sich stellt."

„Wie bald muss er das tun?"

„Ich habe es für morgen Mittag angesetzt."

„Das ist eine Katastrophe. Ich muss es Mark sagen."

„Möchten Sie, dass ich das übernehme?"

„Nein, nein. Es ist besser, wenn es von mir kommt."

„Ich verstehe."

„Was wird passieren? Wird er gegen Kaution freigelassen?"

„Nachdem er erkennungsdienstlich behandelt wurde, wird er angeklagt und muss sich zur Anklage äußern."

„Es muss auf nicht schuldig lauten."

„Wenn er das so will."

„Er weiß nicht, was er will."

„Wenn dem so ist, sollten wir eine Anhörung zur Feststellung der Verhandlungsfähigkeit beantragen."

„Nein. Ich will ihm das nicht antun. Sie werden es gegen uns verwenden, und er wird in einer Anstalt landen."

„Es könnte sinnvoll sein, einen Schritt zurückzutreten und die Sache zu überdenken."

„Das brauche ich nicht. Er wird freigelassen, gegen Kaution, richtig?"

„Die Staatsanwaltschaft wird das nicht allzu energisch anfechten."

„Das wollen wir auch hoffen. Wie lange dauert das alles?"

„Normalerweise finden die Anklageverlesungen ein paar Stunden nach der erkennungsdienstlichen Behandlung bis zum nächsten Tag statt. Das hängt davon ab, wie viel beim Gericht los ist."

„Er kann nicht über Nacht dort bleiben."

„Darauf haben wir keinen Einfluss."

„Natürlich haben wir das. Wen kennen Sie dort unten? Fangen Sie an zu telefonieren."

„So läuft das nicht."

„Und ob das so läuft. Glauben Sie, Promis durchlaufen das normale System?"

„Ich..."

„Greifen Sie zum Telefon; ich muss los."

Meine Gedanken überschlugen sich. Wie sollte ich das Mark beibringen? Er würde mittags hingehen. Wie lange konnte das dauern – eine Stunde für die Fingerabdrücke und was auch immer sie da noch machten? Selbst mit zwei Stunden Bürokratie wäre es dann gegen zwei Uhr. Wann fanden bei Gericht normalerweise die Anhörungen statt? In den meisten Fernsehserien, die ich sah, fanden sie nachts statt.

Ich wollte ihn nicht zu lange allein lassen. Ich würde ihn und Weinstein zur Wache begleiten und im Gerichtssaal sitzen, wenn die Anklage gegen ihn verlesen wurde. Wenn wir verhindern könnten, dass er über Nacht mit wer weiß wem in einer Gefängniszelle festsitzt, würde er das schon überstehen.

Ihm die Nachricht zu überbringen, würde nicht einfach werden. Was könnte ich ihm versprechen, um ihn bei der Stange zu halten? Es musste etwas Gutes sein. Etwas, worauf er sich konzentrieren konnte. Ich sah, wie Sally in den Flur trat. Sie kam auf mich zu und rief mir ins Gedächtnis, dass ich eine Schar halb betrunkener Spender umgarnen musste.

„Geht es Ihnen gut?"

„Es muss etwas gewesen sein, das ich gegessen habe. Musste, ähm, mal kurz wohin."

„Fühlen Sie sich besser?"

„Ein bisschen, aber ich weiß nicht, wie lange ich noch durchhalte."

MIT AUFGESETZTEM HEADSET saß Mark auf dem Boden und spielte ein Videospiel. Er nickte, als ich in sein Blickfeld trat. Ich hob einen Finger und er pausierte das Spiel. „Wie läuft's bei dir?"

„Nicht bei diesem Spiel, aber beim vorigen hab ich alles zerlegt."

Das Wort ließ mich erschaudern. „Besser als mein absoluter Rekord?"

Er setzte seine Kopfhörer wieder auf. „Äh-hä."

„Warte mal. Ich muss dir was sagen."

„Was denn?"

„Also, hab keine Angst, es wird alles gut werden."

„Was?"

„Na ja, du weißt ja, dieses ganze Gerede darüber, was mit Katie passiert ist und das Reden mit der Polizei."

„Ja?"

„Also, sie wollen noch mal mit dir reden. Aber diesmal wird es ein bisschen anders sein."

Seine Augen suchten mein Gesicht ab.

„Morgen gehen wir zur Wache, und sie werden dich erkennungsdienstlich behandeln."

„Wie im Fernsehen?"

„So ähnlich. Du musst eine Weile dort bleiben und dann zum Richter, bevor du nach Hause kommen kannst."

„Du bist aber dabei, oder?"

„Ich kann nur einen Teil der Zeit bei dir sein. Jetzt werd nicht nervös, aber du musst in einer Zelle auf den Richter warten."

„Im Knast?"

„Das ist kein richtiger Knast, nur ein Ort, wo die Leute warten, bevor der Richter mit ihnen spricht."

„Nein! Ich gehe nicht!" Er wandte sich wieder dem Videospiel zu.

Ich schaltete den Fernseher aus.

„Hey, lass mich in Ruhe."

„Mark, das ist ernst. Beruhige dich und hör mir zu. Ich weiß, du willst das nicht tun, aber wenn du es tust, wie wäre es, wenn ich dir etwas besorge? Etwas ganz Besonderes."

„Was denn?"

„Wir könnten uns noch ein Boot zulegen, eins zum Angeln, und auf den Golf rausfahren."

„Ich mag den See."

„Okay, ich dachte mir, es wäre an der Zeit für dein eigenes Haus. Wir könnten eins direkt am See bauen."

„Ich mag mein Zimmer."

„Wie wäre es mit einem dieser neuen Virtual-Reality-Setups? Wir können einen dieser neuen gebogenen Monitore besorgen und-"

„Wirklich? Bekomme ich das? Ja?"

„Na klar. Also, wenn du auf der Polizeiwache bist, sagst du zu niemandem etwas über Katie, okay?"

„Okay. Wann bekomme ich das VR-Set?"

„Nachdem der Richter durch ist, fahren wir direkt in den Laden."

„Wann ist das?"

„Morgen um diese Zeit wirst du schon mit einem neuen Setup spielen."

53

LUCA

Ich steckte den Kopf nach draußen. Mary Ann las auf der Veranda. Sie blickte auf. Ich sagte: „Wie geht es dir?"

„Gut. Ich bin für ungefähr fünfzehn Minuten eingenickt und fühle mich wie neugeboren."

„Toll. Brauchst du irgendwas?"

„Nein. Willst du los?"

Sie durchschaute mich besser als den Kriminalroman in ihrem Schoß. „Ich will bei Remin vorbeischauen und mit ihm über den Fall Swift sprechen."

„Wir sehen uns dann später."

Ich hatte erwartet, dass sie mich nach dem Fall fragen würde, aber das war der große Unterschied zwischen uns beiden. Als wir beide noch bei der Polizei waren, hat sie einen Befehl von oben einfach akzeptiert und weitergemacht. Jetzt, konfrontiert mit ihrer MS-Erkrankung, hatte Mary Ann ihre Welt verkleinert. Sie machte sich Sorgen um ihre Familie, ihre Gesundheit und vielleicht um das Haus.

Und ich? Es fiel mir schwer, nicht den Polizisten für den ganzen Planeten zu spielen. Ich wusste, dass es ein aussichtsloses Unterfangen war, aber wenn jeder aufgeben würde, was für eine Welt würde Jessie dann erben?

ICH STOCHERTE in meinem Essen herum, während Mary Ann und Jessie wie Teenager plauderten. Das gute Gefühl, dass meine Frau fast wieder bei voller Kraft war, war verflogen und einer wachsenden Angst gewichen, dass meine Meinung beim Sheriff nicht zählte. Ich hatte den Streit über die Verhaftung von Mark Miller verloren.

Mary Ann sah das nicht so. Sie mochte recht haben, aber wenn er den verdammten Fall wollte, hätte er ihn vom ersten Tag an übernehmen sollen. Wenn ich einmal auf einem Jahrmarkt war, ging ich nicht ohne ein Stofftier nach Hause.

„Dad? Dad, bist du da?"

„Äh, ja. Habe nur nachgedacht."

„Er ist wegen eines Falles sauer auf den Sheriff."

„Was ist passiert?"

„Nichts."

„Ich hasse es, wenn er das macht!"

„Okay, okay. Ich habe an einem Fall gearbeitet, ihr wisst schon, der alte, bei dem das Mädchen, Kate Swift, verschwunden ist und man ihre Überreste gefunden hat?"

„Natürlich. Was ist mit ihr passiert?"

„Wir sind uns noch nicht sicher, aber der Sheriff scheint das anders zu sehen als ich, und-"

„Er hat sich über dich hinweggesetzt?"

„Ja."

„Autsch."

Als Mary Ann sagte: „Er wird sich schon wieder fangen", klingelte mein Handy. Es war Bilotti.

„Hey, Doc. Wie geht es dir?"

„Gut. Ich habe das mit dem Fall Swift gehört."

Jeder wusste, dass ich von dem Fall abgezogen worden war. „Ja, nun. Ich bin nicht glücklich darüber, aber er ist der Boss."

„Allerdings. Wie geht's Mary Ann?"

„Ihr geht es großartig. Wir haben gerade gegessen."

„Willst du rüberkommen und deinen Kummer in dem Barolo ertränken, den ich erwähnt habe? Wir haben das Haus für uns."

Ich sah Mary Ann an. „Nee, ich kann nicht. Ich will hierbleiben, nur für den Fall."

Mary Ann sagte: „Mir geht es gut, Frank. Geh nur und macht, was auch immer ihr zwei aussheckt. Aber sieh zu, dass du ein Uber nimmst."

EINEN FREUND wie Bilotti zu haben, ist einer der Schätze des Lebens. Das Leben ging so schnell voran, dass die Menschen einander für selbstverständlich hielten. Bis sie nicht mehr da waren. Niemand ist perfekt, und wir gehen uns manchmal gegenseitig auf die Nerven. Ich war nicht gut darin, aber ich versuchte, mich auf die besseren Eigenschaften derer, die ich kannte, zu konzentrieren, nicht auf ihre Makel.

Ich fühlte mich wohl in meiner Haut. Ich konnte mir nicht vorstellen, das Leben eines anderen zu leben. Ich konnte mir mein Leben zwar mit viel mehr Geld vorstellen, aber ich wollte kein Rockstar oder sonst jemand sein. Als ich aus meinem Uber stieg, dachte ich, wenn ich gezwungen wäre, jemand anderes zu sein, wäre Bilotti eine gute Wahl.

„Schön, dich zu sehen, Frank."

„Danke, dass du mich eingeladen hast."

Er lächelte. „Ich dachte mir, du könntest eine Runde zum Auskotzen gebrauchen."

In diesem Moment wurde mir klar, dass er ein besserer Freund war, als ich dachte. Er wusste, dass Mary Anns MS durch Stress einen Schub bekommen konnte, und er wollte nicht, dass ich zu Hause herumsitze und grüble.

Ich folgte ihm in die Küche. „Da liegst du völlig falsch. Ich bin nur wegen des Weins gekommen."

„Ich habe ihn dekantiert, sobald wir aufgelegt hatten."

„Die ganze Magnumflasche?"

„Nein, ich kann nicht mehr so viel trinken wie früher. Ich hatte den Conterno auch in der Siebenfünfziger-Flasche."

Ein paar Gläser und eine leere Weinflasche standen neben einer gläsernen Brezel, die mit Wein gefüllt war. „Ich liebe diesen Dekanter."

„Er sieht gut aus, ist aber nicht praktisch. Schwer einzuschenken und verdammt zerbrechlich."

Er nahm den Dekanter und goss eine kleine Menge in jedes Glas. Bilotti legte zwei Finger auf den Fuß des Glases und schwenkte den Wein. Er steckte seine Nase hinein und atmete tief ein. „Oh, der ist eine Schönheit. Ich rieche etwas Rose, ein wenig Teer ..." Er nahm einen Schluck, schloss die Augen und verstummte.

Ich nutzte die Gelegenheit, mein Glas zu schwenken und daran zu riechen. Ich roch nicht dasselbe wie er, aber vielleicht war da ein Hauch von Schokolade, und er war irgendwie erdig. Es war keine Fruchtbombe, sondern leichter, eleganter.

„Der Abgang ist lang. Ungefähr vierzig Sekunden. Wie findest du ihn?"

„Er wirkt leichter, oder? Und ich weiß nicht, aber vielleicht ein bisschen Schokolade drin?"

„Könnte sein. Setz dich nicht unter Druck, das zu benennen, was du schmeckst. Nimm es einfach nur wahr. Das kommt von ganz allein."

Das hieß also, keine Schokolade. „Das ist die Nebbiolo-Traube, richtig?"

„Genau." Er roch daran, nahm dann einen Schluck. „Der ist himmlisch."

Ich probierte noch einmal. „Er ist gut, aber er scheint sich verändert zu haben."

„Absolut, der wird sich in der nächsten Stunde noch entwickeln, falls der Wein so lange reicht. Lass uns reingehen."

Er nahm den Dekanter, und wir setzten uns in das

Wohnzimmer. Überall um uns herum waren Bilder seiner Familie, darunter von einer Tochter, die er verloren hatte, und von gemeinsamen Reisen. Er fragte: „Geht es dir gut?"

„Klar."

„Du stehst unter großem Druck wegen Mary Ann und der Sache mit dem Sheriff."

„Mary Ann ist alles, was zählt." Ich sagte es, aber es war nicht ganz die Wahrheit. „Remin ... Ich weiß nicht, was ich sagen soll."

„Was ist passiert?"

Ich brachte ihn auf den neuesten Stand.

„Ich muss dir zustimmen, er ist von der Mordkommission, er hat das Gefühl, dass er seine Kompetenzen nicht überschreitet. Wenn er einen Fall löst, hat er etwas für seinen Wahlkampf. Er muss wissen, dass es so aussieht, als würde Blazer kandidieren."

„Aber er ist ein Außenseiter."

„Charlotte County ist nicht Virginia."

„Ich weiß. Lass mich dich was fragen, ich mache mir Sorgen um diesen Jungen. Na ja, er ist kein Junge, aber mit der Hirnverletzung scheint er sich so zu verhalten. Ist das echt?"

„Wir wissen nicht genug über das Gehirn, aber wir wissen, dass eine schwere Verletzung Persönlichkeitsveränderungen verursachen kann. Das Gehirn reguliert Emotionen und Impulse."

„Wut und Aggression?"

„Ja, und es könnte einen Mangel an Selbstwahrnehmung und sogar Gewalt auslösen."

„So traurig."

„Allerdings. Dein Glas ist fast leer; lass mich dir nach-schenken."

Als Bilotti mir nachschenkte, ließ meine Angst davor, Mark zu verhaften, nach. Lag es am Alkohol oder an dem, was der Arzt über Gehirnverletzungen gesagt hatte?

54

MILLER

Die ganze Nacht über habe ich überlegt, ob es an der Zeit war, das Handtuch zu werfen. Egal, wie sehr ich auch versuchte, ihn zu beschützen, Mark würde verhaftet werden. Es schien nichts zu geben, was ich tun konnte, um das zu verhindern. Selbst die Sache mit der Zurechnungsunfähigkeit war vom Tisch.

Ich wollte diesen Weg nicht gehen, aber ich schob meine Angst beiseite, um Mark davor zu bewahren, in die Mühlen der Justiz zu geraten. Doch als ich Weinstein gestern Abend anrief und ihn anwies, diesen Weg zu gehen, sagte er, Mark müsse sich trotzdem morgen stellen. Er würde den gleichen Prozess durchlaufen: vor den Gutachten zur Zurechnungsfähigkeit und den Anhörungen.

Da ich mir sicher war, dass Mark nicht verstand, was dieser Tag bringen würde, legte ich eine Kapsel in die Kaffeemaschine ein.

„Trinkst du noch eine Tasse?"

Es war meine vierte. „Ich fühle mich immer noch benebelt."

Sie senkte die Stimme. „Du hast alles getan, was du konntest. Zu viel, wenn du mich fragst."

„Ich habe das Gefühl, ich habe ihn im Stich gelassen."

„Das ist lächerlich." Sie sah sich um. „Wenn er es getan hat, verdient er es, für eine lange Zeit weggesperrt zu werden."

„Er ist mein Bruder."

„Das spielt keine Rolle. Jeder, der tötet, muss zur Rechenschaft gezogen werden."

Es war schwer zuzugeben, aber Cathy hatte recht; wenn er Katie getötet hatte, musste er dafür büßen. Ich wollte ihm doch nur helfen. Ich konnte ihn nicht völlig im Stich lassen, aber jetzt musste ich mich darauf konzentrieren, mich selbst zu schützen.

Ich behielt die Uhr im Auge, während ich meine E-Mails durchging. Mitten während ich eine Antwort an unseren Personalleiter tippte, schlug es neun Uhr. Ich machte einen Anruf.

„Herr Weinstein. Hier ist Bill Miller."

„Guten Morgen. Was kann ich für Sie tun?"

„Ich frage mich, ob es sein könnte, dass ich ein bisschen in Schwierigkeiten stecke."

„Im Zusammenhang mit dem Fall Swift?"

„Ja, aber ich hatte nichts damit zu tun, was mit ihr passiert ist."

„Aber Sie machen sich Sorgen über das, was Sie möglicherweise getan haben, um Ihren Bruder zu schützen?"

„War es so offensichtlich?"

„Manchmal."

„Glauben Sie, ich bin in Gefahr?"

„Das kommt darauf an. Haben Sie geholfen, die Leiche zu verstecken?"

„Nein, das würde ich niemals tun."

„Eine Waffe beseitigt?"

„Nein."

„Irgendeine direkte Beteiligung?"

„Keine."

„Alles, was Sie getan haben, war nach der Tat?"

„Ja. Ich wusste nie wirklich, dass sie, äh, tot war. Ich hatte ein ungutes Gefühl, aber das war alles."

„Hat Mark Ihnen gesagt, dass er es war?"

„Nein, aber ich habe eins und eins zusammengezählt ..."

„Aber Sie hatten keine direkte Kenntnis von dem Mord."

„Das ist richtig, überhaupt keine."

„Angesichts dessen, was Sie gesagt haben, könnte es Interesse an Ihrer Person geben, aber ich glaube, es ginge dann um Strafvereitelung."

„Erklären Sie mir das."

„Das Zurückhalten oder Erfinden von Informationen ist eine strafbare Handlung. Wenn sich zum Beispiel Ihre Behauptung, Sie hätten die junge Dame Ihr Haus verlassen sehen, als falsch erweist, würde das unter Erfindung fallen. Ihre Versuche, Mark zu decken, würden als Behinderung und Irreführung der Ermittlungen gelten."

Weinstein hat mir nie geglaubt. „So etwas verfolgen sie heutzutage nicht mehr strafrechtlich."

„Und ob sie das tun. Auch wenn es nicht alltäglich ist, müssen Exempel statuiert werden, damit solche Anklagen nicht überhandnehmen."

„Und ich würde ein gutes Beispiel abgeben?"

„Leider könnte das der Fall sein."

„Was droht mir für eine Strafe?"

„Falsche Angaben zu machen ist in Florida ein Vergehen ersten Grades, das mit bis zu einem Jahr Haft und einer Geldstrafe geahndet wird."

„Sie würden mich doch nicht einsperren ... oder?"

„Unwahrscheinlich, aber es ist möglich, je nachdem, wie schwerwiegend die Verstöße sind."

Ich konnte Cathy nicht sagen, was mir Sorgen machte, und trat auf die Veranda hinaus. Die Art, wie der See schimmerte, wenn die Sonne im Osten aufging, war magisch. Ich wünschte, ich könnte irgendeine Zauberei anwenden, um uns aus dieser Klemme zu befreien.

Als ich auf dem Steg stand, redete ich mir ein, dass wir mit unserer geballten juristischen Kraft gut aufgestellt waren. Auch wenn es verlockend sein mochte, an mir ein Exempel zu statuieren, waren die Chancen, auch nur für einen Tag ins Gefängnis zu müssen, verschwindend gering.

Worüber man sich Sorgen machen musste, waren Mark und die Medienaufmerksamkeit, die er auf das Familienunternehmen lenken würde. Als Dad sich das Leben nahm, hatte ich eine PR-Firma engagiert. Ich wusste nicht, ob es helfen würde, aber wir mussten das Gesprächsthema ändern, wenn es um die Familie Miller ging.

Sie starteten eine Medienoffensive und konzentrierten sich auf den Kampf, den mein Vater auf sich nehmen musste, um sein Geschäft im Zeitalter der großen Einzelhandelsketten zum Erfolg zu führen. Es stellte uns als den Underdog dar, und das Geschäft legte um 20 Prozent zu.

Ich zog mein Handy heraus. Während ich auf den Bildschirm starrte, wog ich die geringen Chancen ab, dass wir sie nicht brauchen würden. Ich scrollte durch meine Kontakte und drückte auf Wählen. Es war Zeit, sie einzuschalten.

WEINSTEIN FUHR mit seinem Wagen zum Hintereingang der Wache. Er parkte. „Bist du bereit, Mark?"

Mark sah mich an. Ich sagte: „Er ist mehr als bereit. Das Ganze ist in ein paar Stunden vorbei. Das dauert kürzer als eine Runde Golf."

Mark nickte.

Ich griff nach dem Türgriff. „Denk dran, danach gehen wir sofort dieses Virtual-Reality-Set kaufen." Ich drückte sein Knie. „Komm, bringen wir's hinter uns."

Er lächelte schwach und stieg aus. Zwei uniformierte Polizisten stürmten aus der Hintertür, und Mark krabbelte hinter mich. „Lass nicht zu, dass sie mich kriegen."

Die Polizisten bogen nach links ab und stiegen in einen Streifenwagen. Ich sagte: „Bleib ruhig, es wird alles gut."

Weinstein hielt die Tür auf, und ich führte Mark hinein. Es war leiser, als ich erwartet hatte. Wir setzten uns an eine Wand. Ich legte meinen Arm um Mark, als er vor und zurück schaukelte.

Zwei Polizisten kamen auf uns zu. Weinstein stand auf und stellte uns vor. Ich zog Mark auf die Beine. Der kleinere Polizist sagte zu mir: „Treten Sie bitte zurück, Sir." Ich schlurfte zur Seite, während sich die Polizisten auf beiden Seiten meines Bruders aufstellten.

„Mark Miller, Sie sind wegen des Mordes an Kate Swift verhaftet."

Ein Polizist las ihm seine Rechte vor, während der andere ihm Handschellen anlegte. Ich hielt mir die Finger in die Ohren, als Mark schrie. Mein Magen drehte sich um.

Mark weigerte sich zu gehen. Als die Polizisten ihn wegschleiften, wusste ich, dass ich das für den Rest meines Lebens nie vergessen würde.

55

Luca

Als der Uber vor meinem Haus hielt, war ich wegen der bevorstehenden Verhaftung von Mark Miller wieder in einem richtigen Tief. Der Trost, den Bilottis Worte über die Auswirkungen einer Hirnverletzung auf impulsives und emotionales Verhalten gespendet hatten, war verflogen.

Jetzt zerfraß mich das Grübeln über Konfabulationen. Ich hatte von diesem Begriff noch nie zuvor gehört. Bilotti erklärte, dass dieser Zustand das Gehirn dazu veranlasst, Geschichten zu erfinden, um Gedächtnislücken zu füllen.

Wenn Mark die Realität durcheinanderbrachte, sollte er nicht verhaftet, sondern auf seine Zurechnungsfähigkeit hin untersucht werden. Warum drängte Weinstein nicht auf eine solche Feststellung? Es ergab keinen Sinn.

Ich richtete mich auf. War das die ganze Zeit schon der Plan gewesen? Zu behaupten, dass alles, was Mark sagte, ein Mischmasch aus Realität und Fantasie war?

Mein leichter Weinschwips verflog schlagartig, als ich die Möglichkeit einer solchen juristischen Strategie in Betracht zog. Es war eine brillante Idee.

Wir würden handfeste Beweise brauchen, und alles, was wir hatten, waren Indizien. Sie waren Freunde; er war der Letzte, der sie gesehen hatte, und ihre sterblichen Überreste waren auf dem Grundstück der Millers gefunden worden.

Das waren eine Menge Indizien, und in Verbindung mit dem, was Mark laut Alston zu ihm gesagt hatte, könnte das eine Jury beeinflussen. Aber wo lag die Wahrheit?

REMIN HATTE auf meine E-Mail-Anfrage für ein Treffen nicht geantwortet. Ich rief seine Sekretärin an. Der Sheriff war außer Haus, er hielt einen Vortrag über Sexualstraftäter. Ich schnappte mir meine Jacke und machte mich auf den Weg, um einen Freund von Paul Taras zu treffen. Anstatt zu meinem Auto zu gehen, eilte ich über den Campus und stieß die Türen des Gerichtsgebäudes auf.

„Hey, Frank. Musst du wieder aussagen?"

„Nee, ich will zu Mason." Ich leerte meine Taschen und ging durch die Sicherheitskontrolle.

Lee Mason, ein Anwalt aus Collier County, war einer dieser Menschen, bei denen das Weiße in den Augen gelblich verfärbt war. Er stand auf und grinste. „Wie geht's dir, Frank?"

„Gut. Und dir und Emily?"

„Wir fahren am Samstag nach Sanibel."

„Viel Spaß. Wir waren schon lange nicht mehr da. Ist ein toller Ort."

„Ja, wir freuen uns schon drauf. Was gibt's?"

Ich senkte meine Stimme. „Der Fall Swift. Ich muss wissen, ob ein Haftbefehl gegen Mark Miller erlassen wurde."

„Hat Remin es dir nicht gesagt?"

„Er meinte, er würde einen besorgen, aber er ist von der Bildfläche verschwunden."

„Whiting hat ihn gestern Abend unterschrieben. Miller stellt sich um zwölf Uhr."

Mir sank das Herz in die Hose. „Danke, ich muss los. Genießt den Urlaub."

ICH FUHR LOS, meine Gedanken schossen mir durch den Kopf wie Billardkugeln beim Anstoß. Der Sheriff ging zu schnell vor. Würde Mark Miller zu einem zweiten Fall Barrow werden? Das Risiko konnte ich nicht eingehen. Die Frage war, wie ich mich wieder in den Fall Swift einbringen konnte.

Die einfachste Antwort war, den Mord in Park Shore aufzuklären. Aber in Wirklichkeit war es nie einfach, einen Mord ohne Zeugen oder handfeste Beweise aufzuklären. Als ich an einer Ampel an der Bonita Beach Road hielt, tätigte ich einen Anruf.

„Longo, hier ist Luca."

„Franko, wie läuft's?"

Er musste ja nicht von meinen Sorgen wissen. „Ziemlich gut. Sag mal, es sieht so aus, als hätte ein Zeuge Roberto Caldera als den Vorbesitzer eines Hauses identifiziert, in dem der Mord geschah."

„Der ist ein harter Hund."

„Kannst du dich mal umhören, ob jemand einen Killer auf ihn angesetzt hat?"

„Es gab vor etwa zwei Monaten irgendeine Auseinandersetzung in einem Restaurant in Little Havana."

„Der kubanische Teil von Miami?"

„Ja, Caldera und eines seiner Mädels saßen an dem Tisch, an dem Favret, der große Macker in Little Haiti, normalerweise sitzt."

„Wie viele ‚Littles' habt ihr Jungs da drüben?"

Er lachte. „Nur die beiden, Bro."

„Was ist im Restaurant passiert?"

„Favret sagte Caldera, er solle seinen Arsch von seinem Tisch bewegen. Caldera zog eine Waffe und Favret zog seine ebenfalls. Nach einem Schwanzvergleich flehte die alte Frau, der der Laden gehört, sie an, einen Rückzieher zu machen, und Favret sagte Caldera, er solle auf sich aufpassen, und ging."

„Das ist ja wie im Wilden Westen bei euch."

„Es ist besser geworden, man muss nur einige Viertel meiden."

„Stammte jemand auf den Bildern der Schläger aus der haitianischen Gemeinschaft?"

„Du sagtest, sie wären Latinos oder Weiße."

„Sie könnten es ausgelagert haben, um etwas Abstand zu dem Streit zu gewinnen, in den sie geraten sind. Kannst du dich mal umhören?"

„Geht klar, Bro."

Ich fragte mich, wie wir diesen Kreislauf ethnischer Banden jemals durchbrechen sollten. Es ging nur um Assimilation. Es war hart, in ein neues Land zu kommen und sich an eine neue Kultur und Sprache anzupassen. Die natürliche Neigung war, sich mit denen aus demselben Land zusammenzutun, die den Schritt gewagt hatten. Das machte es einfacher, aber ich war überzeugt, dass die isolierte Natur einen auf lange Sicht bremste.

ALS ICH COCONUT POINT PASSIERTE, fuhr ich auf den Parkplatz eines Bürogebäudes. Outdoor Concepts befand sich im zweiten Stock. Ich hatte einen Ausstellungsraum voller Liegestühle und Feuerstellen erwartet, aber es sah aus wie jedes andere Büro.

Kurt Houghton war groß und hatte einen Kopf voller frühzeitig ergrauter Haare. Sein Händedruck war fest, aber auf seinem Gesicht war kein Anflug eines Lächelns zu erkennen.

„Gehen wir in mein Büro."

Die Wände seines Büros waren mit Bildern ihrer Geschäfte tapeziert.

„Mir war nicht klar, dass Sie so viele Geschäfte haben. Wie viele Standorte haben Sie?"

„Zweiundvierzig. Wir schließen die letzten paar in Michigan. Mein Vater hat dort angefangen, aber sie machen einfach nicht den Umsatz wie die im Süden."

„Ergibt Sinn."

„Wie kann ich Ihnen helfen, Detective?"

„Es geht um Ihren Freund, Paul Taras. Mich interessiert seine Beziehung zu seiner Frau."

„Paul ist ein guter Kerl. Wir kennen uns, seit wir zehn sind, aber in letzter Zeit sehen wir uns nicht mehr so oft."

„Woran liegt das?"

„Wir sind in, äh, unterschiedlichen Lebensphasen. Meine Frau und ich haben zwei Kinder, und Paul und Sylvia hatten nie Kinder, und wissen Sie, sie hatten Probleme."

„Können Sie das näher erläutern?"

„Paul ist einer der ehrgeizigsten Kerle, die ich kenne. Er strebt immer nach dem Nächsten, und Sylvia, sie ist eher, ich hasse es, das zu sagen, aber ... bodenständig."

„Ich weiß von seiner Affäre mit Cecilia Newly. Wie ernst würden Sie sie einstufen?"

„Oh, es war ernst. Paul hat eine Scheidung in Betracht gezogen."

„Hat er deswegen einen Anwalt aufgesucht?"

„Er sagte, er würde es tun, aber, äh, wir haben nie wieder darüber gesprochen."

„Wie lange ist das her?"

„Nur ein oder zwei Monate, bevor sie ermordet wurde. Ich kann es immer noch nicht fassen."

56

Ich hob den Kopf. Es klang, als wäre ein wildes Tier angegriffen worden. Ich stand auf und öffnete meine Bürotür. Jemand schrie. Ich sah auf meine Uhr. Es war 12:10 Uhr.

Das musste Mark Miller sein. Als ich in Richtung Aufnahme eilte, hörte ich ihn kreischen: „Nein! Billy! Rette mich!"

Ich schloss die Augen, bevor ich um die Ecke bog. Zwischen den Rücken von Bill Miller und seinem Anwalt sah ich, wie Mark weggezerrt wurde. Ich schluckte schwer und atmete aus. Ich machte einen Schritt auf das Treppenhaus zu und hielt inne. Ich konnte nicht einfach ins Büro des Sheriffs stürmen; das würde gar nichts bringen.

Ich zog mich in mein Büro zurück und erinnerte mich an etwas, das Dr. Bruno mir beigebracht hatte. Sie sagte, ich solle mir in einer Konfrontationssituation genau überlegen, was ich sagen wollte. Sie schlug sogar vor, den Text zu proben, um mich auf das zu konzentrieren, was ich sagen wollte, und meine Wut im Zaum zu halten.

Das war leichter gesagt als getan, aber es funktionierte. Das Problem in dieser Situation war, dass Remin mein Chef war, und obwohl ich das Gefühl hatte, dass Mark Miller nicht der Mörder war, war es durchaus möglich. Was mich störte, war, dass er zu schnell gehandelt hatte. Ich durfte auf keinen Fall in einen weiteren Fall wie den von Barrow verwickelt werden.

Ich schloss die Augen und ordnete meine Gedanken. Ich musste die emotionale Reaktion abschütteln, die ich hatte, als ich sah, wie Mark weggezerrt wurde. Was ich brauchte, war eine Klärung, warum der Sheriff gehandelt hatte, und dass ich den Fall wieder übernehmen konnte.

Ich brauchte nur zehn Minuten. Ich würde es einfach halten. Ich wiederholte das KISS-Akronym, Keep It Simple Stupid, und ging nach oben.

Remin kam gerade aus seinem Büro. Er trug sein Jackett nicht. Ich hob einen Finger. Er sagte: „Warte in meinem Büro. Ich brauche eine Minute."

Ich überflog seinen Schreibtisch. Mein Blick blieb auf der Akte der Cyber-Abteilung hängen. Sie war mit Miller beschriftet. Worum ging es da? Ich drehte mich um, um zu sehen, ob mich jemand dabei beobachten würde, wie ich einen Blick hineinwarf. Remin kam herein. „Setz dich, setz dich."

„Danke. Ich werde nicht viel von Ihrer Zeit in Anspruch nehmen."

„Hast du was Neues im Fall Park Shore?"

„Äh, ja. Weitere Ungereimtheiten in der Geschichte

des Ehemanns. Er hat sogar die Möglichkeit einer Scheidung geprüft, obwohl er das bei der Befragung bestritten hat."

„Nicht überraschend, wenn sich herausstellt, dass er beteiligt war."

„Ich glaube aber nicht, dass er der Schütze ist. Er war derjenige, der es gemeldet hat."

„Zeit, sich reinzuknien."

„Wir sichten die Hinweise, die über die Hotline eingegangen sind, und ich verfolge immer noch die Theorie einer Verwechslung durch eine Gang aus Miami."

„Es gibt noch viel zu tun. Wann soll Dickson zurück sein?"

„Noch drei Tage."

„In Ordnung. Mach weiter so."

Er griff nach dem Telefon, was signalisierte, dass das Gespräch beendet war. Ich sagte: „Was ist mit Miller los?"

„Er wird morgen früh dem Haftrichter vorgeführt."

„Ich wäre gerne bei der nächsten Befragung dabei."

„Du hast im Moment mehr als genug um die Ohren."

„Ich kenne die Beteiligten, Sir."

„Ich werde darüber nachdenken."

„Mir ist die Cyber-Akte aufgefallen. Worum geht es da?"

„Sie konnten Webseiten aufdecken, die dieser Junge vor Jahren besucht hat. Anscheinend wird wirklich nichts jemals gelöscht."

„Was haben sie herausgefunden?"

„Er hat sich für die Geschwindigkeit der Leichenzersetzung interessiert und dafür, welche Temperatur ein

Feuer haben muss, um Knochen zu Asche zu verbrennen."

„Wann war das?"

„Vor ein paar Jahren." Er schüttelte den Kopf. „Die Leute denken, sie wären schlauer als wir."

Es stimmte zwar, aber ich war mir nicht sicher, ob Mark Miller das glaubte. Ich war mir bei diesem Fall über nicht viel sicher, außer dass meine Beteiligung nötig war.

———

DIE EINZIGE MÖGLICHKEIT, wieder an den Swift-Fall zu kommen, war, den Mord in Park Shore aufzuklären. Und selbst dann machte ich mir Sorgen, dass Remin mich ausbooten würde, wenn es seiner Kampagne nützen würde.

Ich fuhr vor das Haus der Taras' und überblickte die protzige Straße. Die Häuser waren groß, standen aber nicht weit auseinander. Einer der eingegangenen Hinweise kam von einer Frau, die sagte, sie habe zur Zeit des Schusses eine Frau beim Haus der Taras' gesehen.

Es war entweder eine Nachbarin oder jemand, der spazieren ging oder Fahrrad fuhr. Wir hatten ein paar Beamte, die die Häuser in der Straße erneut aufsuchten. Ich hatte darum gebeten, dass für die Stunde vor und nach der Tatzeit ein Wagen in der Nähe der Crayton Road Posten bezieht.

Die meisten Leute hatten ihre Routinen und trieben zur selben Tageszeit Sport. Die Chancen standen gut, dass wir herausfinden würden, wer es war. Unbekannte

Faktoren waren Spaziergänger auf dem Weg zum Strand, ein Tourist oder ein Kurzzeitmieter in einem Airbnb.

Paul Taras öffnete die Tür und ein willkommener Schwall kalter Luft traf mein Gesicht. Er blickte über meine Schulter. „Möchten Sie hereinkommen?"

„Sicher. Wieder im Homeoffice?"

„Ich habe administrative Angelegenheiten zu erledigen, und die erledigt man am besten ohne Ablenkung."

Ich trat in den Eingangsbereich. In der Ferne spielte klassische Musik. „Schön, wenn man die Möglichkeit hat."

„Die Telearbeit breitet sich immer mehr aus. Das Einzige, was sie bremst, ist die Angst der Unternehmen, die Produktivität nicht kontrollieren zu können. Das ist eine unbegründete Angst. Wir haben die Werkzeuge, um sie effektiv zu steuern. Es ist alles eine Frage der Einstellung."

„Das ist ein guter Trend, aber manche Jobs, wie meiner, können nicht von zu Hause aus erledigt werden."

„Das stimmt bis zu einem gewissen Punkt, aber könnten Sie sich dieses Gespräch per Zoom vorstellen?"

Ich wollte weder mein Alter zeigen noch ihn durch ein Nein misstrauisch machen. „Das erfordert etwas Fantasie."

„Mag sein, aber diejenigen, die sich auf neue Technologien einlassen, vollziehen den Übergang viel leichter als diejenigen, die sich widersetzen oder die Einführung verzögern."

Er hatte recht, aber ich brauchte den Kontext, um eine Befragung durchzuführen. Sich ein Video von einem Tatort anzusehen, war nicht mit der Anwesenheit vor Ort zu vergleichen. Sehen, riechen und ein Gefühl für das Ausmaß zu bekommen, war unmöglich, wenn man auf einen Bildschirm starrte. Ich dachte auch an die Unmöglichkeit, bei einem Zoom-Anruf die Körpersprache zu lesen. „Ich schätze, wir werden sehen, wie schnell es sich verbreitet." Bevor er antworten konnte, fragte ich: „Wie geht es Cecilia?"

„Ich glaube, Cissy geht es gut. Aber das müssten Sie sie schon selbst fragen."

„Du hast versucht, mir den Eindruck zu vermitteln, dass es mit ihr vorbei ist."

„Ob Sie mir nun glauben oder nicht, es ist vorbei."

„Du sagtest, eine Scheidung käme für dich nicht infrage."

„Das ist korrekt."

„Und doch hast du mit Freunden darüber gesprochen, dich scheiden zu lassen."

Seine Ohren legten sich an. „Mir ist klar, dass Sie Ihre Arbeit machen müssen, Detective, aber ich kann nicht behaupten, dass es mir gefällt, dass Sie meine Freunde über mein Privatleben ausfragen."

„Du hast über eine Scheidung nachgedacht, aber deine Frau war nicht einverstanden."

„Das stimmt nicht. Ich habe es Sylvia gegenüber nie erwähnt. Ich war frustriert von unserer Beziehung und musste Optionen ausloten."

„Hast du einen Scheidungsanwalt kontaktiert?"

„Nein. Das war nicht nötig. Wir haben daran gearbeitet, unsere Beziehung zu kitten."

„Während du dich noch mit Cecilia getroffen hast?"

„Sehen Sie, was mich betrifft, ist die Sache vorbei."

„Aber sie sieht das anders?"

Er zuckte mit den Achseln. „Sie klammert."

„Führ das genauer aus."

„Sie wurde immer besitzergreifender. Vielleicht war ich blind dafür, aber sie fing an, immer mehr meiner Zeit zu beanspruchen. Ich habe ein wachsendes Geschäft, das meine Aufmerksamkeit erfordert, und es ist eine der Sachen, die mir wirklich Spaß machen, aber sie war eifersüchtig."

„Glaubst du, sie könnte in den Mord an deiner Frau verwickelt sein?"

„Cissy? Nein, das kann ich mir beim besten Willen nicht vorstellen, auf gar keinen Fall."

„In Ordnung. Ich lasse dich wieder an deine Arbeit."

„Was ist mit den Vorbesitzern? Das waren zwielichtige Gestalten."

„Darüber darf ich nicht sprechen, aber wir prüfen die Möglichkeit, dass sie involviert sind."

57

MILLER

Weinstein ist vor einer Stunde gegangen. Es bestand keine Chance, dass Mark heute Nacht freikam. Ich weiß nicht, warum ich geblieben bin, aber das war ich. Eigentlich wusste ich, was es war. Es war das Schuldgefühl.

Es war irrational, aber ich wurde dieses miese Gefühl nicht los. Was passiert war, war nicht meine Schuld, redete ich mir immer wieder ein, aber der Gedanke, dass ich ihn und Katie hätte beaufsichtigen sollen, kreiste mir im Kopf.

Es fiel mir schwer, mit mir selbst fair zu sein. Mark war ein Erwachsener. Sicher, er hatte seine Probleme, aber er war bei der Arbeit produktiv und zu Hause die meiste Zeit über ruhig gewesen. Was ich nicht verdrängen konnte, war die Tatsache, dass ich weggesehen hatte, als die Anzeichen von Instabilität auftauchten.

Und dann war da die Gewalt gegen Tiere. Das war

beunruhigend, und die Forschung besagte, dass es ein Vorbote für größere Probleme war.

Die Holzbank tat mir am Hintern weh. Ich stand auf. Es war Zeit zu gehen. Was auch immer oder wie auch immer ich dazu beigetragen hatte, ich musste mich der Situation stellen, die vor mir lag.

Auf dem Weg zu meinem Auto stießen mir die Energieriegel, die ich am Automaten gekauft hatte, wieder auf. Lag es an dem Mist, den sie da reinpacken, oder an den fünf Tassen verbrannten Kaffees, die ich runtergekippt hatte?

Ich fuhr in meine Garage und blieb im Auto sitzen. Es war 22:45 Uhr. Cathy würde wissen wollen, was passiert war. Ich atmete ein paar Mal tief durch, ermahnte mich, so viele Emotionen wie möglich rauszuhalten, und ging hinein.

WEINSTEIN SAGTE, Marks Anklageverlesung würde gegen 10:00 Uhr beginnen. Er sagte, er müsse einen Anruf tätigen und wolle nach der Anhörung etwas besprechen. Ich zog eine riesige Holztür auf und zögerte, bevor ich den Gerichtssaal betrat.

Ich saß fassungslos zwischen einer Frau mit mehr Tattoos, als ich je gesehen hatte, und einem Mann mit so vielen Piercings, dass er aussah, als wäre er in einen Angelkasten gefallen.

Ich hörte mir zwei Fälle von häuslicher Gewalt und einen wegen Ruhestörung an, bevor Mark in den Gerichtssaal gebracht wurde. Galle schwappte mir in den

Rachen, als er hereinschlurfte. Er suchte den Raum ab, und ich stand auf und winkte.

„Hilf mir, Billy."

Weinstein eilte zu ihm, als der Wärter ihm die Handschellen abnahm. Ich stieß gegen Knie, als ich aus der Reihe trat. Weinstein sagte etwas zum Gerichtsdiener und winkte mich ab.

„Keine Sorge, Mark. Ich bin für dich da."

„Ich will nach Hause."

Der Hammer schlug auf, und die dröhnende Stimme des Richters rief: „Ruhe! Ruhe!"

Ich glitt in eine Reihe, und eine Frau mit mehr Kummer im Gesicht als die Gottesmutter rückte zur Seite.

Der Fall wurde aufgerufen, und Mark plädierte auf nicht schuldig. Weinstein beantragte eine Freilassung ohne Kaution, und zwei Minuten später wurde eine Summe von hunderttausend Dollar vereinbart. Ich war fassungslos, dass etwas so Wichtiges nur wenige Minuten dauerte.

Ich atmete aus, als Mark um die Ecke bog. Er wurde von einem Polizisten begleitet. „Hey, Kumpel."

„Billy. Ich darf gehen, oder?"

„Jep. Komm schon."

Sobald wir in die Hitze traten, sagte er: „Wir holen die VR-Brille, oder? Oh ja! Ich kann es kaum erwarten, damit zu spielen."

„Bleib hier. Ich muss mit Mr. Weinstein sprechen."

„Nein. Geh nicht weg."

„Komm schon, setz dich ins Auto."

Mark stieg ein und ich schaltete die Klimaanlage ein. „Dauert nur eine Minute."

Ich war mir nicht sicher, ob der ernste Ausdruck auf Weinsteins Gesicht von der Sonne kam oder ob es ein neues Problem gab.

„Das ging schneller als erwartet."

„Ziemliche Routine."

„Worüber wollten Sie sprechen?"

„Sie haben Daten zu Marks Browserverlauf zusammengestellt."

Ich erstarrte. „Welcher Art?"

„Hauptsächlich Suchanfragen und besuchte Webseiten."

„Jeder googelt doch alles."

„Das stimmt, aber einige seiner Suchanfragen könnten zum Problem werden."

„Wie zum Beispiel?"

„Informationen zur Leichenverwesung und eine Suchanfrage nach der Temperatur, die ein Feuer benötigt, um Knochen einzuäschern."

Während ich versuchte, das Gehörte zu verarbeiten, sagte ich: „Das bedeutet gar nichts. Wer sucht nicht nach verrücktem Zeug? Ich weiß, dass ich es tue."

„Sie sind nicht wegen Mordes angeklagt."

„Das ergibt keinen Sinn und es beweist gar nichts."

„Es stützt die Darstellung der Anklage. Sie werden behaupten, Mark habe nach einer Möglichkeit gesucht, die Leiche von Kate Swift loszuwerden."

„Das ist lächerlich."

„Möglicherweise, aber meine Sorge ist, dass eine Jury es als Stärkung des Falls betrachten könnte. Vergessen Sie nicht, dass die Überreste auf Ihrem Grundstück gefunden wurden. Es ist plausibel, dass ein Versuch unternommen wurde, die Zersetzung zu beschleunigen."

„Wie schädlich ist so etwas?"

„Für sich allein genommen nicht sehr, aber es stützt die Darstellung der Anklage."

Die Hupe ertönte. Ich drehte mich zu meinem Auto um, und Mark winkte, als wäre er an der Ziellinie des Indy 500.

58

Luca

Clara Kerber hatte stahlgraues Haar und entweder einen guten Schönheitschirurgen oder fantastische Gene. Sie war fit und sah zehn Jahre jünger aus als die zweiundsechzig, die sie laut der Zulassungsstelle war.

„Kommen Sie bitte herein, Detective."

Ihr Zuhause war dezent und gemütlich. Wir saßen in einer Küche, die von einem trägen Deckenventilator beherrscht wurde.

„Danke, dass Sie Kontakt aufgenommen haben, aber können Sie mir erklären, warum Sie sich nicht schon früher gemeldet haben?"

„Ehrlich gesagt wollte ich mich da nicht einmischen. Die alten Nachbarn waren, äh, schlechte Menschen."

„Woher wissen Sie das?"

Sie deutete auf die Seite ihres Gartens, die an das Grundstück der Tarases grenzte. „Meine Rosen brauchen viel Aufmerksamkeit. Es ist nicht einfach, sie im Südwesten Floridas zu züchten. Man braucht den richtigen Standort, damit sie genug Morgensonne abbekommen, aber nicht die Nachmittagssonne, die ist zu heiß. Wo sie zwischen dem Haus und der Hecke gepflanzt sind, stehen sie nachmittags im Schatten."

Es war eine interessante Lektion in Gartenbau, aber ich war ungeduldig. „Jeder liebt Rosen. Was hat der Standort also mit den Nachbarn zu tun?"

„Wie gesagt, ich bin oft da draußen und habe mitgehört, wie dieser Mann –"

„Caesar?"

Sie nickte. „Ja, ich habe ihn bei zwei Gelegenheiten gehört, wie er von einer illegalen Lieferung sprach, die ankommen sollte."

„Was brachte Sie zu der Annahme, dass sie illegal war?"

Sie stemmte die Hände in die Hüften. „Ich mag vielleicht in den Sechzigern sein, Detective, aber das heißt nicht, dass ich nicht auf dem Laufenden bin. Die waren in Drogengeschäfte verwickelt, und deshalb habe ich Abstand gehalten."

„Ich verstehe. Bitte erzählen Sie mir, was Sie gesehen haben."

„Ich habe an dem Morgen die Rosen gedüngt, weil wir verreisen wollten, und sah eine Frau durch die Hecke."

„Haben Sie sie erkannt?"

„Nein."

„Wo war sie?"

„Sie ging sehr langsam. Im Nachhinein ergab das Sinn."

„Um wie viel Uhr war das?"

„Es war kurz nach zehn."

„Sind Sie sich bei der Uhrzeit sicher?"

„Ja. Ich mache jeden Morgen pünktlich um acht einen Spaziergang. Dann dusche ich und esse Obst zum Frühstück. Damit bin ich immer gegen Viertel vor zehn fertig. Ich ging in die Garage, um den Dünger, meinen treuen Spaten und die Handschuhe zu holen, und ging dann nach hinten in den Garten."

„Wie gut konnten Sie diese Frau erkennen?"

„Ziemlich gut. Ich hatte mein ganzes Leben lang eine Sehstärke von hundert Prozent und habe sie immer noch."

„Hatten Sie diese Frau schon einmal gesehen?"

„Ich glaube nicht, aber man weiß ja nie."

Ich wollte sie nach der Sehkraft fragen, mit der sie gerade noch geprahlt hatte. „Glauben Sie, Sie können sie einem Phantombildzeichner beschreiben?"

Ihr Gesicht hellte sich auf. „So wie im Film?"

Fast nichts an der Polizeiarbeit wurde von Hollywood korrekt dargestellt. „Es ist ein Prozess. Die Dame, die für das Dezernat zeichnet, ist sehr gut. Sie werden sich mit ihr austauschen."

„Ich werde mein Bestes geben."

„Danke. Ich werde es organisieren und melde mich dann bei Ihnen."

Als ich die lange Einfahrt hinunterging, klingelte mein Telefon. „Hey, Longo. Wie geht's?"

„Es läuft, Bruder. Es läuft. Hör zu, ich hab Neuigkeiten für dich."

„Schieß los."

„Rate mal, wer bei uns im Bezirksgefängnis sitzt?"

Durch die Arbeit mit Derrick wurde mir klar, dass die Leute das Ratespiel gerne als Taktik benutzten, um die Weitergabe von Informationen hinauszuzögern. Das Wissen über etwas, das eine andere Person wissen wollte, gab einem ein Gefühl von Macht. Sobald man die Information weitergab, war die Macht dahin.

„Die Zahnfee?"

„Immer der Klugscheißer, was?"

„Was, ich soll mich ändern? Wen habt ihr denn eingesperrt?"

„Juan Banda. Er ist die Nummer zwei in Friscos rivalisierender Gang. Wenn es jemand auf Caldera abgesehen hatte, dann sie."

„Redet er?"

„Nein, aber wir haben ihn auf Video, wie er in einen haitianischen Social Club geht, wo zwei Leute erschossen wurden."

„War er's?"

„Der ballistische Bericht ist noch nicht da, aber ich bin nicht sicher, ob das eine Rolle spielt. Er und zwei andere betraten den Laden mit gezogenen Waffen."

„Der wird für eine lange Zeit einfahren."

„Ohne Zweifel. Aber ich dachte, wir könnten ihm einen Deal in Aussicht stellen, um zu sehen, was er über den Mord weiß, an dem du arbeitest."

„Glaubst du, er singt?"

„Bandas Vorstrafenregister ist so lang wie ein Tischläufer. Wenn er nicht mitspielt, sitzt er hinter Gittern, bis die erste Kolonie auf dem Mars gebaut wird."

„Seid ihr Jungs damit einverstanden, einen Deal anzubieten?"

„Ich habe mit dem leitenden Staatsanwalt gesprochen. Es war informell, aber er dachte, sie würden es machen, solange Banda mindestens zehn Jahre bekommt."

„Das ist eine lange Zeit. Glaubst du, Banda wird zuschnappen?"

„Diese Typen machen immer ein großes Ding aus Loyalität und packen normalerweise nicht aus, aber heutzutage ist sich jeder selbst der Nächste."

„Ich verstehe. Hör mal, ich weiß es wirklich zu schätzen, dass du an mich gedacht hast."

„Jederzeit, Kumpel. Jederzeit. Ich werd's mal versuchen, und dann sehen wir, was dabei rauskommt."

Ich verfolgte zwei Spuren, aber sie führten in völlig unterschiedliche Richtungen. Die Chancen, dass Remin mich wieder an den Swift-Fall lassen würde, standen schlecht, solange ich diesen hier nicht geklärt hatte. Der Verkehr auf der Route 41 staute sich. Ich rief den Phantombildzeichner an und wählte eine andere Nummer auf meinem Handy.

„Hey, Frank. Was gibt's?"

Ich brachte Derrick auf den neuesten Stand im Fall Taras. Er sagte: „Da wird sich schon was ergeben. Es ist gut, dass du deinen Kumpel in Miami hast."

„Longo mag ein komischer Kauz sein, aber er ist ein verdammt guter Bulle."

„Es wäre wirklich übel, wenn die arme Frau aus Versehen getötet wurde."

„Trauriger geht's kaum. Aber ich bin nicht davon überzeugt, dass es mit den Gangs zu tun hat. Beim Ehemann passt einiges nicht zusammen."

„Die Chancen stehen gut, dass er es war."

„Ich weiß."

„Was Neues im Fall Swift?"

Ich erzählte ihm, was die Cyber-Abteilung über Mark Millers Browserverlauf herausgefunden hatte. Er sagte: „Keiner hat eine Ahnung, welche Spuren er hinterlässt."

„Und verrate es ihnen bloß nicht, das würde unseren Job nur schwerer machen."

Er lachte. „Keine Frage."

„Wie läuft's bei euch da oben?"

„Gut. Wir helfen ihr morgen beim Einzug, und dann machen wir uns auf den Weg. Wir sind zurück, ehe du dich versiehst."

„Gut. Ich kann die Hilfe gebrauchen."

„Glaub mir. Ich brenne darauf, zurückzukommen."

Während ich langsam in Richtung Pine Ridge Road kroch, hoffte ich, dass wir bald eine Zeichnung der betreffenden Frau haben würden. Normalerweise dauerte das ein paar Stunden. Sobald wir sie hatten, würden wir sie an die Medien weiterleiten und sehen, was die Öffentlichkeit für uns tun konnte.

Ich überquerte die Pine Ridge und bog auf die Zufahrtsstraße bei Allison Craig Furnishings ab. Ich bewegte mich hinter einer Handvoll Autos, die ebenfalls die Abkürzung nahmen, und bremste für ein Stopp-schild. Die Querstraße war die Center Street. Das Haus der Millers war nur ein paar Blocks entfernt.

59

LUCA

Mary Ann schlief auf einer Chaiselongue im Schatten. Das Buch, das sie gelesen hatte, drohte von ihrem Schoß zu fallen. Ich griff danach und sie regte sich. „Hey, wie fühlst du dich?"

„Ich habe gelesen und bin eingenickt."

„Das ist gut."

„Was machst du zu Hause?"

„Ich arbeite von zu Hause aus."

„Was?"

Ich griff in meine Tasche und zog den USB-Stick heraus. „Ich werde mir eine Befragung ansehen, die Remin durchgeführt hat."

„Oh."

„Schlaf weiter." Ich nahm ihr Wasserglas. „Ich hole dir etwas Eis."

Sie schlief wieder ein. Ich stellte das Glas ab und zog mich ins Arbeitszimmer zurück. Ich steckte den Stick ein, drückte auf Play und beugte mich zum Bildschirm, als das Bild erschien.

Mir fiel der Zeitstempel auf. Der Sheriff hatte nicht sofort weitergemacht. Das ergab Sinn. Er hatte sich wahrscheinlich angesehen, was ich vor meinem Rauswurf aus dem Zimmer ermittelt hatte. Trotzdem hätte es nicht so lange gedauert, wie die Pause war.

Remins Vernehmungsstil erinnerte mich an meinen Partner JJ. Anstatt sich darauf zu verlassen, dass jemand anderes den guten oder bösen Cop spielte, übernahm der Sheriff beide Rollen selbst. Es war eine Dr.-Jekyll-und-Mr.-Hyde-Methode, die den Befragten verunsicherte und den Wunsch weckte, es ihm recht zu machen.

Er kam wie der Weihnachtsmann ins Zimmer. Er legte zwei Schokoriegel und eine Limonade vor Mark hin, was ihm ein breites Grinsen entlockte. Als Mark die Verpackung aufriss, legte Remin mit der Befragung los und stellte zunächst ähnliche Fragen wie ich. Mark sagte nichts wesentlich anderes, aber Remin konfrontierte ihn damit, was Kate getragen hatte, und deutete an, dass sie etwas Aufreizendes anhatte.

Mark schüttelte den Kopf, und Weinstein erinnerte Remin daran, dass es keine Beweise dafür gab, dass Kate etwas Unangemessenes trug.

Der Sheriff bedrängte Mark, wo sie angehalten hatten, und fragte, ob es ein Bereich des Sees mit eingeschränkter Sicht war. Mein Magen verkrampfte sich. Ich wusste, worauf er hinauswollte.

Ich zuckte zusammen, als Remin fragte, wo Mark Katie berührt habe. Mark vergrub das Gesicht in seinen Händen, antwortete aber nicht. Remin milderte seine

Stimme: „Schon gut. Als ich ein Teenager war, sind meine Freundinnen und ich mit einem Boot in die Everglades gefahren, wenn wir, Sie wissen schon, ein bisschen was ausprobieren wollten. Das ist ganz natürlich."

„Ich hab nichts Falsches gemacht."

„Ich habe nicht gesagt, dass es falsch ist. Es ist natürlich. Wissen Sie, wir haben diese Dinger, die man Hormone nennt, die uns dazu bringen, Dinge zu tun. Gott hat uns so geschaffen, dass wir ein starkes Verlangen nach dem anderen Geschlecht haben."

Weinstein sagte: „Verbirgt sich da irgendwo eine Frage?"

„Haben Sie Kate Swift berührt?"

„Sie berührt?"

Remin schlug mit der flachen Hand auf den Tisch. „Verdammt, Sie wissen, was ich meine."

Mark wandte sich an Weinstein, der seinem Mandanten etwas zuflüsterte. Mark sagte: „Ich verweigere die Aussage."

Weinstein tätschelte den Arm seines Mandanten, und Mark lächelte.

War Remin da auf der richtigen Fährte? Niemand hatte die Möglichkeit in Betracht gezogen, dass Mark einen Annäherungsversuch gemacht hatte, abgewiesen wurde und wütend geworden war.

Remin sagte: „Wenn Sie etwas verbergen, werden wir es herausfinden, und ich verspreche Ihnen, Sie werden es bereuen."

„Bedrohen Sie meinen Mandanten?"

„Das ist keine Drohung. Wenn Ihr Mandant reinen Tisch macht, werden wir so viel Strafmilderung empfehlen, wie das Gesetz erlaubt. Es ist ein Risiko, das Sie in Betracht ziehen sollten."

„Mein Mandant hat von Anfang an seine Unschuld beteuert. Haben Sie noch weitere Fragen?"

„Wir sind noch lange nicht fertig, Mr. Weinstein." Remin lächelte und milderte seine Stimme: „Mark, Ihr Bruder Billy ist älter als Sie, richtig?"

„Ja, ich vergesse, wie viele Jahre, aber Greg, der ist zwischen uns beiden."

„Ältere Brüder sind was Tolles. Mein Bruder hat immer auf mich aufgepasst. Passt Billy auf Sie auf?"

„Oh ja, er tut eine Menge für mich. Er hat mir ein neues Boot gekauft."

„Ein neues Boot? Wow. Das ist aber ein teures Geschenk. Was haben Sie dafür getan?"

„Er hat gesagt, ich soll still sein, nichts sagen, und dann bekomme ich ein neues Boot. Ihr müsst es sehen. Wollt ihr mitfahren? Wir können über den ganzen See fahren und richtig Gas geben."

Weinsteins Adamsapfel hüpfte. Er beugte sich vor und flüsterte Mark ins Ohr.

„Billy wollte nicht, dass du darüber sprichst, was mit Katie passiert ist, oder?"

Mark zuckte mit den Schultern, seine Stimme war nur ein Murmeln: „Er wird wütend."

„Ich verspreche, Billy nichts zu sagen. Erzählen Sie mir, was mit Katie passiert ist."

Mark pulte an einem Fingernagel und schaukelte auf seinem Stuhl.

„Ich bin Polizist. Sie können mir vertrauen. Billy wird niemals erfahren, was Sie mir erzählen."

Er seufzte wie ein Sechzehnjähriger.

„Was ist mit Katie passiert?"

Er flüsterte: „Sie ist gestorben." Er begann zu schluchzen. „Ich vermisse sie."

Weinstein stand auf. „Wir müssen dieses Gespräch jetzt beenden."

„Warten Sie mal. Erzählen Sie mir, wie sie gestorben ist. Wir haben einen Zeugen, der Sie mit Kate streiten gesehen hat. Hören Sie auf zu weinen und sagen Sie mir, was passiert ist."

Weinstein legte seine Hand unter die Achsel seines Mandanten. „Komm, Mark."

„Setzen Sie sich, Sie gehen nirgendwohin."

„Entschuldigen Sie, Sheriff? Mein Mandant ist durch den Verlust einer langjährigen Freundin traumatisiert."

„Machen wir eine Pause. Er wird sich schon wieder fangen."

„Wir gehen jetzt. Wenn Sie mit ihm sprechen wollen, rufen Sie in meiner Kanzlei an."

Remins Gesicht war knallrot. „Wir werden die Wahrheit herausfinden, Herr Anwalt. Ob Sie nun mauern oder nicht. Ich schlage vor, Sie kooperieren."

Ich lehnte mich zurück und versuchte zu verstehen, ob der Sheriff den Jungen an den Rand des Zusammenbruchs getrieben hatte oder ob Mark sich aus Verwirrung zurückgezogen hatte. Das war schwer einzuschätzen, besonders nach der Enthüllung, dass sein Bruder ihm ein Boot gekauft hatte, damit er schwieg.

Der Gedanke, Mark Miller zu verhaften, bereitete mir Unbehagen. Zweifellos war er ein Verdächtiger, aber seine Verletzlichkeit machte ihn angreifbar. Das ließ mich an Barrow denken. Er war auch nur ein Junge, der niemals hätte inhaftiert werden dürfen.

Ich stand auf, als ein Bild von Barrow, wie er an einem Rohr in einer Gefängniszelle hing, meinen Kopf überflutete. Dass ich mich damals meinem Partner nicht entgegengestellt hatte, hatte mein schlechtes Gewissen ein Jahrzehnt lang am Kochen gehalten.

In beiden Fällen ging es um den Mord an einer jungen Frau und einen Mangel an handfesten Beweisen. Hatte der Sheriff mit der Verhaftung von Mark einen Fehler gemacht oder hatte der Fall Barrow mein Urteilsvermögen getrübt?

60

Cathy hatte mir ein neues Paar Golfschuhe gekauft. Das war ein netter Gedanke, aber ich trug immer G/FORE, und sie hatte ein Paar FootJoys besorgt. Als ich gerade meinen Fuß in einen Schuh steckte, klingelte es an der Tür. Ich stieß ihn wieder vom Fuß und ging zur Tür, wobei ich mich fragte, warum Benny zwanzig Minuten zu früh war.

Es war Detective Luca. Er blickte auf meine Füße in Socken. „Tut mir leid, Sie zu stören."

„Ich habe keine Zeit, wir haben bald Abschlag."

„Ich mache es kurz. Darf ich hereinkommen?"

Ich trat zur Seite und schloss die Tür. „Sie müssen sich an Weinsteins Kanzlei wenden."

„Hören Sie, ich weiß, dass Sie misstrauisch sind, aber ich versuche, in diesem Fall alles richtig zu machen."

Ich verstand nicht, worauf er hinauswollte.

„Und ich war nicht damit einverstanden, Ihren Bruder zu verhaften."

„Das hat es aber nicht verhindert, oder?"

Luca schüttelte den Kopf. „Nein, der Sheriff hat die Entscheidung getroffen, und ich bin mir nicht sicher, ob es die richtige war."

„Aber Sie glauben, dass Mark es war, richtig?"

„Nein. Dafür gibt es nicht genügend Anhaltspunkte."

„Und Sie sind hier, um mehr herauszufinden."

„Nein, ich will nur die Wahrheit. Einige der Aussagen passen nicht zusammen. Wenn ich ihm nur ein paar Fragen stellen könnte."

Für wen hielt er sich eigentlich, für Columbo? „Nicht ohne unseren Anwalt."

„Es wäre nicht fürs Protokoll."

„Sie erwarten, dass ich das glaube?"

„Ich weiß, Sie fühlen sich verantwortlich, Ihren Bruder zu beschützen, und das bewundere ich. Aber ich fürchte, man wird ihm das anhängen, ob er es nun getan hat oder nicht."

„Sie glauben, man will es ihm in die Schuhe schieben?"

Luca zuckte mit den Schultern. „Nicht direkt. Die Dinge entwickeln sich zu schnell und konzentrieren sich nur auf ihn."

„Es ist ein Albtraum, für ihn und die Familie."

„Ich verstehe. Wenn ich nur kurz mit ihm reden könnte."

„Das kann ich nicht zulassen."

„Ich sage es Ihnen ganz offen: Vom ersten Tag an haben Sie versucht, den Schaden zu begrenzen. Sie haben gemauert und gelogen..."

„Moment mal..."

Luca hob die Hand. „Sie wissen genau, wovon ich rede, und Tatsache ist, was hat es Ihnen gebracht?"

Er hatte recht, aber konnte ich ihm vertrauen, oder spielte er nur mit mir? Ich wusste nicht, was ich sagen sollte.

„Ich verstehe das. Die Familie ist das Einzige, was zählt. Was glauben Sie, warum ich mitten aus der Befragung gegangen bin? Meine Frau wurde ins Krankenhaus eingeliefert."

„Das tut mir leid. Ist mit ihr alles in Ordnung?"

„Ja. Es war eine Lebensmittelvergiftung."

„Gott sei Dank geht es ihr gut."

Er nickte. „Hören Sie, ich heiße Ihr mangelndes Kooperationsvermögen nicht gut, aber ich verstehe, dass Sie versuchen, Ihren Bruder zu schützen."

Er war Polizist und ich konnte ihm nicht vertrauen, aber mit ihm war besser auszukommen als mit dem Sheriff. Dieser Detective würde Mark immer noch drannehmen, wenn er könnte, schien aber meine missliche Lage zu verstehen.

„Ich habe viel Respekt vor der Polizei und habe sie immer unterstützt. Wenn ich irgendetwas getan habe, das unkooperativ wirkte, dann war das, wissen Sie, nicht beabsichtigt."

„Ich rede gerne Klartext. Was Sie getan haben, war Absicht. Mark abzuschirmen und diese Sichtung mit Ihrem anderen Bruder zu erfinden, ist, um nur den Anfang zu nennen, eindeutig Behinderung der Ermittlungen."

Ich konnte nicht weiter leugnen. Das hätte Luca nur wütend gemacht. „Bekomme ich jetzt ein Problem?"

„Das kommt darauf an. Wenn Sie jetzt kooperieren, würde ich dafür sorgen, dass die Anklage fallengelassen wird."

Der Knoten in meinem Magen löste sich. Dann zog er sich sofort wieder zusammen. „Aber der Sheriff, der trifft die Entscheidungen, richtig?"

„Bis zu einem gewissen Grad, aber wenn er darauf drängt, würde ich den Staatsanwälten sagen, dass ich zu Ihren Gunsten aussagen würde. Dann würden sie die Sache sofort fallen lassen."

„Was wollen Sie?"

„Mit Mark reden."

„Ohne unseren Anwalt?"

„Es wird inoffiziell sein."

Das glaubte ich keine Sekunde. „Ich weiß nicht, manchmal rutscht einem ja doch was raus."

„Da haben Sie Recht, aber alles, was er mir erzählt, wäre vor Gericht nicht zulässig."

„Wirklich?"

„Ja. Da er von seinem Recht auf einen Anwalt Gebrauch gemacht hat, müsste er den Kontakt initiieren. Ich glaube wirklich, dass es in seinem besten Interesse ist, sich zu unterhalten. Sagen Sie ihm doch, er soll mich anrufen."

Zuerst befürchtete ich, dass Luca mir eine Falle stellte. „Lassen Sie mich darüber nachdenken."

„Ich würde an Ihrer Stelle nicht warten. Sobald ein Fall an Fahrt gewinnt, ist er schwer zu stoppen. Außerdem wären Sie Ihr Problem mit der Strafvereitelung los."

Die Art, wie er das sagte, ließ mich glauben, dass sie

es auf mich abgesehen hatten. Bevor ich antworten konnte, klingelte es an der Tür. Ich öffnete sie. Es war Benny.

„Kannst du kurz warten? Ich bin gerade noch mit ..."

Detective Luca sagte: „Schon gut. Ich gehe schon. Danke für Ihre Zeit."

Ich trat zur Seite und Benny stieß beinahe mit Luca zusammen. Benny sagte: „Entschuldigung."

Luca nickte. „Mr. Alston. Ein gutes Spiel, Leute."

Während ich dem Detective nachsah, wie er wegging, fragte Benny: „Was ist los?"

„Nichts. Geh in die Küche. Ich packe nur schnell meine Sachen zusammen."

Meine Gedanken rasten, als ich ins Schlafzimmer ging und die Tür hinter mir schloss. Bevor ich auch nur daran denken konnte, mit Luca zu kooperieren, musste ich wissen, ob es für Mark oder mich nach hinten losgehen könnte. Ich konnte Weinstein nicht anrufen. Er würde die Sache sofort unterbinden und damit die Chance zunichtemachen, dass ich dafür, dass ich Mark helfen wollte, vom Haken gelassen werde.

Ich musste jemanden fragen, der sich mit dem Gesetz auskannte. Als ich meine Golfschuhe aufhob, schoss mir Charles Berwick durch den Kopf. Er hatte sich seit Jahrzehnten um die Nachlassplanung der Familie gekümmert. Ich scrollte durch mein Handy, fand seinen Namen und drückte auf Wählen.

„Charlie. Hier ist Bill Miller."

„Bill, wie geht es Ihnen?"

„Ziemlich gut. Aber Mark wird im Fall Kate Swift zu Unrecht ins Visier genommen."

„Ich befasse mich nicht mit Strafrecht."

„Ich weiß, aber hören Sie mir kurz zu."

„Okay."

„Was sie haben, ist dürftig, und die Detectives glauben nicht, dass Mark etwas damit zu tun hatte."

„Verstehe. Das ist vielversprechend."

„Wenn ich Ihnen etwas erzähle, bleibt das vertraulich? Geschützt durch die anwaltliche Schweigepflicht."

Er zögerte fünf Sekunden lang. „Ja, Sie sind ein Mandant, aber ich glaube nicht, dass wir das vermischen sollten ..."

„Es ist nichts. Ich möchte nur wissen, ob etwas, was Mark dem Detective inoffiziell sagt, gegen ihn verwendet werden könnte?"

„Er wird von Weinstein vertreten, nicht wahr?"

„Ja."

„Dann sollte er mit niemandem ohne ihn sprechen."

„Das ist mir klar, aber das wäre ja inoffiziell. Der Detective versucht, uns zu helfen."

„Trotzdem ist das eine furchtbare Idee. Tun Sie es nicht."

„Ich sage nicht, dass er es tun wird, aber kann es ihm später zum Verhängnis werden?"

„Das ist eine unzulässige Kontaktaufnahme. Kein Richter wird zulassen, dass das vor Gericht verwendet wird, und der Detective könnte gerügt werden."

61

LUCA

Ich kam durch die Garage herein. Als ich ins Wohnzimmer trat, ertönte der Signalton der Waschmaschine. Mary Ann saß in meinem Fernsehsessel. Ich drückte ihr einen Kuss auf die Wange. „Hey, wie fühlst du dich?"

„Gut. Ich fühle mich nicht mehr so müde."

„Super. Hast du den Arzt angerufen?"

Sie nickte. „Er meinte, ich soll zwei Wochen warten, bevor ich eine weitere Spritze bekomme."

„Er geht auf Nummer sicher, so wie es sein sollte."

„Wie war dein Tag?"

„Stressig. Ich ziehe mich kurz um."

„Stressig? Das ist alles? Es wäre schön, mal zu hören, was in der echten Welt so los ist."

Ich drehte mich um. „Ich habe eine Zeugin im Fall Park Shore besucht. Sie kommt morgen vorbei, um mit dem Phantombildzeichner zu arbeiten. Und ich war bei den Millers –"

„Du bist wieder am Swift-Fall dran?"

„Nicht offiziell."

„Pass lieber auf, du willst Remin nicht in die Quere kommen."

„Ich weiß. Derrick kommt bald zurück, und dann sind wir früh genug wieder dran."

„Sei vorsichtig."

Die Waschmaschine meldete sich erneut, und Mary Ann wollte gerade aufstehen. „Bleib sitzen. Ich mach das schon, aber mal ehrlich: Räumt Jessie eigentlich jemals irgendwas aus?"

„Sie hilft schon."

Ich wusste, dass das nicht stimmte. Es war ein Problem, das wir selbst geschaffen hatten, weil wir ihr alles abnahmen. Ich würde mit ihr reden. Der Zeitpunkt war günstig; ihre Mutter war krank und sie konnte sich nicht weigern, mit anzupacken. Wer weiß, vielleicht würde es ja zur Gewohnheit werden.

Während ich die nasse Wäsche in den Trockner tat, dachte ich über Mary Anns Warnung nach. Remin war neu im Amt und kandidierte für eine volle Amtszeit als Sheriff. Er benutzte den Swift-Fall, um zu zeigen, dass er ein Mann der Tat war.

Einen Machtkampf mit seinem leitenden Mordermittler anzuzetteln, schien unwahrscheinlich. Es würde zwar beweisen, dass er einen strengen Laden führte, aber abgesehen davon, dass er damit viele der Leute verprellen würde, die er brauchte, müsste er auch erklären, warum ein erfahrener Veteran auf dem Abstellgleis stand.

Ich fragte mich, ob Remin den wahren Grund kannte, warum ich mich von der Truppe beurlauben ließ: weil Chester mir nicht den Rücken gestärkt hatte. Der alte Sheriff hatte zugelassen, dass die Interne mich nach allen Regeln der Kunst auseinandernahm, und zwischen dem und der Tatsache, dass Derrick angeschossen wurde, hatte ich meinen Elan für den Job verloren.

Ich hatte es ziemlich für mich behalten, aber jeder hätte zwischen den Zeilen lesen können. Die Krankenversicherung war wichtig, aber ich hatte es als Privatdetektiv geschafft, und das musste Remin bedenken.

Mir war es lieber, weiterhin Mörder zu jagen. Ich ermahnte mich, mein Selbstvertrauen zu zügeln und lenkte meine Gedanken auf die Millers. Bill Miller würde sich nicht von dem beschützerischen Bruder und Familienoberhaupt, das er war, abbringen lassen.

Er schien auf die Aussicht angebissen zu haben, der Strafverfolgung wegen Behinderung der Justiz zu entgehen. Er würde nicht ganz reinen Tisch machen, aber es war meine beste Chance, um herauszufinden, ob Mark Miller in den Mord an Kate Swift verwickelt war.

ICH WAR EIGENTLICH KEINER, der Umarmungen verteilte, aber als ich ins Büro kam, stand Derrick auf und umarmte mich. „Schön, dich zu sehen, Frank."

„Ganz meinerseits. Ist alles gut gelaufen?"

„Alles bestens. Und bei Mary Ann und Jessica?"

„Allen geht es gut."

Ich nahm die Tasse Kaffee, die Derrick mir gebracht hatte. „Danke."

„Kein Problem. Ist das die Dame, die mit Lee Ann arbeitet?"

„Ja, Kerber war um acht hier. Ich hoffe auf eine baldige Zeichnung."

„Wäre schön, wenn wir einen Treffer landen würden."

„Amen."

„Wie stehen die Chancen, dass es eine Auftragskillerin von der Miami-Gang sein könnte?"

Das war ein interessanter Gedanke. „Eine Auftragskillerin? Sagt man das so?"

„Heutzutage heißt das wohl Auftragsperson."

Ich stand auf und schloss die Bürotür. „Klingt nicht so bedrohlich."

Derrick zog die Augenbrauen hoch, und ich flüsterte: „Ich bin gestern bei den Millers vorbeigefahren."

Er zeigte zur Decke. „Weiß er's?"

Ich schüttelte den Kopf. „Ich will nur mit dem Jungen reden, sehen, ob ich herausfinden kann, warum Remin ihn auf dem Kieker hat."

„Was hast du rausbekommen?"

„Noch nichts. Ich warte darauf, ob Bill Miller seinen Bruder reden lässt."

„Ich kann mir nicht vorstellen, dass er das tun wird."

„Ich habe ihm mit einer Anzeige wegen Behinderung der Justiz gewinkt."

„Wollen sie ihn wegen Behinderung drankriegen?"

„Nein, aber das weiß er ja nicht."

Er lächelte. „Raffiniert. Glaubst du, er schluckt das?"

„Absolut. Miller weiß, dass er kein sauberes Spiel gespielt hat. Er weiß nur nicht, dass Behinderung der Justiz nicht oft strafrechtlich verfolgt wird."

„Sollte es aber; würde unsere Jobs einfacher machen."

Mein Tischtelefon klingelte. Ich nahm ab und legte wieder auf. „Das Phantombild ist fertig."

Derrick sprang von seinem Stuhl auf. „Ich hol's."

Während ich eine Antwort auf eine E-Mail tippte, kam Derrick wieder herein. „Rate mal, wer es ist."

Ich runzelte die Stirn und er sagte: „Okay, okay. Hier."

Er reichte mir die Zeichnung. „Ich fasse es nicht. Cecilia Newly."

„Ich hätte nie gedacht, dass es Taras' Freundin war, du etwa?"

„Wir wissen es nicht mit Sicherheit, aber Taras sagte, sie sei eine besessene Geliebte gewesen, die nicht loslassen wollte."

„Wie willst du das jetzt angehen?"

„Im Moment haben wir sie kurz vor dem Mord am Haus. Wir haben auch ein klares Motiv; sie wollte die Ehefrau aus dem Weg haben, damit sie den Ehemann für sich haben konnte."

„Wir sollten sie vorladen."

„Ich will sie nicht misstrauisch machen. Falls sie die Waffe noch nicht losgeworden ist, wird sie es tun, wenn wir sie aufschrecken. Besorgen wir uns lieber einen Durchsuchungsbefehl."

„Haben wir genug dafür?"

Mein Handy begann zu klingeln. „Wir haben ein starkes Motiv, und sie war am Tatort. Ich denke schon." Ich nahm den Anruf entgegen. „Frank Luca."

„Hier ist Mark."

„Mark Miller?"

„Ja. Ich bin auf der Arbeit. Kommen Sie jetzt."

„Sicher, das passt perfekt. Ich mache mich sofort auf den Weg."

Ich steckte mein Handy weg. „Ich muss los; es war Mark Miller. Er will reden."

„Los, los, los. Ich bereite den Durchsuchungsbefehl vor und schicke ihn nach oben. Viel Erfolg."

62

MILLER

Bevor Mark auflegte, beschlich mich ein ungutes Gefühl. Das war ein Fehler. Ein schlimmer Fehler. Was hatte ich mir nur dabei gedacht?

„Er hat gesagt, er kommt."

„Wann?"

„Jetzt."

„Jetzt sofort?"

„Ja, du hast doch gesagt, ich soll es jetzt tun."

„Okay, das ist gut."

„Du hast gesagt, er wird uns helfen, oder?"

„Ja, aber wir müssen vorsichtig sein; er ist Polizist."

„Wobei vorsichtig?"

„Wegen dem, was du Kate angetan hast."

„Ich verstehe nicht. Was habe ich denn getan?"

„Hast du ihr wehgetan?"

„Nein."

„Sag mir die Wahrheit."

„Das tue ich! Niemand glaubt mir! Warum?"

„Ganz ruhig. Ich glaube dir. Es ist okay, wenn du etwas getan hast. Jeder macht Fehler."

„Nein! Habe ich nicht! Habe ich nicht!"

„Okay."

„Ich kann nicht zurück ins Gefängnis."

63

Luca

Nachdem ich mich ermahnt hatte, Mark nicht zu drängen, warf ich meine Sonnenbrille auf das Armaturenbrett und betrat Millers Laden. Ein Mann mit einem Bierbauch und einem breiten Lächeln hieß mich im Laden willkommen. Ich habe nie verstanden, warum Einzelhändler Leute brauchten, die am Eingang die Kunden begrüßten. Sie sollten das Geld lieber sparen und stattdessen die Preise senken.

Als ich auf den Kundendienstschalter zuging, kam mir ein Mann im Anzug zuvor. Er sagte zu der Mitarbeiterin: „Haben Sie Benny gesehen?"

„Nein."

„Wenn Sie ihn sehen, sagen Sie ihm, dass ich ihn sprechen will. Sofort. Ohne irgendwelche Ausreden."

Die Frau nickte, und er rauschte ab. Ich trat vor. „Der ist aber nicht gut drauf."

Sie lächelte.

„Ist er der Chef?"

„Nein. Ken ist der Personalchef."

„Ich möchte nicht in Bennys Haut stecken."

Sie verzog das Gesicht.

„Ist er so schlimm?"

Sie nickte. „Wie kann ich Ihnen helfen?"

„Mein Name ist Frank. Ich bin hier, um Bill und Mark Miller zu sprechen."

„Ich rufe eben oben an."

Bill Miller empfing mich im Empfangsbereich, von dem aus man die Verkaufsfläche überblicken konnte. Wir schüttelten uns die Hände. „Kommen Sie in mein Büro."

Ich folgte ihm und hoffte, dass sie es sich nicht anders überlegt hatten. „Wie laufen die Geschäfte?"

„Gut. Mir machen die Preise Sorgen. Jeden Tag bekommen wir Mitteilungen über Erhöhungen. Wir können sie nicht ewig schlucken, und wenn wir sie an die Kunden weitergeben, halten die sich womöglich zurück."

„Die Regierung behauptet ja gerne, es gäbe keine Inflation; die sollten mal in den Supermarkt gehen."

Aber zurück zu uns: Mark saß auf einem Stuhl vor Bills Schreibtisch.

„Mark, du erinnerst dich doch an Detective Luca, oder?"

Mark drehte schnell an den Teilen eines Rubik's Cube. „Äh-huh."

Ich streckte meine Hand aus.

Mark spielte weiter mit dem Würfel. „Mark, der Detective möchte dir die Hand schütteln."

Er blickte auf und streckte seine Faust vor. Ich ballte meine und stieß dagegen.

„Wie geht es Ihnen heute?"

„Ganz gut."

„Ich wollte mich nur kurz mit Ihnen unterhalten. Kein Grund zur Sorge. Es ist ganz informell."

Er sah zu Bill, der sagte: „Genau wie ich es dir gesagt habe. Frank ist hier, um zu helfen."

„Ganz genau. Unser kleines Gespräch wird privat sein. Nur Sie und ich."

Bill sagte: „Und ich. Ich bleibe genau hier."

Ich wollte ihn nicht im Zimmer haben. Mark stand unter seinem Einfluss. „Wir fangen in einer Sekunde an. Ich würde gerne zuerst mit Bill sprechen."

Er drehte an dem Rubik's Cube. „Okay."

Wir zogen uns in eine Ecke zurück. „Es ist besser, wenn wir allein reden."

Er schüttelte den Kopf. „Auf keinen Fall."

„Sie stehen ihm zu nahe. Er wird sich niemals öffnen."

„Das kann ich nicht zulassen."

„Er wird seine Antworten so formulieren, dass sie Ihnen gefallen."

„Sehen Sie, ich sollte das hier eigentlich gar nicht tun."

„Aber–"

„Es tut mir leid, aber nehmen Sie, was Sie kriegen können, oder lassen Sie es ganz bleiben."

Es war nicht gerade ideal. „Okay, legen wir los. Aber bitte, mischen Sie sich nicht ein."

Ich zog einen Stuhl näher an Mark heran. Nicht direkt vor ihn, sondern seitlich. Bill saß hinter seinem Schreibtisch und sagte: „Mark, leg den Zauberwürfel weg."

Ich sagte: „Nein, das ist schon in Ordnung. Ich bin

beeindruckt, dass du das kannst. Ich habe es ein paarmal versucht, aber dann aufgegeben."

„Ich kann es dir zeigen."

„Das wäre cool. Ich muss später meine Tochter abholen; kannst du es mir morgen zeigen?"

„Okay, okay. Das ist kinderleicht."

„Es tut mir leid, dass du zur Polizeiwache musstest."

„Ich musste da schlafen. Es war laut und das Bett war, also, so hart."

„Weißt du, ich war vor ein paar Jahren mal eine ganze Woche da drin."

„Echt? Warum?"

„Das ist eine lange Geschichte, aber lass uns dafür sorgen, dass du und ich nie wieder dort bleiben müssen."

„Billy sagt, ich muss da nicht wieder hin."

„Deshalb bin ich hier. Mal sehen, ob wir dem Ganzen ein Ende bereiten können, okay?"

Er drehte an dem Würfel, eine Seite war schon fast ganz rot. „Mhm."

„Als du Kate das letzte Mal gesehen hast, hast du gesagt, ihr seid mit dem Boot rausgefahren."

„Sind wir. Wir sind immer auf den See rausgefahren."

Ich erinnerte mich daran, wie Dr. Bruno heikle Themen anging, und vermied es, danach zu fragen, dass er wütend war, weil sie das Boot nicht fahren wollte. „Wer war an dem Tag alles im Haus?"

„Ich, Kate und Billy und Benny und Tante Cathy. Und Opa auch."

Aus dem Augenwinkel sah ich, wie Bill den Kopf schüttelte. Während Mark den Würfel drehte, sah ich Bill an und legte einen Finger auf meine Lippen. „Bist du sicher, dass sie alle da waren an dem Tag, als Katie verschwunden ist?"

„Ja. Kate, Billy, Tante Cathy und Opa und Benny. Sie waren da."

„Was haben denn alle so gemacht?"

„Na ja, rumgehangen."

„Deine Tante Cathy, hat sie sich mit Billy und Benny unterhalten?"

Er zuckte mit den Schultern. „Ich glaube, sie hat gekocht."

„Dein Großvater ... war er draußen?"

„Nein, ihm ging es nicht gut und er hat sich hingelegt."

„Und Benny? War er bei deinem Onkel?"

Er schüttelte den Kopf. „Er kam danach. Er und Billy spielen sonntags Golf. Manchmal gehe ich mit ihnen."

„Also kam Benny nach dem Golfen?"

„Nein, nachdem wir vom Boot runter waren."

„Hat er mit deinem Bruder rumgehangen?"

„Nein, er war angeln."

„Hat er was gefangen?"

„In dem See gibt es viele Fische. Einmal habe ich einen großen, roten gefangen. Erinnerst du dich, Billy?"

„Klar, das war ein Achtpfünder."

„Wow."

Mark hob den Zauberwürfel über seinen Kopf. „Fertig!"

„Ich hoffe, du kannst mir beibringen, das auch so schnell zu schaffen."

„Mach ich, mach ich." Er packte ihn mit beiden Händen. „Zuerst musst du den mittleren bewegen."

„Denk dran, ich muss meine Tochter abholen, also kannst du es mir morgen beibringen."

Er runzelte die Stirn.

„Ich schlage gerne Sachen im Internet nach. Finde Antworten auf Dinge, die ich wissen will. Machst du das auch?"

„Mhm, und ich schaue mir auch gerne Videos auf YouTube und TikTok an."

„Ich auch, aber am liebsten suche ich einfach nach Informationen über etwas, das mich interessiert, zum Beispiel wie weit ein Ort entfernt ist. Oder als mein Hund einmal gestorben ist und ich ihn im Garten begraben wollte, habe ich nachgeschaut, wie tief ich das Loch graben musste, damit keine Tiere an ihn rankommen konnten."

„Das mache ich manchmal."

„Hast du einen Hund verloren?"

„Nein." Er sah Bill an. Würde er die Sache beenden?

Das Subtilste, was mir einfiel, war: „Was hast du begraben?"

64

MILLER

Detective Luca lächelte Mark breit an. „Ich möchte Ihnen danken, dass Sie mit mir gesprochen haben. Das weiß ich wirklich zu schätzen."

„Soll ich Ihnen zeigen, wie das geht?" Er hielt den Zauberwürfel hoch.

Luca stand auf. „Eigentlich schon, aber ich muss los. Meine Tochter wartet auf mich."

„Morgen?"

„Das sollte klappen."

Der Detective sah mich an. „Könnten wir kurz miteinander reden?"

„Mark, geh doch schon mal in dein Büro. Ich bringe Mr. Luca noch zur Tür."

„Okay, tschüss."

Ich schloss die Tür. „Das muss doch geholfen haben. Jetzt wissen Sie, dass die Suche im Netz harmlos war."

„So scheint es."

„Scheint? Er hat Ihnen doch gesagt, dass er die Eichhörnchen, die er getötet hat, begraben wollte. Er war auf sie fixiert und hat sie überall liegen lassen. Meine Frau ist an die Decke gegangen."

„Apropos Ihre Frau. Sie sagten, sie war an dem Tag nicht zu Hause."

„Das stimmt. Cathy hat ihre Familie besucht."

„Das werde ich überprüfen müssen."

„Nur zu. Und bevor Sie fragen: Mein Vater war schon tot, als Katie verschwand."

„Was ist mit Benny Alston? War er an dem Tag da, als Kate Swift verschwand?"

„Nein, nicht dass ich wüsste. Er wohnt nicht weit weg und hätte rüberkommen können, aber ich hätte ihn gesehen."

„Sie waren die ganze Zeit draußen?"

Ich war auf einem Liegestuhl eingenickt und immer wieder mal im Haus gewesen. „So gut wie."

„Ich frage mich, warum er gesagt hat, Ihr Vater sei da gewesen."

„Das ist keine Absicht. Manchmal bringt Mark bei bestimmten Dingen etwas durcheinander."

„War er schon immer so?"

„Nein. Das kam von dem Unfall. Der Arzt sagte, die Verletzung habe Lücken in seinem Gedächtnis hinterlassen und Mark füllt aus, was fehlt."

Luca nickte langsam. Er war abgelenkt.

„Niemand weiß, was passiert ist, aber Sie konnten ja sehen, wie sehr er Katie geliebt hat. Er würde ihr niemals etwas antun."

„Was glauben Sie, ist mit ihr passiert?"

„Ich weiß es nicht."

Kapitel 64

„Sie müssen doch eine Ahnung haben."

„Ich glaube einfach, sie muss jemanden getroffen haben, nachdem sie gegangen ist. Vielleicht konnte irgendein Verrückter sie in ein Auto locken, und das war's dann."

„Wie ist sie dann vergraben auf Ihrem Grundstück gelandet?"

„Wer auch immer es war, wollte es so aussehen lassen, als hätte Mark es getan. Sie wussten, dass er eine Hirnverletzung erlitten hat. Das ist die perfekte Tarnung."

65

Luca

Als ich ins Freie trat, versuchte ich, die Befragung zu verarbeiten. Seltsam war noch milde ausgedrückt. Konnte man irgendetwas von dem, was Mark gesagt hatte, für bare Münze nehmen? Die Ausrede, Webseiten nach Informationen über Verwesung und die Einäscherung von Knochen durchsucht zu haben, war plausibel. Aber sie konnte auch frei erfunden sein. Wenn ja, würde ich wetten, dass Bill Miller sie sich ausgedacht hatte.

Ich startete den Wagen und tätigte einen Anruf.

„Hey, Doc, hast du eine Minute Zeit?"

„Ich sitze hier nur rum, nippe an einem Côte-Rôtie und warte darauf, dass Frank anruft."

„Ha ha. Côte-Rôtie? Was ist das, ein Côtes du Rhône?"

„Nein. Côte-Rôtie kommt aus dem nördlichen Rhônetal. Das sind hauptsächlich Syrah-Weine mit einem Schuss Viognier. Meiner Meinung nach sind sie elegant."

„Billig wie Côtes du Rhône?"

„Nein, die sind teuer. Die Weinberge liegen an steilen Hängen mit Blick auf den Fluss. Côte-Rôtie bedeutet grob übersetzt ‚geröstete Hänge', weil sie so viel Sonne abbekommen."

„Interessant. Vielleicht kaufe ich eine Flasche, wenn wir etwas zu feiern haben."

„Du wirst sie lieben. Was liegt dir auf dem Herzen?"

„Der Fall Swift. Du hast ein Phänomen namens Konfabulation erwähnt, bei dem jemand die Realität mit erfundenen Dingen verwechselt."

„Jemand mit dieser Störung füllt die Lücken in seinem Gedächtnis, indem er Erinnerungen erschafft und so eine halbwegs schlüssige Geschichte erfindet, von der er glaubt, dass sie so passiert ist."

„Ist es möglich, dass jemand behauptet, jemanden gesehen zu haben, der bereits tot war?"

„Ist ihm bewusst, dass diese Person gestorben ist?"

„Ja, Mark Miller behauptet, sein Großvater sei an dem Tag, an dem das Mädchen verschwand, da gewesen."

„Das ist zehn Jahre her. Er könnte eine Gedächtnislücke bezüglich des Zeitrahmens haben."

„Das Haus gehörte dem Großvater."

„Das könnte das Missverständnis untermauern. Er verbindet den Großvater mit dem Haus. Aber ich bin kein Psychotherapeut."

Ein weiterer Anruf kam rein. „Tut mir leid, Doc, ich muss auflegen. Es ist Derrick. Danke."

„Hey, Derrick."

„Wir haben den Durchsuchungsbefehl."

„Das ging aber schnell."

„Ich weiß. Wo bist du?"

„Ich bin gerade mit den Millers fertig geworden."

„Wie ist es gelaufen?"

Ich erzählte ihm, was Mark über das Begraben von Eichhörnchen gesagt hatte und wer seiner Behauptung nach an dem Tag, an dem Swift verschwand, im Haus gewesen war.

„Mann, das ist echt seltsam."

„Ja, ich habe sogar Bilotti angerufen. Er sagte, es sei definitiv möglich, aber ich überlege, Dr. Bruno anzurufen und zu sehen, was sie mir sagen kann."

„Das ist doch die, bei der du warst, oder?"

Es fühlte sich gut an, die Tatsache, dass ich bei einer Therapeutin gewesen war, nicht zu verheimlichen. „Ja, sie war meine Rettung. Ich fahre jetzt los. Sagen Sie Santiago, er soll ein Team für die Durchsuchung zusammenstellen."

WIR FÜHRTEN die Prozession nach Grey Oaks an. Der Wachmann im Pförtnerhaus sah auf meine Dienstmarke und die Autoschlange hinter mir. „Sie ist nicht zu Hause."

„Das spielt keine Rolle. Wir haben einen Durchsuchungsbefehl."

Ihm klappte die Kinnlade herunter. „Einen Durchsuchungsbefehl? Ich muss jemanden informieren."

„Rufen Sie an, wen Sie wollen, aber öffnen Sie die Schranke."

Ich winkte den anderen zu, und wir fuhren zu Newlys Haus weiter. Als ich aus dem Wagen stieg, vibrierte mein Handy. Ich zog es heraus. Es war John

Trane von der Spurensicherung. Ich drückte den Anruf weg und ging die Einfahrt hinauf.

„Sie ist nicht zu Hause, wir müssen die Tür nicht aufbrechen. Benutzen Sie das Dietrich-Set. Zieht Handschuhe und Überschuhe an."

Wir gingen ins Haus. „Ich nehme das Hauptschlafzimmer, Derrick kümmert sich um die Küche. Teilt euch den Rest auf."

Ich zögerte, bevor ich das Schlafzimmer betrat. Obwohl ich das Recht dazu hatte, würde ich nicht wollen, dass jemand in meine Privatsphäre eindringt. Sieben Kissen lagen auf dem Bett. Nur zwei davon waren zum Schlafen da.

Als ich an einer Kordel zog, öffneten sich die bodenlangen Vorhänge. Ich öffnete den einzigen Nachttisch. Eine Flasche Melatonin stand neben einem Scheckbuch. Ich blätterte es durch; es war leer. Vielleicht musste sie sich, da Taras sie finanzierte, keine Sorgen um ihren Kontostand machen.

Ein Buch mit dem Titel *Innerer Frieden* und ein Armband mit einem kaputten Verschluss waren die einzigen anderen Dinge darin. Der Tisch auf der anderen Seite des Bettes war voller Bilder von Newly als kleines Kind und als Teenager. Es gab keine Familienfotos. In seiner schmalen Schublade befanden sich ein zweiter Autoschlüssel und die Visitenkarte eines Nagelstudios. Ich machte mich auf den Weg zu den Kleiderschränken.

Ein begehbarer Kleiderschrank enthielt mehr Damenbekleidung als die meisten Boutiquen auf der Fifth Avenue. Die Regale waren voller Schuhe. Das oberste Regal war mit Schuhkartons vollgestopft. Ich überprüfte jeden einzelnen. Alles Schuhe, keine Waffen.

Im anderen Schrank hingen ein paar Herrenhosen sowie eine Handvoll Hemden. Neben einer großen feuerfesten Kassette stand ein Paar Freizeitschuhe. Ich hätte wetten können, dass sie Paul Taras passten.

Ich kniete mich hin und öffnete die Dokumentenbox. Ich blätterte die Papiere durch und untersuchte Ms. Newlys Geburtsurkunde, Taufschein und ein High-School-Diplom. Drei Mappen blieben übrig. Eine war mit Prudential beschriftet. Es war eine Lebensversicherung auf sie. Die Begünstigte war ihre Mutter und die Versicherungssumme belief sich auf nur fünfundsiebzigtausend.

Meine Augen weiteten sich, als ich die nächste Mappe öffnete. Es war eine Quittung von Naples Guns and Ammo. Sie hatte einen Smith & Wesson .38 Special und eine Schachtel Patronen gekauft. Der Waffenbesitz bei Frauen lag bei etwa 20 Prozent, also war es nicht ungewöhnlich. Aber es war ein Warnsignal.

Ich nahm die Papiere und verließ das Schlafzimmer. „Derrick!"

Er räumte gerade die Speisekammer aus und drehte sich um, zwei Schachteln Makkaroni in der Hand haltend. „Was gibt's?"

Ich hielt die Quittung hoch. „Sie besitzt eine Waffe."

„Eine Achtunddreißiger?"

„Jep, und sie hat sie nur sechs Wochen vor dem Mord gekauft."

„Wir müssen diese Waffe finden."

„Ich hoffe, sie hat sie nicht da reingeworfen."

Derrick blickte auf den See. „Hoffen wir es mal."

Zurück im Schlafzimmer durchwühlte ich die Toilettenartikel unter beiden Waschbecken. Weder dort noch im Wäscheschrank war etwas. Zurück im Schlafbereich kniete ich mich hin: nichts unter dem Bett oder der Kommode.

Ich hob die untere Ecke der Matratze an und fuhr mit der Hand an der Seite entlang. Unter dem Kissenbereich stieß meine Hand auf etwas. Ich umgriff es und zog es heraus. Es war ein schwarzes Lederholster. Es war leer. Ich steckte es zurück und machte, nachdem ich die Matratze angehoben hatte, ein Foto mit meinem Handy.

Nachdem ich es eingetütet hatte, durchsuchte ich das Schlafzimmer fertig und gesellte mich zu den anderen. Niemand hatte etwas gefunden. Derrick und ich gingen auf die Veranda. Wir überprüften die Schränke in der Außenküche und unter allen Sitzkissen, hatten aber kein Glück.

„Lass uns am See entlanggehen, vielleicht haben wir Glück."

„Wir werden ein Taucherteam brauchen."

„Morgen Nacht soll ein Sturm aufziehen."

Ich habe dem Wetter nie viel Aufmerksamkeit geschenkt; es war so ungenau wie ein Politiker. „Bist du sicher, dass er uns trifft?"

„Das sagen sie jedenfalls."

Sie. Noch so ein nutzloses Pronomen. „O'Leary wird das als Ausrede benutzen, um kein Taucherteam zu schicken."

„Es soll ein schnell vorüberziehender Sturm sein."

Das grelle Licht brannte mir in den Augen. Ich

strengte mich an, um am Rande des Sees etwas Ungewöhnliches zu erkennen, gab aber nicht auf. Mein Handy
klingelte. Es war der Sheriff.

„Hallo, Sir."

„Wo sind Sie?"

„Ich bin gerade mit der Durchsuchung bei Newly
fertig geworden."

„Kommen Sie so schnell wie möglich hierher."

„Was ist los?"

„Wir haben eine Katastrophe am Hals. Der Fall Swift
hat gerade eine verdammte Wendung genommen."

66

LUCA

Vor dem Haus der Swifts geparkt, verfluchte ich den Sheriff. Er hatte mir den Fall weggenommen, und jetzt wollte er, dass ich derjenige war, der die schlechten Nachrichten überbrachte. Remin machte einen Rückzieher, schneller als ein Ferrari.

Ich lächelte bei dem Gedanken, dass sein Plan, den Fall für politische Zwecke zu nutzen, ihm um die Ohren geflogen war, und stieg aus dem Wagen.

Mr. Swift öffnete die Tür, bevor ich klingeln konnte. Ich bereute es, ihm bei meinem Anruf nicht gesagt zu haben, dass ich vorbeikommen würde.

„Mr. Swift. Ist Ihre Frau zu Hause?"

„Ja, das ist sie. Worum geht es? Haben Sie herausgefunden, wer es war?"

„Nein. Darf ich hereinkommen?"

Ich folgte ihm ins Wohnzimmer. Es war dunkel. Mrs. Swift las ein Buch mit einem oberkörperfreien Mann auf dem Cover. Langsam legte sie es beiseite. „Hallo, Detective. Haben Sie Neuigkeiten für uns?"

„Nein, Ma'am. Was ich Ihnen mitteilen muss, ist eher ein Rückschlag."

Sie schloss die Augen und schüttelte den Kopf.

Ihr Mann sagte: „Na, dann spucken Sie es schon aus."

„Die auf dem Grundstück der Millers gefundenen Überreste stammen nicht von Ihrer Tochter."

„Was? Sie haben gesagt, die zahnärztlichen Unterlagen stimmen überein."

„Und Sie sagten, es wäre sie, weil sie dort gefunden wurde, wo sie zuletzt gesehen wurde." „Nicht ganz."

Mrs. Swift beugte sich vor. „Sie haben uns gesagt, es sei Kate."

„Ja, damals dachten wir das, aber die DNA, die Sie uns gegeben haben, wurde mit der DNA aus den Zähnen der Überreste verglichen, und es ist definitiv nicht Ihre Tochter."

„Wer zum Teufel ist es dann?"

„Das kann ich noch nicht preisgeben. Ihre Familie wurde noch nicht ausfindig gemacht."

„Ich verstehe das nicht. Sind Sie alle inkompetent?"

Es hätte nichts gebracht, zu erklären, dass die ursprüngliche Identifizierung auf dem vermuteten Alter beruhte und dass ihre Tochter perfekte Zähne ohne besondere Merkmale hatte. Und dass die Bearbeitung von DNA im Durchschnitt zwei Monate dauert. „Mir ist klar, wie das aussieht. Es lässt uns nicht gut dastehen, aber das Labor war unterbesetzt und hat länger als üblich gebraucht."

Sie schlug die Hände vors Gesicht und begann zu

schluchzen. „Wir haben das kleine Mädchen von jemand anderem beerdigt."

Mr. Swift sagte: „Das ist eine verdammte Katastrophe. Was sollen wir denn jetzt machen?"

Seine Frau stand auf und zeigte mit dem Finger auf mich. „Raus hier. Verschwinden Sie aus meinem Haus!"

„Es tut mir leid, Ma'am."

ICH SCHLURFTE INS BÜRO. Derrick fragte: „Und, wie ist es gelaufen?"

„Wie Brokkoli auf dem Geburtstag eines Fünfjährigen."

„Das ist witzig."

„Es ist ein einziges Chaos, das ist es."

„Ich kann es nicht fassen."

„Wie zum Teufel konnte ein Kind aus Orlando im Garten der Millers vergraben werden?"

„Sie müssen sie kennen."

„Ich habe Weinstein auf den neuesten Stand gebracht und ihm gesagt, er soll bei den Millers nachfragen, ob sie Monica Diskit kennen."

„Das müssen sie."

„Wir sind wieder ganz am Anfang. Was für eine verdammte Zeitverschwendung."

„Wenigstens haben wir eine Menge Hintergrundinformationen über die Millers."

„Ich hoffe verdammt noch mal, dass das hilft. Ist die Akte aus Orlando angekommen?"

„Ja, ich habe sie dir weitergeleitet."

Ich ließ mich auf meinen Stuhl fallen und klickte die Datei auf, die der Detective aus Orlando geschickt hatte.

„Sie sieht aus wie das Swift-Mädchen."

„Ich weiß. Gleiche Haare, gleiche Augen, sie könnten Schwestern sein."

Monica Diskit war im selben Alter und hatte eine ähnliche Statur wie Kate. Beide Mädchen wären von einem Mann leicht zu überwältigen gewesen. Was machte dieses Mädchen vier Stunden von zu Hause entfernt?

Ihr Lächeln erinnerte mich an Jessie. Das Blut begann, in meinen Ohren zu pochen. Wer zum Teufel war dafür verantwortlich? „Wir müssen die staatliche Datenbank für vermisste Mädchen zwischen vierzehn und achtzehn mit blonden Haaren abgleichen. Wir müssen wissen, ob wir es mit einem Serienmörder zu tun haben."

„Die Anfrage habe ich bereits gestellt."

„Gut. Hast du bei der Zulassungsstelle nachgefragt? Hatte sie ein Auto?"

„Nichts auf ihren Namen."

„Wir müssen herausfinden, ob sie hier unten Familie hatte."

„Im Bericht stand nichts davon, dass sie eine Reise unternommen hätte; sie verschwand auf dem Heimweg."

Genau wie Swift. Ich nahm den Hörer ab. „Spurensicherung. Hier ist Trane."

„Hey, hier ist Luca."

„Mann, das war ein Schock, was?"

Ich wollte ihn anschreien, weil er so lange gebraucht hatte, aber unterm Strich war das Labor überarbeitet und unterbesetzt. Die Nachfrage nach forensischen Analysen hatte die Kapazitäten der Labore im ganzen Land überstiegen. Obwohl die Bearbeitungszeit von acht Monaten gesunken war, dauerte es immer noch zu lange.

„Das kannst du laut sagen. Wir fangen jetzt wieder bei null an. Ich brauche dich, um die DNA von Swift und ihre Daten ins Doe-Netzwerk hochzuladen."

„Wurde das nicht gemacht, als sie verschwunden ist?"

„Keine Aufzeichnungen darüber. Das ist fast zehn Jahre her, also bezweifle ich es."

„Wir leiten es an sie weiter."

Als ich auflegte, sagte Derrick: „Vielleicht bekommen wir einen Treffer vom Doe-Netzwerk."

„Sie muss tot sein, oder?"

Ich wollte Nein sagen, aber ich hörte mich sagen: „Leider ja. Im Moment müssen wir die Millers entweder ausschließen oder uns auf sie konzentrieren."

„Newly kommt mit ihrem Anwalt rein."

„Scheiße, hab ich vergessen. Kannst du das übernehmen? Ich muss Jessie zu einer Untersuchung bringen."

„Was ist los? Du hast gar nichts gesagt."

„Es ist nichts, oder zumindest hoffe ich es. Sie lässt ein paar Gentests machen. Weißt du, mit meinem Krebs und Mary Ann mit MS haben sie empfohlen, herauszufinden, ob sie irgendwelche Mutationen hat."

„Oh Mann. Ich meine, es ist eine gute Sache, aber es ist nervenaufreibend."

„Danke für die Erinnerung."

„Tut mir leid."

„Schon gut. Übernimmst du die Befragung von Newly?"

„Kein Problem. Ich bin gespannt, was sie zu sagen hat."

———

JESSIE und ich kamen ins Wohnzimmer. Mary Ann saß in meinem Fernsehsessel und las. Er war nur dem Namen nach meiner. Sie sagte: „Ich habe mir schon Sorgen gemacht. Was hat so lange gedauert?"

Ich sagte: „Die Frau, die die Tests durchführt, hing am Gulf Coast College fest. Sie meinten, sie wäre in ein paar Minuten zurück, aber es war wohl Inselzeit."

„Was haben sie gemacht?"

„Das war nichts, Mom. Sie haben etwas Blut abgenommen und einen Wangenabstrich gemacht."

„Wie schnell werden sie die Ergebnisse haben?"

„Ungefähr zwei Monate, um das gesamte Spektrum an Tests durchzuführen."

„Danke, dass du sie mitgenommen hast. Ich hatte heute einfach keine Energie."

„Kein Problem."

„Wie war dein Tag?"

Jessie ging zum Kühlschrank und ich sagte: „So ein Tag, an dem man die Scherben zusammenkehren muss."

„Ich fass es nicht, dass Remin dich gezwungen hat, es den Eltern zu sagen."

„Glaub es ruhig. Der ist ein echter Fall für sich."

„Ich frage mich, wo das arme Mädchen ist."

„Das frage ich mich auch. Wenigstens können wir mit ihrer DNA einen Eintrag im Doe-Network machen."

Jessie kam mit einer Flasche von dem Wasser mit

Fruchtgeschmack herein, nach dem sie süchtig war. „Was ist das Doe-Network?"

„Eine Freiwilligenorganisation, die sich um vermisste Personen kümmert. Sie haben eine Datenbank mit unidentifizierten Leichen und arbeiten mit der Polizei zusammen, um die Vermissten zu identifizieren."

„Wow. Klingt total interessant."

Interessant? Nein, es war eine makabere, aber wichtige Arbeit. „Als ich oben in Jersey war, haben sie geholfen, eine Leiche in einem meiner Fälle zu identifizieren."

„Das ist so cool." Sie ging in ihr Zimmer. „Vielleicht melde ich mich da als Freiwillige."

Ich verdrehte die Augen so gekonnt, dass eine Sechzehnjährige stolz darauf gewesen wäre. Sie lachte und ich holte eine Flasche Wein. Das Einzige, was mich davon abhielt, zum Haus der Millers zu fahren.

67

Luca

Ich war früher da als Derrick, eine Seltenheit in diesen Tagen. Als mein Desktop hochfuhr, kam mein Partner mit zwei Bechern Kaffee hereinspaziert.

„Morgen." Er stellte den Kaffee auf meinen Schreibtisch.

„Danke. Erzähl mir mehr über das Interview."

„Wie ich gestern Abend schon sagte, sie war zugeknöpft. Ich glaube, sie war's. Sie konnte mir nicht sagen, wo die Waffe ist. Hat auf dumm gemacht." Er verstellte seine Stimme zu einer höheren Tonlage: „‚Sind Sie sicher, dass sie nicht da ist?', so ein Scheiß. Sagte, jemand müsse sie gestohlen haben."

„Wir müssen sie finden, sonst haben wir nichts als ein leeres Holster und eine Quittung in der Hand."

„Und sie wurde dort gesehen."

„Ich weiß, aber das sind trotzdem nur Indizien. Sie könnte sagen, sie hätte sich mit ihrem Liebhaber getroffen und sei so durch die Hintertür ins Haus gekommen."

„Das ist weit hergeholt."

„Ja, aber man braucht nur einen begründeten Zweifel. Unsere Aufgabe ist es, diese Möglichkeit auszuräumen."

„Ich glaube wirklich, wir haben genug. Soll ich es der Staatsanwaltschaft vorlegen?"

„Nein. Wenn wir einen Fall übergeben, will ich tausendprozentig sicher sein, dass wir die richtige Person haben."

„Ich wette, sie hat sie in den See geworfen."

„Das denke ich auch."

„Wir müssen auf die Taucher warten. Der Sturm zieht zwar ab, aber sie warten trotzdem bis übermorgen oder den Tag danach."

„Ich würde liebend gern wieder in ihr Haus rein."

„Dafür bräuchten wir einen neuen Durchsuchungsbefehl. Außerdem, wenn sie sie nicht schon vorher entsorgt hat, dann muss sie es inzwischen getan haben."

„Nicht unbedingt, Newly weiß, dass wir sie beobachten. Vielleicht hat sie Angst, sie wegzuwerfen. Wir könnten ein Versteck übersehen haben."

„Warten wir ab, was die Taucher finden."

„Wir müssen uns ihren Arbeitsplatz ansehen. Warum gehst du nicht zu Hertz und schaust dir an, was für einen Arbeitsplatz sie hat. Wahrscheinlich werden sie dich nicht suchen lassen, aber wenn es so aussieht, als hätte sie dort einen privaten Bereich, bin ich sicher, dass Johnson den Befehl aufgrund dessen, was wir wissen, abzeichnen wird."

„Klingt nach einem Plan. Hast du immer noch nichts von Weinstein gehört?"

„Nein. Ich habe noch eine Nachricht hinterlassen, aber ich werde beim Laden vorbeischauen."

„Ach ja?"

Ich lächelte. „Ich brauche einen neuen Schraubenzieher."

DER PARKPLATZ von Miller's Building Supply war brechend voll. Ich manövrierte mich an einem Mann vorbei, der einen mit Sperrholz beladenen Einkaufswagen schob, und fand am Ende einer Reihe eine Lücke. Das Geschäft dieses Kerls lief viel besser, als ich gedacht hatte.

Ich ging eine Runde durch den Laden, nahm LED-Glühbirnen und eine Flasche Grillreiniger mit. Während ich an der Kasse wartete, behielt ich das große Schaufenster mit Blick auf den Verkaufsraum im Auge. Ich hatte auf eine zufällige Begegnung gehofft, aber nach dem Bezahlen ging ich zum Kundenservice und fragte nach Bill Miller.

Er kam mir oben an der Treppe entgegen. „Schön, Sie zu sehen, Detective."

Ich hielt meine Tüte hoch. „Ich wollte nur ein paar Dinge besorgen und dachte, ich sage mal Hallo."

„Danke, dass Sie bei uns einkaufen."

„Mann, der Laden brummt ja."

Er senkte die Stimme. „Gott sei Dank gibt es die

Wetterfrösche. Die bauschen diese Stürme auf und halten uns auf Trab."

„Gut für Sie. Wenigstens profitiert jemand von der Hysterie."

Miller lächelte. „Wir und die Fernsehsender."

„Haben Sie einen Moment Zeit für mich?"

„Sicher. Kommen Sie in mein Büro."

Millers Deckung war unten gewesen, doch nun nahm er sie wieder ein Stück weit hoch. Er schloss die Tür. „Eine ziemlich verblüffende Wendung der Ereignisse."

„Das ist noch milde ausgedrückt."

„Ich will mich nicht am Unglück anderer weiden, aber wir sind erleichtert, dass es nicht Katie war."

„Ich verstehe. Kennen Sie eine Monica Diskit?"

Er schüttelte den Kopf. „Nein. Als Weinstein mich anrief, habe ich ihm gesagt, dass wir keine Ahnung haben, wer sie ist."

„Haben Sie Ihre Brüder gefragt?"

„Ja. Keiner weiß, wer das arme Mädchen ist oder wie sie auf meinem Grundstück gelandet ist."

„Haben Sie irgendwelche Läden oder Geschäftsinteressen in Orlando?"

„Nein."

„Irgendwelche Verwandten oder Freunde in der Gegend von Orlando?"

„Überhaupt keine. Kam sie aus Orlando?"

„Etwas außerhalb, eine kleine Stadt namens Alafaya."

„Die kenne ich. Bennys Schwester lebt dort."

„Kommt sie jemals hierher?"

„Nein, es geht ihr seit Jahren nicht gut. Seit dem Hirnaneurysma lebt sie in einem Pflegeheim."

„Das tut mir leid zu hören."

„Es ist traurig." Er schüttelte den Kopf. „Manche Leute haben ein sehr hartes Leben."

„Wir müssen dankbar sein für das, was wir haben."

Während ich nach Grey Oaks fuhr, dachte ich über Bill Miller nach. Er war ein erfolgreicher Geschäftsmann, aber auch ein Rätsel. Er hatte meine Ermittlungen behindert, aber seine Absicht war es gewesen, seinen Bruder zu schützen. Da auf seinem Grundstück menschliche Überreste gefunden worden waren, konnten wir ihn unmöglich als Verdächtigen ausschließen.

Andererseits zeigte sein aufrichtiges Mitgefühl für Bennys Schwester, dass er ein gutes Herz hatte. Er war finanziell enorm erfolgreich, doch nachdem er seine Mutter bei einem Unfall, seinen Vater durch Selbstmord und einen Bruder mit einer Hirnverletzung verloren hatte, war klar: Wenn jemand ein hartes Leben hatte, dann er.

Die Schultern des Wachmanns sackten zusammen, als er meinen Dienstausweis sah. Er öffnete das Tor, und ich ließ mir Zeit auf dem Weg zu Newlys Haus. Golfcarts waren auf dem Platz verteilt. Ein großer See lag direkt hinter dem Abschlag. Er war zu weit von der Straße entfernt, als dass Newly die Waffe hineingeworfen haben könnte.

Ein Stück Naturschutzgebiet vor ihrer Straße war eine Möglichkeit. Es war nah genug. Ich machte mir eine gedankliche Notiz, ein paar Uniformierte mit einer Durchsuchung zu beauftragen. Ich hielt vor Newlys Haus und fragte mich, ob Taras sie unter Druck gesetzt hatte, auszuziehen. Es wäre ein gewaltiger Abstieg, in einen

Mietkomplex zu ziehen; es schien eine andere Art von Stolz als Motivator dahinterzustecken, eher der einer verschmähten Geliebten.

Als ich in den strahlenden Sonnenschein trat, lächelte ich. Die Vorhersage hatte sich von einem direkt auftreffenden Tropensturm zu einem Multizellen-Gewitter geändert. Was auch immer das war, es sollte in der Nacht vorüberziehen.

Niemand öffnete die Tür. Es schien nicht, als wäre Newly zu Hause. Ich ging um die Seite des Hauses herum. Von hier aus sah der See anders aus. Ich tastete die Büsche entlang des Hauses ab und hielt dort an, wo der Kompressor der Klimaanlage stand. Ich schaute unter das Gerät, aber es war nichts versteckt.

Auf dem Weg zur Veranda bemerkte ich, dass mehr vom Ufer des Sees über dem Wasser lag. In Erwartung des Sturms hatten sie die Seen abgesenkt, um den erwarteten Abfluss aufzunehmen. Ich beschleunigte meinen Schritt.

Es sah aus, als wären gut sechzig Zentimeter Wasser abgelassen worden. Ich schlich am Rand entlang und bewegte mich nach rechts. Was war das für ein schwarzes Ding? Ich beugte mich vor. Es war ein Stück PVC-Rohr. Ich streckte meinen Rücken und ging weiter, bis ich dachte, ich wäre zu weit vom Haus entfernt.

Mit den Augen fest auf das Wasser gerichtet, ging ich den Weg zurück und passierte meinen Ausgangspunkt. Ich machte einen halben Schritt zurück; es sah aus wie eine Schlange, die ihren Kopf herausstreckte. Sie bewegte sich nicht. Ich kam näher. Was war das? Ich blinzelte, es sah aus wie der Lauf einer Waffe.

Ich zog meine Schuhe und Socken aus und krempelte mein Hosenbein hoch. Das Wasser war warm. Schlamm quetschte sich zwischen meinen Zehen hindurch. In die Hocke gehend, zog ich mein Handy heraus und machte mehrere Bilder. Ich packte den Gegenstand mit Zeigefinger und Daumen und hob ihn hoch.

Wasser tropfte vom Revolver. Es war ein Achtunddreißiger. War es die Tatwaffe?

68

LUCA

Ich schlängelte mich durch den Verkehr wie ein Siebzehnjähriger, der freitags an den See heizt, um sich mit seinen Kumpels zu treffen. Als ich an einer Ampel auf der Livingston Avenue hielt, zog ich meine Socken an und rief Derrick an.

Die Worte sprudelten nur so aus mir heraus. Ich klang wie Derrick. „Du wirst es nicht glauben."

„Was ist passiert?"

„Sie haben wegen des Nicht-Sturms die Seen abgelassen, und ich habe die Mündung des Laufs aus dem Wasser ragen sehen."

„Oh mein Gott. Das ist ja unglaublich."

„Wurde auch Zeit, dass wir mal Glück haben. Ich fahre direkt ins Labor. Ich glaube, Fingerabdrücke halten sich unter Wasser etwa zwei Wochen."

„Dann sollte alles glattgehen."

„Wenn ihre Abdrücke drauf sind und die Ballistik übereinstimmt –"

„Das wird sie."

Ich wollte ihn daran erinnern, dass sich die Überreste, von denen wir dachten, sie gehörten Swift, als falsch herausgestellt hatten. „Wir werden es früh genug herausfinden. Ich rufe Remin an, sage ihm, was wir haben, und bitte ihn, die Sache zu priorisieren. Ich will nicht lange auf das Ergebnis warten."

„Gute Idee. Ich nehme an, die Infos über Hertz brauchst du dann nicht."

„Das ist noch nicht vorbei."

„Newly hat einen Arbeitsplatz, den sie nutzt. Der ist ganz hinten, und ein paar Meter weiter gibt es einen Lagerraum. Ich habe hineingesehen; er ist groß und voll mit irgendwelchen Schildern und so."

„Könnte ein Versteck für eine Waffe sein."

„Kein Zweifel."

„In Ordnung. Wir sehen uns im Büro."

An der nächsten Ampel, während ich einen Fuß in einen Schuh zwängte, klingelte mein Handy. Es war der Sheriff.

„Sir, ich wollte Sie gerade anrufen. Ich habe gute Nachrichten."

„Die kann ich gebrauchen."

Anstatt zu sagen, er hätte es verdient, sagte ich: „Was ist los?"

„Erzähl mir, was du hast."

Ich erklärte, dass ich die Waffe gefunden hatte, und er sagte: „Gute Arbeit, Frank. Ich werde dort anrufen und dafür sorgen, dass das sofort bearbeitet wird."

„Ich denke, wir sollten Newly im Auge behalten. Wir wollen nicht, dass sie sich aus dem Staub macht."

„Ich werde das arrangieren."

„Danke, Sir. Was hatten Sie für mich?"

„Ich wollte nur einen aktuellen Stand. Die Presse sitzt mir wegen der falschen Identifizierung von Swift im Nacken. Das ist unfair. Die glauben, eine DNA-Analyse geht so schnell wie bei *CSI*. Und der Junge war seit einem Jahrzehnt vermisst. Jetzt fangen wir wieder von vorne an."

„Wir kriegen das hin, Sir."

DIE LUFT roch nach einer Mischung aus Schimmel und Bleichmittel. Ich nahm die letzte Stufe und ging zum Raum der Ballistik. Ich konnte keine Minute verschwenden, um herauszufinden, ob wir im Mordfall Park Shore kurz vor der Aufklärung standen.

Der Techniker hatte einen Kapselgehörschutz um den Hals hängen. „Hey, Frank. Wie geht's?"

„Nicht schlecht. Ich hoffe, du machst es gleich noch besser."

„Ich? Ich schieße nur damit. Setz einen Gehörschutz auf, und bringen wir's hinter uns."

Ich schnappte mir einen Gehörschutz von der Wand und setzte ihn auf.

Das Wasser in dem langen Becken war klar. Er zeigte mir den Daumen nach oben und ich nickte. Der Techniker schob die Waffe aus dem See in eine Vorrichtung, deren anderes Ende im Wasser lag. Er drückte ab. Die Spur erinnerte mich an U-Boot-Torpedos in Filmen über den Zweiten Weltkrieg.

Es war in einer Sekunde vorbei. Wir nahmen unseren Gehörschutz ab, und er fischte die Kugel mit einem Netz heraus. Es war albern, aber ich wollte sie mir ansehen. „Lass mal sehen."

„Deine Augen sind nicht so gut, Kumpel."

„Ich weiß. Ich überzeuge mich nur gern selbst."

Licht blitzte auf dem Messing auf. Etwas so Kleines konnte tödlich sein. Es waren die Geschwindigkeit und das Abprallen, die so viel Schaden anrichteten.

„Ich bringe sie für dich nach oben."

„Geht nicht, Frank. Wir haben da unsere Vorschriften."

„Schon gut, bring sie einfach jetzt hoch. Okay?"

Ich nahm die Stufen zwei auf einmal und stürmte durch die Tür zum Kriminallabor. Ich zog mir einen Kittel, eine Haube und Handschuhe an und wurde hereingesummt. „Trane ist im Medienraum."

Ich klopfte an die offene Tür. „Schon wieder du?"

„Glaub mir, ich wünschte, wir hätten nicht so viel zu tun." In Wirklichkeit war das Labor in den meisten Fällen zur treibenden Kraft geworden.

„Na ja, du hast ein gutes Timing, Frank." Trane deutete auf einen Bildschirm. „Das sind die Abdrücke, die wir von der Schusswaffe genommen haben. Ich lade gerade die hoch, die wir von der Kaffeetasse haben, die Ms. Newly bei ihrer Befragung benutzt hat."

Derrick hatte mitgedacht. Ich war stolz auf ihn, aber ich wollte mir gar nicht ausmalen, wie ich reagiert hätte, wenn wir Zeit damit hätten verschwenden müssen, ihre Abdrücke zu besorgen.

„Also gut, los geht's." Die Anzeige des Monitors schaltete in einen geteilten Modus. „Die Abdrücke vom Revolver sind links."

Mir wurde mulmig im Magen. „Die sehen sich nicht sehr ähnlich."

„Warte mal. Lass mich ein paar übereinanderlegen, dann werden wir sehen."

Trane schob ein Bild über ein anderes, und der Bildschirm wurde gedrittelt. Es sah aus wie ein einziger großer Schmierfleck. Ich atmete schwer aus.

„Gib mir eine Minute, Frank. Es sieht so aus, als ob die Daumenabdrücke unsere beste Chance sind."

Er verschob zwei größere Abdrücke und passte sie an. „Diese Schleife passt, auch wenn es nur ein Teilabdruck ist. Siehst du diesen Bogen?"

Ich trat einen Schritt näher. „Ja, das sieht nach einer Übereinstimmung aus."

„Das ist ein Volltreffer."

Wir hatten zwei Punkte. „Wir brauchen noch zehn."

Der Standard erforderte ein Minimum von zwölf Übereinstimmungen, um zu erklären, dass beide Sätze von Abdrücken von derselben Person stammten.

„Der Zeigefinger hat mir sofort gefallen, als ich die Pistole eingestäubt habe. Es ist ein Teilabdruck, aber der Druck auf den Abzug hat ihn deutlich gemacht."

Er manövrierte ihn für eine Überlagerung an die richtige Stelle und verkündete: „Diese Schleife, der Bogen und der Wirbel stimmen überein. Und sieh dir diese Papillarleisten an; die sind perfekt. Sie darf keine langen Fingernägel haben."

„Nur noch ein paar mehr, und wir haben sie."

„Das schaffen wir schon."

Derrick schrieb mir eine SMS. „Ich muss wieder nach oben. Brauchst du mich?"

„Du gehst schon? Wie soll ich denn meine Arbeit machen, ohne dass du mir über die Schulter schaust?"

„Du hast Glück, dass ich dich mag. Sag mir Bescheid, und vergiss nicht, wir brauchen den Ballistikbericht."

„Der kommt."

Ich eilte die Treppe hoch, schnappte mir zwei Kaffee und ging in mein Büro. Derrick starrte auf seinen Monitor. „Und, wie lief's?"

Ich stellte ihm einen Kaffee auf den Schreibtisch. „Trane ist mit den Fingerabdrücken fast fertig. Er hat so an die zehn, wir haben es also fast geschafft."

„Super. Was ist mit der Ballistik?"

„Ich erwarte die Ergebnisse in ein paar Minuten."

Ich nahm einen Schluck Kaffee. Er schmeckte verbrannt. „Hast du die Fallakte aus Orlando bekommen?"

„Ja, die ist deprimierend. Scheint ein richtig gutes Mädchen gewesen zu sein. Hervorragende Noten, hat in der Fußball- und Tennismannschaft gespielt. War Jugendleiterin in der Kirche und hat sich sogar ehrenamtlich um Senioren gekümmert."

„Was ist mit Verdächtigen?"

„Ich komme gerade zu den Befragungen. Aber in der Zusammenfassung wurden ein Herumtreiber und ein älterer Junge erwähnt, der an ihr interessiert war, den sie aber abblitzen ließ."

„Welche Verbindung gibt es nach Naples?"

„Scheint keine zu geben. Sieht so aus, als wäre es nur ein guter Ort gewesen, um eine Leiche loszuwerden."

„Könnte sein. In Pine Ridge Estates war vor zehn Jahren verdammt viel weniger los. Große Grundstücke, nicht viele Häuser."

Mein Bürotelefon klingelte. Ich nahm ab und ballte die Faust. „Wir haben eine ballistische Übereinstimmung."

„Warten wir auf die Fingerabdrücke?"

„Nein, die bekommen wir noch. Besorgen wir uns einen Haftbefehl."

„Ich kümmere mich darum."

„Schick mir zuerst die Akte von Monica Diskit."

69

Luca

Ich starrte auf die ZIP-Datei. Alafaya hatte keine eigene Polizeibehörde und wurde von der Polizei von Orlando betreut. Ich klickte sie an, und ein Bild von Monica Diskit erschien. Die Ähnlichkeit mit Kate Swift ließ mich an die Eltern der Swifts denken.

Wie unfair das ihnen gegenüber gewesen war. Deine Tochter verschwindet und du fragst dich neun Jahre lang, was passiert ist. Man sagt dir, dass sie gefunden wurde, du hältst eine Trauerfeier ab, und dann stellt sich heraus, dass es jemand anderes ist.

Während ich dachte, dass sie Gerechtigkeit und einen Abschluss verdient hatten, bemerkte ich, dass die Akte einhundertneunundachtzig Seiten umfasste. Sollte ich mich da jetzt reinknien oder versuchen, im Fall Swift ein bisschen Staub aufzuwirbeln? Wir könnten die Personen von Interesse, die wir ursprünglich ermittelt hatten, noch einmal genau unter die Lupe nehmen.

Vielleicht mussten die Lehrer genauer überprüft werden. Oder wir sollten uns Bill Miller noch einmal ansehen. Und seinen Bruder Greg. Sie hatten sich verschworen und eine falsche Sichtung erfunden. Ich musste jedes Interview und jedes Detail, das wir hatten, durchkämmen. Und wir hatten nie herausgefunden, wer Mr. Linen war. Wir mussten mit ihm reden.

Mich mit den Details eines anderen Falls ablenken zu lassen, war eigentlich nicht das, was ich wollte. Sie könnten miteinander in Verbindung stehen, aber ich musste mich auf eine Sache nach der anderen konzentrieren. Eine E-Mail plingte auf. Sie war vom Sheriff. Der Streit, den ich mit ihm darüber gehabt hatte, mehr als einen Fall gleichzeitig zu bearbeiten, schoss mir durch den Kopf. Wenn ich sagte, ich könnte mehr als einen Fall auf einmal bearbeiten, sollte ich das besser auch beweisen.

Der Sheriff verlor keine Zeit, sein Image aufzupolieren. Wenn man zwischen den Zeilen las, wollte er eine Pressekonferenz zur Verhaftung von Newly ansetzen. Ich vermutete, dass er meinen Bericht als Deckmantel verlangte. Eine Hälfte von mir wollte, dass Newly abhaut. Der Sheriff musste ruhig noch ein bisschen zappeln, aber die Realität war, dass der Park-Shore-Fall in wenigen Stunden in den Händen der Staatsanwaltschaft liegen würde.

Auf halbem Weg durch den Bericht rief Trane an. Er hatte achtzehn Übereinstimmungen. Obwohl das nicht die optimalen zwanzig waren, war es mehr als gut genug. Ich fügte die Details in das Dokument ein und schickte es per E-Mail an Remin.

Als hätte er mich gerufen, landete der Cursor auf der Taskleiste, nachdem ich den Bericht an den Sheriff gesendet hatte. Ein kleines Fenster für die Orlando-Akte tauchte auf. Ich maximierte es und begann, die Zusammenfassung zu lesen.

Ihre Eltern hatten am 12. Mai 2010 eine Vermisstenanzeige aufgegeben, als sie am Vorabend nicht nach Hause gekommen war. Es war zwölf Jahre her, seit Monica Diskit verschwunden war.

Sie war auf dem Heimweg von ihrer Freiwilligenarbeit im Heritage-Pflegeheim gewesen. Die Polizei von Orlando hatte zwei Personen von Interesse identifiziert: Chuck Cutowski und Peter Shelly.

Cutowski hatte ein langes Vorstrafenregister, das aus Delikten wie öffentlicher Trunkenheit, Herumlungern und Leben im öffentlichen Raum bestand. Er schien nicht gewalttätig zu sein, aber er wurde gesehen, wie er Diskit um Geld anbettelte.

Peter Shelly besuchte dieselbe Highschool wie Diskit und war allen Berichten zufolge von ihr besessen. Shelly hatte sie mehrmals um ein Date gebeten und war abgewiesen worden. Eine Begegnung, bei der Diskit ihm vor einer Gruppe von Schülern einen Korb gab, brachte Shelly auf den Radar. Nach der peinlichen Episode hatte er groß getönt und zwei Klassenkameraden erzählt, dass er sie dafür bezahlen lassen würde, dass sie ihn bloßgestellt hatte.

Keiner von beiden wurde angeklagt, aber sie wurden auch nicht entlastet. Interessanterweise hatten beide keine plausiblen Alibis. Cutowski behauptete, betrunken gewesen zu sein und den Tag unter einer Überführung verschlafen zu haben. Shelly sagte, er sei nach der Schule nach Hause gegangen und dort geblieben. Seine Eltern, die Verwandte in New York besuchten, konnten dies nicht bestätigen, und es gab sonst niemanden, der seine Behauptung stützen konnte.

Ich blätterte zum Profilabschnitt, der zu jedem der Verdächtigen erstellt worden war. Cutowski hatte einen struppigen Bart und Augen, die zu eng beieinander standen. Er war dünn und hatte eine Narbe auf der Stirn. War sie von einem Kampf oder einem Sturz im Vollrausch?

Shelly hatte ein rundes, teigiges Gesicht und sandfarbenes Haar. Dunkle, fast schwarze Augen und einen kleinen Mund. Er hatte runde Schultern. Wenn man ihm einen Ball gezeigt hätte, hätte er gefragt, was das sei.

Ich gab Cutowski ins System ein. Der Herumtreiber war seit Diskits Verschwinden wegen drei Verstößen eingebuchtet worden. Einer war wegen Hausfriedensbruchs in einem Haus, dessen Besitzer nur zum Überwintern da waren. Aber die anderen beiden waren wegen Körperverletzung, ein Vorfall mit einer Messerstecherei und der andere eine Prügelei mit einem Rohrstück.

Dieser Kerl hatte also doch eine gewalttätige Ader. Obwohl beide Straftaten gegen Männer begangen wurden, hätte Diskit den labilen Landstreicher irgendwie aus der Fassung bringen können. Er war jemand, den wir würden aufspüren müssen.

In den zwölf Jahren, seit Diskit verschwunden war, hatte sich auch Peter Shelly als ernstzunehmender Verdächtiger erwiesen. Es gab eine Betrugsanzeige wegen eines ungedeckten Schecks, aber was meine Aufmerksamkeit erregte, waren zwei Anzeigen wegen häuslicher Gewalt. Beide führten zu Kontaktverboten. Ich verstand es nicht; zwei verschiedene Frauen hatten um Hilfe ersucht und die Verfügung erhalten, dass Shelly sich mindestens fünfhundert Fuß von ihnen fernhalten musste. Warum gab es kein Gesetz, um Leute wie ihn wegzusperren?

Zwischen den Anzeigen lagen vier Jahre. Ich fragte mich, ob es noch mehr Frauen gab, die zu viel Angst hatten, Anzeige zu erstatten. Oder hatte es welche gegeben und Shelly hatte sie umgebracht?

Als Allererstes musste ich diese beiden Dreckskerle ausfindig machen. Mal sehen, ob sie sich auch bei mir herauswinden konnten. Als ich gerade das Portal der Zulassungsbehörde öffnete, stürmte Derrick ins Büro. „Newlys Anwältin ist hier. Sie wollen reden."

„Reden? Hoffen die auf einen Deal?"

„Scheint so."

Ich schnaubte. „Das ist Mord ersten Grades. Darauf steht entweder lebenslänglich ohne die Möglichkeit auf Bewährung oder die Todesstrafe, aber die ist selten."

„Vielleicht hofft sie auf die Möglichkeit einer vorzeitigen Entlassung."

„Wahrscheinlich. Das ist nicht unsere Entscheidung, aber ich würde mich auf keinen Deal einlassen, wenn sie nicht fünfundzwanzig Jahre absitzt."

„Hören wir uns mal an, was sie zu sagen haben."

Ich stand auf. „Ich hoffe, das wird kein langes Hin und Her; wir müssen wieder an den Diskit-Fall ran. Ich habe mir die beiden Verdächtigen angesehen; beide stecken in ernsthaften Schwierigkeiten, seit das Kind verschwunden ist."

„Was zum Beispiel?"

Ich erzählte ihm, was ich herausgefunden hatte, und er fragte: „Und niemand in Orlando hat da nachgehakt?"

„Ich habe keine Hinweise darauf gefunden."

70

LUCA

Sobald wir wieder im Büro waren, sagte ich: „Ich hätte auf fünfundzwanzig Jahre gedrängt."

„Sie wird in ihren Sechzigern sein, wenn sie vor dem Bewährungsausschuss sitzt."

„Und Mrs. Taras ist dann seit fünfundzwanzig Jahren tot."

„Ja. So habe ich das nicht gesehen."

„Man kann es einfach nicht wiedergutmachen. Selbst die Todesstrafe gleicht das nicht aus, wenn man einen geliebten Menschen verliert."

„Es ist beschissen. Ich kann es mir nicht vorstellen. Glaubst du, Paul Taras wusste, dass sie es in sich hatte, zu töten?"

Ich ließ mich hinter meinen Schreibtisch gleiten. „Ich glaube, er hat die Anzeichen gesehen, dass sie nicht die Richtige für ihn war, aber nicht, dass sie eine Mörderin ist. Unterm Strich kennt man einen Menschen eben nie wirklich."

„Ja, erinnerst du dich an den Fall, wo der Typ seiner Frau erzählt hat, er sei in einem bestimmten Flug, aber mit einer früheren Maschine ankam?"

„Den vergisst man nicht so schnell. Aber was wir hier jetzt am Hals haben, ist eine ganz andere Hausnummer. Machen wir uns an die Arbeit und nehmen uns die Mistkerle im Fall Diskit vor. Du findest raus, wo Cutowski steckt, und ich finde heraus, wo Shelly wohnt."

Laut den Unterlagen der Zulassungsstelle war Shellys Adresse der Gulf Shore Boulevard 1111. Er wohnte in Naples? Das war eine Nobeladresse. Viele der teuersten Immobilien in Naples säumten die Golfseite der Straße. Ich gab sie in Google Earth ein und zoomte heran. Es war ein Hochhaus mit Blick auf den Golf von Mexiko.

Wie war dieser Feigling zu seinem Geld gekommen? Ich überlegte, ob er es geheiratet hatte, und rief sein Führerscheinfoto auf. Ein Hauch von Grau und ein leichtes Doppelkinn waren die einzigen Unterschiede. Er hatte ein selbstgefälliges Grinsen im Gesicht. Lachte er mich aus?

„Hey, Frank. Rate mal, wo Cutowski ist?"

Na, das kann ja heiter werden. „Im Penthouse vom Ritz?"

„Nö. Auf dem Lake Stafford Friedhof."

Collier County beerdigte die Mittellosen an einem Ort in der Nähe des Immokalee-Casinos. Das bedeutete, dass Cutowski ebenfalls nach Naples gezogen war. „Er ist tot?"

„Vor ungefähr vier Jahren gestorben."

„Verdammt. Ich hoffe, wir jagen keinem toten Mann hinterher."

„Apropos schwierig."

„Ich weiß nicht. Wie stehen die Chancen, dass sowohl Cutowski als auch Shelly hier unten gelandet sind?"

„Ich werde jetzt nicht Zufall sagen, weil ich deine Antwort darauf kenne."

Er hatte recht; ich glaubte nicht an so etwas. „Wir können prüfen, ob sich jemand daran erinnert, sein Auto hier unten gesehen zu haben. Einen grünen Gremlin konnte man nur schwer übersehen."

„Die wurden schon nicht mehr gebaut, bevor ich fahren durfte."

„Reib es mir nicht unter die Nase. Du bist nicht so viel jünger als ich."

„War nicht–"

Ich hob eine Hand. „War nur ein Scherz."

„Ich denke, ich sollte mit den Millers anfangen. Ist das in Ordnung?"

„Klar. Der Typ von nebenan schien ein gutes Gedächtnis zu haben. Schau mal, was er sagt."

„Mach ich. Hast du eine Spur zu Shelly?"

„Sieht so aus, als würde es ihm ziemlich gut gehen, er wohnt in einem Hochhaus am Gulf Shore Drive. Ich werde mal nachsehen, was er zu sagen hat."

Ich bog links auf den Park Shore Drive ab und schlängelte mich westwärts zum Wasser. Der Damm erhob sich über dem Wasser. Venetian Village, eine farbenfrohe Enklave von Geschäften und Restaurants an der Bucht, auf beiden Seiten der Straße. Jedes Mal, wenn ich in der Gegend war, kam mir die Eisdiele in den Sinn, in die wir Jessie zigmal mitgenommen hatten.

Ich bog rechts auf den Gulf Shore Boulevard ab und

fuhr an ein paar Hochhäusern vorbei, bevor ich in die Einfahrt eines modern aussehenden Gebäudes einbog. Soweit ich mich erinnern konnte und angesichts der Tatsache, dass es einen Blick aufs Wasser hatte, konnte ich mir nicht vorstellen, dass eine Wohnung hier unter zwei Millionen zu haben war. Als ich ausstieg, schlug mir die salzige Luft entgegen.

Die runde Lobby war ganz in weiß-grauem Marmor gehalten. Eine geschwungene Treppe führte zu einem Zwischengeschoss, von dem ich annahm, dass es mit allerlei Annehmlichkeiten ausgestattet war. Ich trat an den Empfangstresen, und die junge Dame, die ihn besetzte, legte ihr Telefon weg. Während sie Shelly anrief, fragte ich mich, ob es hier auch ein Spa gab. Ich musste Mary Ann einen Geschenkgutschein besorgen; Massagen taten ihrer MS gut.

Shelly wohnte im sechsten Stock. Der Aufzug öffnete sich direkt in seiner Wohnung. Ich hatte so etwas schon einmal gesehen, aber es war trotzdem cool.

Eine männliche Stimme sagte, er käme gleich. Ich trat einen Schritt nach links: ein herrlicher Blick auf den Golf. Ich fragte mich, ob es möglich war, den Anblick des schimmernden Wassers für selbstverständlich zu halten, aber ich wusste, dass es so war.

Es schien sich um eine Dreizimmerwohnung zu handeln. Hochwertige Möbel. Und was da an den Wänden hing, stammte nicht von Home Goods.

„Mr. Luca? Sind Sie von der Ingenieurfirma?"

Seit dem Einsturz eines Wohnhauses an der Ostküste stellte niemand mehr unangekündigte Besuche von

Bauingenieuren infrage. Ich zeigte ihm meine Marke. „Vom Sheriff's Office in Collier County."

„Der Sheriff? Hat jemand im Gebäude etwas angestellt?"

Er war ehrlich überrascht. Oder ein guter Schauspieler. „Nein. Ich möchte mit Ihnen über Monica Diskit sprechen."

„Wer?"

Sein Gesichtsausdruck passte nicht zu seiner Frage. „Denken Sie noch mal nach. Monica Diskit. Das Mädchen, in das Sie vernarrt waren und das vor einem Dutzend Jahren verschwunden ist."

„Oh, oh. Ja, ich habe in der Zeitung gelesen, dass sie sie gefunden haben."

„Wann sind Sie nach Naples gezogen?"

„Oh, vor ungefähr fünf, vielleicht sechs Jahren."

„Gute Entscheidung. Ich bin vor ungefähr zehn Jahren aus Jersey hierhergekommen."

„Ich wünschte, ich wäre früher gekommen."

„Haben Sie Familie hier unten?"

„Oh ja. Die meisten aus meiner Familie leben schon seit Jahren hier. Orlando hat sich verändert, und einer nach dem anderen ist weggezogen."

„Das ist ja eine tolle Bude, die Sie hier haben."

„Danke. Ich war mir nicht sicher, ob es mir in einem Hochhaus gefallen würde, aber es ist großartig."

„Was machen Sie beruflich?"

„Ich hatte Glück mit einem Videospiel. Ich hatte eine Idee, und einer meiner College-Kumpel war Programmierer, und das Ding ist ziemlich eingeschlagen."

„Wow. Welches Spiel?"

„*Combat Island*."

Klang brutal. „Glückwunsch."

„Danke. Ich habe andere Ideen ausprobiert, aber im Moment besteht kein Interesse."

„Das wird schon. Sagen Sie, da Monicas Überreste hier unten gefunden wurden, muss ich ein bisschen arbeiten, bevor ich die Sache nach Orlando zurückgebe."

„Okay."

„Ich hoffe, Sie können mir mit ein paar Hintergrundinformationen helfen."

„Sicher, was immer ich tun kann."

„Sie kannten sie aus der Schule."

„Ja, wir waren auf der University High."

„Sie waren romantisch an ihr interessiert."

„Nein. Das stimmt nicht."

„Alle sagen, dass Sie von ihr besessen waren."

„Das war eine Kinderei, mehr nicht."

„Sie haben gedroht, sie sich zu holen, als sie ein Date mit Ihnen abgelehnt hat."

„Hey, was soll das alles? Ich hatte nichts damit zu tun, was ihr passiert ist. Damals hat die Polizei Fragen gestellt und der Sache nachgegangen, aber das war alles Blödsinn. Ich war aus dem Schneider."

„Sie waren nie aus dem Schneider."

„Hören Sie, ich hatte nichts damit zu tun."

„Sie schlagen gerne Frauen, nicht wahr?"

„Diese Anschuldigungen waren Blödsinn."

„Für Sie ist alles Blödsinn."

„Ich will, dass Sie gehen. Ohne einen Anwalt sage ich gar nichts."

71

_____

LUCA

Kaum war ich aus dem Aufzug getreten, rief Derrick: „Frank, der Nachbar ist sich ziemlich sicher, dass er den Gremlin gesehen hat. Er meinte sogar, er hätte wie eine Limette ausgesehen. Ich konnte es kaum glauben."

„Er ist gut. Er hat sich daran erinnert, Amanda Pearson gesehen zu haben. Das muss an seiner Erfahrung aus dem Irak liegen."

„Wahrscheinlich. Wenn du da etwas falsch deutest, bist du Geschichte."

„Amen. Also, was haben die Millers gesagt?"

„Sie haben zu der Zeit nicht dort gewohnt. Der Vater schon."

Wie zum Teufel hatte ich das übersehen? War das mein Chemo-Hirn? „Ich weiß. Es war einen Versuch wert, dass sie vielleicht bei einem Besuch etwas gesehen haben."

„Was jetzt?"

Wenn ich das nur wüsste. „Wir müssen sehen, ob wir Cutowski und Diskit in Verbindung bringen können. An dem Tag, als sie verschwand. Versuchen, seine Bewegungen an dem Tag nachzuverfolgen."

„In Ordnung. Wie lief's mit Shelly?"

„Er hat alles abgestritten, sogar die Anzeigen wegen häuslicher Gewalt gegen ihn. Er hat einen Anwalt verlangt."

„Was denkst du?"

„Ich kann den Kerl absolut nicht ausstehen, aber ich brauche mehr. Ich werde mich da reinknien."

Als ich in mein Auto stieg, hoffte ich, dass es Shelly war. Er war eine Gefahr für Frauen.

Es war schön zu sehen, wie Mary Ann am Herd stand. Ich gab ihr einen Kuss auf die Wange. „Fühlst du dich gut?"

„Ziemlich gut. Ich konnte nicht den ganzen Tag nur herumliegen."

„Was machst du da?"

„Blattkohl."

Nicht gerade appetitlich. „Passt das zu Nudeln?"

Sie runzelte die Stirn. „Ich habe Putenburger aus dem Gefrierschrank geholt."

Ich fragte mich, ob ich mich zu McDonald's schleichen könnte. „Wo ist Jessie?"

„Auf dem Heimweg."

Ich hielt einen kleinen Behälter hoch. „Ich möchte, dass Jessie das hier immer bei sich trägt. Jederzeit."

„Pfefferspray?"

„Ja. Sie muss in der Lage sein, einen Mistkerl abzuwehren, wenn es sein muss."

„Was ist heute passiert?"

Stand es mir etwa auf der Stirn geschrieben? „Nichts."

„Frank?"

„Es gibt da draußen Feiglinge, die sich einen darauf runterholen, Frauen herumzuschubsen. Wenn ihr jemand zu nahe kommt, verpasst sie ihm eine Ladung davon."

Sie zog die Augenbrauen hoch.

„Ach komm schon, Mary Ann, du weißt doch, wovon ich rede."

„Ich widerspreche dir ja nicht. Ich will nur nicht, dass du ihr Angst machst."

„Sie geht bald aufs College. Ein Campus ist nicht so sicher, wie die Leute denken."

„Jessica weiß, wie sie auf sich aufpassen muss."

„Um sie mache ich mir keine Sorgen."

„Wenn es dich glücklich macht."

„Mich? Ich versuche doch nur, unsere Tochter zu beschützen."

„Ich weiß, aber jedes Mal, wenn du einen Fall mit einer besonderen Wendung hast, nimmst du ihn persönlich."

„Ich kann nicht anders. Jessie ist mein Ein und Alles."

Sie schlang ihre Arme um mich und küsste mich. „Das weiß sie. Wir reden heute Abend beide mit ihr, okay?"

„Danke."

„Klar. Und jetzt schmeiß den Grill an. Ich hab Hunger."

Ich legte einen Tab in die Spülmaschine und schloss die Tür. Jessie und Mary Ann waren unter der Dusche, und ich zog mich mit meinem Laptop auf die Lanai zurück.

Der Himmel leuchtete in hellem Orange. Eine tropische Brise ließ die Palmen rascheln. Ich öffnete die Datei, die Orlando uns geschickt hatte, ging direkt zu dem, was sie über Shelly hatten, und begann zu lesen.

Sie hatten zwei Befragungen mit Shelly durchgeführt. Warum hatten sie ihn nicht öfter vernommen? Als mir wieder einfiel, dass die Anklage wegen häuslicher Gewalt erst lange nach Diskits Verschwinden erhoben wurde, fuhr ich meinen Ärger herunter.

Der Ermittler, ein Detective Daly, befragte Shelly vorsichtig zu seiner Beziehung zum Opfer. Er fragte ihn nie, ob er von Diskit besessen war, obwohl die Leute das behauptet hatten.

Vielleicht war er so sanft, weil Shelly minderjährig war und seine Mutter sowie ein Anwalt anwesend waren. Als ich mit dem Lesen des Protokolls der ersten Befragung fertig war, war das Einzige, was Daly herausbekam, dass Shelly in derselben Wohnsiedlung wie Diskit wohnte.

Die zweite Unterredung fand eine Woche später statt. Daly wiederholte die wichtigsten Punkte der ersten Befragung – immer eine gute Idee, um zu sehen, ob sich die Geschichte änderte. Shelly beharrte darauf, Diskit an jenem Tag nicht gesehen zu haben.

Daly war vorbereitet und erwähnte zwei Schüler, die

sagten, Shelly und Diskit hätten sich nach Schulschluss auf dem Parkplatz unterhalten. Shelly stritt es ab und behauptete, sie müssten die Tage verwechselt haben. Daly hakte nach, aber der Anwalt erklärte, sein Mandant habe es bestritten, und bat darum, zum nächsten Punkt überzugehen.

Der Detective kam auf die Beziehung zurück. Er fragte Shelly, ob er enttäuscht gewesen sei, dass Diskit nicht mit ihm ausgehen wollte. Shelly sagte, das habe ihn nicht gekümmert. Dann fragte Daly nach der Drohung, die er ausgestoßen hatte, sich an ihr zu rächen, weil sie ihn bloßgestellt hatte.

Obwohl erst siebzehn, war Shelly arrogant, behauptete, so etwas nie gesagt zu haben, und meinte, jeder, der das behaupte, sei ein Lügner. Daly konterte mit der unterzeichneten Aussage eines Zeugen. Shelly verlangte zu wissen, wer das gesagt hatte, und beharrte weiter darauf, dass es eine Lüge sei.

Die Befragung geriet aus dem Ruder und endete kurz darauf. Ich lehnte mich zurück und dachte darüber nach. Alles, was sie hatten, waren Indizien. Widersprüchlich und belastend, aber eben nur Indizien.

Shelly war jemand, den man in die Mangel nehmen musste. Warum hatten sie nicht weiter Druck ausgeübt? Das Kind hat gelogen. Warum ließ man ihn vom Haken?

Während ich auf den Bildschirm starrte, begann Jessie, sich die Haare zu föhnen. Wie konnte ein Kind einfach so verschwinden? Ich scrollte nach unten zu den Befragungen ihrer Eltern. Ich hatte es vermieden, sie zu lesen, um mir das Elend zu ersparen.

Ich begann, die Notizen von einem Officer Johns zu

lesen, der zum Haus gegangen war, nachdem die Eltern sie als vermisst gemeldet hatten. Die Mutter schilderte den Morgen, bevor Monica zur Schule ging. Als ich las, wo sie ehrenamtlich tätig war, spürte ich ein Kribbeln im Nacken.

72

LUCA

Ich las es noch einmal. Monica Diskit hatte ehrenamtlich im Alafaya Nursing Rehabilitation Center gearbeitet. Als ich die Vernehmungsprotokolle
durchblätterte, fand ich zwei, die mit Angestellten des
Pflegeheims geführt worden waren.

Glenn Fitch war der Leiter. Er gab an, dass Monica
eines von vier Mädchen war, die zweimal pro Woche
kamen. Monica arbeitete an der Seite von Carol Free-
land, der Leiterin für Freizeitaktivitäten. Fitch sagte,
Monica sei bei Mitarbeitern und Bewohnern sehr beliebt
gewesen. Er erwähnte, dass er sie bei ihrer Ankunft in
der Einrichtung gesehen hatte, und bot das Videomaterial der Überwachungskamera an.

Ich scrollte zum Asservatenverzeichnis. Die DVD war
unter der Kennnummer A73 registriert worden. Im
Notizbereich gab Detective Daly an, dass Diskit um
18:04 Uhr auf der Kamera zu sehen war, als sie die

Einrichtung verließ. Sie ging durch den Haupteingang und verschwand auf dem Parkplatz aus dem Bild.

Ich musste mir den Film ansehen. Ich las die Befragung der Frau, die für die Freizeitaktivitäten zuständig war. Freeman sagte, Monica sei ein Liebling der Bewohner gewesen und habe sich gut mit dem Personal verstanden. Sie habe keine Ahnung, was mit ihr passiert sei, und bot keine Hinweise auf mögliche Verdächtige. Daly hakte nach, ob jemand, der dort arbeitete, Interesse an ihr bekundet oder einen Konflikt mit ihr gehabt hätte.

Es war ein Fehler, dass kein anderer Mitarbeiter des Pflegeheims befragt worden war. Es war der letzte Ort, an dem sie mit irgendjemandem Kontakt gehabt hatte.

Ich begann, die Möglichkeiten durchzugehen. Es schien wahrscheinlich, dass Diskit von der Straße weggeholt worden war, entweder freiwillig, oder sie wurde in ein Fahrzeug gezwungen. Wohin sie gebracht worden sein könnte, war unbekannt, ebenso wie, ob sie in der Gegend von Orlando getötet und nach Naples gefahren wurde oder ob sie ihren Schöpfer in Collier County traf.

Wir wussten, dass sie bis 18:00 Uhr ehrenamtlich arbeitete. Ich fragte mich, was sich in der Umgebung der Einrichtung befand, und rief Google Earth auf. Ich war mir sicher, dass es vor einem Dutzend Jahren anders aussah, aber es gab eine Kirche auf der anderen Straßenseite, St. Joseph's Catholic Church. Dem Aussehen nach zu urteilen, wurde sie gebaut, bevor Diskit geboren wurde.

Eine Frage schoss mir durch den Kopf und ich startete eine Suche. St. Joseph's hatte eine Suppenküche.

Hatte Cutowski sie besucht? Ich fragte mich auch, ob wir Shelly mit der Gegend in Verbindung bringen könnten. Hatte er dort Freunde? Oder irgendeinen Grund, in der Gegend zu sein?

Ich überflog die Vernehmungsprotokolle von Cutowski und Shelly. Keine einzige Frage bezüglich des Standorts des Pflegeheims. Das fühlte sich wie ein gewaltiges Versäumnis an. Ich griff zum Telefon.

DER VERKEHR auf der I-75 war kurz vor Tampa gering. Der Tacho zeigte neunzig. Ich drückte aufs Gas. Zeitverschwendung war eines der größten Ärgernisse des Lebens. Davon würde ich meine Dosis bekommen, wenn ich auf die Route 4 nach Orlando abbog.

Ich drosselte auf achtzig und rief Mary Ann an. „Wie fühlst du dich?"

„Gut. Wo bist du?"

„Ich fahre gleich auf die Vier."

„Ich weiß nicht, warum du nicht einfach beantragen konntest, dass sie dir zugeschickt wird."

„Das hätte mindestens eine Woche gedauert."

„Der Fall ist zwölf Jahre alt."

„Du weißt, ich kritisiere ungern einen Kollegen, aber nach dem, was in der Akte steht, haben sie nicht den Ball fallen lassen, sie haben ihn weggeworfen."

„Du sagtest, der Detective, der den Fall bearbeitet hat, ist verstorben?"

„Ja, Herzinfarkt vor fünf Jahren."

„Er war nicht bei der Mordkommission, oder?"

„Nein. Es war ein Vermisstenfall, der zu den Akten gelegt wurde."

„Das erklärt es."

„Nicht für die Eltern."

„Leben die noch?"

„Ja. Ich habe überlegt, mit ihnen zu reden. Sie wissen vielleicht mehr über Shelly, aber mal sehen, was das Videomaterial zeigt."

„Du solltest über Nacht bleiben. Das ist zu viel Fahrerei für dich."

„Mir geht's gut; so schlimm ist das nicht."

„Du bist kein Kind mehr, Frank."

Daran musste man mich nicht erinnern. Mein Arsch tat mir schon höllisch weh, und egal, wie ich den Sitz verstellte, mein Rücken fing an sich zu melden. „Hey, du hast doch gesagt, du stehst auf reife Männer."

Sie kicherte. „Für mich gibt es nur den einen. Ich will nur sichergehen, dass du nicht so müde nach Hause kommst, dass du nicht mehr kannst, du weißt schon ..."

„Ich weiß nicht. Sag es mir."

„Tschüss, Frank. Konzentrier dich auf die Straße und ruf mich an, wenn du da bist."

Das Gebäude, das das Orlando Police Department beherbergte, war ganz aus Glas. Es war modern, mit Lamellen, die von der Dachlinie ausgingen. Die Gegend war extrem belebt. Der Citrus-Bowl-Komplex lag direkt südlich und das Explora-Fußballstadion zwei Blocks nördlich.

Während ich auf Detective Ryder wartete, konnte ich mir nicht vorstellen, in einer Metropolregion mit drei

Millionen Menschen zu arbeiten. Nach fünf Minuten hörte ich: „Detective Luca."

Ich blickte auf, eine Frau in einem blauen Hosenanzug winkte mir zu. Woher wusste sie, dass ich es war?

„Detective Ryder?"

Sie streckte ihre Hand aus. „Nenn mich Mary."

„Schön, dich kennenzulernen. Woher wusstest du, dass ich es war?"

Wir gingen einen langen Flur entlang. „Ich habe eine Freundin, sie arbeitet in deinem Gerichtsgebäude, Penny Velasquez. Sie meinte, du siehst aus wie George Clooney, aber da bin ich mir nicht so sicher."

Den Clooney-Vergleich hatte ich schon eine Weile nicht mehr gehört. War das ein weiteres Zeichen des Alterns? „Ich kenne sie nicht."

„Sie ist Stenografin. Wie auch immer, meine Zeit ist knapp. Hier geht es rein."

Das Gebäude war neu, aber die Ausstattung in dem kleinen Raum stammte aus der Zeit von Woodstock. Sie gab mir Dokumente zum Unterschreiben und reichte mir einen Umschlag. Sie schaltete einen Monitor an und deutete darunter. „Das ist der DVD-Player."

„Okay, hab's kapiert."

„Tob dich aus. Wenn du was brauchst, meine Durchwahl ist die vier-eins-neun."

„Danke." Ich zog die DVD heraus und legte sie ein. Es war erstaunlich, wie schnell wir von echten Filmen zu DVDs übergegangen waren, und jetzt war alles digital. Ich spulte bis 17:45 Uhr vor.

Das Video war klar, aber ruckartig. Die Einfahrt war

nass. Regentropfen spritzten in eine Pfütze. Es regnete. Warum war das im Protokoll nicht vermerkt worden?

Zehn Minuten vor sechs erschien ein älteres Paar im Bild. Der Mann hielt die Tür auf und folgte seiner Begleiterin hinein. Sie sahen aus wie Besucher. Sechs Minuten lang war es ruhig, bis eine große Frau das Gebäude verließ. Ich sah ihr nach, wie sie aus dem Bild ging, als ein Mann mit einem Stock herausschritt. Ein Auto fuhr vor und er stieg ein. Sie fuhren davon, und da war noch jemand, der herauskam.

Es war unverkennbar. Da war sie. Monica Diskit. Sie hatte einen federnden Schritt und lächelte. Sie zog ihre weiße Jacke über den Kopf und ging aus dem Bild.

Während ich bedauerte, wie schnell sich ihr Leben verändert hatte, sah ich einen Mann das Gebäude verlassen. Ich erstarrte, als er nach rechts abbog und verschwand. Ich spulte zurück und zoomte heran. Er musste es sein.

73

LUCA

Sobald ich auf der Autobahn war, schaltete ich das Blaulicht ein und trat aufs Gas. Konnte das wirklich ein Zufall sein? Benny Alstons Mutter war Bewohnerin in dem Pflegeheim, in dem Diskit ehrenamtlich arbeitete. Das war möglich.

Aber am Tag von Diskits Verschwinden dort zu sein und die Einrichtung nur wenige Minuten nach ihr zu verlassen? Die Wahrscheinlichkeit dafür grenzte ans Unglaubliche. Hatte ich etwas übersehen?

Während die Meilen dahinschmolzen, drehte sich mir der Magen um. Was ich hatte, waren nur Indizien und das Ganze war ein Dutzend Jahre alt. Die Polizei von Orlando hatte nur mit zwei Angestellten des Pflegeheims gesprochen. Es gab keine Aufzeichnungen darüber, dass sie Besucher oder Bewohner befragt hatten.

Wenn es Alston war, war er nicht nur damit davongekommen, sondern hatte auch jeglichen Verdacht vermieden. Mein Handy klingelte. Es war Derrick.

„Tut mir leid, Frank, ich komme gerade aus dem Gericht. Wo bist du?"

„Ungefähr eine Stunde entfernt. Hör zu, Benny Alston hat das Pflegeheim direkt nach Diskit verlassen."

„Alston? Der Freund der Millers?"

„Ich weiß, es ist seltsam, aber seine Mutter wohnt dort."

„Und er wohnt in der Nähe des Fundorts ihrer Leiche."

Ich verlagerte mein Gewicht, um meine Hüfte zu entlasten. „Bingo. Das kann kein Zufall sein."

„Glaubst du, er hat auch etwas mit Swift zu tun?"

„Könnte sein. Wer weiß, vielleicht hat er das arme Mädchen irgendwo oben in Orlando verschwinden lassen."

„Ich verstehe nicht, warum er versucht hat, Mark Miller zu belasten, wenn er wusste, dass es nicht Swift war."

„Damals dachten wir, es wäre Swift. Der Mistkerl hat uns wahrscheinlich ausgelacht."

„Wir haben nicht viel in der Hand. Sollen wir ihn reinholen?"

„Ich weiß nicht. Diese Fälle sind alt. Jegliche Beweise zerfallen mit jeder Stunde. Wenn wir ihn reinholen, wird er dafür sorgen, dass er alles loswird, was ihn mit einem der beiden Mädchen in Verbindung bringen könnte."

„Alston wirkt nicht wie ein Serienmörder."

„Wir wissen nicht genug über diesen Kerl. Aber das spielt keine Rolle; man kennt einen Menschen nie wirklich."

„Hundertprozentig. Willst du, dass ich seinen Hintergrund genauer unter die Lupe nehme?"

„Auf jeden Fall. Man weiß nie, was wir finden könnten."

„Ich bin dran."

„WOHIN GEHST DU?"

„Ins Büro, ich kann nicht schlafen."

„Es ist halb sechs."

„Ich weiß. Ich muss einen Weg finden, einen Durchsuchungsbefehl für Alston zu bekommen. Wir haben nicht genug."

„Weck Jessica nicht auf."

„Geh wieder ins Bett. Ich rufe dich später an."

Nachdem ich mich angezogen hatte, schlich ich auf Zehenspitzen zur Garage und verzichtete auf einen dringend benötigten Kaffee. Ich kroch ins Auto, zog meine Schuhe an und fuhr in die Dunkelheit hinaus. Manchmal konnte ich ein Problem lösen, indem ich fuhr oder am Strand spazieren ging. Meine Hoffnung war unbegründet, aber im Bett zu liegen, brachte es auch nicht.

Die Drive-in-Spur bei Dunkin' war leer. Die erste Tasse lehnte ich ab; der Zombie am Schalter hatte zu viel Milch hineingetan. Der Kaffee kam genau richtig, und ich bog langsam auf die Route 41 ab. An einer roten Ampel an der Pine Ridge verlangsamte ich und ordnete mich auf den Abbiegespuren ein.

Während ich die East Road entlang nach Pine Ridge Estates fuhr, ermahnte ich mich, nicht anzuhalten. Das würde Aufmerksamkeit erregen, und falls Alston mit einem Hund spazieren ging oder draußen herumwerkelte, wollte ich nicht, dass er mich bemerkte.

Als ich mich dem Anwesen der Millers näherte, verlangsamte ich und dachte an Mark. Es zog mir am Herzen. Ihm wäre beinahe ein Mord angehängt worden. Ein Bild von ihm, wie er den Zauberwürfel löste, zauberte ein Lächeln auf mein Gesicht. Als ich dachte, es wäre cool zu lernen, wie man das macht, traf es mich wie ein Blitz. „Heilige Scheiße!"

Was Mark darüber gesagt hatte, dass Benny am Tag von Swifts Verschwinden auf dem Grundstück der Millers war, könnte die Verbindung für einen Durchsuchungsbefehl sein. Ich machte eine Kehrtwende und fuhr direkt zum Büro.

„Morgen."

Derrick reichte mir einen Becher Kaffee. Ich nahm einen Schluck, ohne den Deckel anzuheben. „Den hab ich gebraucht. Ich bin schon seit sechs Uhr hier."

„Wow."

„Ich habe den Antrag für den Durchsuchungsbefehl gerade nach oben gebracht."

„Du hast doch gesagt, wir hätten nicht genug."

„Wir haben Alston auf Band, Minuten, nachdem Diskit das letzte Mal gesehen wurde. Ihre Leiche taucht nur einen Katzensprung von seinem Haus entfernt auf, und das auf dem Grundstück eines langjährigen Freundes. Alston ist der gemeinsame Nenner bei Diskit und Swift."

„Und er hat gelogen, dass er Swift an dem Morgen, an dem sie verschwand, nicht gesehen hat."

„Ja, aber das Entscheidende ist, dass mir wieder eingefallen ist, dass Mark Miller gesagt hat, Benny war an dem Nachmittag da, als Swift verschwunden ist."

„Ja, aber er hat, äh, du weißt schon, die Hirnverletzung."

„Er ist ein Augenzeuge." Ich senkte meine Stimme: „Und es kann sein, dass ich im Antrag die Namen der Miller Brüder verwechselt habe." Ich lächelte. „Ein bisschen Ausschmückung hat noch niemandem geschadet. Wenn wir uns irren, dann irren wir uns eben."

„Aber wenn er es ist, dann hindern wir ihn daran, sich noch ein Kind zu schnappen."

„Genau."

„Der springende Punkt ist, etwas zu finden, das ihn mit einem der Mädchen in Verbindung bringt."

„Serientäter heben gerne Andenken auf."

Mir wurde flau im Magen. „Das sind kranke Schweine. Ich sage es nur ungern, aber wir müssen hoffen, dass er sie gefilmt oder eine Haarlocke oder so etwas aufgehoben hat, um ihn mit ihnen in Verbindung zu bringen."

Ich nahm mein klingelndes Schreibtischtelefon ab. Es war der Sheriff. Er wollte mich sehen.

Nachdem er mir mit einer Geste einen Stuhl angeboten hatte, fuhr sich Remin mit der Hand durchs Haar. „Richter Richardson wird den Durchsuchungsbefehl unterzeichnen."

„Das ist gut zu hören, Sir."

„Ich will, dass das so unauffällig wie möglich abläuft. Wenn Alston unschuldig ist, sehen wir inkompetent aus, oder Schlimmeres."

„Falls die Presse eine Rechtfertigung will, erkläre ich gern, warum er für uns von Interesse war."

„Das Team muss auf ein Minimum beschränkt werden. Wie klein kann es sein, um effektiv zu sein?"

„Das Haus hat dreitausend Quadratfuß Wohnfläche. Eine Doppelgarage und ein Schuppen. Mit zwei Forensikern kriegen Derrick und ich das hin."

Remin atmete tief ein. „Okay. Nehmen Sie einen Uniformierten mit, um den Eingang zu bewachen."

„Danke, Sir."

„Ich hoffe, Sie haben mit der Sache recht."

„Er hat die Überprüfung verdient."

„Wir werden sehen."

Als ich die Treppe hinunterging, dachte ich über seinen letzten Kommentar nach, und meine Zuversicht schwand.

74

LUCA

Alstons Haus lag nicht direkt am See. Es war ein Haus davon entfernt. Eine dichte Bepflanzung und ein kleines Naturschutzgebiet schirmten das Haus von den anderen ab. Zum Haus der Millers war es nur ein kurzer Spaziergang.

Das beigefarbene Haus stand von der Straße zurückgesetzt und war wie ein umgedrehtes U geformt. An der rechten Seite war eine Doppelgarage angebaut, passend zur linken, die, wie ich vermutete, die Master-Suite war.

Ich nahm den Schuppen ins Visier und zeigte darauf. Er stand in der hintersten Ecke des Grundstücks im Schatten von zwei Eichen. Das war ein wahrscheinliches Versteck. Derrick sagte: „Willst du da anfangen?"

„Ich weiß nicht. In allen Kursen, die ich je belegt habe, hieß es, dass diese Psychos ihre Andenken gerne in der Nähe aufbewahren."

Er schüttelte den Kopf. „Um noch einmal zu durchleben, was sie getan haben."

„Okay, Leute, alle Überschuhe und Handschuhe anziehen."

Ich wandte mich an die Techniker. „Alles klar. Verschaffen Sie sich Zutritt."

Innerhalb von zwei Minuten hatten sie das Doppelschloss geknackt.

Ich sagte: „Nehmen Sie sich Zeit. Wenn Sie irgendetwas sehen, was mit einer Frau oder einem Kind zu tun hat, lassen Sie es mich wissen. Wenn Sie auf eine Schachtel oder Dose mit Knöpfen, Haaren oder Kleidung stoßen, irgendetwas, will ich davon wissen. Und denken Sie daran, alle Beweise dürften alt sein, also seien Sie vorsichtig und halten Sie die Augen offen."

Ich trat ein. Für einen Junggesellen war das Haus aufgeräumt. „Derrick, durchsuch die Küche. Einer von Ihnen überprüft den Schuppen und der andere geht das Wohnzimmer durch."

Das Hauptschlafzimmer befand sich in dem Flügel, den ich vermutet hatte. Alston hatte sein Bett mit weniger Falten gemacht als Mary Ann. Gegenüber dem Bett hing ein großer Fernseher über einem niedrigen Tisch. Ich zog die Schubladen auf und wühlte darin herum. Unterwäsche und Socken. Ich zog beide Schubladen heraus und drehte sie um. Nichts an den Böden befestigt. Bevor ich sie wieder hineinschob, warf ich einen Blick in den Hohlraum. Fehlanzeige.

Zwei Falttüren verdeckten die Kleiderschränke. Rechts hingen Anzüge und links seine Freizeitkleidung. Ich blätterte hindurch und drückte dabei die Taschen zusammen. Mein Blick fiel auf vier Schuhkartons, die über den hängenden Kleidungsstücken standen.

Als ich einen herunterholte, fühlte er sich schwerer an, als Schuhe sein sollten. Ich öffnete den Deckel; er war gefüllt mit Bündeln von Baseballkarten, die mit Gummibändern zusammengehalten wurden. Im nächsten befand sich ein Paar teurer marineblauer Wildlederschuhe und im dritten dasselbe Paar Schuhe, aber in Dunkelbraun.

Der letzte Karton war leicht. Ich nahm den Deckel ab. Er war voller Zeitungsausschnitte. Ich blätterte sie durch. Jeder einzelne hatte mit der Familie Miller zu tun. Es gab mehrere über den Unfall und den Selbstmord. Der Rest handelte von Geschäftseröffnungen. Eine seltsame Traurigkeit überkam mich.

Ich schüttelte das komische Gefühl ab und schaute unter dem Bett und der Matratze nach. Ich zog die Schublade des Nachttisches auf. Eine Glock 17 dominierte die Schublade. Ich packte die Pistole in einen Beutel. In der Schublade befanden sich ein Glas Vicks, eine Zahnspange und ein Schlüsselbund. Ich nahm eine Flasche mit verschreibungspflichtigen Medikamenten in die Hand. Die kleinen blauen Pillen waren Viagra.

Im Flur, der zum Hauptbadezimmer führte, gab es eine Luke für den Zugang zum Dachboden. Jemand anderes würde in diese Hitze klettern müssen.

Als ich unter dem Waschtisch nachsah, fand ich nur Reinigungsmittel. Die Duschtüren waren schlierenfrei. Ich schaute hinein; ein Abzieher lehnte an einer Flasche Dove-Shampoo.

Der Wäscheschrank war ordentlich; das einzig Bemerkenswerte waren drei Flaschen „Just for Men".

Mein Grau hatte das Schwarz verdrängt. Würde es zu offensichtlich sein, wenn ich es benutzte?

Ich überblickte den Raum, bevor ich ging. „Haben wir was gefunden?"

Derrick sagte: „Nein, aber der Typ ist ein Ordnungsfanatiker."

Ich hielt die Glock hoch. „Hab die eingetütet, nur für den Fall."

Der Techniker, der den Schuppen überprüft hatte, kam herein. „Nichts als ein Rasenmäher und Gartengeräte da draußen."

„Tun Sie mir einen Gefallen und überprüfen Sie die Veranda und die Außenküche."

Er zog eine Schiebetür auf und ging hinaus. „Derrick, kämm das andere Schlafzimmer durch und lass ihn die Dachböden überprüfen."

Ich umrundete das Haus auf der Suche nach Verstecken. Manchmal legen die Leute ihre Geheimnisse direkt vor deiner Nase ab. Ich erspähte eine hohe, blaue Vase, die links vom Fernseher stand. Eine Auswahl an Stöcken ragte aus ihr heraus.

Ich griff nach einer Handvoll und hob sie aus dem Gefäß. Der Boden war mit Glaskieseln gefüllt. Ich kippte die Vase um. Darunter war nichts versteckt.

Ich suchte die Küche ab, riss den Ofen und den Gefrierschrank auf. Nichts. Meine Nackenmuskeln spannten sich an. Würde das jetzt peinlich werden? Als ich eine Tür zur Garage öffnete, schlug mir Hitze entgegen.

Der Boden war einer dieser gesprenkelten Epoxidharzböden. Die sahen schick aus, aber ich könnte nicht so viel Geld für einen Garagenboden ausgeben. An zwei Wänden waren Werkzeuge aufgereiht und eine Tischkreissäge stand auf einem der Garagenstellplätze. Alston hatte den Boden wahrscheinlich selbst gestrichen.

Ich ging geradewegs auf zwei kleine Stapel Metallkisten zu, die auf einer Werkbank standen. Mein Herzschlag beschleunigte sich, als ich nach der obersten griff. Ich hob den Deckel an. Sie war mit Elektro-Fittings gefüllt.

Ich öffnete die nächste. Nichts als große Schrauben. Die unterste war mit Gewindeschrauben gefüllt. Nachdem ich die letzte durchgesehen hatte, knallte ich sie auf den Tisch. Sie war voller Klettstreifen.

Ich musterte den Raum, irgendetwas fühlte sich komisch an. Ich sah mich genau um, konnte aber nicht den Finger darauflegen. Ich wischte mir eine Schweißperle von der Schläfe und ging zurück ins Haus. Die Hand am Knauf, erstarrte ich. Der Warmwasserbereiter war rechts, an derselben Wand wie die Tür.

Aber links gab es eine Rückwand. Die Garage war etwa zwei Meter schmaler. Ich überprüfte die Decken- und Bodenlinien. Sie sahen normal aus. Der Warmwasserbereiter befand sich in einer guten Nische, neben dem Garagentor, für den Fall eines Lecks. Ich trat ins Haus und ging in das Zimmer, das an die Garage angrenzte.

75

LUCA

Alston benutzte den Raum als Büro. An der Wand, die die Garage abtrennte, befand sich eine Falttür. Ich zog sie auf. Was machte ein Ganzkörperspiegel in einem Wandschrank?

Ich lehnte ihn von der Wand weg und erstarrte. Hinter dem Spiegel war eine Tür. Mein Blickfeld verengte sich. Da war ein Riegelschloss. Und ein Schließbügel mit einem Vorhängeschloss. Außerdem ein schweres Bodenschloss. Ich rannte los.

Ich fischte die Schlüssel aus dem Nachttisch im Hauptschlafzimmer und rannte hinaus. „Derrick! Hol alle ins Schlafzimmer bei der Garage! Sofort!"

Während er den Flur entlanglief, rief Derrick mir nach: „Frank! Was ist los?"

Vor dem falschen Wandschrank breitete ich die Schlüssel in meiner Hand aus und versuchte, einen passenden für das Riegelschloss zu finden. Der zweite Schlüssel funktionierte. „Hab ihn."

Während ich nach einem für das Vorhängeschloss suchte, kniete Derrick und machte sich am Bodenschloss zu schaffen. „Da ist ein Stift. Ich hab's."

Ich schob einen Schlüssel in das Vorhängeschloss. Klack. Ich zog es ab und schwang den Riegel zur Seite. Mit dem Rücken zur Wand zählte ich mit den Fingern bis drei. Ich drehte den Knauf und stieß die Tür auf. Wir warteten einen Augenblick.

Ich streckte meinen Kopf durch den Türrahmen. Es dauerte einen Moment, bis sich meine Augen an die Dunkelheit gewöhnt hatten. Mir klappte die Kinnlade herunter. „Oh mein Gott."

Auf einer Matratze saß eine blonde Frau, die Beine ans Kinn gezogen, und kaute an ihrem Daumennagel. Der fensterlose, mit Teppich ausgelegte Raum wurde nur von einer kleinen Lampe beleuchtet. Meine Zunge wurde schwer, als mein Blick auf eine Toilette in der hinteren Ecke fiel.

Teilweise verdeckt wurde sie durch einen Kleiderständer und einen Wäschekorb. Am Fußende des Bettes stand ein alter Röhrenfernseher. Er stand auf einem DVD-Player.

Ich machte einen Schritt hinein. Ihre Augen weiteten sich, sie drückte sich in eine Ecke.

Ich kramte nach meiner Dienstmarke. „Ich bin Polizist. Wir sind hier, um Ihnen zu helfen."

Derrick und die anderen drängten herein. Sie schlug die Hände vors Gesicht und stöhnte. Ich sagte: „Zurück, zurück, und ruft einen Krankenwagen."

Als sie sich zurückzogen, fragte ich: „Ist noch jemand hier?"

Sie schüttelte den Kopf

Meine Stimme brach: „Mein Name ist Frank. Wie heißen Sie?"

Sie lugte zwischen ihren Händen hervor, sagte aber nichts. Ich schätzte sie auf etwa zwanzig.

„Es ist alles gut. Ich habe eine Tochter. Sie heißt Jessie. Sie ist ein paar Jahre jünger als Sie."

Ich machte einen kleinen Schritt nach vorn und sie flüsterte: „Nein, bitte, nein."

Ich trat einen Schritt zurück und sagte: „Schon gut. Ich bin hier, um Ihnen zu helfen."

Eine Träne rollte ihr über die Wange. Meine Stimme stockte: „Sie brauchen keine Angst zu haben."

Sie wischte sich mit dem Handrücken über das Gesicht.

„Sind Sie hungrig? Durstig?"

Sie schüttelte den Kopf.

„Wir werden Sie hier rausholen."

„Nein, tun Sie das nicht, bitte."

„Schon gut. Sagen Sie mir Ihren Namen."

„Das kann ich nicht."

„Sie können es mir sagen. Ich bin Polizist; niemand wird Ihnen mehr wehtun."

„Nein. Bitte. Nein."

„Schon gut. Sie müssen nichts sagen. Hilfe ist unterwegs."

Ich streckte den Kopf hinaus. „Derrick, hol so schnell wie möglich ein paar uniformierte Beamte hierher und sorge dafür, dass eine Frau dabei ist."

„Okay."

„Sag ihnen, sie sollen jeden Streifenpolizisten in der Gegend hierherschicken."

„Ich kümmer mich drum."

„Und hol die Spurensicherung her. Ich will, dass dieser ganze Raum untersucht wird."

Sie war so verängstigt wie kaum jemand, den ich je gesehen hatte. Es war seltsam, die Quelle der Angst von jemandem zu sein. Von jemandem, der kein Verbrecher war. Ich stand im Türrahmen und fragte mich, wer sie war.

Ich versuchte, mir vorzustellen, wie Kate Swift nach zehn Jahren aussehen würde. Nach einem Jahrzehnt in Gefangenschaft. Ich schluckte Galle.

Wer dieses arme Mädchen war, wurde von meiner Wut verdrängt. Am liebsten hätte ich meinen Revolver in diesem Bastard entleert. „Derrick!"

„Was?"

„Wir müssen uns Alston schnappen."

„Lass uns los."

„Ich will sie nicht allein lassen; sie hat Todesangst."

„Ich schnapp mir den Bastard."

Ich zögerte. „Nein. Ich muss das machen."

„Er wird gewarnt und haut ab."

Er hatte recht. Ein Nachbar, der sich wunderte, was los war, würde ihn anrufen, wenn er es nicht schon getan hatte.

Ich hörte die Stimme einer Frau. Als ich über Derricks Schulter blickte, sah ich Mary Rourke, eine relativ neue Kollegin. Ich trat auf sie zu. „Wir haben hier eine junge Dame, die gegen ihren Willen festgehalten wurde. Das Mädel hat Angst. Angst vor mir, vielleicht, weil ich ein Mann bin."

„Ich verstehe. Ich werde tun, was ich kann, um sie zu beruhigen."

Eine ferne Sirene kam näher. „Geben Sie ihr Freiraum. Sie könnte um die zehn Jahre festgehalten worden sein."

„Oh mein Gott."

„Sind Sie dem gewachsen?"

„Ja, Sir."

Derrick und ich traten nach draußen, als ein Krankenwagen und ein Streifenwagen vorfuhren. Ich informierte sie kurz und wir stiegen in meinen Wagen. Derrick schaltete das Blaulicht ein und ich drückte das Gaspedal durch.

Kunden rannten auseinander, als ich mit quietschenden Reifen vor Miller's Building Supply hielt. Ich stellte den Motor ab, da sagte Derrick: „Da ist er!"

Benny Alston rannte aus dem Eingang. Er bog nach links ab. Ich sprang aus dem Auto und rannte ihm nach. Alston rannte schräg über den Parkplatz und ich folgte ihm. Ich hörte Reifen quietschen. Derrick hatte seine Fähigkeit zu rennen nie wiedererlangt, nachdem er angeschossen worden war. Er machte eine Kehrtwende, um Alston den Weg abzuschneiden.

Dieser Kerl war älter als ich. Ich würde ihn kriegen. „Polizei! Stehen bleiben! Hände hoch!"

Ich holte auf. Alston rannte zwischen geparkten Autos hindurch und ich fiel einen Schritt zurück. Eine Autotür öffnete sich ihm in den Weg. Alston wurde langsamer. Ich sprang auf ihn zu. Meine Hand packte den Rücken seines Hemdes.

Ich schlug auf dem Pflaster auf. Alston fiel auf mich drauf. Ich rammte ihm einen Ellbogen gegen die Schläfe. Alston stöhnte und ich drückte sein Gesicht auf den Asphalt. Mit den Knien auf seinem Rücken zog ich seinen Arm zurück und legte ihm eine Handschelle an. Ich schnappte mir seine andere Hand und brach ihm den Zeigefinger. Alston schrie auf, als ich seine Handgelenke aneinanderschnallte.

Derrick zog mich von Alston herunter und hob ihn auf die Füße. Ich ging ihm direkt ins Gesicht: „Du Mistkerl! Wer ist sie?"

Alston ließ den Kopf hängen, sagte aber nichts.

Ich drückte ihm meinen Unterarm gegen den Hals. „Sag mir, wer das Mädchen ist."

Derrick ging zwischen uns. „Immer mit der Ruhe, Frank. Dieses Stück Scheiße wandert für eine lange Zeit in den Knast."

Ich rammte den Absatz meines Schuhs auf Alstons Rist. „Du krankes Schwein." Als er aufschrie, trat ich zurück. Eine Menschenmenge hatte sich gebildet. Ich wollte ihnen sagen, was Alston getan hatte, damit er sofortige Gerechtigkeit erfuhr, sagte aber: „Treten Sie bitte zurück."

Ein Streifenwagen fuhr vor, und wir stopften Alston auf den Rücksitz. Wir gingen zurück zu unserem Wagen. Derrick zeigte auf meine zerrissene Hose. „Geht's deinem Knie gut?"

Es tat weh, aber nicht so sehr wie mein Herz.

76

LUCA

Der Presseraum war brechend voll. Ich folgte Sheriff Remin hinein. Der Pressesprecher der Behörde bat die Reporter inständig, sich zu beruhigen, und im Raum wurde es still. Remin trat ans Rednerpult, und ich musterte die Anwesenden. Die überregionalen Medien waren in voller Stärke vertreten und besetzten die ersten beiden Reihen, die normalerweise den Lokalreportern vorbehalten waren.

„Ich danke Ihnen, dass Sie heute gekommen sind. Es ist ein Tag mit einem lachenden und einem weinenden Auge für uns alle, einschließlich der hart arbeitenden Mitarbeiter des Sheriff's Office von Collier County. Nach neun langen Jahren ist Kate Swift wieder dort, wo sie hingehört: zu Hause bei ihrer Familie."

Der Raum brach in Applaus aus. Remin sonnte sich etwas zu lange darin, bevor er die Hand hob. „Diese Abteilung gibt niemals auf, und insbesondere möchte ich

Detective Frank Luca danken, der unermüdlich die Bemühungen zur Rettung von Kate Swift angeführt hat."

Der gesamte Raum erhob sich und klatschte. Ich nickte und formte mit den Lippen ein Danke. Sheriff Remin fuhr fort: „Benny Alston, der Mann, der Ms. Swift gefangen hielt, hat zugegeben, die Einwohnerin von Orlando, Monica Diskit, getötet und sie in Pine Ridge Estates vergraben zu haben."

Remin ließ praktischerweise unerwähnt, dass er Mark Miller dafür verhaftet hatte.

„Wir gehen davon aus, dass Mr. Alston für mindestens ein weiteres Tötungsdelikt verantwortlich ist, und werden eine weitere Erklärung abgeben, nachdem wir alle Details bestätigt haben. Ich werde ein oder zwei Fragen beantworten."

Hände schossen in die Höhe. Remin zeigte auf einen Reporter von *WINK News.*

„Danke, Sheriff Remin. Sie sagten, dass Mr. Alston mindestens einen weiteren Mord begangen hat. Das klingt, als hätte er noch viel mehr Frauen getötet."

„Mehr kann ich im Moment nicht sagen; wir arbeiten jedoch mit der Polizei von Orlando und Strafverfolgungsbehörden im ganzen Bundesstaat zusammen, um das Ausmaß von Mr. Alstons kriminellen Aktivitäten zu ermitteln."

„Aber Sie erwarten, dass es noch mehr gibt?"

„Das kann ich nicht mit Sicherheit sagen. Aber Profiler halten die Wahrscheinlichkeit, dass er nach der Entführung von Ms. Swift ein weiteres Mädchen entführt oder getötet hat, für gering. Wenn er an einem anderen Verschwinden beteiligt war, dann wahrscheinlich vor der Entführung von Kate Swift." Remin zeigte auf eine Reporterin der *Naples Daily News*.

„Mr. Alston hat Ms. Swift neun Jahre lang gefangen gehalten. Wie konnte er es schaffen, nicht erwischt zu werden?"

„Er war äußerst vorsichtig."

„Wie genau hat er sich der Festnahme entzogen?"

„Ich möchte keine Details preisgeben, die Nachahmer auf dumme Gedanken bringen könnten."

Das Wort vorsichtig war eine Untertreibung. Der Raum, in dem Alston Swift festhielt, war eigentlich ein Raum im Raum. Es waren dieselben schalldämmenden Techniken, die auch in Musikstudios verwendet werden. Alston ließ Swift den Raum nie verlassen und hatte sogar eine Komposttoilette für sie installiert.

Alston hatte an alles gedacht, sogar einen Shower Toga gekauft, ein Produkt, das ich in *Die Höhle der Löwen* gesehen hatte. Alston war kein Einzelgänger, hielt sich aber bedeckt. Ich fragte mich, ob die Freundschaft mit den Millers ihm Legitimität verschafft hatte.

Als Nächste wurde eine Reporterin von ABC ausgewählt. „Ich glaube, die Leute würden gerne etwas von Detective Luca hören. Darf ich ihm eine Frage stellen?"

Remins Gesichtszüge erschlafften, aber er winkte mich zu sich. „Sicher."

Widerstrebend trat ich ans Podium. Die Reporterin sagte: „Danke, dass Sie Benny Alston von der Straße geholt haben."

Über den Applaus hinweg sagte ich: „Das ist mein Job, Ma'am."

„Wie haben Sie sich gefühlt, als Sie Kate Swift zum

ersten Mal sahen? Was ging Ihnen durch den Kopf, als Sie sie fanden?"

„Wie Sie sich vorstellen können, eine Mischung aus Gefühlen. Ich war glücklich, sie lebend zu finden, obwohl ich nicht sicher war, wer sie war, als ich den Raum betrat. Aber ich war auch angewidert und wütend, dass jemand so etwas tun kann."

„Zuvor sagten Sie, es sei Ihr Job, aber es klingt, als hätten Sie die Sache persönlich genommen."

„Wir alle sollten solche Vorfälle persönlich nehmen. Es ist unsere gemeinsame Pflicht, Kinder und Jugendliche vor solchen Tätern zu schützen."

„Glauben Sie, Mr. Alston sollte die Todesstrafe bekommen?"

„Ich habe Vertrauen in unser Justizsystem. Benny Alston wird bekommen, was er verdient. Sorgen mache ich mir um Kate Swift. Sie ist durch die Mangel gedreht worden. Ich hoffe, Sie und der Rest der Presse werden ihr die Zeit und Ruhe geben, die sie zur Erholung braucht."

Remin kam von der Seite hinzu. „Vielen Dank für Ihr Kommen."

Die Reporter sprangen auf und riefen durcheinander Fragen, während wir den Raum verließen. „Danke, dass du da warst, Frank."

„Kein Problem, Sir. Aber beim nächsten Mal wäre es gut, wenn Detective Dickson dabei wäre."

„Wir können nicht zulassen, dass die Dinge aus dem Ruder laufen."

„Wir sind eine Zwei-Mann-Abteilung."

Ich erwartete eine Widerrede, dass wir ja nicht im

luftleeren Raum arbeiten würden, aber Remin sagte nur: „Erinnere mich beim nächsten Mal daran."

„Danke, Sir."

„Nimm dir für den Rest des Tages frei, du hast es dir verdient."

Er hatte recht damit, dass ich eine Auszeit brauchte. Mit dem Teil, dass ich es verdient hätte, tat ich mich schwer, aber ich war so müde wie noch nie. Vielleicht lag es am Stress oder einfach am Alter, aber ich war ausgelaugt.

Ich würde mehr als nur ein paar Stunden brauchen, aber ich freute mich auf ein Nickerchen auf der Veranda. Auf dem Weg zum Parkplatz rief ich kurz Mary Ann an, um ihr zu sagen, dass ich auf dem Heimweg war.

Auf der Heimfahrt beschloss ich, bei einer Sache, die mich beschäftigte, reinen Tisch zu machen und legte einen Umweg ein.

77

LUCA

Mary Ann kam mir im Flur zur Garage entgegen. „Du hast mir Sorgen gemacht. Du hast doch gesagt, du wärst auf dem Weg nach Hause."

„Ich habe bei Bill Miller einen Zwischenstopp eingelegt."

„Warum?"

„Ich musste einfach sichergehen, dass er nicht irgendwie darin verwickelt war."

„Du dachtest, Bill Miller war an der Entführung beteiligt?"

„Nein, aber es bestand die Möglichkeit, dass er seinen Freund gedeckt hat."

„Das kann ich mir nicht vorstellen. Was hat er gesagt?"

„Dass er keine Ahnung hatte und genauso schockiert war wie alle anderen. Ich konnte ihm ansehen, dass er die Wahrheit sagte; die ganze Sache hat ihn wirklich mitgenommen."

„Sie waren ewig befreundet."

„Du weißt, was ich immer sage: Man kennt jemanden nie so richtig."

„Hast du Geheimnisse vor deiner Frau?"

„Schuldig. Ich habe gestern einen Big Mac gegessen."

„Oh mein Gott. Du Schuft."

„Und ich hasse Grünkohl."

„Ich rufe meinen Anwalt an."

Ich schlang meine Arme um sie. „Wann kommt Jessie nach Hause?"

„Erst in ein paar Stunden."

Ich drückte meine Hüften gegen ihre.

„Du hast gesagt, du wolltest ein Nickerchen machen."

Ich führte sie zum Schlafzimmer. „Danach werde ich viel besser schlafen."

„PAPA! Für dich. Der Mann hat gesagt, er ist von *WINK News*."

Sie reichte mir das Telefon. „Hier ist Frank Luca."

„Detective Luca, mein Name ist Sandra Tomaso. Ich bin die Programmdirektorin von WINK. Ich würde liebend gern einen Beitrag mit Ihnen über den Fall Swift machen."

„Ich mache nicht viel mit den Medien, Ma'am."

„Das verstehe ich, aber das ist eine starke Geschichte, die in der Gemeinde auf großes Interesse stößt. Kates Geschichte hat jeden in Südwest-Florida beunruhigt. Wir haben die Verpflichtung, darüber zu berichten."

Kapitel 77

„Sie braucht Zeit, um sich zu erholen, und sollte nicht im Fernsehen auftreten."

„Wir respektieren ihr Bedürfnis nach Privatsphäre und würden nicht erwarten, dass sie auftritt. Die Familie gibt vielleicht eine Erklärung ab, aber wir glauben, dass Ihr Auftritt die Gemeinde beruhigen würde."

„Sie sollten sich an die Presseabteilung der Behörde wenden. Die werden jemanden schicken."

„Dieser Fall ist zu persönlich. Die Öffentlichkeit will keinen Sprecher, sie will von Ihnen hören."

„Ich weiß nicht. Es ist deprimierend, was ihr passiert ist."

„Es ist traurig und eine Mahnung zur Vorsicht, aber es gibt auch Hoffnung. Sehen Sie sich an, wie es ausgegangen ist."

Hoffnung? Meinen Job könnte man nicht mit einer ganzen Wagenladung Hoffnung machen. Man brauchte Ausbildung, Entschlossenheit und Instinkte. „Vergibt WINK Zuschüsse für gemeinnützige Zwecke?"

„Wie bitte?"

„Ich mache es, wenn Sie Spenden sammeln, um den Kindern von Südwest-Florida beizubringen, wie sie sich vor Raubtieren schützen können, und um Selbstverteidigungskurse zu finanzieren."

„Ich bin mir nicht sicher, was Fort Myers Broadcasting im Spendenbereich macht, aber das ist eine Idee, die wir unterstützen können. Sollte es ein Problem geben, habe ich eine Reihe von Kontakten, die bei einer solchen Aktion einspringen würden."

Ich hoffe, Sie hatten beim Lesen dieses Buches genauso viel Freude wie ich beim Schreiben. Wenn ja, würde ich mich sehr freuen, wenn Sie eine kurze Rezension auf Amazon oder Ihrer Lieblingsbuchseite schreiben würden. Rezensionen sind der beste Freund eines Autors und schon ein oder zwei Zeilen sind hilfreich.

Danke, Dan

Bleiben Sie über meine Schreibarbeit auf dem Laufenden und erhalten Sie Zugang zu kostenlosen Büchern und Rabattaktionen, indem Sie meinen Newsletter abonnieren. Er erscheint normalerweise einmal im Monat und enthält auch Anmerkungen zum Thema Selbstwertgefühl, motivierende Texte und Weinartikel. Er ist kostenlos. Siehe unten auf meiner Webseite:

www.danpetrosini.com

Sie können über mein Schreiben auf dem Laufenden bleiben und Zugang zu Büchern haben, die frei von Discounter sind, indem Sie sich meinem Newsletter anschließen. Normalerweise ist es einmal im Monat ausgestiegen und enthält auch Notizen zu Selbstwertgefühl, Motivationsstücken und Weinartikeln.

Es ist kostenlos. Siehe meine Website: www.danpetrosini.com

Dan ist ein USA-Today- und Amazon-Bestsellerautor, der seine erste Geschichte im Alter von zehn Jahren schrieb und es liebt, Geschichten oder Witze zu erzählen.

Seine Ideen für Geschichten erhält Dan, indem er der Frage nachgeht: Was wäre, wenn?

In fast jeder Situation, in der er sich befindet, geht Dan der Frage nach, was wäre, wenn dies oder das passieren würde? Was wäre, wenn diese Person sterben oder etwas Ungewöhnliches oder Illegales tun würde?

Dans ständiges Gedankenkarussell liefert ihm reichlich Stoff, den er zu interessanten Geschichten verwebt.

Als Fan von Büchern und Filmen mit unvorhersehbaren Wendungen gestaltet Dan seine Geschichten so, dass die Leser den Ausgang nicht erraten können. Er schreibt jeden Tag, ringt notfalls um die Worte und hat bis heute über fünfundzwanzig Romane geschrieben.

Für Dan ist es keine Frage des Wollens, er muss einfach schreiben.

Dan ist der festen Überzeugung, dass Menschen ihre Träume verwirklichen können, wenn sie sich darauf konzentrieren und handeln, und er ermutigt genau dazu.

Sein Lieblingsspruch lautet: „Der Preis der Disziplin ist immer geringer als die Kosten des Bedauerns."

Dan erinnert die Menschen daran, Negativität aus ihrem Leben zu verbannen. Er glaubt, dass sie ansteckend ist, und rät, sich von negativen Menschen fernzuhalten. Er weiß, dass eine wirklich positive Grundeinstellung einem das Gefühl gibt, das Leben spiele einem in die Karten. Wenn er mal vom Weg abkommt, sagt er sich: „Man kann keinen guten Tag mit einer schlechten Einstellung haben."

Dan ist verheiratet, hat zwei Töchter und einen anhänglichen Malteser und lebt im Südwesten Floridas. Der gebürtige New Yorker hat an örtlichen Hochschulen unterrichtet, schreibt Romane und spielt Tenorsaxophon in mehreren Jazzbands. Außerdem trinkt er viel zu viel Wein und nimmt sich selbst niemals, aber auch wirklich niemals zu ernst.

Er veröffentlicht einen zweimal monatlich erscheinenden Newsletter mit Artikeln, seinen Texten sowie Sonderangeboten und Schnäppchen.